现在出发

王宏甲 著

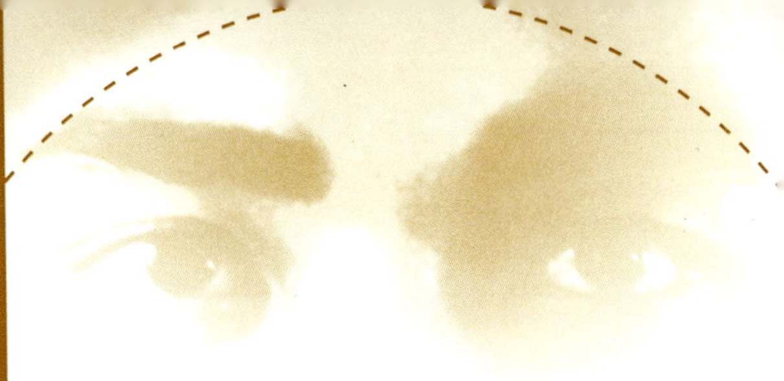

Being

作家出版社

王宏甲，福建建阳人。毕业于北京师范大学研究生院、鲁迅文学院文艺学专业。政府特殊津贴获得者。有长、中、短篇小说，散文、影视剧本等。长篇报告文学《无极之路》曾在'90－'91全国优秀报告文学评奖中名列榜首，并获中国图书奖一等奖，随即被拍成五十三集同名电视报告文学片，成为中国迄今惟一被全文搬到电视上去“读”的长篇文学著作，同时被全国二十多个省、市、自治区人民广播电台全书连播，影响深入人心。曾作为中国作家代表团成员应邀出访意大利。被英国剑桥国际传记中心收入《成功者》(MEN OF ACHIEVEMENT)第十六版。现为解放军总后勤部专业作家。

目 录

序

师学军

二十世纪，是中国重要的历史转折时期，中国人用了一百多年来实践这个转折。现在，已经听得见一个新世纪的脚步声了。在这个时候，我的朋友宏甲，完成了他的《现在出发》。能够以一本文学著作，去生动地描绘这个转折，并揭示出它的必然途径的，我看，也就是这部著作。

七年前，宏甲写出《无极之路》。他受到普遍的称赞和尊敬，也遭到一些人的咒骂。当人们的注意力集中到刘日的升降沉浮，我发现，宏甲成为这样一个作家：他同时被他的赞扬者和反对者所误解。

有没有不误解的呢？我曾做过广泛的采访，发现一个奇怪的现象，那些最普通的，甚至识字不多的人，以及依然保持着普通人眼光和情感的人，对这个作品的喜爱，很让人感动。相反，一些看来很有知识的人，却读不懂。他们很像是被知识糟蹋了。从此知道，宏甲的作品，尤其能在最普通的读者那里，找到故乡。

在本世纪最后十年，宏甲以报告文学这种方式观照生活，他的作品在人物生动、情感真诚、视野广阔、思索深邃，特别是语言表达的准确方面，都是少见的。他的语言，似乎自有一条奇妙的道路，总能亲切地到达读者心中……不知怎么，你就感动了，世界在眼前变得宽阔，你感到了一种拥有，一种想创造的愿望，人生被照亮……在这个领域，不知还有没有人比他做得更好。

马克思曾经深怀敬意地谈到文学对人类社会所作的巨大贡献。他写道："现代英国的一批杰出的小说家，他们在自己卓越的、描写生动的书籍中，向世界揭示的政治和社会真理，比一切职业政客、政论家和道德家加在一起所揭示的还要多。"

恩格斯对巴尔扎克的劳动表示了同样的尊敬。他在给一位朋友的信中写道：巴尔扎克的《人间喜剧》，"汇集了法国的全部历史，我从这里，甚至在经济细节方面（如革命以后动产和不动产的重新分配）所学到的东西，也要比从当时所有职业的历史学家、经济学家和统计学家那里学到的全部东西还要多。"

也可以这样看待《现在出发》。这部作品对中国生活，对科技、经济、教育、市场、生产力，以及历史和现实等诸多方面，所作的揭示，是许多教科书加在一起都未必做到的。宏甲对中华民族的文化、生命力和前途所作的充满信心的描述，也动人肺腑，让人感到一种很实在的拥有。

宏甲作品的思想性和智慧，正被越来越多的读者重视。我以为更可贵的是，他的情思总能引起人们积极的思考，进而引发读者对自身潜力的发现。

他以尊敬的心情写周国泰及其战友们，并不是要以这些人的成就来加强普通人的卑微。理解了这一点，就会听懂宏甲为什么说，"可以忽略成就，千万不要忽略个人。忽略了个人，就是忽略了你自己。不要忽略你自己。"对个体生命的关注，一直是他作品中最动人的东西。把这种意识和情感凝聚在这本书中，就使《现在出发》极具读者意义。

一位女性朋友告诉我，她心情不好时，阅读宏甲的作品，读着读着就发现，心情被改变了。宏甲的作品确有这样一种功能。他总是以很明亮的方式，抚慰受伤的心灵，让人望见生活的理由、勇气与信心。

面对历史的错误，以及现实生活中存在的严重困难和问题，他所作的描述，同样令人感动不已。甚至，对社会生活的阴暗面，他也以明亮的方式去观照。在这一点上，他是独一无二的。事实上，他是在用自己有限的力量，企图抚慰一个受伤的民族。

有不少作家，尽管很有名气，我常常遗憾地在他们的作品中，读到不善。这样的作品，有悖艺术和人类的尊严。宏甲作品中的善良，是罕见的，神圣的。他的作品，让我由衷地感到，艺术的伟大主题，其实就是，爱与善良！

世界每天都在发生很多事情，每天都有很多文章问世。读宏甲的作品，我看到，好的文章，不在于写了什么。他的作品，只要你读进去，都会发现一个很大的天地。不要问他写什么，他是一个值得我们阅读的作家。

宏甲曾对我说，他一直苦恼于很难把这部著作表述得更通俗一些。这大约是这本书的缺憾罢。在传统的农业社会向现代社会转变的过程中，我们所遭遇的最大的陌生事物，就是工业。了解这一点，可能有助于我们对国家目前遭遇的困难，给予深情的理解。

不要忽视这本书的后记。这几千言的《接受平凡》，在我看来，堪与三十万字的《现在出发》等量齐观。你会更清楚地看到，作家所关心的不仅是自己的民族。他对“平凡”的尊重，非道德所能概括，那是一种生活智慧。

真能接受平凡，你就到家了。

1997年12月9日

再版前记

迎战知识经济

今天，“知识经济”的概念正在全球传开。何谓“知识经济”，知识能变成资本、变成资产吗？这本书里讲的故事，对我国学子会有确切的鼓舞，对困境中的企业也会有启示。

“我是大一女生，由于许多原因，自己总处于某种消沉状态。另一方面，当代生活节奏又那么快。请问，如果我已被繁杂、纷乱的学习和事务塞得不知从什么地方开始，我能怎样开始?”

这本书出版后，我曾应邀去过北京几所大学、企业“讲座”。每次，我都感到，递给我的“问题”中就涌动着青春的活力。

认识，是你创造前程的出发点

首先，我想请你重视“认识”。你看，认识二字从“人”从“只”，这仿佛告诉我们，认识是一种个人的生命体验，是你根据自己的具体情况去认识自己和自己的生存环境。这是抉择的前提，是你拔步前进的出发点。读书、吸取知识，是向外寻求，你是否还认识到向内寻求的重要呢?

人生更要学会用“减法”，去除不必要的东西。爱因斯坦曾在他的《自述》中写道：“当我还是一个相当早熟的少年时，我就已经深切地意识到，大多数人终生永无休止地追逐的那些希望和努力是毫无价值的。”是的，应该警惕，世上，对你束缚最大的其实是自己。因为你会如此自觉地把许多外在的东西往自己身上搬，且惟恐不够，你就日益麻烦而沉重。

其实，你的天赋，就潜藏在你的内部，每个人身上都有不少知识和才华，区别只在于有没有开发出来。既然你已知自己被“繁杂、纷乱”所“塞”，学会清除，你就流畅。

认识今日中国，从哪里着眼

认识自己的生长与前程，可从开发着眼，认识眼前的祖国也可以从“开发”二字着眼吗？我说：是。

只要想想，我国迄今有百分之八十的科技成果未能开发出来，没有转化为现实的生产力，同时，我国许许多多的企业则由于缺乏先进的生产力而遇到严重困难……你可看到，一国内部——如同一个人的内部——内在的创造力，是不是也被什么“塞”住了？

当欧美发达国家把“研究和开发”（Research and Development）缩写为“R&D”，这R&D就是他们今天用以去争夺世界市场的最锐利武器。请注意，在R&D中，“科研”是老话题，“开发”才是我们应该特别留意的关键。是开发，使知识形态的生产力转化为现实的生产力。当世界出现“知识经济”的概念，是更加强调对知识形态生产力的开发利用。

早先，世上有这样的说法：“英国的发明，美国的样机，日本的商品。”这不是说日本会做买卖，而是说日本人精于把别人的科学技术、科技成果开发为商品。八十年代初，美国政府已确切地看到，日本的汽车、家电、照相机几乎在全球范围坚挺地挤对着美国的国内外市场。美国政府为此组成了“工业竞争研究会”，发现日本投放市场的商品知识含量越来越显著，这包括在世界范围购买各国的先进技术加以开发，“知识”显著地成为发展经济的资本，并在经济发展中产生锐不可当的先锋作用。

我们知道，工业革命对世界的巨大影响，使人类从古代农业社会走到了现代社会，占统治地位的经济就被称为工业经济。如今，提高产品的附加值已是全球企业在竞争中不得不竭尽全力去做的，要提高附加值则必须提高知识含量，要提高知识含量则必须加大资本的投入。当知识成为发展经济的重要资本和重大决定性因素，沿用了两个世纪的工业经济的概念，便可能被“知识经济”所取代。

几乎可以说是针对日本的挑战，美国等发达国家，纷纷像日本那样，更多地把科研机构设在企业。他们因此得益于能迅速地把高新技术开发为社会化的产品，这好比把培育出的优良品种很快就放到大生产中去种出满世界庄稼。

我国的大型企业也有科研力量，但创新能力和开发能力都比较弱。许多中小企业则根本没有科研力量。我国的科研力量主要在科研院所里，属国家干部，食国家俸禄，这使科研往往囿于能不能出科研成果，能不能获奖。结果，科技成果不少，获奖的也不少，但是，许多成果一通过鉴定，获奖，就束之高阁。不少成果鉴定书，成为成果的死亡判决书。更严重的是，大部分成果未能开发出来，这意味着大部分“优良品种”没有投入种植，没有“庄稼”。

这就是发达、富裕和还很贫穷的区别。

由此可见，不是我国科研达到怎样的高水平，决定国家兴旺，而是“开发”的水平，决定企业兴亡，进而决定国力。事实上，我国的科研能力并不比发达国家落后，而是“开发”严重落后。用华裔科学家杨振宁先生的话说：“中国已经掌握世界上最先进最复杂的技术，如卫星和火箭技术。中国最失败的地方，是没有学会怎么把科技改变成有经济效益的生产办法。”

中国，从未像今天这么“世界”

“我常常产生自卑感，老想到将来毕业了找不到工作，十几年心血化为乌有……以致不能安心学习。”这张字条没问号。这恐怕也不是哪位个人的问题。为什么有这么多人下岗，大学毕业与下岗职工一道找饭碗，我们有哪些优势？……尽管“知识经济”的风声也日渐吹进校园，困境中的人们，总是会感到切身的问题。

如今不少人说，现在的人都比较关心自己了，少有人再像过去那样“祖国啊、人类啊”地考虑问题。但是，当千万人下岗时，你以为那只是“众人”的事吗？事实上，我国还从来没有像今天这么“世界”。中国，已日益成为世界市场的一部分，你即使在厂门口推销产品，就已经是在世界市场上叫卖。随着开放的深入，进来的不只是商品，外国公司来了，合资企业、外资企业在中国大量出现。不论是国外商品还是合资商品显赫打入柜台，都意味着发达国家的公司正集团似的向中国进军。

在战争年代，火力压不住敌寇，就会出现南京沦陷、上海沦陷、北平沦陷……现代竞争，主要是以凝聚在商品内的科技含量来交战的。据有关统计，我国企业全部国有资产中的高科技含量只有百分之三点八。在当代世界性的竞争中，我国城乡大多数企业的科技含量严重落后，就会在商战前线遭遇难以抵抗的困难。敌不住对方，就会失去市场。在非战争年代，失去市场的危险，有甚于失去领土。企业停产国有资产闲置，就像被缴械，数以千万计的下岗职工便有如战争的难民。

我这样表述出现什么问题了吗？在用枪炮的战争结束后，经济的战争，在世界范围一刻也没有停止。所谓现代文明，仍然是在争夺资源和市场的舞台上演义。我国政府关怀下岗职工，社会各界为“再就业”创造条件，是温暖人心力图走出困境的方面。我们目前遇到的困境，从根本上说不是改革开放带来的，而是改革开放后，我国生产力严重落后的状况逐渐暴露出来，并且在改革中有了空前的进步，但是，仍然需要直面困境，继续寻求突破的办法。

再看我国几亿学子读书之刻苦堪称世界之最，教师也被普遍认为是最辛苦的一大群体，还有更多父母，为了孩子把书念上去，自己省吃俭用，不惜花大钱投资……世上再没有比中国父母更重视孩子读书的了。然而，由于我国企业遇到的困境，大学生毕业后投奔外企成为第一热门，倘如愿，父母也感到孩子有出息了。外资企业因此可在我国挑选能力最强的中国学子。呜呼，从前先贤说“师夷长技以制夷”，如今变作“师夷长技以事夷”？不仅投奔外企，投奔外国更早就开始了。譬如美国硅谷就集中了一大批中国科研才子，一大批在国内学有所成的中青年，在国外把青春和杰出才华贡献给了欧美企业。我国师生和家长们辛辛苦苦，就为了给外国资本输送我们的最有战斗力的孩子？就为了使外企的科技含量、有生力量更加精悍，然后把我国企业内的父母打得更加落花流水，下岗纷纷？呜呼，这难道不是一幅“现代文明图”吗？我难道有什么特别的心肠，能不感伤吗？

开发第一生产力

这恐怕首先要认识：在我们尚未听到“知识经济”一说时，我们已在经受世界性的“知识经济”的冲击。继而还需再次认识，知识是有价值的，这价值同人生的价值紧密联系，在一个开放的世界，这价值在 A 处难以实现，就会流到 B 处……现在我想说，我遇到了一群当代英雄，或者我应该称他们为民族英雄，他们的实践给我以多方面的教诲和启示，也给我感动，这是我写作此书的重要原因。

请想想，某天，有个硕士，感到在他所在的科研所待不下去，决心去国外读博士，竟有五国六所大学寄来录取通知书，并说明愿提供的助学金数额。结果，他没走成，被一个叫周国泰的人吸引到他的科技开发部。这周国泰是谁，他怎能把一个五国六所大学都在“争夺”的人留住？这被留下的人叫张建春，“洋博士”没读成，读上了本国博士，“博士”还没毕业，他与周国泰同被多所大学聘为硕士生和博士生导师，竟同时担任十七位硕士生和二位博士生的导师。这无论如何是一个罕见的故事。

假如阅读这个故事，请注意周国泰有双重身份：科研专家和总经理。他成功的关键，不在于他是个科研专家，而是在他走出研究所，拥有一个经济实体后，才使自己的科研成果在企业的“产床”上接二连三地诞生。更典型的是，他从开发自己的才华出发，很快发现，我国有太多专家的科研才华未被充分开发，他就开始开发许多人的科研实力。随后收获的巨大成功，就不难想象了。于是，我们看到了一条非常重要的途径，也是捷径——去“开发第一生产力”。

不要认为“科研”或“知识经济”主要是科研院所或高校的事。由于企业是经济实体，产业的力量，在于能以资本的方式去吸收知识含量，开发出高新技术产品，从而在机器中滚动出巨大效益，带来社会的繁荣。因此，当我们确认“科学技术是第一生产力”，还要充分认识产业大军在社会发展中的主体作用。科技开发，或者说“开发第一生产力”，是企业发展知识经济的核心。企业不但可以，而且应该成为从事 R&D 的主体、主战场。

所以，站在科研的角度说“科技成果产业化”与站在企业角度说“开发第一生产力”是有区别的。我国有百万科研人员即使全懂得“科技成果产业化”也是不够的。若使几千万企业人员都真正认识到：我们可以，而且必须去“开发第一生产力”！局面就大不同了。

我国拥有实际存在的巨大潜力

一九九七年全国登记的重大科技成果就有三万多件。可以说，我国百万科研人才及其科研成果，是一个举世无双的“聚宝盆”！

但是，这么多成果，只表明我国投入了巨大的科研经费并取得成果。至于受益，是谁开发谁受益。如今，外资企业、合资企业、海外资本都可以通过各种办法来开发。更重要的情况是：我国许许多多人的大脑里迄今还只有科研意识而无开发意识。换言之，国民中多数人有“陈景润意识”，缺“周国泰意识”。

君不见人们通常总是说，“高科技的竞争”、“市场竞争”，其实，当代世界最激烈的竞争，不在科研上，也不在柜台上，而是在“开发”上。开发，是这样一个角色：在报纸、电视都把科研和市场喊得很响的时刻，它不动声色就利用了别人的脑袋和手脚——前头利用他人的科研力量，后头利用他人的销售力量。譬如外国资本只要开发出新技术产品，进入中国柜台，中国就有数不清的营业员不断重复地帮助宣传：“这是进口的……这是原装的。”

今人已多把尖端科研比作“皇冠上的明珠”，其实，现代科技一直是高悬在我们头顶的一柄利器。当今，仍然是西方发达的“开发之手”在执掌着这柄利器，威胁着我们的安全。

然而，我们还是可以看到，我国诸多科技成果未转化，意味着众多科研人才的浪费，这是一国资源中最大的浪费。浪费有多大，潜力就有多大。开发，难道不是最好的挖潜吗？但是，我国的企业，若一日对“开发”缺乏足够的认识，则一日不可能走出困境啊！

请把这个故事看作一艘船

友人对我说，这本书视野广阔，你选择的故事载体是不是小了。我说，请把这个故事看作一艘船，我们可以乘这艘“国泰号”去游览长江，也可以去看莱茵河、多瑙河、哈德孙河……船虽小，两岸风光却很辽阔。这本书试图让你超越故事本身，让你不仅仅是去阅读别人，让你乘坐这个故事去认识祖国、世界、他人和自己，不好吗?

但是，请注意，周国泰实在是个非常优秀的“船长”。他二十一岁参加我国第一颗氢弹爆炸的防核实验，三十六岁获国家科技进步一等奖，四十六岁获“世界和平友好使者”金奖……他不仅有科研才华，还有很强的市场开发能力和管理才能，这使他一九九二年四十三岁成为全国科技实业家创业奖金奖获得者。在他们的故事中，最动人的地方，是对我国困境中的不少企业提供的技术支持；最宝贵的地方，是他们还去开发我国多所大学的在学硕士生和博士生，把研究生挑选到开发部来，引导他们对开发部选择的项目进行科研，并把研究成果迅速开发为社会化的产品。如此，这些研究生做的毕业论文，就不再是“纸上谈兵”。

周国泰的道路也由此从开发技术和产品，推进到开发人、开发未来的科学家和实业家……虽然，他们去我国十多所大学挑选来此做课题的研究生迄今也只有三十多人，但是，一批研究生毕业了，又有一批到来，他们用这些挑选来的优秀研究生总是常用常新，世上还有比这更高明的用人办法吗? 就在这本书出版之后，张建春所具体领导的科研中心与大学师生共同“研发”的又一新技术产品，由我国一批企业投入生产，正使成千上万的工人得以上岗，产品陆续打进美国、澳大利亚。

朱镕基总理为什么说“科教兴国是本届政府最大的任务”?

我看这个“教”不全是指学校教育。学校教育主要是为了明天……可我们已迫切需要解决今天的问题。科技，通过教育才能最快地到达广大劳动者……周国泰、杨廷欣、张建春们，通过开发大学师生、中国院士的科研能力，正把大学、科研所、企业的力量紧密联合起来。为进入“产业化”，他们最近在河北、浙江、广东、海南等省对企业领导和职工进行的上岗培训，活生生把新的操作本领传播到劳动者身上，真是振奋人心啊！

更广阔的意义是，我国有那么多企业，那么多高校，如果都知道像周国泰这样去开发高校师生们源源不绝的创造力，则中国企业的前途，中国的前途，可估量吗！

最后，我该说，本书错误或不妥之处必不少。优点，不在于提供了多少经验和见解，在于能引起思考，引发你更接近正确的发现……这是一个呼唤我国大实业家、大科学家的时代，即使你还在学校读书，播一颗“开发”的种子下去，谁敢说你的未来不茂盛！

作者

1998年7月4日　北京

当世界再一次变成需要重新认识的对象，人生也会成为一个陌生的难题。如果你被这个故事吸引，那是你看见了自己的潜力。

序　章

一个古老的梦想

1. 访问涛声

好吧，现在出发。到德国去。带着防弹衣。

那个国家太容易让人想到武器。但那个国家的柏林墙已经拆了。

路在奔驰，这是清晨，有雾。这是十一月。

这是一九九二年，北京。

再看看北京。

这个冬季，北京仿佛把一个世纪的春天都陈列在市场上，中国是怎样地不同凡响啊！

历史仿佛急剧地浓缩了，现实以很大的陌生形态呈现在我们面前……不分老少，我们许许多多的人，似乎都被置于相似的年龄，**放在共同的起点**。许多过去无价的东西已在标价出卖，人们可以用另一种结构安排自己的明天。各种惊心动魄的念头，开始如婴儿躁动于母腹……某个时刻，某种思绪带着喜悦宛若庆祝觉醒，但踌躇满志之后，仍会发现自己力不从心。

某个车灯如流的夜晚，你独步街头，或者坐下来眺望四散的群星，想到有一天自己也可能被摆上柜台，是惊悚还是愉快？

人们仍在以空前的热望和冲动走向市场，去寻找在他们看来自由度更高的太阳岛，或者是更能释放冲动的金银岛、冒险岛，无所谓漂泊，无所谓流放……

中国的铁路交通再次成为经济发展的重大难题。你在拥挤不堪的车厢里听到某位老太太叹道："现在三人五人就能成立一个公司，经理怎么多得跟当年的造反派司令一样？"

万象纷呈。我们许许多多的人，都在分享着时代赐予我们的机遇和忧虑。"价格"已成为我们生活中出现得越来越多的字眼，对价格的关注和使用，无疑，在使这个犁下有深土的民族，实现着跨越时间的迁徙。

这就是一九九二年的祖国。中共十四大决定发展社会主义市场经济。这一时期出现了一个新词叫"下海"，无论你在国内还是海外，这家乡的气息，掬一捧放在耳边，就是划时代的涛声……

飞机要起飞了，到德国去。带着中国防弹衣。

一个叫**杨廷欣**的男子率队前去。要到德国的南方去。那里有我们早闻其名的莱茵河、多瑙河、阿尔卑斯山……将看到旖旎的河水盛满风光，将看到欧洲男女把阿尔卑斯山的积雪踩在脚下变成笑声朗朗的航行之海，将看到幽深的古堡，河岸上覆盖着茁壮的葡萄藤……但是，中国防弹衣的第一发明人没有来。

此刻，他坐在他的工作室里。那个地点在北京西直门北大街28号。昨夜关上的绿色百叶窗，此刻还没有拉开。

窗外是秋色满布阳光明媚的早晨。晨光正从百叶窗的缝隙间透射进来，隐隐约约地在屋里铺陈着，看上去这个屋子里仿佛布满了楼梯。他的脸上身上也仿佛布满了楼梯。

他叫**周国泰**。

2．穿上防弹衣的美国模特儿

要理解这次飞往欧洲的意义，不能不听听来自美洲的消息。

美国。曼哈顿。一场时装表演轰动舆论。不因为那时装款式是否奇异，也与穿着是否多了或者太少无关，是模特儿们正把身体保护得用子弹也射不透。

模特儿们正穿着防弹衣，走在灯光音响灿灿烂烂的地方。

这防弹衣有个芳名，叫“芳纶”。

周国泰见到的这条消息登在一九八九年七月十一日的《国际商报》上。这张报纸，曾长时间被收藏在他的抽屉里。

对中国人来说，这是一个“刀枪不入”的古老梦想。

在西方，当子弹问世之后，它也长时期成为科幻小说构造故事的重要道具。迄今，在欧美，已有几个国家在一定程度把它变成了现实，也只有几个国家获得了如是成功和进展。

周国泰第一次见到芳纶防弹衣是一九八七年。在北京，正开一个国际技术交流会，美国的芳纶防弹衣堪称世界一流，就摆在北京四川饭店的一张长会议桌上，周国泰想去摸摸，遭到拒绝。

他的手就那么愣在空中。这个动作，从此长久地在他心中凝固成一个历史性的定格。在众多中外专家面前，他的手就愣在那里——他不是研究子弹的专家，他是中国的研究军需防护装备的专家，那时刻——他正好似被子弹打中。

这是八十年代，中华人民共和国，仍然是美、英、法等国控制的“巴统”组织实行禁运的对象。周国泰在这里体验着祖国和世界。

在世界上，最早去美洲开拓殖民地的是西班牙人。一百余年后，英国航海家哈德孙受雇于荷兰，到北美探索新航线，到达了后来以他的名字命名的哈德孙流域，荷兰人沿这条河流建立了新尼德兰殖民地。这是十七世纪早期的事。

也在这个世纪，荷兰人建的这个殖民地被英国人夺去，并改了名，就是纽约。

曼哈顿岛在哈德孙河河口，荷兰人来建殖民地时，最早就选在这儿建立了贸易据点，这儿也就是纽约的发轫点。如今纽约是美国第一大城市。一百零二层的帝国大厦犹如擎天一柱，长久以来被视为纽约的象征。从大西洋前往纽约，第一眼看到的就是耸立在港口的自由女神像，那是美国的象征了。联合国大厦坐落在东河西岸，可说具有世界的象征意味吧。

全美最大的博物馆——大都会博物馆就坐落在曼哈顿区。这个历史尚短的国家，在曼哈顿近郊还建了一座自然历史博物馆。世界的发达文明似乎都汇聚到这里了。

现在，曼哈顿的模特儿们穿的防弹衣，色彩款式，鲜艳新颖。皮衣式、棉衣式……均被称作：在市场上独领风骚。实际上，**把防弹衣裁成时装，由模特儿们做歌舞升平的表演，正是曼哈顿历史的自然发展。**

海湾战争中，美国已把参战人员的死亡数缩小到微乎其微。这除了美国当代高科技所支撑的军事攻击力给世界留下深刻印象之外，美军在这次战争中装备的防弹头盔、防弹衣和背囊等防护装备已有十二个品种。但在美国本土，当防弹衣成为时装，面向社会，说明什么呢?

上一个世纪，西方人为不断涌现的科学发明惊叹不已，老人们比年轻人更加感到，二十世纪，将是你们，年轻人，充分享受幸福的世纪……本世纪初，第一次世界大战刚刚爆发，一批现代新武器的运用就碾碎了人们的梦想。“一次大战”结束不久，“二次大战”又爆发，到“二战”结束之后，美国死于车祸的人跃居突出地位。到九十年代，死于枪击的人数——竟像弹速超过车速——追上来，超过死于车祸的了。

据美国联邦火器局的统计，美国进入九十年代，枪的数目已从五十年代初的五千多万支跃升到超过两亿支。在五十年代，那五千多万支枪，用于战争，还是管用的。到九十年代，这两亿多支枪，用来干什么？

枪的数量，以这样的姿态追上来，几乎要与美国的全国人口数等量齐观。纽约州死于枪击的人数登全美之冠。美国儿童保护基金会曾发表报告说，据美国全国健康统计中心的资料，一九九三年，死于枪口下的二十岁以下青少年比一九九二年增加了百分之七。受害者有一百一十六名不满五岁的儿童。每隔九十二分钟就有一名青少年被枪杀。玩枪走火，子弹穿墙过壁击中邻人的事，也时常成为报纸、电视的新闻。

“我们应该待在哪儿才安全呢？”

听到这一声问，也就能够理解，当曼哈顿的模特儿穿着防弹衣登场，报纸为什么会因之喧腾。

很久以来，人类都在为争取自由而努力。如今人类也在为自由付出越来越高昂的代价。防弹衣用时尚和微笑成功地掩盖着现代文明的虚伪、凶险和尴尬。

还在昨天，军火商说：“亲爱的女士，买一支枪去保护你自己吧！”今天，模特儿们以款款走来的阵容说：“你再买一件防弹衣吧！”人类就这样发挥自己的聪明才智？

无论现代科技所支撑的世界文明已经多么发达，无论发达国家用怎样的语言描绘世界和自己，这个世界，已是防弹衣首先在发达国家成为时装的世界。

这不是一个曼哈顿的风景，这样的风景线在人类以往的世代还不曾有过，是人类走到二十世纪的秋天，在世界万种风情中最有特点的景象之一。当代人，是那么渴望读到最具有当代特点的新鲜故事，那么，你此刻读到的这个故事，恐怕就是足够具有——世界性的——时代特征的了。

3．中国式的图腾

也许我们应该感谢一九八七年那位拒绝周国泰“摸一摸”芳纶防弹衣的美国人。这个中国军人看来是把那个尴尬经历有效地转化为卧薪尝胆的动力。

奇迹出现了。这肯定是个奇迹。

只是，有谁会相信，那些正带到德国去的中国防弹衣，中国军警重要的防护装备，是这样一位专家走出研究所，到市场上去挣出钱来制造的？

我说的奇迹，不只是他在研制防弹衣方面取得了怎样的成功。那时中国报纸上讲经济还是“商品经济”，他是个搞科技的，从未搞过经济，去闯市场，会弄出什么来？直到今天，谁都知道，要搞经济得有资金。这个人一九八七年走出门去，除了用自己的工资去买车票，没有资金。

“搞时装吧，搞时装挣钱。”当初倒是有人劝过他。

“不，那不是我的优势。”他想发挥他的科技优势，在实验室里搞出了一种“功能服装”。那么看看他说的优势是一种怎样的奇遇。

这里没有市场，原野在脚下展现着广阔，道路是有，不通班车。他要到油田的井队去推销他的“功能服装”，从日出到太阳西斜，他已经累得走不动了。这是一九八七年初冬。

终于看到有辆自行车从身后的远方来了……自行车上，厚厚的服装包裹着的是个女人，女人的脸在风中红扑扑的，看上去很年轻。

风把四野刮出异乎寻常的旷寂，草色浮动。

越骑越近的女人看到的这个人穿一身军装，是个军官，背上背着一大捆东西不像背包，是用麻绳捆住的，手里举着一张五元的人民币，正站在路边拿眼睛望她……这是干啥呢?

近了，更近了……周国泰说，那时我多想这女的带我一段路啊，或者我来带她，再给她五块钱……可惜这个科研专家话堵在喉咙说不出来，女人一掠而过了，逃也似的远去……周国泰发现原本不置可否的心情现在是比沮丧还要糟糕。手里的钞票已显得潮湿。行囊越来越沉。

他已经在路上奔波多日。坐了火车又坐汽车，精神和体力起初是好得令他自己都难以置信。但他觉得还是应该睡眠，就把睡眠安置在车轮上……听到广播里在播通缉令，他神情一震，突然警笛大响，他醒了……火车隆隆开着，汽笛声响出一种机械的疯狂。

现在，除了继续走，别无选择……他继续在天边看到很多云，云在身前身后渐变了色彩。黄昏临近了，寒风刮得令人心慌。在这片荒丘野路上，周国泰感到自己还真像个逃犯。

荒原上的井队不是经常出现新奇事迹的场所，这位“解放军”孤身一人背着行囊叩访井队，毕竟令人感到新鲜。

“我是来帮你们解决‘道道服’问题的。”周国泰说。

“道道服”就是你从电影上看到铁人王进喜穿的那种。穿着穿着里外都是油和水。冬天一冻，像盔甲。衣服硬了扣子总掉，工人们干脆用绳扎……那形象，还真像一个个穿着铁衣的人。

多年来国家石油部门想过不少办法，用橡胶，用人造革……都因为并不那么实用，而且在造价上也不那么符合勤俭建国的精神，所以还没有找到更好的办法。于是油田里流传着老石油部长康世恩的一句誓言：不解决石油工人的道道服问题，死不瞑目。

“这是我们最新研制的，既能防油又能防水。”周国泰说着就解开了绳子，摊开一件件服装铺排在地，像个摆地摊的。

改革开放了，什么样的事儿都有。这军人不是最早叩访井队的人。不久前，也有人带着“新产品”到油田推销，但工人们穿着穿着就发现并不像他们宣传的那样。

“拿油和水来，泼。”周国泰说。

果真有人提来刷洗过机件的油，污油泼上去了，衣服荷叶似的凹下去盛住了油。周国泰端盆般端起衣服，那油滑溜溜地重新跑到桶里，衣服洁净如初。

围观的人多起来，像看变戏法。又有人拿来黏稠稠的机油。机油也泼到衣服上了，周国泰再次端起衣服，衣服上还有这个日子里最后一抹彩霞，机油在夕照中一如滚动的珍珠……可是，怎么是个军人来跑推销，怎么是他一个人跑到这儿来推销，要真好，用得着这样推销吗?

“我们用的是特种技术。”周国泰说舰艇上海军穿的一种防油防水抗腐蚀的服装，就是用这技术造的。

这话令人想起了大海和军舰，许多双手伸过去了，摸那衣服，手感不错，样式也不错。但是话题转到要跟井队签合同让井队订货，大伙都说你去找油田管理局吧，“劳保服装归他们管，我们只管穿。”

“我去过了，”周国泰说，“管理局的领导让我深入基层直接跟你们签订。”

大伙感到这太新鲜了。

“你有证明吗?”

“我有证件。”

是的，周国泰只有证件。红皮证件上烫金印着的发证机关是“中央军事委员会”。把证件递给井队的头儿，军人说我是解放军军需装备研究所的。大伙看到了那是个军官证。

“不需要你们付定金。”周国泰说，“看准了，报个数，签字就成。”

荒原上的冬夜仿佛是突然降临的。只一会儿，风在夜色中打着呼哨了。但周国泰眼前一亮，他听到队长发话了。“难为你跑这么远，我们订。”

听这话周国泰就问：“你们井队共有多少人?”

“我们就订两套。”

“多少?”

接下来周国泰听清了。现在确定无疑的是：他不知自己还要跑多少个井队。

又一个清晨，雾中行走仿佛悬浮于梦，这位领过全国科技进步一等奖金字证书的专家，怀里揣着一份井队队长签了字的合同，向另一个井队走去。

如果说他有技术上的优势，你已经看到，他用特种技术搞出了这种功能服装，上有老石油部长的铿锵誓言，下有石油工人的实际需要，却是这样的经历。

听着脚步在晨雾中发出神秘的回响，怀里揣着那份就订两套的合同，那是他已经翻越的一座高山……

4. 在乌拉尔上空

飞机起飞了。到德国去。

“看，亚欧分界线。”这是在飞越乌拉尔山。这是一九九二年十一月，本书开篇的时辰。

贝加尔湖、圣彼得堡，在机翼下都是一片白茫茫景象，看不清，但能让我想起我们的童年，还有青年时代。此时，我向你述说的是我在飞机上的心情。由于我也在这年，十一月，踏上德国，我的“使命”与他们不同，但在飞越乌拉尔时，我能体会到，我的同代人心中某种相似的跳动。

当我们在前线奔驰和体验着战斗的风暴时，难道你以为太阳就不照耀着我们或者生活就不是美好的吗?

我更喜欢奥斯特洛夫斯基的这句话。在我插队的日子，我无法想象我的一生是否能不虚度或悔恨，这句话却能帮助我对付眼前的艰难。保尔与冬尼娅、与丽达的恋情，也能让我不羞愧地欣赏到村姑的秀丽，听到草帽的歌声，并为养育了代代儿女的枯萎的乳房感动。我相信，那样的精神，也是周国泰在大雾中行走的太阳。

但是，今天，就在我们的机翼下，苏联已经不存在了。

但是，我相信，那片土地上的人们曾经创造的伟大文化，仍然会在这个民族的内部存在。

继续向西飞行，波兰将要出现，我继续回想，在唱着《莫斯科郊外的晚上》，唱着《红莓花儿开》的岁月，本以为我们这一代可以大笑着跑过我们的青春，后来却跑过了不少泥泞。我们那一代有千百万知青，号称知青而知识不足是我们的特征。当我们从乡村归来，有一些人像从战争中归来的海明威那样，写我们不能忘记的，成了作家。但是，在课堂知识中断之后，要成为科研专家就非常不容易了。

周国泰是如何成为科研专家的呢?

不管怎么说，这个知青出身的人，是个奇迹。

性格是人生的一种品质。生命不是用来固守门前的一小块天空的。这一代人自小就乐于把自己同祖国联系在一起，这使心空很早就得以宽大。

第一章

五 星 旗 下

1. 民治屯童话

一九四九年，这一年很可能出生了一千个还是一万个叫国泰的人。那是成千成万的父母对一个新生国家的祝福。周国泰的命运从此也与共和国水乳交融。

他生于吉林省西北部的镇赉县，那是个邻接黑龙江和内蒙古的三省区交界处，科尔沁大草原就在那地方。一天黄昏，草原上响起了奇怪的声音，屯子里大人小孩都去看。

“老毛子来了。”

“那是啥?”

“电驴子。”

“哎，大板车里有黄羊。”

黄羊是被长枪打死的。这年他七岁，算得上是上学的“前夜”了。黄昏的草原上风呼呼地刮，他看到“大板车”的两只眼睛贼亮，非常惊讶！他还注意到“大板车”前面有两个弯钩，“像野鸭的嘴。”草原上大雁成群，野鸭成群，他已经会掏鸟蛋，套兔子。喇叭响了，他一直注意着那两个弯钩，他说那时我以为是这两个东西在叫。

他知道的第一个村名叫民治屯，民治屯还没有人知道“大板车”该叫大卡车，“电驴子”该叫摩托车。但是，他第一次听到“专家”这个词了，从大人的嘴里他知道了来打猎的是苏联专家，可是没人能讲清专家是干什么的。此后许多年，“大板车”和“电驴子”再没有出现，他一直以为专家就是大鼻子。

草原上的生活依然像无风的日子那么宁静，没有人来打扰。夏天，鸟多极了，他又学会了玩弹弓，搓泥丸，把泥丸晒干了就是子弹……这就是他的童年，他的家乡。

一九九七年香港回归，驻港部队服装是凝聚着高科技的军服，也是中国人民解放军新一代军服在港首次亮相。**那个科尔沁大草原上晒泥丸的孩子，如今是负责研制二十一世纪中国人民解放军三军现代化军需装备的主官，在这二者之间，隔着多么遥远的蹄声呢！**

2．从知青到扫树叶的兵

新中国恐怕真的帮助他缩短了相当遥远的路。十六岁，他是吉林省西南部梨树县第一中学高一的学生了。

十七岁那年，中国发生了天翻地覆的事。周国泰在中学里羡慕大学生写大字报印传单的水平。小城的第一中学很快也成了全县各界瞩目的舞台。这舞台不久就很难找到一块完整的玻璃。

这不是周国泰个人的经历。你在北方，我在南方，十八岁，或者十三岁，**我们仍然在没有玻璃的教室里探讨伟大的理想和人类的命运**。中国的历史几千年来都是一个皇帝代替另一个皇帝的历史……中国共产党决心要把自己创造的时代同封建时代划清界限。历史是有惯性的，几千年的历史惯性不可低估。我们背诵“老三篇”，熟知中国共产党的伟大宗旨是“为人民服务”。为了防止党的干部重新变成骑在人民头上的老爷，为了一个崭新的时代真正成为前人从来没有经历过的极其光荣伟大的时代，我们体会着毛主席说我们是早晨八九点钟的太阳，希望寄托在我们身上，我们热泪盈眶……

那时县城最高的楼房也许是三层也许是四层，望着从上面飞下来的传单……犹如看见《青春之歌》电影中的场景，我们体会到一种先辈的光荣。

那是我们青春期中的模仿期，转变期还远远没有到来。萌动的青春也会对异性发生爱慕，但多数人连“拉拉手”的经历都没有。我们专注于那个时代对我们的号召，关心国家大事，但**我们对世界知之甚少，也不了解我们自己**……那个红色的喧嚣时代给全民族带来的灾难已经写进了历史。历史的惩罚公正而严厉。多年后，**我们中的很多人会在某个夕阳淡淡地照耀的时刻，坐在某个村寨的小河边，检查自己的伤口，知道我们这一代曾经的创伤是比我们更成熟和更年幼的几代人也许永远不会理解的。**

多年后我们还会发现，我们需要补课的东西很多。包括我们长期被熏陶要有好的世界观，可是我们竟然不懂哲学。当我们开始有些明白，是存在决定意识，是经济基础决定上层建筑，便是一个新的时期到来了。

于是知识分子写下了那句著名的问候：“小平您好!”

于是周国泰不能忍受经济的拮据，走出研究所。

写下这些，是想，事实上，像周国泰这一代人，一生都不可能摆脱一个过去时代所给予的深刻影响——不论被雕塑成怎样。许许多多的人**尽管也怨也骂，但是不能接受我们自幼长大的岁月是一片黑暗的说法。很多情况下，我们带着尴尬的笑容默默地捍**

卫着自己长大的岁月，犹如保护着自己的伤疤。

好吧，继续说，周国泰是一九六八年去插队的。那一年，有一批学生仿佛预先感知了时代的召唤，又像是先遣队，在毛主席发出“知识青年到农村去”的指示之前就率先到农村去了。

不少人是唱着歌去的。神圣得就像“五四”以后的青年到青纱帐去，到延安去——那歌词是：

到农村去，到边疆去，
到祖国最需要的地方去。
祖国啊祖国，
养育了我们的祖国，
要用我们的双手，
把你建设得更富强……

那是进行曲。不能怀疑那种真实的昂扬，需要理解的是为什么会有那样的昂扬？那旋律深深地浸染了一代人的灵魂——以致不少人，多年后要接受别样的旋律，相当困难。

关于周国泰在乡村的劳动表现，我忽略不述了，因为我已经听到——他二十岁后的那个秋天，吉林省梨树县河山公社高山大队响起了锣鼓声，周国泰在锣鼓声中戴上了大红花。

那年月当兵不是身体好就能当的。那年月也没有比参军更美的事了。对农村青年来说，在“知青”到来之前，参军就是很实在的理想，是光荣，是前途，还意味着媳妇……那里的村干部们，把这好事给了这位异乡青年，可以见出周国泰的劳动表现，也可以说是出于公心。那时候乡村的风气还很纯朴，农民们敲锣打鼓把他送上了拖拉机，送到公社。周国泰没想到他一当兵就来到首都北京，“真像做梦似的。”

在新兵连，他当上了班长，还意外遇上了一位高中的同学。经过插队各奔东西，又碰到一起，多不容易。

新兵集训在永定路 5 号院。一天，他那同学出操回来，一身汗，把军帽往床上一摔——立刻传来连长的声音：

范喜春，把什么摔了！

帽子。

上面有什么？

五角星。

代表什么？

毛主席。

你把毛主席摔了？

连长上去就把他的帽徽、领章扯下来。范喜春直掉泪。

周国泰急了，望连长那一脸庄严，"跟他理论没用。"周国泰走出去了。

他是总后勤部管理局的兵，打听到谁是局长，他走过去了，带着锐气，也带着插队回来的泥土气息，上去一个敬礼，就报告，他说我们连长更糟糕，"他把毛主席扯下来。"

连长受到了批评。

新兵集训结束，列队等待分配。一批一批点到名的走了……周国泰发现剩下十个兵。看看这十个兵，要么调皮好动，要么没啥文化，周国泰中等身材，站在其中也不出众。

十个兵还分电工、锅炉工、修理工、炊事员，还有看冷库的、扫马路的。

"让我干什么呢？电工？"他想。

连长又开始念名了，一个一个念过去，没念到周国泰，最后就剩一个周国泰。周国泰说我知道让我干什么了。

大卡车把十个人一直拉到总后大院。"哎呀，来了，来了！"前来欢迎的都是老头老太太，没有当兵的。老头老太太都很热情。来帮周国泰拿背包拿脸盆。三转两转到了一个小平房，住下了。

从此开始扫马路。

革命战士像块砖
哪里需要哪里搬
盖到高楼不骄傲
盖到厕所不悲观

不知这歌谣是谁创作的。这回你没法跟连长理论，也没法找局长告状了。

“好扫赖扫都得扫，干吗不好好扫?”他决定好好扫。

起初是天一亮就起来，划着扫帚，看着跑步的人从身边经过都加快速度。不久，就是跑步的人发现，路上集着一堆一堆的垃圾，一个兵推辆车子在收集……人们不知道他几点起床，知道跑过清晨这路是不冒烟了。

清晨跑步的不乏有些年纪的领导。不久就有议论：“这兵不娇气。”

三个月后，这兵接到通知去弄果树。

总后大院有许多果树。那时办公区两边、礼堂两边都是果树。周国泰每天上肥、剪枝……三个月前，他不信：我扫不好马路？现在他不信：我种不好果树?

又三个月，他被调到办公室。因为有人发现，“这兵是高中生，当兵还带着‘数理化’课本来的。”

“让他写材料吧!”

那办公室称“联合办公室”，那时人不多，还没有那么多“处”。

这年国庆前夕，天上忽然降了一场冰雹，周国泰听着窗玻璃的碎裂之声还想不到这场冰雹跟自己的未来有什么关系。不久，他从残破的缺口看到果园里有人，又捡又摘的，他就出去了。

“谁让你们偷苹果!”

一喊，都跑。周国泰逮住一位个子跟他一般高的，对方回身就给他一拳。周国泰火了，把对方扯进屋来。

“你父亲叫什么名?”周国泰看到站在他面前的是个少年，琢磨着得告诉他父亲。

不料对方昂着头，利利索索说出一个姓名。周国泰一听，糟了，那是总后勤部副部长。这怎么告诉呢?少年见他没啥反应，怕他不懂似的，又把父亲的职务说出来。

“啪——”周国泰听见自己的巴掌在那少年的脸上发出声音，“副部长又怎么啦，滚!”

“等等。”另一位干部听到，连忙过来，他抚慰那少年，“我们啥也不说，不会告诉你爸。放心吧，噢，你快回去。”

少年走后，那干部却很不放心。他对周国泰说：“小周啊小周，你怎么能这样呢，怕有麻烦了。”

“你们管理局对部长有意见，你们跟部长说去，别拿我们家孩子出气!”副部长老伴的声音响起来。

管理局的领导们哭笑不得。周国泰的名字自此开始在管理局传播。领导们不忍心处理这个在各方面看来原本不错的新兵，想出一个可望化解的良策：“让周国泰上门赔礼道歉吧。”

谁知竟被周国泰拒绝。

“我不去。”周国泰再三说，“我不去!”

“不去怎么行?”办公室的领导几乎是求他了。

周国泰竟然生气了。一生气给毛主席写了一封信。

但是，还没来得及寄出去，被发现了。周国泰被叫到领导办公室。几天后，他收拾行李，离开京城。一部小车把他拉到房山。

3. 大漠养犬

在这里，能看到许多碎石铺路，卵石砌墙的房子。能望见青烟缕缕，能听见鸡鸣狗叫。他说他自己也不知咋回事，突然变成了装备研究院卫生处的一名卫生员。

青年时期的周国泰似乎并未显出他有从事科研的才能，甚至没有文质彬彬的样子，而且似乎总是这样：起初干得不错，干着干着就弄出麻烦来，有时弄得领导也难堪。

但房山是个好地方。是祖先开始走向文明的圣地。著名的中国猿人遗址，山顶洞人遗址，都在这个县的周口店村。房山房山，是否因名于龙骨山中的洞穴就是祖先的住房？这里背衬青山，奇峰翠峦逶迤，呈飞腾气象，面对千里沃壤，满目无限驰骋前景……在这里，周国泰完成了一个对他日后一定是很有好处的判断，或者说，是某种以利前程的对事物的认取方法。

他说，他在研究院卫生处，望着那些他还不明白它们是啥用途的药片，想明白了："管理局的领导在保护我。"

二十一岁，这个卫生员忽然又到沙漠上养狗去了。在那里，他仿佛获得了某种释放他的特殊"领导才能"的机会。

那是一种我们不大熟悉的生活。一位已经退下来的副师级干部跟我讲述往事，取下了他的洁白的牙齿，"你看，我的牙就剩两颗了，要没这两颗，这假的也不知放不放得住。"

我们知道，原子弹、氢弹爆炸时犹如霎时间在天上挂起一千个太阳，它显示了人类辉煌的创造力，或说人类创造的非凡的毁灭力。我们还知道，强化武器的进攻力是一种有效的保卫自己的方法。我们也已经知道了一些使中国获得这种能力的英雄们的故事。但是，别人的核弹头落到我们的国土上来呢？我们如何防护，怎样救治？

他们是一批这样的英雄，致力于研究：核武器降临中国国土，我们怎么办？

“我们的基地在新疆。”他说。

我们现在得先记住这位已经退下来的专家的名字，他叫**刘水林。**

刘水林就是中国早期从事军需防弹用品研究的人员之一。他老家在湖北鄂城。一九六〇年，解放军总后勤部装备研究院刚刚成立，他二十五岁，被调来从事研制防弹头盔，不久又从事防核试验。他们的任务叫“21号任务”，他们也就成为一批仿佛隐姓埋名的人。到七十年代末，他还不到四十五岁，与人说话，说着说着就掉下一颗牙来，直到最后剩下两颗。

现在说七十年代初，他已是“防原室”军需装备组的领头人。他需要几十条狗配合工作，但是狗们不会听从领导。

那些狗都是慓悍大狗。“那狗不能总关着，关着就要生病，屎尿也要放出来拉。”要它们配合工作，更包含许多内容。必须找一个能驯服这些狗的人。

刘水林决定到陕西来物色人。此前林彪的“一号战备命令”已经签署，北京的一批科研单位移防到西北，陕西基地人才济济。周国泰原在房山，作为装备研究院的一名卫生员，此时也随部队到了陕西。

我至今不大明白，刘水林当年凭什么一下子就相中了周国泰。他与周国泰素不相识。

“他没有驯狗的历史，甚至没养过狗。”周国泰的领导非常负责地介绍。何况这卫生员曾有的经历还让人对他不大放心。“周国泰能管好自己吗?”

“养狗还需要给狗量体温、量血压。”刘水林说。

“那他也不是科班出身。”

但是刘水林憨笑着就要周国泰，就像他有办法，要个什么样的都行。周国泰自此有了新的领导。

“反正我不能要个一切都很规矩、很听话的人。这事，光能吃苦耐劳，也未必干得了。”这是刘水林今天的解释。刘水林说，**那时候勤勤恳恳的好战士好干部很多。**周国泰当然也算。但**那时候，最要紧的，不是要他听我的话，是要狗能听他的话。**他眼睛里有东西，那桀傲不驯，我们要这东西。

周国泰来了。狗也运来了。

东北狗、西北狗、新疆狗，还有北京狗。毛色形态各异，生活习性不同。共同点是体形高大、体格健壮，即使关在笼里也能令你毛骨悚然！周国泰不知它们是否东洋犬的后裔，这个联想是因为他记起了历史上的可怕镜头……你发现自己一再去注意那笼门是否关牢。一条狗关一个笼。它们没有名字，都编着号，共三十余号。档案卡片上还填着的另一个共同点是：性欲旺盛。

这哪里是狗，简直是狼！

与周国泰共同承担这项工作的还有一位女护士。

噢，大漠，这是怎样的工作！

狗们以凶狠的吠叫迎接立在笼前的陌生主人。周国泰舔着干裂的嘴唇，仰头望天，天空虚得没有一丝云……他知道自己和狗，都需要适应大漠气候。

伸手去开笼门就是一个问题。

“这是新疆，放出来，一跑就跑到新疆了。”刘水林说。

这是茫茫大戈壁，荒无人烟。周国泰知道，他的领导人是在说，只要一放出笼，你就不好办。

不只是喂养。真要给狗测体温、量血压，还要从狗血管里抽血化验……不管你平时怎样，周国泰二十一岁的能量、胆量，现在是赤裸裸地放在一群狗的面前了。

女护士就站在身边，这恐怕是非常重要的。不管周国泰有胆没胆，你总不能选择怯懦。今天，在周国泰右手掌连着大拇指的一块地方，还依稀可见一条疤痕，当年，那是被狗牙撕开鲜血淋漓的一大块。怕得狂犬病，他将一瓶碘酒倒在一团棉花上，就往创口上按。据说“刘水林心疼坏了”，女护士来帮他处理伤口，眼睛不时地瞅他脸上的大汗。他的汗珠沿着下巴、胳膊肘滴在沙漠上。周国泰说，那时我想到了林冲发配脖子上扛着的大枷，然后我也给狗制造了一副，给狗戴上，再慢慢跟狗交朋友。

多年后，人们对周国泰的评价，有人说他像马，有人说他像狼（眼睛通红?），或者说他自己就像一头牧羊犬。实际上我无力细述周国泰是怎么驯服那些狗的，恐怕也只有他自己清楚，那段生活是怎样孕育出他的某种组织能力和领导才能。这样说并无“幽默”的意思，**有些智慧是你与人相处时不容易得到的。你可能远远地体会到，当祖先还没有语言，还只会嗷叫时，是怎样联系、怎样沟通?**

那段生活给周国泰留下的印记，我们或可通过这样一个细节去窥望——你一定也在电视上见过——节目主持人问某位小姐：“将来，打算找个怎样的如意郎君?”小姐们的最佳选择，通常是用四字概括：“善解人意。”一天，周国泰也听到了，他问：“她说什么?”

妻子就学给他听。

周国泰的大脑竟然转不过弯来，他说：“善解人意，这不是对狗的描述吗?”

周国泰总是睁着通红的眼睛，身上一天到晚发散着动物的气味。

女护士呢？应该记下她的故事。

4．在那遥远的地方

女护士叫**蔡玉珍**。

蔡玉珍跟周国泰同样年轻。周国泰称她大姐。

我没有见过蔡玉珍，也没见过她的照片。我只能从她的战友们——多年后谈起她——那亲切的语言氛围，去想象这位女护士留给战友们的永恒的亲切形象。

蔡玉珍养狗来了。据说这声音在她初到之日就曾在基地军人的口中相互传告，怕谁不知道似的。

蔡玉珍站在大漠上，就像是沙漠中的一滴水。

那时刻，风，是否正吹动她洁白的大褂……她是否正把军帽端在手里，遥望大漠长空，黑发在风中飘扬……那时刻，大漠上是否响起音乐，出现绿洲，出现海市蜃楼？我愿意相信，她美丽得像一个真正的天使。

一个女子，来到沙漠，跟一个强悍的男子汉一起养狗……从此，那动物的气味也不可避免地成为她身上的气息，太阳怎样升起，月光怎样降临？要是写小说，我是一定会虚构爱情的。就在我写着这篇长文时，也屡屡想从这种枯燥、沉闷的叙述中逃走……但是，**这就是我们的生活。**

蔡玉珍帮男兵们洗过衣裳，给大伙唱过歌吗？我不知道。但知道在营地，燃起篝火，大伙儿使劲地唱过“下定决心，不怕牺牲……”唱过“是谁帮我们修公路哎，是谁帮我们架桥梁哎……帮咱亲人洗呀洗衣裳……”唱得无比自豪，无比动情。爱祖国、爱人民、爱党、爱军队，**把青春献给祖国的大漠、边疆、高原……这一代受过中等以上教育的读书人就是这样走过来的。**

家庭锁门，妇女翻身。在玉珍生长的岁月，一个女人，去充分发挥自己才能的机会，已经随着一个崭新国家的诞生而诞生。脱下红装换工装。学地质、学采矿，上天下海，几乎所有领域，女人都涉足了。“男人能干的女人也能干。”于是，蔡玉珍到沙漠上来养狗，据说她一句也没说过怎么能让我来养狗呢。多年后，当她们对镜梳头，关心着“美容霜”到底有多大作用时，会觉得，**我们这一代女子，对国家、对社会的奉献真的很多很多，难道我们做错了什么吗？**

我毫不怀疑，蔡玉珍来到大漠，她所做的贡献，一定比她自己以为的要大得多。“蔡大姐是个女中豪杰，性格泼辣。”这些评价一定不足以概括她。不管怎么说，蔡大姐是周国泰的好帮手。她的细心和护理经验，也给周国泰以熏陶。因为最重要的，不是要你比狗更凶悍，而是要跟狗交朋友，像护理人一样。

工作顺利进展。许多狗都能与“装备组”的同志和睦相处了。

有一头2号狗不行。但只要周国泰出现，它就安静。周国泰站在一群狗的中间，已经是个相当出色的“狗司令”。

但是2号狗“屡教不改”。大伙气坏了，都说：“到那天，就把它放到最前边去，烧死它！”

那一天终于到跟前了，就在明天。

“六点钟了，开始吧。”

这是今天，今天的黄昏。西部的太阳，离大漠还很高。

周国泰把手放在某号狗的身上，那狗就躺下了。这动作，已经从事过不知多少遍。这一次，周国泰比哪一次都更加感到自己是在从事着怎样的欺骗。

“剪短些。”

剪刀在狗的身上发出声音，那声音令你想起某个理发店。

“玉珍，你去配药水吧。”刘水林说。药水里多种东西比例要求严格，要求不能损伤狗的皮肤，又必须把毛褪掉。

“来，还是你涂吧。”

蔡玉珍开始把药水涂上去，狗毛一片片脱落下来。

“这皮肤，很有温度，像人的一样。”

“比人还白。”

周国泰啥话没有。

西部的太阳落下去了。灯亮时，灯光照着它们白亮的皮肤，狗的脑袋和两只贼亮的眼睛显出另一种分外突出的模样。大家不约而同静下来，谁也不说什么了……似乎都感到有种莫名奇妙的恐惧——你必须抑制，调整自己的情绪——然后开始觉得，那光溜溜的狗就像刚刚诞生的婴儿。

接着给狗穿衣服。

衣服是专门给狗做的。各种衣服都有特定的防护标准。有的衣服特意留下一个窟窿——在不同的部位分别留下窟窿——有几头狗毛褪光了，根本就没穿衣服。蔡玉珍拿来几条军毯，给狗盖上了。

女护士蔡玉珍的动作很认真很轻柔，令人心里再次涌起一种颤动。

最后被褪去毛的是2号狗。2号狗毛褪尽后，那威风凛凛的样子荡然无存。该穿衣服的狗，都穿上了，2号狗属于将要赤条条上阵的一位。

但在今夜，它同样获得了一条军毯。

崭新的一天终于在期待中到来。基地上的人都起得格外早。天气像预报的那么好，能见度很高。

没人知道周国泰昨夜是睡了几分钟还是几小时（那个夜晚通宵未眠的人很多）。这个养狗的兵睁着通红的眼睛，仿佛喝过酒。

“哎，谁给 2 号狗穿上衣服了?”

周国泰牵着穿上服装的 2 号狗，没有作声。

“好吧，出发。”汽车载着他们和狗向“阵地”进发。

氢弹爆炸成功的消息是怎样使沙漠沸腾，你可以任意想象。

“回收”的命令刚发出，各实验组的科研人员就像冲锋那样，进入“污染”地带。刘水林说，有的狗伤得很厉害。那是一种难以分辨的颜色，发出难闻的味道，但是，“周国泰把狗抱在身上，抱着走来了，那印象我终生不忘。”刘水林又说，“那是很危险的啊，可是他不听劝阻，两眼通红，那印象我终生不忘。”

不是爆炸成功养狗的使命就结束。抽血化验，给药治疗，真正实质性的工作才刚刚开始。医生觉得动物就是动物，受了伤不懂人是在为它治疗。“身体难受，当然发怒。”医生说。周国泰和蔡玉珍都不同意这个说法。他们觉得它们一定是知道蒙受了很大的欺骗。

周国泰和蔡大姐变得更加繁忙。他们比别人更清楚，这批动物受伤前不是这个样子。从夏天到冬天，他们是最了解那些狗的人。他们认为狗的行为一定也受着精神的支配，如果说狗的行为是受人支使的，**人同样可以被教训成凶残的东西。狗要是被驯服成好狗，即使失去主人，也能表现出一种独立的品格。**我不知这段经历是否加深了周国泰这样一个印象：**心若受伤，就很麻烦。**

护理的难度是我们完全陌生的，危险同样就在身边。但是他们再次获得了狗的信任。周国泰在那里再次领略了动物的心灵，感到深不可测。

5. 红与黑

从去大漠养狗之日起，周国泰又属于干得不错的士兵，而且，看来是日益受到战友的称赞，领导的好评。

氢弹爆炸成功的这个冬天，刘水林奉命到北京筹办关于防原实验的展览。周国泰仍在基地，每天负责带着那些狗走上为狗治疗和检验的台子，让狗躺下……当这项工作刚落上一个句号，刘水林一个电话就把周国泰和蔡玉珍催来北京。

这次进京，对周国泰是一次重要的训练，对他未来的人生走向将发生深远的影响。

北京，军事博物馆。从研制氢弹到有关“防原”的布展工作都在这里紧张进行。周国泰和蔡大姐向一道道站岗的士兵展示了证件，然后在一个展厅的角落里找到了刘水林。

“知道叫你们来干什么吗?”

周国泰看看蔡大姐，蔡大姐说：“不知道。”

“让你们来当讲解员。”

“我们?”周国泰问。

“对，就你们两个人，不是光讲养狗和防原实验那一部分，要讲整个装备研究院的部分。”

“为什么?”

因为这是一项非常保密的工作，因为编写绘制出那些展览图片的专家们还有研究的事，“那时候争分夺秒，”刘水林说，“总不能让专家去当讲解员吧，我只好找他们来，成天逼着他们背，像背书那样。”

这项工作毕竟非同一般，非常之难。虽然参加了防原实验，他们对那一大堆艰深的学问还是外行。现在要像内行那样讲话。来听他们讲解的将是军以上首长，是中央领导人。要是毛主席听了，再提出问题来，他们将怎样回答呢?

这项工作似乎有些不可思议。但是刘水林认真思考过。“我想过的。我看到周国泰养狗时不光是养狗，这人特别好学，脑子灵。蔡玉珍也灵。”

离“展览”只剩下十几天时间，“具体多少天我们还不知道，因为在等中央领导人的时间。”刘水林说，“我天天督着他们背，背，要全部背下来。周国泰背得天昏地暗，抱着笔记本就睡着了。我没少骂他。”

到底背下来了。“但是，”刘水林说，“背下来还不行，要把那些字都化成自己的话，要讲出来，要讲得很概括，不能让首长站太久。”

就在那段日子里，刘水林对周国泰有了更深的发现。临到开展的前两天，刘水林对周国泰说：“我要回基地了，那边还有很多事。这边就交给你和蔡玉珍了。”

再回北京，刘水林就听到不只一个人对他说：“小周不错。”还有人说：“你们小周可是跟许多中央领导说过话了。”

从那以后，刘水林就想把周国泰弄到他那里去搞科研，可是，周国泰还是个战士……拆展后，他们只好分手了。周国泰归队。此时，**某种严谨的力求准确的气质，以及对科研的兴趣、热爱和神圣感，是伴他乘上列车，与他一同返回西北的。**

回到驻扎在陕西的装备研究院，周国泰还当他的卫生员。因为有了大漠经历、为中央首长介绍防原实验的经历，用那时的话说，周国泰红起来了。不久，二十二岁的周国泰光荣入党，并且当上了机关排的排长。

看来，这一段岁月，周国泰真干得不错，很不错。这一次，他为自己塑造的好模样能不能持续得长久一些呢？

不妙的故事终于发生。

那时，他们的卫生处处长、副处长正在挨整。研究院开会让揭发他俩反党反社会主义的罪行。周国泰感到很奇怪。他记得，处长、副处长为了鼓励他这个卫生员学技术，都曾告诉过他，他们当初也是卫生员……周国泰觉得，这两位领导也是从解放战争的枪林弹雨中打过来的，都很平易近人，平常也兢兢业业的，挺好的，他就这样说了。就像当年替他那位高中同学说话那样，他在会上说出来了。

一说，他就被认为立场不坚定。私下里也有认为他不明智的。如果说他从前是为同学去争一个理，这回却只是想讲出一个事实，“是怎样就怎样。”更像是以一种科学的态度去捍卫真理。于是，他又带着从大漠回来，从北京回来的一种劲头，决定给研究院的政委挂电话。院政委是位正军级首长，周国泰要通了电话，在电话上说：“政委，我想向你反映一个情况。”

政委问他是谁，知道他是周国泰后，很热情：“你说。”

周国泰就说了，政委听几句后打断了他的话，“你不了解情况。”政委说，你们处长有问题，副处长更有问题。周国泰急了，说不是那么回事，别人说是他俩讲的，那些话他俩没讲，“当时我在场呀！”政委说：“小周，我们正准备提拔你呢，你怎么这么糊涂！”

政委这话不假。院务部的政治处主任孙志超已经与周国泰谈过话，组织上又要提拔周国泰上警（卫）通（信）连当副指导员，只等下命令了。此时的周国泰不仅“红”，且“红得发紫”。

“不是那个情况。”周国泰继续申辩，“总得实事求是吧！”

政委把电话挂了，周国泰还端着电话发愣。政委接着就把电话挂到了政治处。“你们太不敏感了，这样的人，你们还要提副指导员？”

周国泰没想到事情会是这样。他如果不想揭发不想批判，那就不吭声，也是可以的。他若顺杆子爬，就更没事了。可是这两种方式他都做不到。本来，他拿起电话找政委，他对政委是非常尊敬、非常信任的，“我拿他当党的化身。”放下电话，他觉得自己对政委有意见了。

他还来不及给政委提意见，他的“副指导员”成泡影了，排长的职务也被解除。接着，对他进行“批评帮助”，由于他“态度不好”，转为“批判斗争”。

当初，政治处主任孙志超还真想帮助他，保护他。孙主任是党委委员，在党委会上站出来说：这个兵最大的特点就是正直，还耿直，肯学习，肯钻研，教育教育，还是很有培养前途的。由于孙志超再三坚持，孙志超的立场也成问题了，结果，他不但没把这个兵保护住，自己也被停职审查。

“咱们政委是邱（会作）部长最信任的人，邱部长是林副主席最信任的人，你反对政委，你是反对谁?”

周国泰说，这时，我比较聪明了，我知道我不能再说错一句话了，他们再三问我，我只说：“我只是对我们院政委有意见，对别人没意见。”

跟周国泰持同一种态度的还有一位班长，班长竟然说：“如果这是邱部长的部署，邱部长也不对。”

班长也被关起来。不久，班长死了。

多年后回顾往事，周国泰说：“班长是位五好战士，他太纯洁了。”我打量着周国泰叙说的“纯洁”，我想这大约不是说班长把世界看成一切都美好。班长也是热爱学习的模范，写过不少读书笔记，他的笔记也在说明他起码知道有“阶级斗争”，也在接受“路线斗争就在党内”的说法。他敢于提意见，也说明他并未把队伍看得纯洁无瑕。但他希望他所热爱的军队能够纯洁无瑕，希望一切都应该像真理那样。

但他无法将抡着皮带向他抽来的战友——他平日帮他们洗过衣服，替他们做过许多好事的战友——同“路线斗争”联系起来。他只知世界分为光明与黑暗，只知人间有正义和邪恶，他还来不及认识人的复杂性，来不及知道人并不是用红与黑就能界定的。他全身心都浸透着对美好的热爱与向往，当他双耳听到他所爱的那么多人给予他的一致的愤怒语言，他的肌肤承接着向他抽来的皮鞭样打击，他知道这不是梦，这很现实。

一个无比美好的世界就在那一刻粉碎了。

一颗无比纯净的心就在那一刻被杀死了。

后来疯疯癫癫的样子只是一个被杀死了理智的躯壳。不久，这个还会动的躯壳也用一根皮带把自己消灭得彻底不动了。

班长死的时候，周国泰还是个“监视对象”。外面天气很好。他对看住他的人说：“你们放心，我死不了。”

多年后，我们回顾悲剧的历程，仍然会深切地感到，人的生命是多么宝贵，也很脆弱。**我们还活着，仍然需要以很大的热忱去捍卫人间美好的事物，也需要以极大的爱心去对待我们以为的他人的缺点和错误——即使是真正的错误。**

我也请求您能容下这段文字，不要责备我把这样的故事也写到这本书里来。这故事同样引起了我对自己二十岁前后的生活的反省。从而坚信，班长的死并非毫无价值。我们是因了这样的热血和牺牲，才有些认识原本相当丰富的世界，也认识我们自己。

怜悯、惋惜、或者愤怒之类的心情都不足以祭祀亡灵。**对死的祭祀，实质是为生开辟道路。值得在这位自杀者的墓前放一束鲜花，值得默默地聆听一个生命的述说，然后我们低下头，知道我们并不总是正确也不可能总是正确，知道魔鬼也居住在我的身上，犹如与狼共寝。**

看到了这个事实，不必难堪，看到了就可能有助于遏制以“正确无比”的方式对别人做出可怕的事情，有助于提高对此类事情的鉴别力和抵抗力，从而带着饥渴，甚至带着被恐惧追赶的心情去拥抱真正美丽的事情。

放一束鲜花，值得放一束鲜花。

班长短暂的一生还告诉我们，尽管我们永远也不能排斥人应该怎样，世界应该怎样，但我们不能只凭“应该怎样”去生活。多年后，我们听到周国泰对他的处长们说：“你不能总对你的部下说你应该怎样。应该的事多啦！你要考虑，你能怎样，你还做不到怎样？同时考虑，他能怎样，他们还做不到怎样？你是领导，这是你必须知道的。**你要是光知道怎样最好，就靠应该怎样去领导，非把事情搞砸不可。”**

你能体会到周国泰这段话的珍贵吗？在我们的社会生活中，总是凭着“应该怎样”去领导的领导是不少的。另一方面，在青年乃至高级知识分子中，满心希望中国应该如何进步，但对基本国情缺乏足够的了解，看到不尽如人意的事情多了，一着急，也容易把社会看黑。**这两种情况恐怕都尚未走出一个过去时代的负面影响。**

迄今，这两种情况，一是以其权力，一是以其知识，对社会生活发生着事实上不那么正确的影响，这就给更多的人们认识社会带来了困难和混乱。

6. 大学

又要说到刘水林了。他得知周国泰出了事，又来到装备研究院，他说我们搞“效应实验”需要一个战士，周国泰已经比较熟悉我们那边的情况，“把这个兵给我们吧！”

“这个人不行。我们正审查他，要处理他。”

此时，周国泰的主要任务，除了受批判，就是种植中药。那时兴“一根银针一把草”，卫生处在陕西驻地搞了中药园圃。被停职审查的政治处主任孙志超也被押来种植中药。周国泰得以与孙志超一块干活。孙也是解放战争时期入伍的，这一壮一少，在干活中叽叽咕咕地谈个人前途，也谈国家怎么办，由此成了忘年之交。

由于周国泰一口咬定他就是对院政委有意见，对别人没有意见。这样，也不好给他定个什么罪，最后，做出对他的处理决定：押送回乡。“让他回家算了。”

可是，还来不及押送，林彪事件爆发。周国泰于一九七一年十一月二十三日被宣布无错。孙志超也被宣布无错。

他们举杯庆祝，周国泰说：那是我第一次喝醉了酒。

一九七二年，无疑是周国泰一生中重要的转折。转折的背景——得益于这年出现了一个后来被批为“智育第一回潮”的时机。此时上大学还是兴推荐，但推荐后还要考试。

周国泰没有得到推荐。在过去的那件事上，他**虽被宣布无错，但也不是英雄。**因为他受审查时再三说过对邱部长、对林副主席都没有意见。后来，由于首批被推荐参加考试者严重不及格，更因为此时院务部经办推荐考试事宜的是恢复了职务的孙志超，孙主任直接通知周国泰：“你这个高中生，去考!”

一考，周国泰在基地考区考了个总分第一。

但是，还有问题。周国泰所在的单位没有名额。刘水林来了：“我那儿有名额。”

“跨单位，能行吗?”

“调我那儿去啊!”

又在孙志超主任的操办下，周国泰变成了刘水林的部下。就这样，周国泰从西北来到了南方，跨出了他人生中重要的一大步。他坐进了广州中山大学化学系的教室，学高分子专业。

故事还没有结束。周国泰上大学的头一年，刘水林到广州出差，去看周国泰，见面就问：“别人都在实验室里，你怎么在宿舍里?”周国泰于是知道，刘水林找到系里，找到班上，又找到实验室去了。“就那点东西，我已经做完了。”周国泰说。

“小周，你得用功。”刘水林说，“今后你不是走当排长升指导员这条道，要干出事，没有真本事是不行的。”又说，“小周，你学习上缺什么，就买，拿来我给你报销。”

按说，刘水林做到这一步，够意思了。谁知还有更出人意外的。在周国泰读到大学第三年时，刘水林再次出现。

“毕业后，有什么打算，回西北，还是去北京?”

“去北京是什么意思?”

“军需所在北京。”

周国泰并无异想，“哪里来回哪里去呗。”

刘水林是在说一件认真的事，在为周国泰设计前程。他说我们那儿还在工棚里办公，问题倒不在于艰苦，问题是军需研究所面广，“你到那里去，更能发挥。”

“不，我还是去你那里。”周国泰表达的是更愿意跟这样的领导干。

“你还是去军需所。好好搞研究，为国家做出贡献!”

这样的故事，这样的对话，要是出现在今天的电影上，人们会不会觉得这是“艺术虚构”呢？这就是那一代人的故事。那个夏天，周国泰把刘水林送出校门，刘水林又要走了，广州的夏季在马路上喧腾，那样的分手似乎寻常又不很寻常。

毕业后，周国泰回到西北基地，孙志超主任也认为周国泰应该去军需所，就为他积极联系，很快把周国泰安排到北京军需装备研究所。人是有感情的。在西北同孙志超、刘水林告别时，周国泰心里很不平静。离开这样的领导，今后将遇到怎样的领导呢?

7. 恋爱

同新中国一起长大的这一代，应该说，比以往的任何一代，都更有能力自由恋爱。但是插队归来，这一代数不清的大男大女，当年信心十足以为今生今世一定不需要别人介绍就可以自己找到爱人的男女，发现需要通过亲友师傅来当“红娘”。

周国泰的“红娘”叫**张连璧**，是军需装备研究所的副所长。

此时，周国泰在广州搞一项关于“热熔粘接裂片”的重要科研，领导着这项科研的就是张连璧。

姑娘姓**耿**，名**粤燕**，一九五二年生，比周国泰小三岁。姑娘的父亲是位军级干部，粤燕十六岁得以穿上军装。按说，她的条件是很好的，但是父亲对她的要求十分严格，以至她二十五岁同周国泰见面时，还没有谈过恋爱。

粤燕生在广东，祖籍河北，同周国泰见面时，已在北京工作。初次见面，是个夏天，在地铁。俩人都穿着军装，说不上有什么浪漫。

一九七七年，北京人的服装开始绚丽起来了，跟身前身后的色彩比起来，他们倒显得比别人还突出。为了打破在地铁里的尴尬，周国泰开始比较主动地说话。

互相简述经历，讲得都像他们填在表格上的那样简单。然后周说，你是当后门兵出身的，咱们不属于一个“阶级”。

这句话似乎跳出了“表格”，粤燕的脸掠过一片绯红，仿佛遭到一种袭击。

周又说：我脾气不好，干什么事，拿得起，放不下。只管前，不顾后。有没有退路，我不管的。你听到了吗？

粤燕不知怎么回答，恋爱就是这样的？她继续听对方说：“将来，你跟我，也可能遭罪。你要是看你的同学这个当官那个长级，比起来，你可别后悔。我不是那块料，我不行。”

此时的粤燕在解放军总医院当护士，她毕业于301护校。周国泰望着她穿得笔挺的军装，又说：“我不知道你是不是希望什么都井井有条，要是将来一天到晚说我这也随便，那也脏，我也受不了。你现在就要想好。”

也许粤燕在过去的日子里长期受到严格的管教，这个站在她面前跟她这样说话的人，竟突然让她感到一种异样的自由空气。听对方说话的口气，俨然他已经考虑好了，就等她决定了。恋爱就这么简单？对方似乎一见面就把决定一件大事的权利甩给了她，她似乎还难以承受。

她不置可否，就笑。因为总不能是发愁的模样。然后就送他去火车站。他是来北京购置材料的，他还在广州搞那项科研。

火车开走了，粤燕记起长辈向她介绍这个人时对他的评价：思想好，脑子灵活，聪明，能吃苦，等等。总之那年月还不会使用“思想活跃”这个词。但粤燕的心中已感到，这个匆匆一面的人留给她的印象，要比“介绍人”的评价丰富。

火车开走了，国泰此时的心是在广州还是在北京呢？这是个连自己也说不清的心情，总觉得心中犹如奔马在跑，火车隆隆的声音中，他真听见了辽远的蹄声。

你已经知道，生他的地方就在科尔沁大草原……童年，最有意思，最让人惊心动魄的游戏就是骑马，骑“光腚马”。**他的性格和胆量，专注、果断，等等，很大程度上是骑这种没有马鞍的马颠簸出来的**。当无鞍之马驮着你在大草原上跑起来时，你不专注，不把自己变成奔马的一部分，你前怕狼后怕虎，还怕左右闪失，能骑吗？所谓“只管前，不顾后”，当蹄声一响，他是在还不认识“勇往直前”这几个字时，已经在马背上体验到什么叫勇往直前。

“你八岁时在干什么呢？”他想下一回见面得把自己八岁的故事告诉她。“你爱看电影吗？”他听见自己的心声在问她。这就是谈恋爱？火车载着他离她越来越远，心中就这样跟远方的姑娘说着话，说自己认为最有意思的话。

“我七岁上学，八岁半第一次看到电影。”他想她此刻大约正在北京的地铁里，或者，已经从五棵松的地铁站上来，正向301医院走去，“草原上来电影了，我看的第一部电影叫《冲破黎明前的黑暗》。”

那是一九五八年，草原上的马是人民公社的马了。黄昏的草原上到处是马，马就在草原上，自由自在。电影放映队今天在董家围子放，明天在王家围子，后天在余家围子……我骑光腚马追着电影队，每天晚上都去看。一个围子同另一个围子之间一般十里左右，一片荒原，荒原上有狼，是真的。起初，有伙伴同去，后来，就剩我一人，我仍然骑马去看。你信吗？那时个小，我是骑在马上看电影，那是最大的乐趣！看完了，再连夜骑马回来，你信吗？

“那时，我想，等我长大，能挣钱了，我每天看电影！”望着车窗外不断奔来的景象，他自己笑了。

这就是恋爱的心情。

谁知，到了“文化大革命”，突然没啥电影看了，“中国电影，新闻简报；朝鲜电影，哭哭笑笑；阿尔巴尼亚电影，莫名其妙。”你们那地方是这么说的吗？“文革”结束，电影开禁，某天，就在我们搞实验的地方，广州782仓库，要放《杨门女将》了。可是，我们的领导不让我们去看。“要看，得把这张图画出来了，才能去看。”领导说。

那时，我们正在一个小平房里绘图，《杨门女将》就在小平房外的大操场上放映。杨家女将出征的鼓点隔着门板阵阵传来，我们在小平房里撅着屁股绘图。因为没有专用的带斜坡的绘图桌，只好趴在乒乓球台上绘图，就那种半蹲半站的姿态……领导也跟我们一样关在屋里，就在我们身边督战，“当监工”，知道他是谁吗？就是为我们当红娘的张连璧。

今天开发部的青年很难理解当年周国泰想看《杨门女将》却不得去看的心情了，也很难理解张连璧为什么要在那样的时辰里把科研人员关在屋里加班，一项历时几年的科研，难道就差那两小时？然而这就是当年真实的故事。不论张连璧做得对不对，这是“文革”结束后，那种抓紧一切时间科研攻关，奋力追赶的故事。

青年周国泰趴在乒乓桌上，把那张图纸绘出来了，电影也散场了。广州的春夏之交，小平房热得透不过气来，周国泰走出屋子，找到了一个水龙头，坐在水龙头下，让凉水从自己的头顶往下灌……科尔沁大草原在水流声中再次重现，八岁半的少年骑着光腚马去看电影的场面再次重现，在马背上，他看过《冲破黎明前的黑暗》看过《鄂尔多斯风暴》……自来水哗哗地响，把自己灌得全身每一根纱都湿透了，那种没看到《杨门女将》的说不出来的遗憾，渐渐在凉水中被冲淡了，冲淡了……

"周国泰，你在干什么?"

"周国泰，睡觉了!"

张连璧的声音在喊。

周国泰同张连璧住一屋。那夜，依然是那么热，周国泰睡不着，听到窸窸窣窣的声音，正想去开灯，啪哒一声，张连璧把电灯拉亮，他们都看到了老鼠——老鼠正光临屋内悬空吊着的一袋饼干——张连璧有胃病，夜里加班得吃几块饼干，没吃完的就用一根绳子扎住袋口，再系在小屋正中一根晾衣服的铁丝上，老鼠就沿着这根铁丝走到那根绳，又沿着绳垂直下行到那袋饼干。

老鼠的眼睛贼亮，老鼠看了看张连璧，又看了看周国泰。然后，周与张俩人的目光碰在一起，互相看了看，都笑了。

没有看成《杨门女将》，却看了这场"老鼠走钢丝"。

广州之夜经历的这一幕，俩人都久久难忘。是这种理解使张连璧把"没时间谈恋爱"的周国泰的"人生大事"惦记在心……

他们的恋爱，看来是不大复杂，你已知他们初见是一九七七年夏，半年后再见，是一九七八年一月，周国泰匆匆从广州回来，他们就双双坐在去东北的火车上，她跟他去见公婆。

在那列火车上，是他们直到那时，待在一起最长的时间。不料，火车还没出关，卧铺车厢熄灯了。一双军人只好坐到窗口去，这就是恋爱的继续。虽然还能说悄悄话，看不清对方形象了。

一九七九年二月十九日，电话铃声在粤燕的科室响起来，一位护士去接，听到对方是个男声：

我找小耿。

去妇产科了。

什么时候回来?

休完产假回来。

什么? 生啦? 男孩女孩?

男孩。你是谁啊?

我就是男孩他爸。

你在哪儿呐?

广州。

一九九三年的一天，周国泰在他的办公室里接到一个电话。妻子从河北打来的。粤燕休假回故乡石家庄。周国泰听到电话里声音很复杂，就问："你在哪儿?"

"我在卡拉 OK 厅。"

"你怎么到那儿去挂电话，有什么事吗?"

"没有。"

周国泰挺纳闷，电话里没她的声音了，他"喂"她，"喂"了好几声，妻说同学请我来的。又没声了。再传来声音时，妻说："你太苦了，你知道吗? 你看看人家玩得……"

当时，我就在周国泰的办公室，目睹了他们的这次通话。但是，我看不见粤燕在那个灯光闪烁的卡拉 OK 厅耳边压着那个电话是什么样子……本以为同这个很男人的男人共同生活，同这个一开始就给她某种强劲的自由气息的男人共同生活，可望改变她自小就规矩得不能再规矩的生活，可望找回她此生仿佛就没有过的十八岁。一九九三年，粤燕四十一岁了。她的二十八岁又在哪儿呢？三十八岁，她仍然像是独自一人守着一个十四岁的孩子，孩子也总在问，从小就在问："我爸什么时候回来？"

做小姑娘的时候，她受着父母的管束。现在，就她一个人在复制着对孩子的管束？孩子趴在作业本上睡着了，作业还没有做完，管不管呢？周国泰周国泰你在哪里？……她生活在北京，好像跑到石家庄才突然发现……她忍不住就在那个震耳欲聋的地方给丈夫挂来电话，电话里传来她的最后一句话是：

"我回去给你说吧！"

周国泰放下电话，对我说："她回来，我得受教育了。"

当他终于完成了那项科研，把跟随他多年的绿色被包从广东背回来，放到妻子的床上，他已经拥有一项成果，这成果使他日后捧回一个"中华人民共和国国家科技进步奖"一等奖，妻子打开获奖证书，看到那上面的评价，就念出来给儿子听：

"周磊，这上面不是说你爸做出突出贡献，是说做出重大贡献，你知道有什么不同吗？"

儿子已经能认能写一些字了，但要他区别那"有什么不同"显然是困难的，可这又有什么关系呢？在过去的年月里，她独自一人带着孩子，教他说话教他走路，盼星星盼月亮，现在得来了这本获奖证书，难道没有我们周磊的一份吗？孩子笑了，粤燕却哭了。

8. 三个人的空间

夜色降临了禄米仓 69 号院，把丈夫带回来的背包放在一个方木箱上，看上去像一个炸碉堡的炸药包。这“碉堡”是小了点，这是一九七八年元月他们结婚时组织上分给他们的“新房”，总共十一平方米。

床是张连璧结婚时用的床，也就是军需装备研究所第一代知识分子成家、生儿育女，使用了多年的床架床板，现在传给了周国泰。屋小，总还得有个地方看书写字，放上一张两屉桌。吃饭，把两张小方凳在床前那点空地上并在一起，这就是饭桌。那年一月，粤燕跟他去东北，国泰的同学送了两个东北风格的大木箱子，硬是要他俩带来。把这两个大木箱带进这十一平方米，粤燕说：“你看，现在往哪儿放?”

国泰说：“别急，想想办法。”

这个能把复杂的机器设计出来的人，难道不能设计出一个放箱子的空间？使用锯子、木板和铁钉，周国泰在床铺的一头钉了个架子，把一双木箱悬空安置上去了。两个人睡觉都把脚伸进那箱子下的空间，箱面上还能搁他们脱下来的衣服，国泰问：“怎么样，不错吧!”

当年的周国泰是不是也发过牢骚呢？国泰说：“分到那间小屋，别提多高兴，因为我有家了，我们两个人的家。而且这砖房确实比我们老家的土屋好多了。”

周国泰自幼长大的日子清贫穷苦，粤燕少女时代是住过“将军楼”的。现在住这地方的感觉如何？把脚伸到箱子下面睡觉，她觉得**这日子仿佛生活在小说里**。“我也有自己的家了。”这是一种离开父母后独立的喜悦。周国泰上街买了一罐油漆，自己动手把一双箱子漆成了鲜艳的黄色。在中国，在“禄米仓”时代，黄色可是皇家的颜色，龙袍的颜色。把脚伸到黄色的木箱下面，这空间同样激动人心，同样可以体会自己是女人，而且，某种学过医的敏感，她觉得某天，一夜之间，自己在成为母亲……粤燕说：“如果国泰就在北京搞科研，我会感到很幸福。可是，张所长又拉他到广州去了。从我怀上周磊，他就不在我身边。”八月，他回来过一次，粤燕说，我生他的气了。她说那时我挺着大肚子，十一平方米的空间里，事实上挤着三个人，真的，我一直感到孩子已经是个会跟我对话的人，就在这屋里，这床上。八月，热得我心烦。那时我差不多真觉得这空间突然又挤着一个周国泰是多余的。“我背过身去不理他，没想到周国泰那么细心那么耐心，他为我打了一夜的扇子，我被感动了。”

她说，后来我们说了一夜的话，看到天一点一点地亮起来……现在，丈夫终于回来了，他的绿色背包就放在那黄色的方木箱子上。此时，两屉桌上已堆满了书，一个家还总有瓶瓶罐罐，丈夫回来了，这家该像个家了，可是，“国泰，我很难把这个家收拾清楚。”

东北的娘想儿子想得慌，带着国泰哥哥的儿子来北京，走进这十一平方米，娘说：“这大地方的屋子，咋这么小呢?”

研究所科研处副处长**王西亭**来看国泰的母亲，随后说：“国泰，你母亲晚上就住到我家去吧!”王西亭六十年代毕业于北京大学化学系高分子专业。日后，这是又一位对周国泰有过重要支持的领导。

夜色降临禄米仓，母亲到王西亭家去了。国泰哥哥的孩子就睡在那两个大木箱上，“小侄儿七岁，睡在箱子上还特别高兴。可是睡到半夜，滚下来了。”滚到周国泰一家三口的床上。

禄米仓禄米仓，这明清两代皇家囤粮的地方，粮仓的墙就有两米厚，可见皇家吃的米都住得挺气派。变成我们的研究所后，用不着那么厚的墙了，加以改造了。“但是，这么多年过去了，你们什么时候能改善一下住宿条件呢?”粤燕问。

国泰说：“你问我，我怎么知道?”

我相信，粤燕这一声问还是会进入他的潜意识。很多年来，他都以为，这不是我们搞科研的知识分子想的事，是领导想的

周国泰一家

事。等到他一旦弄明白科研是干什么的，第一生产力应该怎样实现自己的价值，**按以往的模式已经等不来楼房**，向领导要，领导其实是变不出来的。他就会自己动手去把梦想变成现实。

我应该记下这八十年代初的**“专家屋”**，这三个人的空间是如此地**有色彩，有温度**。我相信**这样的空间里必有些很珍贵的东西会传给下一代**。当周磊长成少年时，看到一起玩的同学崇拜歌星，他说：“我最崇拜我的父亲!”

9. 当代人

“告诉我，你们为什么要用去那么多时间?”这是盼他早日归来的妻子多次讲到的话题。其实，这件事全部做完了，**周国泰本人要理解它的价值，还需要更多的时间。**

几位知识分子完成的这项科研，学名叫“热熔粘结絮片生产工艺和热熔粘结机”，生产出的“絮片”，被评价为“是我国首次研制成功的具有国际水平的一种性能优良的新型保暖材料”。要把这种先前没有的东西在实验室创造出来，再把实验室的成果转化到大机器去生产，就要有相应的新设备，你还必须把先前没有的机器设计出来，再设法制造出来。我国第一条絮片工业化生产线就在周国泰想看《杨门女将》而没有看成的那座仓库建成，并一次试车成功。

这项科研是为了改进我军防寒被服性能，减轻单兵负荷量而投入研究的，得出的产品，保暖性能优于棉花，且轻柔舒适，经久耐用，这就不仅可以应用于军队了。

转让民用，可“衣被天下”。

这项一九八〇年十二月才全部完成的科研成果，仅用于被胎，就能一举取代几千年来用棉絮被的传统状况，对国计民生的作用实在是很大，就在全军被装因之改观的同时，这项技术就奉命转让给全国二十四个省、市，**使一大批企业在八十年代初因得新技术产品而勃兴，**产品畅销全国城乡，远销国外。

那时，我们在京都，在穷乡僻壤，都听到了一个新名词“腈纶棉”，谁没有穿过“腈纶棉”呢？只是，穿着它，感到八十年代的阳光时，我们并不知这跟军队的科研有什么关系。当然，我们在读“陈景润”了，但要弄懂科学同一件衣服的关系，还有相当距离。我们大脑中关于“衣食”的概念主要是农业的，**许许多多即使没种过田的人，大脑中的许多意识，也主要是农业的。**

这项工作，周国泰一直做到转让技术、出卖图纸的阶段，“一套图纸起初只卖一千二百元，我使了个心眼，卖二千四百元，就这样，我们得到的科研成果转让费总数不到一百万元。”

就这段故事里，已埋藏着多么重要的学问，你看出来了吗？

不是生活在当代，你就走进了当代。

周国泰自己，当时也没有充分看见这个故事潜藏着比科研本身大得多的学问。

我们知道祖先用锄头能挖出米饭来吃，但是，有关机器和饭碗的关系，科学家同市场的关系，我们迄今还是比较朦胧的。

八十年代初期的周国泰，无意间已经走到了市场的边沿，但是，他代表研究所转让技术出卖那些图纸，差不多就像一个铁匠出卖他精心打造的锄头和镰刀，卖过之后就返回他的研究所去开始新的“科研”。

一个铁匠起码知道，至少得把成本收回来。他们卖“科技”得了几十万元，把投进去的科研经费，收回来了吗？没有。当然，二十四个省、市的一大批企业可以用他们的先进技术去生产去收割了，让我们再看一眼这项科研的广阔成就——

近年，棉铃虫的破坏使棉农和科学家都大伤脑筋，加上棉花的价格问题，一些省份的棉花种植面积大幅度减少，已引起国家高度重视。像“絮片”这样的科研成果，一开始就在国民经济中起着特殊的调节作用。我们没有出现“腈纶棉大王”，不是我们的人不聪明，我们的科研专家的杰出成就早已汇入国家成就，消融在报纸电视每年向公民公布的国民经济增长率中，我们很难看见他们的个人成就。

让我们看一眼取得这项重大科研成就的专家们的姓名，**第一发明人是张俊生，**此外还有**姜志华（女）、马云山、严重、周国泰、薛宝松，**还有若干未写上名字的无名英雄，是这些人组成了张连璧当年最得意的一个攻关班子。周国泰当时是最年轻的。

他们的成就虽然不为“百姓”所知，他们所在的研究所是知道的。由于年轻、能干，就得接着干。于是，周国泰几乎是刚刚放下从远方背回来的背包，粤燕刚刚感到“丈夫回家了”，一项新的任务又放在他面前。这意味着，他仍然要像那支歌唱的那样，“哪里需要哪里去，打起背包就出发”。

我应该把他此后参加的一项科研——确切说是完成这项科研的“典型”经历——写出来。

打起背包就出发，一去又是一千多个日日夜夜，是这一千多个日夜的历程，成为他终于走出研究所，走到荒原的井队去问科技问经济的深刻原因，这是比他想摸一摸“芳纶”遭到美国人拒绝更使他铭心难忘的原因，是周国泰一生中极重要的一番经历，**是解读他此后人生之路的一把钥匙。**

看一看吧，那是多么罕见的一种科学实验。

不要震惊，不要伤情，我们正在困境的鞭策下前进……一百多年来，我们都是在困境的鞭策下前进。

第二章

大雪原，请不要为我悲伤

1. 纳蒂克印象

背包已经打好，就要出发。到大兴安岭的原始森林去……初听那个故事，我便听到了风雪之声，觉着唇齿间生出寒意，望见白雪皑皑的森林里有座帐篷，雪地帐篷暴露在银白色的月光下，那就是我们从事科研的阵地？大洋彼岸的消息会时不时闯进我们的帐篷里来，袭击一下我们的心情……要理解那心情，需要先听一听将军从美国带回来的消息。

美军纳蒂克研究所，对听说过纳蒂克这个名字的人来说，也是个神秘之地。那是世界一流的研究军需装备的权威机构。我没见过，也很难描述洪学智将军当年走在那些奇异的屋顶下的心情。

洪学智将军那时是解放军总后勤部部长。将军赴美参观访问回来了。据说将军很感慨。关于纳蒂克，我只知道将军的访美印象曾给我军军需装备研究所的很多人员留下深刻印象。

“我们也该建个‘人工气候室’。”

那时将军和研究所的科研人员都感到这很重要。可是建个“人工气候室”，这个研究所全年的科研经费还不够打个地基。我们还有多少“空白”待研究、待填补。

这不是该不该的问题，是经济实力在限制着你的愿望和科研智慧。那么，人工气候室到底有多重要呢?

“这么对你说吧，”我是在海湾战争期间，听到了一种最容易理解的解释，“你想想海湾战争!”周国泰说。

你该记得，战前曾有舆论分析：沙漠气候将是美军官兵必然遭遇的难题。美军势必采取措施。最直接的措施就是：研制出相应的军需防护装备。此装备不能照搬伊拉克军需装备的构成数据，必须满足美军官兵在那个地带保持足够的战斗力。

美国没有伊拉克那样的沙漠地带。但是纳蒂克研究所的人工气候室可以模拟出来，并能通过变温暖体假人——可在各种气候中模拟出人体温度等等变化的特种“机器人”——取得美国人在伊拉克沙漠气候下生理反应的种种数据。

周国泰本人的某些经历也可以为我们提供某种理解力，不妨听听猫耳洞提出的问题。

猫耳洞不是我们曾经熟悉的“地道”。猫耳洞是中国军队在前线阵地用以防护自身安全的一种掩体。在猫耳洞这个名词出现的时候，前总书记胡耀邦到前线去了，亲眼看到战士们由于长时间驻守在猫耳洞里，洞中潮湿改变了战士躯体的模样，肿、溃烂、流脓淌水，最让人难堪的是普遍烂裆……总书记发出指示：必须立刻解决这个问题。

这就是战争中特殊地带对军需防护装备提出来的紧急问题。周国泰因此奉命赶到前线去了……我们没有人工气候室，无法坐在北京的研究所里解决这个问题。那时刻猫耳洞就是实验室，除了十万火急赶到前线去，别无它途。

通往前线的道路烟尘滚滚，炮火随时可能使这颗脑袋突然终止研究，你坐在吉普车里，能听到窗玻璃在炮火声中发出一种怪异之声，吉普车拱不动了，东西必须往山上送……必须到实地去测试。周国泰不是组长，但周国泰在这样的地方总会挺身而出。你会不会觉得我把这个搞科研的知识分子描述成英雄呢？在那里，他只觉得自己不能是狗熊。

“首长，”战士这样称呼他，**“你踩着我的脚印走！”**

要通过雷区，你只听战士这一句话，也会深深感到，什么叫战士！

空手要爬上那高地，就够困难了，还要背仪器……要解决猫耳洞里的紧急问题，当时最有效的可利用材料就是“热熔粘结絮片”，周国泰是那“絮片”的主要发明人之一，现在他的背囊里就有用那“絮片”制造的防护用品，周国泰得亲自去猫耳洞搞测试似乎顺理成章……他从前读书的日子，在广州闷热的小平房里搞科研的日子，没有想过他事业的前方还有一个炮火下的“实验室”。现在那“实验室”就在前方，叫66.2高地，是最前沿的高地之一。

不只他一个人背，护送他的一个班的战士，每人身上都有一个大背囊。还有一个班的狙击枪手带着加瞄准镜的武器负责掩护，负责用火力压住对方火力。

出发了，从小爱看电影的周国泰蓦然想起《上甘岭》中往坑道送水的情节……可是，此刻，自己心中却没有英雄的感觉，双方的火力都打得很厉害，“我眼睛发黑，直想吐。”周国泰说。

“首长，你别拄棍子。”战士对他说，“拄棍子，敌人看见了，就知道是当官的来了。”

话刚说过，一排子弹就在他们头顶旋风般扫过，把碗口粗的树干像伐木那样斩断。战士说："他妈的是用大口径高射机枪平射。"

我也想丢棍子，可是没棍子我爬不动，我已经不平衡了，双腿发抖。周国泰说，火力继续在我们头上呼啸，我们都趴在地上。能前进吗？能后退吗？被打飞的枝干树叶纷纷压下来，"糟了，我回不去了！"大脑中掠过离京时妻子和他妹妹送行的模样，那时，他说：你俩哭啥？

"首长，"战士又叫他了，"你把包放下，我们送你上去，再回来拿！"

"不行！"他全身都湿透了，不知汗水是怎么出来的，一个声音在他心中喊：我怎么也得上去，我不能熊啊！

他说他想起了"虚荣心"，这是不是虚荣心呢？他说我不扛也是可以的，我年纪比士兵大，平常蹲实验室的，缺少训练，哪儿都不如士兵，我不扛也不缺我那一包，可是我为什么要扛呢？也许是虚荣心吧……我寻思着他所说的虚荣心，心想，这个人对自己的内省恐怕真是很严格的。**人一旦知道了何为光彩或不光彩，就很难不虚荣。区别只在于如何对待。在那样严酷的场面，炮火有可能轰走他精神内部虚的成分，炸毁他灵魂中的"花架子"，摔打出异乎寻常的实在来。**这恐怕是他那次去到前线的重要收获。

"到那里了，要是空手……总觉得心意没尽到。"他又说。

我想，这是实有的心意，这就是周国泰。

终于上去了，钻进猫耳洞的那一刻，他几近精疲力竭，他是先卸下背囊，把背囊先推进去的，就在那一瞬，他再次望见《上甘岭》中把被子弹打穿的背水的铁桶推进坑道的镜头……现在，他在猫耳洞里了。在前线，他钻过了多种猫耳洞，说文明一点，就是考察了多种猫耳洞。

"我的考察算什么呢？"他说有的洞只是潮湿，有的是滴水洞，有的简直就是稀泥洞，战士双脚就踩在稀泥里，屁股坐在稀泥里，一直在稀泥里……他说我过客般的考察算什么呢，那些二十来岁的士兵，他们的父母知道吗？祖国人民知道吗？他说那是英雄啊！电影好看，打仗可不是看电影啊，是那样的前线之路，血火历程，使他知道了什么叫加快国防科技现代化建设。

周国泰从前线回来了，他和另几位专家较好地解决了猫耳洞里的问题。

前线指挥部的电报比周国泰更快到达北京，到达总后勤部，为周国泰请功，为他一人请功，以表彰他光着膀子拄着棍子背着背囊在炮火封锁线里穿越六次……总不能说周国泰你干吗要这么突出吧，他就是这么一个人，无论在实验室，在前线，总以生命的真诚去问道路，总以至诚的热情，去与同自己一样都是爹娘生父母养的人们同甘苦。

周国泰因此荣立了三等功。

仿佛倏忽之间获得荣耀，在他内心是总有些峻厉有些扣人心弦的东西会久远地留下来，譬如在弹坑里吃饭，死亡就在绿树丛中，战士们把他抬起来像抛彩球那样……这故事是联系着大兴安岭森林里的那项特种实验的。要进一步理解这项科研的重要性和紧迫性，还有必要再看一下共和国诞生之初，我们的父兄曾有的衣着景观。

2．一九五○年，中国人的衣摆和袖口

这一年，朝鲜战争爆发。美国著名中国学专家费正清教授在述及这场战争时，曾援引了一段“官修的美国海军陆战队战史”中的若干文字，这段文字跟周国泰在八十年代去从事的那项军科实验有关系。

> ……不妨说，由于武器装备的某些不足，这支军队在军需方面是贫乏的。然而……在同一件事上，穿棉制服的中国苦力可以比世界上其他任何士兵都高出一筹，他能神不知鬼不觉地接近任何一个敌方阵地。只有经历过这样遭遇的美国人才能理解，在半夜，那些精灵一般从地底下钻出来的进攻者的手榴弹爆炸和冲锋枪扫射是何等令人胆颤心惊。

我们还不能忘记，当年，志愿军和朝鲜人民军并不只是跟美军作战。一九五〇年九月十五日，以美国为首的由十五个国家组成的“联合国军”，在朝鲜仁川登陆，越过“三八”线，大举向北进攻，中国人民志愿军于十月十九日渡过鸭绿江，是去迎战以美国为首的“联合国军”。

可以说，**世界得修改对中国说话的态度，是从朝鲜那个谈判桌上开始的。**

如果考察欧美国家的军需装备，早在第一次世界大战中，欧美国家就出现了以天然纤维织物为军服衬里加钢板的防弹衣，减少了战争中的伤亡。到第二次世界大战，弹片杀伤力增加了百分之八十，伤员中有百分之七十因躯干受伤而死亡，英美两国便加紧对防弹衣的研制改造。到朝鲜战争，美国各兵种都装备了由尼龙 66 纤维织物制成夹克，衣里夹有钢片的“夹克防弹衣”。英军认为，穿这样的防弹衣可以使受伤率降低百分之二十七，阵亡率减少百分之四十。在第二次世界大战，钢盔被认为至少保护了七万名美国士兵的生命。到朝鲜战争时，美国的钢盔又有了改进。

美军不仅有这些军需防护装备，在进攻性武器方面还完全掌握了制空权，飞机能把成吨成吨的钢铁炸弹泻到中国人民志愿军的阵地上。**而一九五〇年，中国的钢铁产量如分配到中国人手**

里，平均只有半斤，刚够每人打一把菜刀。

如果从武器军需装备上看，抗美援朝要对抗当时的“联合国军”几乎是一场打不赢的战争。

但是刚刚站起来的中华民族，怎么能失败呢？

志愿军凯旋了。但是不能忘记，志愿军在零下三十多度的严寒里仅仅依靠棉衣棉裤保暖，头上顶着的是一顶棉帽，为了更轻便更快捷地获得神出鬼没的穿插速度，甚至嫌那些厚厚的棉衣棉裤笨重而弃之，我们仅仅因此付出的代价，也是很惨烈的啊！

那场战争爆发的时候，周国泰才两岁，那时候——在我们说美国人武装到牙齿的时候——我们关于军用棉衣还只有重量的概念，论“斤”。就是民间的说法：穿厚一点你就暖和。

“一斤一两”，也都是父母之邦的人民踊跃支援——两岁的孩童长大后，因从事这门研究，发现那一时期的民间服装呈现特殊景观——不只是明显比祖先的短，也比战后出现的服装短。就看当年北京人的照片，那衣摆都“吊”着，袖口露出手腕——**就看那一截手腕，你也能看见当年无数母亲的心情和智慧，为之感动！**

但是，进入八十年代，我们有没有关于军人生理、战时运动以及同自然环境密切相关的安全防护标准数据，我们仍然用“斤”来衡量我们的军服保暖标准？这个问题，谁来回答？

在我们讴歌、感佩那些惊天地泣鬼神的英雄的时候，我们能满足于宣称我们一不怕苦二不怕死吗？那些丢弃了棉衣棉裤去战斗的战士，是嫌那棉衣裤笨重，怎样的军需装备才能既不笨重又能保暖，从而保证更强的战斗力，这个问题谁来回答？

那场战争中发现的问题，仍在期待答案，或许，我们只能说，因为这是一门科学——必须去追赶的一门军事科学。

3．认识杨廷欣

故事写到这里，有必要认识一个人。他叫**杨廷欣**。就是一九九二年十一月带着中国新型防弹衣，带队前往德国的开发部的副总经理。

一九八七年，当周国泰孑然一身走在通往井队的路上，虽然孤单，却不孤立，正在北京的研究所照常上班的杨廷欣——曾经与周国泰一起去大兴安岭参加了那次特种军科实验的杨廷欣——是他的一个志同道合者。

杨廷欣比周国泰小八岁，看上去很温和，不像是个会干不安分事情的人。杨廷欣也获过全军科技进步奖。但是，**要真正认识这些已有成就的人，同样得首先忘掉他们的成就和荣誉。**

杨廷欣也有他的十八岁，出生于祖辈都是农民的家庭。他的父亲是解放战争年代入伍、五十年代转业回乡的老兵。他的道路，在我看来，同样值得今天的农村青年、入伍新兵乃至城市读到大学的青年注目。

十八岁那年，当整个中国再没有地方可去升学时，他就站在山东省平度县旧店公社杨家大队的一块黑板前，成为一个“民师”。这也许得益于中国农村仍然太缺把书读到了高中的人，也得益于他不肯放弃对知识的爱好和运用。在我与杨廷欣的接触中，我曾一再惊叹于他对文词字句使用的精确和严谨，我相信这样的认真和本领，是从学生时代就培养出来的。

十九岁，他被前来征兵的看上了。他写在黑板上的字，他的勤快和朴实，被人看上了。解放军这所大学校，一向重视兵教兵，军队的黑板报需要这样的兵。十九岁的民办教师因此当兵去了长山岛。

二十一岁那年，杨廷欣就被招到了解放军军需装备研究所，那机遇是因为当时整个中国已经没有大学应届毕业生。杨廷欣当然也不是。他在济南内长山要塞区的一个兵营里，先是从事维修大炮等军械的训练，后来被调去挂着围裙养猪。

“别看养猪这活不怎么样，在当时，不是你想养就能养的。”杨廷欣自豪地说。

是的，军队不是“五七”干校，那时，你要不是优秀战士，想干那活还干不上。中国已无大学应届毕业生，研究所却需要新生力量。专家们带着考题来到胶东半岛，择优秀战士让他们考试。杨廷欣作为有资格去养猪接受考验的好战士，参加了那次考试，并以要塞区参试者总分第一被选上。

二十一岁的杨廷欣即使进了研究所，并无多少学识资源可供他支配。但是，**好学若成为习惯，就会成为统治他生命的决定力量。**

杨廷欣走出北京站，他在东张西望。由故乡到长山岛，再到北京，一个从故乡带出来的愿望就盘踞在他的背包上。所以，初到北京的杨廷欣即使仍然像个乡下青年，那也是个进京来开拓前程的乡下青年。

中国的大学又开始招生了。不久，他考上了一所军械学院学计算机应用专业。毕业时，他二十五岁，已经是个带着研究成果从学院出来的研究人员了。

同周国泰的友谊正是开始于他大学毕业那年，一九八二年。

刚刚毕业，因有成就，还因为年轻，他就被委以重任，跟周国泰去填补那项“空白”。

一天，杨廷欣把我领到一张很大的地图前。军事地图。

我看到了哈尔滨……他的手朝上一划，说，早先部队“Si Pi”就装备到哈尔滨以北。我没听懂他说的是哪两个字，他就讲出一串字：皮大衣、皮帽、皮靴、皮手套。那么，哈尔滨以南就不冷吗？他继续说，长春部队也提出问题来了。首长们出于对将士的关心，“四皮”就装备到了长春。

那么沈阳不冷吗？随后东北部队全部装备。接着，济南军区长山岛驻军也提出问题来了。

长山岛就是他曾在那儿养猪的地方。

你看，杨廷欣指着地图继续说，就在这儿，这儿同对岸沈阳军区的驻军只隔一个海湾，火力都能交叉上。这个地方也叫庙岛列岛，你看——

我看到那些列岛是在海湾的肚子里，海水四面圈定。

他说我们的战士就驻守在这些列岛上——据说岛上的庙比方圆一带岸上的庙还多，想必是先民们面对海上的恶劣气候需要更多更近在的祈祷——对面陆地上的部队都装备了“四皮”，这些海水包围着的士兵却没有，能不提出问题来吗？

我开始觉得他讲述的故事有道理。严冬，从大海上扑面而来的风，裹着湿漉漉黏乎乎还带咸味的水气，并不比西伯利亚的风温柔。然后，我知道了他讲述的故事跟志愿军在强行军中弃棉衣的故事有关系，首长们决定给东北部队全部装备“四皮”也有历史原因。但是，志愿军弃棉衣的故事也在述说，军需服装不是越厚越好。皮大衣的重量本身也是一个问题。进入八十年代，羊皮的价格也好似奔跑着上涨，怎样装备最合理，不但是科学问题，也是一个追着我们的经济问题了。

现在，令我们不无难堪的是：进入八十年代，我们关于军服保暖的概念，难道只进步到“皮”与“棉”的区别？

这已经不是单靠首长爱护就能解决的问题。

庙岛列岛的驻军该不该装备，东北部队全部装备是好事，还是不那么美妙的事？谁来回答这个问题？

在中国有没有人能做出精确的而不是简单的回答？

没有，全中国都没有。

就这么一个问题。

全世界任何一个国家的任何人也不可能替你回答。

4. 原始景色

于是周国泰和杨廷欣们奉命出发了。

那将是怎样的科研怎样的实验？什么叫人体极限实验？美军纳蒂克研究所不仅有人工气候室，还有变温暖体假人。

我们没有人工气候室，也没有变温暖体假人。可是我们已经不能等待……这项实验，并不是从此时开始搞的，前几年就搞过，但是太艰难了，停下来了。一停就是几年，现在，周国泰一行是奉命再次出发……

我写下这个鲜为人知的故事，完全没有猎奇的心情，我只是期望这个英勇的故事不被埋没在大森林的雪地里、大沼泽的泥潭里。

不要震惊，不要伤情，**我们正在困境的鞭策下前进……**

雪，汪洋恣肆，风一浪一浪撞击着军用“吉普”，钢浇铁打的“吉普”也发出怪叫，哆嗦着前进。他们正向东北林海雪原里的博克图挺进。

“博克图，真像个神话里的名字。”这是谁说过的话？

他们的故事也真像当代神话。但是，大自然，噢，大自然，这就是我们最大的“气候室”，一切又都这么现实啊！

几十年前，日本人是用刺刀逼着中国人在这里做人体实验。日本人走了，日本人不会把那数据留给你。

大雪原，请不要为我们战栗。

我们是心甘情愿地来的。

也许，在未来的日子里，在关内艳阳高照的季节，他们也会有心寒齿冷的时刻，那时刻觉得某种气候比大兴安岭博克图的冬季还要凛冽。

但在博克图的这个冬季，在日出雪原，风雪依然波荡天际的博克图冬季，他们却感到雪色能使朝霞失去鲜艳。因为只有在这样的季节这样的地带，才能说做了最有价值的极限实验。

你的妻子是学医的，她能放心吗？

你那位呢？

亲爱的，请不要为我感伤。我告诉你，有人挂念是一种幸福。

夜色降临，没有旅店，雪地吉普变得像一匹在月光下奔驰的雪青马，那是惊人的美景，是历史，更是诗！

爬坡，又是爬坡。

越野吉普也打滑。车上所有能活动的都在舞蹈……窗玻璃冻上了，看不见车外的原始景象……感觉自己正被装在一个大冰箱里。杨廷欣那项获全军科技进步奖的科研成果叫“电脑多路温度巡检仪”，此刻就在他们吉普车后面的大卡车上，将应用于这次“军科行动”。

驾驶台前窗玻璃上有个边缘模糊的圆“洞”。“洞”的下方安了个吹风设备，是为了保证驾驶员的视线。驾驶员的身体一路前倾着，瞅那圆“洞”。周国泰已过“而立”，感觉跟杨廷欣一样年轻。用周国泰的话说，那时的青年还没有崇拜歌星或者侠客，那时候我们唱：“再过二十年，我们来相会……”他们真在车里唱道：

啊，亲爱的朋友们

建设四化要靠谁
要靠我，要靠你
要靠八十年代的新一辈
…………

忽然车如陨星俯冲而去，咣当巨响犹如天体坠落……爬出来，居然还能爬出来，一个接一个地爬出来，看到路面在头顶上，再朝前看，是个几百米深的大峡谷……

“我们的命是捡回来的，再往前半米，就要另外派人了。”

雪花拍打着他们冰凉的额头，**心脏里流过妻子的体温**，天宇间扩张着激昂的喧嚣，上帝把一个令人心跳的景象播在这里。你没有见过这样的景象，他们好似访问了上帝的故乡。

博克图的夜是静的吗，当天宇间只有风雪之声，你仍然会感到世界静得出奇。仰头去望天廷中一轮亿万年前的月亮。迷蒙也罢，混沌也罢，心境宛若一朵花儿在悄悄绽放……“有些感觉，不是机器人都能告诉你。”周国泰在感觉……我们的实验，将比纳蒂克的设备，比那里的“暖体假人”，提供更精确的数据。

体温降到了三十六度以下，让我们来体会
这是一种怎样的降落
这渐渐的降落中我们是怎样呼吸
鼻子在哪儿
你感觉它变成了一根窥望文明的金属管道

脚在哪儿，手在哪儿？脚趾、手指……那些身体上用得最勤的部位，好比驻守边防的战士，那是最先感受到外部攻击的部位……还有耳朵，耳朵呢？某天晚上，你在被筒里觉得好像有许多虫子在耳朵上爬，很快你就知道，耳朵已经被风咬烂了，流出金黄的汁液……但此刻你在露天下，那汁液在耳坠上早凝固成一个金属般的符号，像什么，像金疙瘩还是像玛瑙，肯定不是妇女

在特种军科实验的日子里（杨廷欣 孙本亮 周国泰）

们戴耳环的感觉……血液开始变凉了，是凉了吗？

不要紧，我们的前胸、腋下、胳膊、大腿……都贴上了温度传感器，许多线路正从我们的身上牵出来，牵向那个——暴露在月光下的雪地帐篷，帐篷里的仪器尚且需要一定的温度来养护——连接我们身体的“终端”，就是那个“电脑多路温度巡检仪”。我们身体的许多部位都会在屏幕上闪出光亮，那么辉煌，那么灿烂……

我们正打破黑暗，用另一种结构
布置我们的激情
帐篷外是蓬勃的原始景色
望一望，再望一望雪地月光
残冻在天穹的疏星
你觉得我们也是一颗光彩熠亮的天体

我们总是在深夜一点钟起床。博克图最冷的时刻就是我们的军号。我们不能使用号声，那样会惊动军营的睡眠。但是有二十四个战士起来了，军营里选出来的战士——博克图战士。

雪地沙沙沙承接我们的脚步，世界上最大的天然实验室来到我们身边。杨廷欣说：“坐在雪地里冻，我比较少。”事实上，他更重要的任务是在帐篷里操作那个他发明的机器。

杨廷欣说：“冻得最多的是老周。”正是这段日子，他注意到周国泰的宽肩膀。长着这么宽的肩膀的人，要是决心干什么，你想拦也拦不住。那么你跟他去干什么，一般不必担心他放弃初衷。

你发现那些变化无常的人，常常是些把不能实现的理由交给困境的人。“交给困境的人”，还不是最糟糕的，那只是不知道使用自己内在力量的人。那些总把问题、责任推给他人的人，就让你感到非常令人沮丧，干不成事。诸多难以言表的人生体验，是周国泰与杨廷欣会走到一起，能愉快地干事业的原因。

5. 一千多个日夜

一九八七年那个有雾的早晨，雾散了，远处的井架上有一面红旗，红旗猎猎好似招手，但你仍然觉着还是离得很远……你感到奇怪，周身怎么就像有许多小虫在肩上背上膝上脚踝钻来钻去……小虫在长大，变硬，滞重如铅。

妻子发现，这个周国泰是在快要四十岁时养成了某种讲卫生的习惯——每晚归来，进门头一件事，就是去卫生间洗手。检查卫生的人在楼道里说：这楼道里住的人真不错，你看，他们总把楼梯扶手擦得这么干净。你不容易发现，这个平日里走来走去依然雄赳赳的人一旦上楼梯，是什么形象。有时，有人发现了：

“老周，你在等谁？”

他笑笑，没说什么，似乎等谁不可告人。

他确实不想让人知道。他才人到中年，怎么一上楼梯就得用手去“拔”那楼梯扶手，否则就上不去了……我是否该泄漏他的这种尴尬呢？我忍不住还是想告诉你，他听到楼梯上有人下来，就主动站住，犹如恭候一位长官。

大雪原，请不要为我们感伤。

出生于吉林的周国泰同战士们坐在雪地里，正感觉博克图也好似他的故乡。不能搓手，不能跺脚。眉毛胡子像圣诞老人……周国泰在讲故事，说着说着，嘴不好使了，耳朵也不好使了……谁也听不清谁了，身体在一寸一寸地消失，大脑却光芒四射，你看到一座亮得惊人的白色宫殿……帐篷里盯住的屏幕的声音说：“注意，有情况……”

博克图并不是他们到过的最北的地方，越过免渡河，牙克石，库都尔，向北，再向北，到了漠河，北极村……沿着版图一站一站地推移，所做的实验并不只是坐着受冻。

行军、急行军……跟战士们一道，直走到汗水湿透棉衣，侵入背包。然后坐下来，在胸前、腋下、胳膊、大腿急救似地接上线路……

车运实验。站在敞篷车上，听卡车疯跑寒风猛刮，车轮碾过一条条冰河，专家和战士们站在一起。你会不会问，专家也那么去经受寒风猛刮，有必要吗？但是，年轻时就记住的一句毛主席的话：你要知道梨子的滋味，就得亲口吃一吃。这话也同周国泰站在一起。寒风，来吧！在逆风中奔驰，这是不能含糊的战时速度……整个实验期间，溃烂的双耳就没有好过……

这不是最难受的。让周国泰最难受最难堪的事发生了……还记得周国泰在广州782仓库的小平房里撅着屁股绘图的场景吗？没有专用的绘图桌，趴在乒乓球台上，就那种半蹲半站的姿态，那是广州的气候，他的痔疮就是在那时出现的。没想到在炎热的南方城市患上的这个毛病，此时在中国最寒冷的北方边陲，要给周国泰一点颜色看看了。

“老周去哪里了？”

“找纸去了。”要在北国的边陲小镇买到柔软的卫生纸，那年月还不是一件容易的事。周国泰踩着深雪在小镇上找商店，感觉从屁股到大腿内侧正有东西像蚯蚓那样爬行。开头几天，他还没有太在意，谁知流出来的血，竟然透到棉裤外层来了，“痔疮怎么会在这么冷的地方闹出这么多血来呢？”周国泰在大漠养狗之前就当过卫生员的，没见过这情况。现在他聪明地想，棉裤挡不住，要是用药棉去垫，湿了就换，那得用多少药棉呢？“不行，得去买纸。”

纸也不成，血还是会渗到裤子上，周国泰下决心买一条妇女用的月经带。

他买回来的东西被发现了，把战友们乐得够呛。“眼泪都笑出来了。”那是怎样的泪呢？那样的艰苦，那么原始的实验，常使这些很有理智的知识分子们欲哭无泪，这下好了，“周国泰把大伙的眼泪都笑出来了。”

周国泰很快就尝到了那种饱满，快兜不住的感觉了，“等一会儿，我得换纸去。”一个女子，那样的日子每月也就几天吧。周国泰可不只几天。他上着药，有时好点，突然又来了，一旦来了，要让它“干净”就很不容易。

“老周像个经期紊乱者。”不记得这话是谁说的了。但让我们记住，为了祖国的安全，为了国防科技进步，这些科研专家的故事，这个男人的故事。有许多次，周国泰胯裆下是佩带着那东西同一批又一批参与实验的战士握手、拥抱、道别：

“再见了，再见！”

“保重，你们保重！”

那声音至今萦绕于耳。

从东北回来，队伍中的**李仁欣**住进了医院。李仁欣在大学时代是排球队的，身体挺棒。可是，那么艰苦的实验，即使是身体挺棒的小伙子不一定挺得下来。说出毛病就出毛病。李仁欣心脏出了毛病，不能跟队前进了。

周国泰一行继续向南，向东，向西，只要身体还能坚持下去，他们将如此走遍祖国的天涯海角，一切需要驻兵防守的险峻之地，都是他们从事科研的“气候室”。

周国泰不曾料想，那滴血的痔疮，竟然会从中国最北部的漠河一直跟他到福建前线。到了南方，痔疮越长越大，“那疙瘩像核桃那么大。”杨廷欣说。

“你得住院。”福州军区总医院的医生说。

到福建前线，只有周国泰、杨廷欣、**焦恩钢**三人。国泰要是住进医院，杨、焦二人怎么办？那样的工作需要密切的配合，而且，他们是算准时间和季节来的。周国泰请医生开了药，继续向海岛去。

通往海岛的路，颠簸难行，国泰屁股夹个疙瘩更没法坐了。

“老周，行吗？”杨廷欣问。

“行。”周国泰侧身歪坐在军用吉普车里。车一颠，撞着那疙瘩，疼得他立刻渗出一身汗。

“老周，行吗？”杨廷欣又问。

“别问了。”周国泰说，“我五脏六腑都想往外拱。”

就这样始终歪着，拱到一个又一个前线海岛。

海岛的空气真是好啊！每日清晨，周国泰上厕所大便，完了，去洗。洗毕，撅着屁股，由杨廷欣、焦恩钢俩人，一个举着药膏，一个取出敷料，给周国泰上药。黑色的药膏，洁白的纱布，再用胶布封上。戏称：“屁股上封条。”如此一整天，到第二日清晨再开封……天天如此，重复又重复。

有一天，杨廷欣也同周国泰握手道别了。他被抽回来搞同一项目的实验室配套研究。周国泰的身体看起来还是很壮，他得踏遍险峻，去遍尝那不同地域的“梨”，这似乎义不容辞。

洞庭湖地区的湿冷实验，一点儿也不比博克图轻松。战时什么样的情况没有？用身体去测试极度情况，你将经常感到周围就是一片死灭的景观……

要去西藏了，周国泰忽然腰疼，妻子见他疼得冒汗，说：“先别去了，先去医院查一下。”

“机票都买了。”他说。

“买了不能退吗？”

“如果是去杭州，好说，那就退吧。去西藏，你说退票？”

他去了。周国泰、**杨风鸣、余昌连**一行三人。到成都，疼得厉害了。吃止疼药、扎针、按摩，也没有止住。接着进藏。

飞机降落在贡嘎机场，从机场到拉萨正在修路，那条路一百多公里，汽车颠了七个多小时，缺氧，疼，汗把绒衣湿透了。他歪靠在车上，心想颠吧颠吧，爱怎么着怎么着……多年后回顾，他说，在我心中，去西藏很艰巨也很神圣，如果哼哼呀呀的太丢人。快到地方了，停车拉尿，忽然感到尿道疼，尿出东西来了，“石头！”捡起来看，才知道自己是得了肾结石，这一路颠簸，把结石给颠出来了。

石头出来后，腰不疼了，尿血两天。接着跑边防，一直跑到“麦克马洪线”，一天也没耽搁。

“在西藏，”他说，“我真感到很光荣、很神圣！”

美丽的西双版纳，是很多人向往的地方。周国泰和战友们在那里把一双脚跑肿了，三接头皮鞋硬是穿不进了……

三伏天，太阳从早晨开始就热辣辣地照耀你的地带，他们在版图最南端的丛林中淋热带雨……听得见皮肤在雨点中的剥脱之声，你发现前胸和胳膊正斑驳陆离，就像被雨水打湿的版图。

看得见蔚蓝蔚蓝白浪翻飞的大海，海鸥飞过蓝天，美得惊人。

听得见大海的呼吸大海的旋律，那简直是可以倾泻激情的地方，美得惊人。

海滩上、海水里，那些来赶海的男女青年……也许来自东北、来自西北……不需要知道他们是什么关系，蓝天下，这是生活、是幸福、是一个时代的进步……

但你正被蚊虫包围着，大海日落，蚊虫的声音就明亮起来……还有，周国泰的痔疮又流血了，又得换纸……雨水一淋红色的东西就顺着大腿往下流，雨声止息，你一身腥臭再度成为蚊虫包围的目标。“战争是要流血的。”你说此刻获取的数据很重要。

但蚊虫包围着你你被蚊虫包围着，那实在不是什么烂漫的趣事，真的不是。

星星在等待你，月亮在陪伴你，太阳每天迎接你，这世界需要你……

有一天，大街小巷都响起这支歌，妻子听了怎么想，像她的心声，还是说，不是？

6. 不要为我操心

终于回来了。从白雪公主那儿回来了。从屈原描写的那个美丽女神山鬼那儿回来了。

带着粗糙的身体。

当兵是艰苦的，尤其是边防军。一个义务兵当下来，一般也就三年吧。这些军中的科研人员、专家、高级知识分子，为完成这项科研，前后就如此奔波了四年。这期间，周国泰有三个元旦是在边防度过的。北边在大兴安岭，南边在广东的罗浮山和福建的一个小海岛上。

一千多个日夜，一百六十七个点，除却台湾、香港和澳门，用身躯把疆土分成了五大气候区，取回了必须取到的百万个数据。我们该把他们看作是一个专家，还是一个战士？

“空白”不再是空白。不但不是，自此，我军在这一领域一举达至世界先进水平。

掌声响起来，他们站在了领奖台上。不要问这是个什么奖，你就想象，那时刻，全军都在向他们致敬。

捧着印有“八一”军徽的奖状，过去的日子，高山大海，雪原沼泽，无数的景象都在眼眶里打转……报纸说他们是铺路石，不怕牺牲无私奉献，都不夸张。但是……我们总不能津津乐道于我们获取成功的方式。

只有承载了那番经历的人才知道，喜悦属于那些轻而易举就获得成功安享荣耀的人……我是谁？周国泰是谁？是成千上万参与这项实验的无名战士的代称。

一千多个日夜的印象实在是太深了。我们再也不能满足于我们一贯的方法，在长期的艰难困苦中不得不使用的方法。我们已经到了八十年代的后半期，我们应该找到更好的方法。

掌声中泪水流下来，在流下来……恍若是在向一个时代告别。

请不要为我操心
同妻子共同仰望着小屋的天花板，他说
怎么活都是活，干吗不活得更漂亮一点

粤燕在解放军总医院的呼吸科工作了多年，是否听到这个远方归来的人——他的呼吸中仍然响动着北国寒流沙漠风暴……妻子几乎感到惶惑，感到这个人是还有一部分没有回来，还有什么遗落在那些丛林和沼泽。

他在屋里走动的样子，他的声音都使她感到陌生，感到害怕。

也许我们应该相信，一千多个日夜的特种经历，对这样一个军人，真的磨砺出了某种令人惊叹的东西。那极地风雪孕育的，热带雨淋灌溉的，是比他这次所获的全军科技进步奖更重要的收获！

就这样一个军人，经历了那样的一千多个日夜，刚刚回来，被通知去参加那个国际技术交流会，想摸一摸“芳纶”，被美国人一声断喝……你可以想象，他怎能平静！美国人的那一声断喝，很像是为周国泰后来的故事提供了一段导火索，点燃那导火索的仍然是周国泰的图强气概！

也可以认为，周国泰对自己的科研本领挺自信——事实上，他不仅是看到自己，更看到，从民国时期到共和国时期，从海外归来到本土培养，几代知识分子苦读苦钻发愤图强，积累传承奋斗至今，中国具有相当科研实力的专家是很不少的——有自信就会有辉煌构建。但是，越辉煌的构建对经济基础的要求越苛刻。

科研经费拮据，即使你有图纸，也只是图纸。更大的差距已经不表现为科研能力，而是经济实力。

尽管我们仍然需要呼唤科技，科技，但已经有太多的论文、图纸难以转化为现实的科技装备。那些真正在苦心钻研的科研专家已经像农民那样清楚，缺少足够的投资，我们甚至无法打出一口用于灌溉的机井。

若干年前，由中国文学界发掘出来的“陈景润精神”曾经犹如号角，激越地召唤起整个民族去与一个科学被放逐的时代告别。现在，仍然需要基础理论研究，但是，至少，你已聪明地发现，**仅凭“刻苦钻研”是不够了。**

“你想去挣钱？”妻子吃惊的眼神，美丽而惊疑。

她不能不惊讶。请想想，如果感到，一个国家从事科研的经济实力尚有困难，你一个周国泰，个人能怎样？

再想想，周国泰以及杨廷欣，这些惯于精确思维——决不可以把1误作2的思维——即使加在一起，放到价格不断波动的领域去运动，究竟是长处还是短处，会弄出什么结果来呢？

他所投奔的现实，离他的梦想，何止千里之遥。

揣测一个灵魂并不容易，何况在这个季节，许多灵魂许多故事都在超越我们的想象。也许是某个黄昏，他自已都抓不住他的灵魂，灵魂好似脱离了躯壳，某个念头就在那时刻犹如一群晚霞奔腾而起……他是决心要走出研究所了。

他真要走了。尽管不是出自委派，没有盖着红章的庄严命令，没有送行的掌声。

如果我如实告诉你，你甚至可能感觉这不真实，难以相信——当他走出门，试图去挣出钱来研制不亚于美国芳纶防弹衣的中国防弹衣，他干的几乎是一种“地下工作”，所以他口袋里还没有军队开出来的证明，只有证件。

出门之前，他再次把手伸进军用背心的口袋里去搜寻车票……他穿的这种背心口袋太多，把手伸进那些口袋，犹如战争中要离开房子之前推开一扇又一扇房门去看看屋里还有没有人，这是一种“大撤退”或“大转移”的景象？……车票在哪个口袋，在不在口袋，妻子取走了他的车票？

周国泰找到了车票，车票执在这个军人手里，他就要出发……

房门在他的身后关上了，他消失在门那边了。

他关门的动作那么轻，妻子听到惊人的静寂。

粤燕没有奔到窗口，她就那么站着……看到一个陌生的不无惊险的故事正在下楼，正在启程……

这是一个很典型的中国故事，
只是，我们往往忽略了身边……
或者说，由于种种原因，我们是
多么善于视而不见啊！

第三章

巨大的空白意味着巨大的市场

1. 一双喷薄而出的生命

风把阵阵寒意播向四野，秋草正一片片死去，雪色就要从博克图那边来了……石油工人应该喜欢我们制造的劳动防护服。

几个月来，周国泰都这样想，这似乎是不能缺少的自信。

几个月前，他还没有这种防护服，甚至不知道该弄什么。但是，他已经知道，待在研究所里，关在实验室里，不可能知道自己眼下最应该研究什么。他出发了，去华北，去东北，有时独自远行，有时有一个人与他同行，那人就是张连璧。

“张所长是我的灭火器。”周国泰说。

这句话凝聚着他们之间深刻的理解和友谊。

应该说说张连璧为什么会与周国泰一同出门远行。

这一年张连璧六十岁，他要离休了。“小杨，你找几个人，帮我把这些东西搬回去。”张连璧在叫杨廷欣。

那时刻，张连璧在办公室里整理东西，他已经整理了不短的时间，这时间也在一九八七年。这一天是他离休的日子。我想，就从他离休之日进一步介绍他，最容易让人认识他。

“那是哪一天?”我曾问过他。

“不记得了。”也许他压根儿就不想记住。那时刻他整理着东西又楼上楼下走来走去，好像遗失了什么，再后就叫住了杨廷欣。

周国泰进来了。周对杨说：“来，帮我把张所长的东西，都搬到我那边去。”确切说，张是这里的副所长。他让杨廷欣帮助搬的东西主要是书，还有几盆花。花在春天的阳台上正抽枝吐叶，欣欣向荣。

似乎不由分说，似乎半推半就……从这天起，周国泰的办公桌对面就多了一张办公桌。

一位昨天的领导，忽然就坐在他部下的对面，他怎么也会天天来坐在这对面，一上班就来，准时来，这算什么，寄在这儿?周国泰又算什么呢，他有什么权力这样安置他的领导呢?

张连璧继续每天给花浇水，花儿茂盛开放。当杨廷欣每天给花浇水时，周国泰与张连璧就坐在北去的列车上了。

这是一种奇妙的结合。有时我们发现，**一个人没有了职位，只不过失去一道门槛，路更平坦了。**周国泰仍然尊称他：“张所长，”并问，“这硬座成吗?”

张连璧答道：“成。”然后俩人都笑了。因为周国泰其实了解这位老领导，这一问也算是一种逗乐吧。

张连璧的级别可乘飞机坐软卧，但这离休后的“上班”跟在职毕竟不一样，他不是“返聘”，周国泰无权“返聘”他。这也不是组织上给他们的任务。从前，张连璧是有权签个字他的部下就可以拿着报销单去报销的人。现在不可能有人替他签字，他也不可能给周国泰签字了。

坐车不是一天两天。

“我那时的基本工资还不到一百元，张所长的钱比我多点。”周国泰说，“我的车费，经常还是他掏的。”

对这景观，恐怕也只能这样看：人间确实有一种东西很有力量，或说力量有很多种，你失去一种，就可能获得另一种。

我们见过一些这样的领导——**他们在退下来后比在位时更加关心国计民生，倾听百姓呼声，支持年轻人富有创建的构想或行动**……起初，我们感到疑惑，但渐渐我们发现那是很真切的，并真的为之感动，为之欣喜——为他们恢复了普通人的感觉，获得了普通人看世界的眼光、普通人的思想和情感而高兴。我们同他们坐在一起饮酒，心情不再复杂，除了高兴和尊敬，还是由衷的尊敬。来，端起来，祝你健康长寿！

张连璧有所不同。他属于那种在位时就能与群众打成一片的领导。

很多年了，周国泰说，许多科研项目，张所长从设想、立题、立项，到亲自主持亲自参与具体研究，怎么说他都该榜上有名，可是一到评奖，往上报的权力在他那儿，报表到他手里，他的权力就用于把自己的名字删了。周国泰说：“那不是因为谦虚要减去他一个，而是为了换上一个。”

因为一个项目常常需要十几人通力合作，因为获奖名单上只能容下规定的限额，像“博克图”那个项目，不少人的名字写不上，杨廷欣的名字也写不上。“张所长经常感到心里不安。”

“我老了，这东西给我没用。”张连璧说，“你们年轻人有用。评职称，晋级，年轻人有用。”

终于有一天，有个机会——那一月百元的“政府津贴”——很多人都觉得这对张所长肯定有用，都说该给张所长，仿佛决定权就在大家手里。这事发生在张连璧离休之后。研究所果真造表报上去了。

但是打回来了。因为在这位搞了大半辈子科研的研究所领导的表格上，看不见获过奖，看不出有多大成就。

但是，张连璧在研究所的专家、科研人员心中，实在是太富有了。“想搞科技开发，不能没有他。”周国泰说。

周国泰真是聪明。他知道自己想干的事有多大，知道所里有不少优秀的专家也将相继离退，而他要干好他想干的事就必须借助这批力量，那么张所长就是最好的旗帜。

“我知道我常常只顾往前冲，我需要有人制约我，有人顾我顾不到的许多方面。”但是，能把离休的张连璧搬到他的办公室，再搬到火车上来一同坐硬座，真那么简单？

秋天，他们坐在开往黑龙江的列车上。黑土地，那是他们共同的故乡。“你几岁当兵的？”周国泰问。

“十八。”

“在呼兰县？”

“对。”

一路奔来的都是故乡。六十岁的张连璧再次看见黑龙江畔那个十八岁的“库兵”，感觉此刻也变得年轻。他说当兵当个库兵，当初还挺憋劲。但是，“那可不是整天待着守仓库哟。”真正的仓库在人民之中，在插着小旗和没插小旗推来赶来的独轮车、马车和驴背上。

“你那时还没生出来，你没见过那场面。”

十八岁的库兵被那场面溶化了。“那时的军服，粗布、细布、洋布，啥样都有，不像现在电影里的那么整齐。”参军的东北子弟多，为子弟兵做军装的比去打仗的“更少睡眠”。整个辽沈战役，他们也一直在奔跑着穿梭着，红红的眼睛，同样目睹了身边战友的牺牲。

接着是随队入关，参加平津战役。再后，南下。

“草绿色的军装是一九四九年确定的。”仅仅因为望一眼胸前那块“中国人民解放军”布胸章，清亮的泉水也会荡漾出来。多年后，张连璧回顾第一次抚摸那套军装的情景，给我的印象是：一个搞了一辈子军需工作的老兵，对他这份工作的热爱和神圣感，恐怕只有与他一块走过来的人才能体会。

那是一个热切地期望崭新我军面貌崭新共和国面貌的时代，**对人才的重视是那个时代非常自然地产生的。**这个年轻人，还谈不上展露在科研方面有什么才华，二十四岁，他被从湖南的兵营里选拔出来，调到总后军需部。再后，被送到后勤学院军需系上了三年学，然后调装备研究院军需研究所。

服装、服装……现在他们心里想的全是服装，火车轮子的音节也像发出同样的声响。服装在我们的生活中究竟占有怎样的位置……裙子，或类似裙子的东西，是人类创造的最早服装吗？后来为什么长到拖地，后来又为什么越穿越短？

我不知道。

我对服装的注意，完全是由于他们的入迷程度。我再次领略，不论干啥，没有入迷的爱，不会分娩出美妙的果实。由于他们说起来如数家珍，或者突然晴转阴，电闪雷鸣……我便知道，**那不是服装，那里掩藏着生活，他们的生活……**

记得我军第一次有了陆、海、空三种不同制服的日子吗？

记得绿色方阵中女军人的列宁服和连衣裙吗？

至少该记得水兵的白制服和海魂衫。

噢，一九五五年十月一日，军衔服问世三军走过天安门广场，你真感到军威大振，国威大振！一九五五年的阳光，在那时的军人那时的北京人眼中，真是太有色彩了。“祖国，祖国，我爱你！……”那时的老人唱起歌来，也像孩子一样。

进入六十年代，我军从事军需装备研究的人员，就技术力量而言，可望使我军军需装备更上一层楼的，被装所甚至雄心勃勃着手研究高空代偿抗荷服、氦氧潜水服等高精尖项目，但是，那时你摸到的每一寸布都是人民勒紧裤带挤出来的，在连续三年的困难时期，事实上哪一种“可能”都不可能实现。这该是新中国诞生后，“科技”的发展在这里明显地受到“经济”的严重限制。事隔多年，我们反思，除了把责任卸给“大自然”，然后也分一些给政治。

再后，军衔制取消，“一颗红星头上戴，革命的红旗挂两边。”海军全身变灰了。黑土地上女兵的黑发藏在大棉帽里，连衣裙像梦一样消失了。女兵们总被少年们叫道：“解放军叔叔!”

终于到了八十年代，中央军委决定对军服进行改革。这时候，张连璧已是一位副所长。需要做的事不只是军服。八十年代真是研究所出成果的黄金季节。但是，国门打开，你同时就看到我们同发达国家还有多么大的差距需要追赶……张连璧正干得不知老之将至，一纸离休命令放在了他的面前。

正在这时，周国泰这根火柴擦亮了。

敢于擦亮，需要勇气。**能把你点着，则必须是你能燃烧。**

《人到中年》里陆文婷的故事让我们感动，也感伤，周国泰很像是开始了他人到中年的新生命，他的青春。张连璧则在人到老年时，开始了他人生的又一次青春，六十岁的青春。

“圆是由无数个直线组成的，或者说，由无数个趋近于零的点组成的。”周国泰说，“我不说每个点都应该如何排列才能形成一个圆。那不是我考虑的事。但是，我可以追求属于我的每一个趋近于零的瞬间。我已经人到中年。我得自己来想点办法。”

禄米仓、禄米仓……这个从前皇家囤粮的地方，难道只能靠吃皇粮？不管怎么说，**创造“现在”的步伐已经开始**，向着自己选择的目标进发，没有资金，也难说有多少经验，也需要同自己的犹豫、怯弱、自以为是或自以为不是作斗争。他们的事业还没有分娩出来，他们的情状却像早晨八九点钟的太阳。值得看看这一双喷薄而出的生命，对我们有些什么照耀。

2. 雨夜中的美丽故事

秋日的雨把他们堵在火车站门前，是夜里十点吧，也许是十一点。雨是倾盆大雨。

“要车吗?”

“什么价?”

“去哪儿?”

“就对面，有灯那地方。”

说是对面，也有一段路，但决不是太远，黯淡发红的灯光，看得见。已经打听过了，那是个小旅店。

“八十元。”

“八十元?”

往下减，减到六十元以下，司机驱车拉别的客去了……显然，这是下雨敲竹杠。

“走吧!”张连璧先迈出去了，一眨眼，几米外去了。周国泰连忙追上。能说什么呢，既然都已经在雨里了。

敲门。还有人来开门吗?

脚步声，是脚步声。门开了，一个姑娘。姑娘啥也没说，把门拉得更开些。

灯泡发红。走进去，感觉屋里也湿潮潮的。一片静寂，好像是只有一个人的旅店。

“哪来的?”姑娘问，一边用手理着有点乱的头发，说话声音不大，听起来像做梦似的。

“北京。”

姑娘很年轻，也许不到十八岁，又问：“吃过了吗?”

“吃过了。”

“住下?”

“对。”

姑娘走进柜台，“给你们一个高间吧。”

“有没有便宜的?”

姑娘的眼睛望向张连璧，似乎是看他的马裤呢，“都满了。”

周国泰也望张老的马裤呢，光线不太明，但能够看清马裤呢在滴水……到这步田地，也只能听命了，他问：“什么价?”

“不能加铺吗?”张连璧又问。

姑娘迟疑了一下，说：“就一个高间。收你们统铺的钱，不行吗?”

周张二人目光碰在一起，彼此都疑是否听错。

“跟我来吧，正好两张床，还不错。”钥匙在姑娘手里响着，姑娘走出柜台，合上一个半人高的小门，小门吱呀一响，使你想起某种相当古老的小屋。

“来呀!”姑娘声音柔和。

姑娘往旅店深处走去，走廊的开关在她手里发出的响声令你有种莫名其妙的神秘感。他们跟着她走去。钥匙继续在姑娘的手里响，金属之声恍若某种音乐，似乎预示某种神秘莫测的东西就要出现。

走着走着到头了。不知姑娘什么时候已执着那把钥匙，伸进匙孔，门就开了。嘎嗒一响，眼前顿时亮堂。这“高间”用白纸糊得贼亮，两张床，被褥整齐，一目了然。中间有个像宾馆那样两床合用的床头柜，做工粗糙，上面有电视机。

姑娘拉开一个立柜的门：“把东西放这儿吧!”然后站着，又看张连璧的马裤呢，“把这衣服给我。”她说。

张连璧望望自己的马裤呢，抬头就碰上了周国泰的目光。

“你，”姑娘又望周国泰的军装，“也把衣服给我。”

他们愣着。

“脱下来，我帮你们烤呀！”

“你家……谁是当兵的？”

“没有。”姑娘说，“快啊，你们明天穿什么？”

他们的包都是瘪的，行囊简单。

多年过后，他们觉得在那个大庆之夜，犯了一个错误。

那间散发着黑土地气息的土屋在记忆中重现，你感到美得像一座宫殿……被子干净，躺进被子，我们暖和起来。灯灭了，你却看到火焰，记起它曾经暖和过你的童年。是这白雪浸染的世界浇铸了热情有如朝霞有如旭日的东北人性格？躺在黑暗中回想，这个世界是什么东西障碍了我们的理解力？

在黑暗中回想，静静地回想，知道是有些什么在窒息我们的灵感歪曲我们的眼光……疑虑和误解，那不是戏剧故事中设计的误会与跌宕，那简直是亵渎神明。

像是一种遗忘一种背弃。在大庆这末流的旅店里，这住满房客只剩下“高间”的旅店里，贫穷就陈列在这里……你说人在困难时应该能想到我们会有不那么困难的时候，可是直到第二天换上了干净整齐没人向你索烘烤费的衣服，怎么就没有问一问那个姑娘的姓名？

几年后重返黑土地，周国泰仍然疲惫，但他已经不是昨天的狼狈样子。那时已有人把你们视为“大款”。踏着那个雨夜走过的路去看那位姑娘，姑娘不见了。

看到许多年轻的面孔都不是她。你只能说出她身材苗条，声音轻细……然后知道有不少身材苗条的姑娘在这儿干过，然后走了。还知道这店实行炒“鱿鱼”，因此常有更年轻的姑娘到来。你记起那夜姑娘让你们住“高间”，却按大房间的统铺收费，几年来你一直记着这位东北姑娘敢于自做主张是一种很多大男子甚至很多领导干部都缺乏的品格。但现在你不知道那“自做主张”同姑娘已经不在这里有没有关系？

她已经消失了，就像从来没有她。那夜半起来有点乱的头发，音乐般响动的钥匙，不大明亮的灯光，都像一个梦……再去大庆，那旅店也不见了，旧基上矗起一座现代化建筑，过去的痕迹一点都不见了。

我不无神往地写下这个故事，不在乎这跟事业、成功、艺术、深刻之类有多大关系，只要想想那个雨夜中的美丽故事，也能使我变得年轻，这就够了。

既然这故事在周国泰心中一直珍藏着——许多年了，许多事都忘了，这故事如此细致地记着——我就该把她记下来。找不到她，她便成了一种永恒，一种象征——年轻美丽，慷慨热情，眼睛如朝阳如旭日——这是真正的照耀。我相信，**一个人要想获得成功，不能缺少这样的照耀。**

3. 一个巨大的空白

风在耳边呜呜地响，风继续把四野吹得旷寂。一九八七年冬季的周国泰走在这里，犹如正在穿过一段沉闷的时光。

有必要说明，这个冬季，周国泰走在中原油田，并不是他头一回下井队。他与张连璧已经跑过不少井队……如果说走出军营有如走进另一种现实，入迷般地一再走进，深入地走进，则是他们饱览人间风情，发现自己正走进一个比当年去博克图填补的“空白”更大的“空白”。

这是世界上拥有最多人口的国家，劳动者在共和国一直被尊为“上帝”，但劳动者的劳动防护服装是一种怎样的水平？

锦绣河山美如画，祖国建设跨骏马，我当个石油工人多荣耀，头戴铝盔走天涯……

这歌声并未掩饰他们的辛苦。辛苦的不只是他们，还有他们的家属。哪里需要哪里去，哪里艰苦哪安家……几十年来，他们的确奉献很大。这些石油工人的劳动防护服怎样呢？

夏日，井架热透鞋底。冬日，风吹“盔甲透心凉”。

这不是周张二人的话，是石油工人的话。

周张因此——或一起跑，或分开跑——不仅跑了油田，还跑了林区、铁道、煤矿……看到中国还有很多野外工程队，说不清看到的那些群体在全国有几百万还是几千万，也说不清那里有多少是正式的工人，多少是来自穷乡僻壤的农民，但知道有不少工程队随队家属的农业人口比例，比油田的都更大。

板皮作围，油毛毡当顶，用布一隔，就是许多家庭共一个屋顶的“宿舍”。就隔着那一层布，这边训孩子，那边生孩子……孩子的母亲久离故土孩子生出来报不上户口，孩子大了，找不到教育质量高的学校……傍水的地方晾晒着色彩重叠的工装，也晾晒着色彩斑斓的衣裙和尿布。孩子在板皮围成的木屋与木屋之间的空地上捉迷藏，你不知他们谁是“黑孩”。但你看到了活生生的“吉卜赛”部落……

走喽——哨子响起来——“吉卜赛”部落要迁移了。

孩子放在板车上，油毛毡芦席般卷起来放在板车上……大车小车浩浩荡荡，车上仍然能看到悬挂的布块，像飘扬的旗帜。

昨日的家园在小河边消失了……这里，羊齿灌木的下面，有一泓小小的清泉，我们的妻子“坐月子”时都喝这里的水，所有的丈夫都会保护这泓水的清洁。现在我们就要走了……

走喽——哨子再次响起来——车轮与脚板一同启程，全队就会响起那支仿佛被露水打湿的歌：

月亮走
我也走
我跟阿哥全国走
…………

你记住了，这里需要的工装不能满足于“厚”，要凉爽，还要透气……这工装跟“抗油拒水防护服”的要求还不同，因为油污、脏块是蹭上去的，不是溅上去滴上去的，该有一种特别的劳动服，对，就叫“易去污”……

你回来了，你说受到了一次真正的教育。“我们是从事服装功能研究的。现在应该换一种思维，应该考虑——功能服装。”周国泰说。

这是一个指向市场的考虑，是要把“科研”植入“市场”。

思维因此非常活跃……工厂、矿山、机场、码头，中国还有多少工程队，还有多少产业工人？现代工业的另一枚“硕果”是把许多有害物质送给我们。直接从事操作的劳动者的人体防护装备，已不能总是“粗、厚、硬”的概念，就像我们从前的军服，不能只有“重量”的概念。

现在，只要看看随处可见的劳动者的工作服，他们知道自己确实走进了一个巨大的空白。由于中国人口之众，劳动者之多，至少在数量上，**这是一个举世无双的空白**！

一个国家劳动防护服装的水平，已是一个国家文明程度的一种标志。我们应该刷新这种标志。当初走出研究所的那个周国泰，他的梦想，在这里发生了重要的展衍。他为自己提出了自行扩大的任务，并找到了仍然属于科研的主要兴趣所在。在这里，他能**以自己兴趣和喜爱的方式去问一生的行动。**

可望在这个人口众多的国家创造一个劳动防护服装的新时代，可望把一个伟大民族的劳动防护服装推向一个功能化、标准化、科学化的崭新时期，哪怕只推上一个台阶。

既然看到了，那就无权放弃这看起来犹如探险的光荣远征。

一九八七年冬，当周国泰在通往井队的荒原上捏着五元人民币十分尴尬的时候，当他同清晨一起醒来，背上行囊在大雾中行走的时候，那就是光荣的远征！

现在，一个可以称之为“宏大”而不至于辱没了这个词的计划，已经在他们看来还一无所有的脚下发芽。在这里，我们看到，**一个真有生命力的项目**是怎样怀胎，并将怎样诞生。

它不是从上级机关要来的，不是靠谁恩赐的。

跑林区、跑煤矿、跑油田……光油田就跑了华北油田、中原油田、大庆油田，然后决定把百万石油工人的迫切需要作为首选目标，如此选定这项目标，岂止是行万里路！

如果不是出来行万里路，他们或许也会在研究所的大台阶上发愁，或者自我感觉不错，现在，他们是如此强烈、如此惊讶地看到，在祖国辽阔的疆域上，劳动者的功能防护服在公元一九八七年，真的还是一个巨大的空白！

巨大的空白意味着巨大的市场。

巨大的市场意味着巨大的效益。

就在这里，必有社会主义市场经济的深刻意义。

万里怀胎，肚子里有了这“项目”，有了“个人”的主动精神，是不是就不需要上级批准呢，不是的。万里怀胎，离生下来，还有十万八千里。

4. 爬楼梯不比跑荒原容易

今天，人们已相当普遍地阅读关于市场经销、股票、房地产交易、公关之类的书籍。海外实业家的传记，美国的亚科卡、日本的松下幸之助、中国香港的李嘉诚……也被广泛阅读。其中，无疑有很多经验可供借鉴，却也可能在钦佩之余发现，不少在某国某地如彼运作的东西，在我国行不通……我总以为，周国泰是一个比单纯的实业家或者科学家的故事都更值得关注的中国故事。

只是我们往往忽略了身边的故事。而且往往是对**那些特别优秀的故事，我们是多么善于视而不见啊！**

接着说“万里怀胎”之后，下一步怎么走。

某种意义上，市场的同义语是你的产品得有销路。在生产之前，就得找到有权拍板要这种产品的人。在国外，一般是去找个什么老板或经理。中国多种经济形式并存，除了有老板、经理，还有很多有权对此做出决定的“领导”。

周国泰与张连璧去找过油田领导。中原油田的领导拍板要了六百六十套，华北油田为此专门开了一个会，决定要一千套。

那么，为什么又会出现周国泰身背样服，一个井队一个井队去订货的情景呢？这个问题暂且搁下。先说中原、华北两油田的领导决定要一千六百六十套时，周国泰还没有一件成衣，此时，有领导拍板愿要一千六百六十套，就意味着有了第一批用户，可以动手去操作了，这是很让人高兴的。那时候周国泰一身风尘从油田回到家，就请妻子陪他去散步。

都市的黄昏不是荒原的黄昏。高楼把都市的天弄得凹凸不平，这宛若一种暗示，在这儿跋涉，恐怕不比去跑荒原容易。

粤燕比他冷静："你们领导同意了吗？"

是的，还有周国泰所在单位的领导，这至关重要。

既然有人愿要一千六百六十套，这已经不是空想。妻子教导他："可以向领导汇报，该汇报了！"

他说："我跟张连璧商量好了。明天，明天就汇报。"

他汇报了。要求成立"劳动防护服专业组"，搞功能服装开发。他说，近年，军队科研所已开始将一部分技术转让民间。"但是，我们不能光靠卖图纸。有些图纸能卖，有些还不能卖。但我们得用它为人民服务。"

领导同意了。让周国泰当组长。但周国泰既是组长也是组员，就他一人——名正言顺的就他一人。

接下来的问题是，即使道理正确，不能代替资金。研究所的钱该专款专用，这你知道。搞经营得有账号，研究所的账号不能干这个，这你也知道。

那么好吧，让我们自己来开始。

楼上楼下收集报纸，靠战友们支持，报纸、杂志、纸箱被堆到一辆小三轮上。杨廷欣和**孙本亮**骑着它去卖。杨廷欣说我骑得很快，风呼呼响，有一种飞翔之感。

这样就有了第一笔经费十七块四毛钱。这笔钱少到微不足道。但这意味着开始。据说美国人有个长期骄傲不已的东西——那东西并非拥有多少钱，而是——他们或他们的祖先当初踏上美洲大陆时，也是穷光蛋……这看来只不过是表明勤俭节约、艰苦奋斗的十七块四毛钱，值得写进他们的创业史。

在这创业之初，这阳光灿灿地照耀着窗台上张连璧的盆花的日子，这十七块四毛钱，至少是一种合力的象征，是给一个尚在母腹中躁动的还没有生出来的事业的赞礼。

用这笔钱，周国泰买了一把剪刀，一架算盘，一个账本。打量着这创业之初买的东西也像充满了某种暗示。对这几位创业者来说，尽管买了这几件东西就没什么钱可以往账本上记了，但他们都记住了，这事一开始就马虎不得。

张连璧自此成了这账本的第一个记账人。

5. 一项惊人事业的产床

走廊里有一张废弃的破桌子。好吧，让我们来修整修整，把它用起来。这是我们打样服的案板，是一项惊人事业的产床，中国石油工人的第一件“抗油拒水防护服”就要在这里出生。

然而，这样说恐怕过于简单。六年后，这种“抗油拒水防护服”，拿走了中华人民共和国劳动部设立的科学技术进步一等奖，是这项大奖自一九八七年设立以来，在一九九三年六月五日才被人获取的第一个一等奖，周国泰是此项大奖中的第一发明人。由此，你能想见，终于为百万石油大军提供了配套装备的“抗油拒水防护服”是一项重要的科研，产床，首先是周国泰的实验室。

怎么描述这个“第一生产力”在实验室里“生产”的情状呢？

什么事重要？妻子躺在医院的病床上挂点滴，这事不能说不算事吧。应该去看一看她。这事他想过的，可又总想去医院的路太远。多远？如果你能挤出的时间太短，那路就会长得好比去一趟天津……终于一次也没有去看她，总在实验室里观察、琢磨他的“连续性”，这里有不可中断的“连续性”。连续几天几夜，他这个“生产力”是站在那里穿着拖鞋“生产”的，出实验室上厕所也穿着拖鞋，因为脚肿了，穿不进皮鞋了。他觉得他在那样的时刻还能想起应该去看一看妻子，有这一“想”，他这个丈夫就应该受到表扬了。

这样的几天几夜，仅是一轮又一轮许多次、许多种实验中的一轮，到找案板，要裁样服时，是可以轻松一下的时辰了。

但是还没有缝纫机。

“地下室有。”

从地下室里抬出来：一台“日本造”，一台“上海造”。共同特点：踩不转。请人修，花了两条“中南海”烟。“上海造”修好了，“日本造”修来修去就是不行。缺个零件，到处买也买不到。

若干日子后，有记者把他们卖报纸的事写上了报纸，有人觉得这情节有损军队的形象，“我们研究所难道连十七块四毛钱也拿不出来？”

请原谅，我并不愿意复述这语言。没这“提示”，人们并未觉得形象不佳，人们只会觉得艰苦创业是值得尊敬的事情。

研究所真不是太穷。用塑料布盖着十几台崭新的缝纫机。周国泰试图去借，但是没有成功。

周国泰傻了，我是干什么来着，给我自己做衣裤？……别急，想一想，冷静地想一想。也许永远应该记住，要想成就一件事，最要紧的就是不能抱怨，什么时候**陷于抱怨，你想做的那件事就结束了**。

“我们这机器还等着干正事用呢！”忽又听到这议论。这等于说什么呢？

这话不是出自领导之口。这话也就表明，不是大伙都赞同你。事物往往矛盾。如果你宣称自己有很多毛病，人家可能为你寻找些你的好处。可是为了得到支持，总得把要做的事说得正确，意义不凡。这样人家用以衡量你的标尺就变了。而且，在远距离看来是美妙的事，在近距离看就不一定……假如你失败了，身边还会涌现出仿佛具有先见之明的人。某些“先见”还可能在你尚未出发的时候，就演义出致使你很难举步的雾障。

尽管在许多方面都表现出缺钱少物的困难，但障碍着解决这些困难的，不仅有经济困难、科技困难，还有“**人际**’**困难**。

我写下这些如在雾中的情形，犹在反省，**不定何时，我也可能就是那困境的一个分子，我们自身就可能是会制造困境的困境**。**这是我们共同的难题**。

阳光非常温暖，光芒下仍有我们还将长久跋涉的泥泞。

如果你正处在泥泞中，感到无用武之地，感到怀才不遇，心里非常憋气，你有一千条关于困难的理由，你仍然可以选择一条去路：

你可以选择没劲，也可以选择自信。

你可以选择清高，也可以选择——把你想做的事——做得让众人容易识别。

创造和创举，从来就不容易被世人预见，不容易被事先识别。再辉煌的前景也只是前景啊，现实是缝纫机缺一个小零件……你可以幻想将来买它一万台，现在只需要一个小零件。

周国泰想到了——偷。

我一直踌躇着能不能这样叙述，或者换一种说法，“拿”。但“拿”该是大大方方的行为，或者你总该跟谁说一句。周国泰说他连张连璧都没告诉。

我踌躇再三，不能无视这个行为。我确信自己也不是猎奇。某种异乎寻常的行为和思维，你遗失了它就关闭了一扇窥望灵魂乃至窥望家园的窗口。

周国泰正向“目标’走去。

偷呢，还是不偷？这是个问题。

如果你有一个梦想，却感到实现太难

可以让梦想萎谢，去学会自足与安详

难以安详，是一九八七年周国泰真正的困难

弄不明白是被谁操纵着，他向那个小零件走去……一个此前已有的打算在心中更坚定了：必须通过招聘，集合起一支密切配合的队伍。但是此刻，他在为一个小零件窘迫……

那个地点不是仓库，把十几台崭新的缝纫机用塑料布盖在这儿，该是对机器的爱护。

那儿有人，那儿的人都认识他，但他的出格办法实在超越了他们的想象。他跟他们聊天，屁股就靠在那些缝纫机上聊天。他的手开始背到后面，知道自己要干那桩事了。他惊讶于自己此刻竟然没有丝毫偷窃的感觉，惊讶于能感觉到许许多多“流动的部落”里的人们都好像是他的同伙。他觉得自己是在干一件伟大的事情，而一件伟大的事情缺个小零件也不灵。

到手了。手在口袋里捏着那个小零件他结束聊天。

小零件安上那台“日本造”，缝纫机上就响起女工**王爱荣**的声音：“好了。哪弄来的?”

周国泰没告诉她哪弄来的。几年后，研究所里也没人知道那台缝纫机上缺个零件，因为一连几年，那些缝纫机都盖着，还没使用。

又过了几年，周国泰被调回研究所，他惊讶地发现，那十几台缝纫机还没有使用。而且，那种缝纫机迄今基本过时了……够典型吗，十几台缝纫机，惟独这个小零件非常适时地获得了生命。我们该怎样向这个小东西祝贺呢！

缝纫机在一个小阳台上嗒嗒嗒地响，这是女工王爱荣家的阳台。王爱荣时年五十四岁，中国石油工人第一件“抗油拒水防护服”就是在她家的阳台上由她缝出来。这不是有意要描绘得不寻常，这种服装在若干日月后将通过中华人民共和国国家标准，这就是不很寻常。

王爱荣就是周国泰聘用的退休女工，她做着样服时还没有领到薪金，只有周国泰告诉她一定会给她每月二百元的一个许诺。一件可用相当庄严的语言去描述的事情就这样诞生。她哇哇地叫着降临在这个阳台。一项在未来相当辉煌的事业，也可以说就这样在一位年迈母亲的扶助下开始了她的婴年。

应该说王爱荣的家也不很寻常。她的丈夫叫**吴志孝**，吴志孝就是我军“变温暖体假人”的第一发明人——这项成果的“生理卫生学评价”，“该系统控制及测试精度”，都被鉴定为“具有独创特色”，“应用前景广阔，在国内外处于领先地位”。这成果对我军军事防护服装的研究发挥了重大作用，也为后来诸如我国南极考察队员防寒服，以及美军北极服等防寒服装提供了重要的检测依据和评价数据。

这位专家也参加过“博克图实验”，能够理解周国泰。妻子赚那每月二百元对这个家来说——恐怕还不能阔称为可有可无——奇迹是吴志孝能够忍受缝纫机的声音不停地震荡他的神经。这位专家甚至在教授他的正在做功课准备考大学的儿子：你要想成就一项事业，还得首先学会忍受贫困。

还有必要说明，让缝纫机的声音响在阳台上也不是因为这样可以减弱一些声响。

“一家四个孩子，其中一个已婚占去一间，加上老两口，七人三间房，咋办?”

王爱荣打量着自己的家，孩子们的课本，老伴的书，像修“工事”那样砌满了室内高高低低的空间。

“搁阳台吧!”

入秋，阳台外的树叶开始妩媚起来，风变得利索了。

“得封阳台。”王爱荣说。

"用什么封呢?"没有铁架也没有玻璃。抗油拒水防护服，不是只做一种样子，应成为一个系列，有一系列工作要做。

"用塑料薄膜吧。"他们聪明地说。

一群高级人才自己动手，终于把阳台打扮得像他们在乡间看到的"蒸气育秧房"。

在这里，我们看到了另一种人际关系……他们正侧身穿过仓库样的小屋来到这里，彼此站在这里，在这鼻尖都快顶着鼻尖的阳台里，济济一堂，说不定正感觉到阳台里荡漾出居里夫妇当年炼石头的味道。

周国泰靠赞同他的战友们帮忙，靠聘用人帮忙。他的战友们利用业余时间或者溜班来帮忙。他们神不知鬼不觉地出现在一个碰头地点，或者来到这个塑料薄膜遮住的阳台，犹如从事一项地下活动。

不管怎么说，现在搞出实验室的样品了，经多项测验，可以拿去试生产了。就是说，万里怀胎，精心孕育，现在又要不远千里去找生产的地方了。

要把实验室的样品变成产品，必须去找厂家，真正的"产床"在工厂，不在实验室。

然而，资金在哪里，布匹在哪里，必要的各种化学原料在哪里？你在实验室里能搞出样品来，能达到指标，工厂能不能搞出来，在大机器上能不能达到指标？现在，他们几乎是：除了技术，一无所有。

我曾想，作为中华人民共和国石油部部长的康世恩，为什么曾有那样一句誓言：不解决石油工人的道道服问题，死不瞑目……现在，我望见一点这项工作的难度了。

我也想，假如周国泰不是这样一位军人，不曾有过"博克图”那样的经历，他在这种千万里来回折腾中，会不会腿软？

又一个出发的日子到来，他请张连璧、杨廷欣在京筹谋着、关照着有关事宜，他自己又好似一颗射出去的子弹……

“你又要走啦?”妻子问。

这一回，搞医的妻子为他准备了一些药品，是否感觉有点送壮士登程呢？粤燕知道他这一回出门，可不是去搞调查……打仗，手无寸铁，恐怕不行。要去弄出一千六百六十套特种功能服装，手无寸布，周国泰能有什么办法？

抱怨是对自己失望。嫉妒是在经受着得不到的东西对自己的侵蚀。要爱困境，困境才会与你对话。来，牵着我的手，惟有我能助你成功。

第四章

谁说这世界不是你的

1. 待嫁景象

某天下午，他坐在一个女子的办公室里，听到对方问他："这个项目有多大前途?"

"有啊!" 周国泰说。

那女子好像在想什么（她想问题的时候令人怀疑她到底是不是厂长），又好像在等着听到底有多大前途。

"这只是第一批。" 周国泰说。

女子的眼睛现出亮光，好像有个早晨正从漆黑的夜里醒来……这个开封女子姓尤，人称尤三姐。她曾经使这个开封絮片厂有过令人羡慕的辉煌。只是那辉煌好似已成明日黄花。但是此刻，她在说："很好，是很好。"

她很快就拍板做出一个决定。她的决定使坐在她对面的周国泰既兴奋又有点忐忑。

本以为只有我们科研机关才这么困难，没想到地方生产部门的困难已是这么普遍。似乎这时刻才理解，我们总叫科研经费不够，为什么不够……似乎这时刻才懂，国有企业一向是国民经济的支柱，企业发工资都成问题了，交税怎么办？交税有困难，国家岂能不困难？这些问题就陈列在工厂里。但我们在研究所里开会学习，经常能从报上读到的是某地某厂经济增长，技术改造，或者扭亏增盈的消息。不能说那不真实。但存在的困难已经相当普遍，这些真实同样明白得就像秋禾割尽的田野，一目了然。

走出研究所，如同走进另一种现实。把一个梦想从一座城市带到另一座城市，他在许多厂家目睹了许多产品挨挨挤挤充塞视线的“待嫁”景象，那景象可能使你想起买卖婚姻，麻烦恐怕正在于延续已久的经营方式并非“自由恋爱”。这种方式甚至使许多犹如少女的原材料都难以施展青春优势……这个比方可能不切，但你还是能领略到一些意思。

传统的经营模式差不多就像一个帝国在你的身边崩溃。那訇然之声一如鞭梢放牧你的心灵……许多人都在讲困难、困难，周国泰呢？

走出家门，你两手空空。红灯一再把你拦在异乡的十字街头，你站在那里，只见自己漆黑的影子躺在阳光下，你在窥望什么，聆听什么……或许，正由于自身的贫困，他看到那充满困窘的地方，就在那地方，正陈列着他的希望和企盼。

如果他能成功
他的成功
正是建立在一个时代的困境上

所以，他值得我们关注。看一看困境加困境会等于什么，看一看有人是怎样营造自己的婚床，怎样分娩儿子。

小伙子，走过去，大胆地走过去……他确实在瞄准那些堆积满库的犹如少女的原材料……去勇敢地表达你的爱，你的生存方式，你决心去与之共度难关，共同走出困境的勇气、能力和信心。

那时刻他还不是个“推销商”，他没有产品。他是要用他们的产品。当然，他没有钱。

他们竟然也没有深究：军队要干这事，怎么资金也这么紧张？河南三门峡涂层布厂，新乡丝绸厂，还有浙江那个后整理厂，都是因为等待开工，同周国泰发生了关系——同意把他们的产品，制造“抗油拒水防护服”所需要的原材料，赊给他用。

也许他们都信：部队不会骗人。

有了原材料就比任何证明都管用，就有厂家愿意按货主提供的新技术投入再生产，并同意赊账。

成衣是河南新乡新华服装厂给做的。合同签定：第一批一千六百六十套，做完付款。

机器响了。工人们面对新技术——尽管不清楚那是什么配方——都挺认真、负责，而且干劲冲天。这意味着利润，意味着工资和奖金。

缝纫女工的阵容——你走进车间，只要看一眼她们埋头操作的阵容，也会为之感动。

“唉，可能真不错哩！”

“要是做尿布怎么样？”

“那不行，孩子就泡在尿里了。”

“做雨衣准是第一流的。”

她们的笑容，那种有活干的笑容，会使我们想起妻子妩媚的时刻。你走在工厂里，甚至能感到工人们就像迎接一个节日。

“一定要保质保量，做好了第一批才有第二批。”工厂在开大会，喇叭在响，“这是我们厂的大事。”这大事经工厂宣传机器的渲染，其意义和前景就更加辉煌灿烂……那时刻，周国泰很像是跟着兴奋，就像那兴奋是他们传染给他的。

但兴奋之余，你非常清楚，没活干的情况是怎样地懋苦了工人。你从那里获得了很深的印象，领略到——对于寻求生存的厂家来说——苦于找米下锅的窘况，不次于你的博克图印象。

躺在工厂的招待所里，周国泰不禁问自己：我这么干，会是乘人之危吗？忐忑中，似乎发觉，我国工厂的生产能力并不很差。如果不是工厂各部门本身能量的运转和释放，如果不是工人们的基本素质放在那儿，周国泰有三头六臂也制造不出那些防护服。

现在，周国泰已成为这一系列活动的启动因素。穿越数省，千里奔程，启动这一系列活动需要时间。搞新技术产品，不能缺少周国泰本人的指导，这也需要时间，需要盯在车间……奔波中日月还真像那织机上飞快的梭子，仿佛只是眨眼工夫，一千六百六十套服装眼看就要做完了——那个似乎一直在周旋着的问题就再难回避了——做完付款，款在哪儿？

火车的声音，在他听来也像是缝纫车间的声音了……疲惫使他坐靠在硬座上就睡着……是睡着了吗？睡着了也有忐忑不安的灵魂在放哨，以致把汽笛声听成是警笛声……醒来，抽着烟，挺想念他的伙伴。

他还聘用了人，就像那些开店的老板找伙计那样，无需任何手续，他认为行就聘……我不是一个，是一伙……他很惊讶，自己怎么会有一种犯罪的感觉呢？

白白的烟灰很长了，倒塌下来。

把烟头装进空烟盒捏成一团扔出窗外，他想，不能想点别的什么吗？过了一阵，发现意识仍然停留在这样一个问题上：聘用人得付工资，这天经地义。可是用什么来付呢？

“我们有几个外聘的人。”不久前，他这样对新华服装厂的领导们说，“工资账不好出，你们先给开了，行吗？”

“有多少人？”厂领导问。

“不多，就三个，每月总共就六百元。将来付加工费时，我一块付给你们。”

他们表示理解：“部队的财务制度，还真严。”

他没有吭声。他想，是严。

他确实只外聘三人，另俩人是本所离休的高级工程师**江源长**和外聘的高级工程师**田朋**。两位高工都年近七旬。周国泰承诺付给他们的薪金是每月二百元，同付给女工王爱荣的一样，三人毫无差别，看起来像“大锅饭”。

就这样，当工厂的缝纫车间震耳欲聋地为他制作“特种服装”，周国泰不仅没预付分文加工费，工厂还月月为他外聘的三人开工资……在这期间，周国泰也曾再三向组织上要人，考虑到不容易把穿军装的技术人员给他，他就要两位没穿军装的技术工人。

一个月过去，两个月过去，人就是迟迟要不来。你感到不可思议。想到这件事一定会是一件辉煌的事，他甚至想对领导喊出来：“你们要是想有成绩，也该来支持我了。”但是，这还是你自己的看法。你们陈列在阳台上的事业仍然漏洞百出，风正从塑料薄膜的缝隙间灌进来。

为把这件事做得让人容易识别，他东奔西颠，把一千六百六十套服装就要弄成实物了，就在这时，出问题了。

2．火山口上的温度

没有启动资金，无法宁静端坐，不能安详。走出军营，像个远涉重洋去闯新大陆的冒险家，却还缺乏冒险的经验。现在，他急急忙忙去油田是受到启发——每个工厂都跟他订了合同——合同会在法庭上产生法律效力。他跟油田的关系——有人愿要一千六百六十套——还仅仅限于油田领导的口头承诺，如果那里的领导改变主意，你就只能去问上帝。

“这事我不懂，你说书记答应的，你找书记去。”

一到中原大地的某油田，就这样，一句话，一个不好办的问题已经放在你面前。

书记不在，局长不认账。怎么办？

书记不在还有别人在。可是，别人此刻听局长的，上次来时热情的面孔，不知到哪里去了。

好吧，你压住性子，耐心据理陈述……你马上受到教育：“有你们这么办事的吗？合同没有，协议也没有，啥也没有。你们就把衣服做了。再说，也没型号尺寸，做了给谁穿？”

周国泰说我搞过数以万计的军人体型的科研测试，“石油工人的身高、体型，跟我们战士的没啥差别。我们知道怎么做，不合体我们包退包换。”

还是不行。

周国泰急了，忽然说：“我在部队多年，我们部队下级服从上级，首长说了就算。我不知道你们这儿，党委林书记说的，你们认为不算数。”

立刻有人说：“我们可没说林书记说的不算数，这事归供应处管，你找供应处去吧。”于是找供应处。处长是位女的，她的回答干脆利落：“我们不能签。”

周国泰已经准备好，要不同意就跟人吵。但是，他就这点“情绪性武装”，不知怎么，还没开始就被解除了。女处长很平静。你体验到了平静的力量。你可以想象一下你平生见过的对你不屑一顾的平静面孔，周国泰的自尊心不堪一击。他没吵，只是呆站着，他听到一个声音对自己说，该走了，别站在这儿丢人现眼。也许他已经转身走了。他说他记不清了，那时候脑子乱成一片。

“你上井队去签吧!”却在这时，真响起一个声音，女处长的声音，依然平静。什么意思？也许她也有难处，也许这不失为一种办法。他愿意往好处想。(莫非他的冷静也触动了这位女性?)他记不清自己是否对她报以一笑。

他走了。

是这样，你才看到了本书序章里周国泰疲惫不堪捏着五元人民币的尴尬形象。

一九八七年他们第一笔“生意”的成败，忙到现在，仍然取决于周国泰在中原路上的奔走……假如这批货砸在手里！周国泰是在干什么？周国泰算什么？你没给任何厂家投入分文，却启动了人家那么多劳动力，并致使厂家启动了为数不少的资金，这是一种经营吗?

都说有“皮包公司”，这个穿军装的人这么干，像不像一个真正的“皮包公司”？可他连“公司”都不是。你有执照吗？没有。谁批准你这么干？这合法吗？假如厂家找上门来，假如告到总部，假如告到法院……也许会有个记者把它捅到报上去，用不着很高级的记者，大学刚毕业的姑娘就行，他们正有朝气、有锐气。这不是个体户干的，这是军官干的，写起来将不同一般……工人们是勒紧裤带投入血汗钱去干的，一旦发现劳作过的兴奋过的都成泡影，将爆发出怎样的情绪……不错，解放军的形象不容玷污，这是你个人的事……昨天，你还站在领奖台上，全军都向你致敬。今天，你在干什么，你想从中得到什么，是什么迷了你的心窍……把睡眠安置在车轮上，没车的地方，他就走，拼命地走，他在追赶时间，就像时间是他的大敌。

阳光在天上
井架上的红旗在向你招手
周国泰是否感到脚下的路正有一种火山口上的温度

有一天，我们相对而坐，抽着烟。

周国泰说：我经过菜市口，总想起谭嗣同他们。

又说：我也跟妻子说过，中国这么大，总得有人不怕牺牲。

听着这话，我不免觉得说重了。那时，我还不太理解周国泰彼时都想到了什么。但我知道我不能因为自己不太理解就予以忽略。有一瞬，我想起了张志新，我们不是也出过张志新吗？

但是，这连得上吗？那个可怖的时代已经过去……但是，世界不会因为阳光明媚而泯灭了阴影，至少不像歌里唱的“处处有阳光”……进入九十年代后，我们的一切报纸都在号召惩治腐败……一个制度完善的社会不可能产生英雄。这话是谁说的，是不是说“制度完善”只会产生“遵守”的模范。可喜的是，我们已经有勇气承认我们的制度还不够完善。我们正在改革。**改革总是要逾越成规成制的，**那最初踩出的脚步也总是稚嫩甚至漏洞百出……审视周国泰行为的日子似乎不远了，似乎每天都高悬在头顶——像太阳那样把你照耀——我们将发现，周国泰所启动的那一系列同经济密切联系的活动，不那么符合既定的规则（姑且说是规则）。

当然也可以总结，假如厂家都严守规章制度，提高警惕，就不会“上当受骗”……

周国泰在划一根火柴，他又点燃一支烟……通常很像是敢做敢为神仙不怕的表情，这时刻相当温和，这温和不是豪爽。你可以想象，人在感到自己弱小时，就容易向你微笑。

我们好像都在想着某种心事……我在想，我到底在想什么？在酝酿着准备为一个失败的英雄辩护，把文学事业变成律师的事业？

3．要爱困境

万里怀胎，孕育了这个项目，曾经是那样兴奋！“巨大的空白意味着巨大的市场”，但一九八七年周国泰在中原路上，不仅是个穷汉，甚至是个负着累累债务的危险“符号”，同时还得用自己微薄的工资去为一项看来是公家的事业“付出”，这付出不是“投资”，是“投入”，或者说是“奉献”，是这一代“穷则思变”的知识分子，在一个充满希望而又困境重重的时代的典型作风。

可是，这会得到理解吗？具体到你，会同意我上述的评价吗？这个人的忠诚赤胆、宏大构想、聪明才智会不会也可能还没有被识别出来，一个美妙的故事已经结束……请合上眼睛，想一想，在你长大的岁月，在你年轻的时候，必也有过崇高的美妙的构想吧，实现了吗？如果没有，那个美妙的故事是怎么结束或者怎么转移的呢？

如果要为他写模范事迹，以下的情节通常是会被省略的，但如果要写一个本来优秀的科研专家如何变质，以下的情节大概不会被放过。当然，不会是用我这种描述。

我的眼前总望见，这个人，一九八七年，不断在小旅店、大车店，在火车站拥挤的窗口前买一毛钱一盒的火柴，仿佛听不见研究所的领导在问："周国泰上哪儿去了？"

应该说，一九八七年这位军中科研人员不是没有任务。他正参加着"变温暖体假人"的科研。那是他在博克图之夜、在青藏高原、在南方的热带雨林……幻想过无数次的"机器人"。他本该钟情于这种"机器人"的研制才对。但是他很像是把"他"撇在那儿走了。撇下"他"就像撇下自己，我们很难揣摩他转身而去的心情。

同过去的科研一样，他是项目组成员之一。给他的时间是两年。他用两个月就把他负责的那一块打发了，或者说安排了。

简单说，他只是精心做了个石膏模，然后拉到北京西郊四季春玻璃钢厂，让按模子把"人"做出来。他说用玻璃钢做，人家做得比你好，你没必要自己去做。

又从纺织机械厂找来了两位青年女工，教她们如何帮他做这项工作。他说那是一种精致的重复劳动，需要细心和耐心。"她们比我细心也比我耐心。"

他说她们已有的知识足够接受你告诉她们的新知识，"这也是一种开发。"他说我们过去一切都自己做，"很多情况下，那是在消耗高级劳动力。"总之他"金蝉脱壳"似的走出去，走到这荒丘野路上来了。

回京的日子，他马不停蹄跑西郊还跑两位姑娘那儿，急切神秘的样子如同去幽会。当然不是没人知道。科研所不乏好汉。如果没杨廷欣他们替他打掩护，就不大好想象。

这个世界，看来是陈列着比从前更多的道路选择。但是，一九八七年的冬季，周国泰身背行囊奔走于路，成功与失败，英雄与罪犯，或者，一个经不起改革开放的考验而犯错误的人，都可能是他的前途。

没有班车，只好走，一个井队一个井队拼命地走，一千六百六十套服装，两套、十套、几十套地订，要走多久？你在中原路上面对又一个落日，走进大车店，睡在硬板床上听着夜的声音，不去想可怕的事情，仍感觉有一种危险在与自己共眠。

夜很静，中原的月光贼亮。月亮升起来，月光从大车店那没有窗帘的玻璃窗外突然跳进来，会让你吓一跳。月光照着床头木桌上的行囊，那用绳子捆成背包状的形象高高地耸立着，像一座大山……不管心中如何倒海翻江，眼下最要紧的是不能抱怨。

不要说这个世界不是你的……在这“前夜”，我们应该收获一个印象，回首周国泰走过的路，那种山重水复，其中任何一个阻隔，只要陷于埋怨，都可能使他改弦易辙，热情湮灭，那才是真正的夭折。

应该记住，生命是**“现在进行时”**，成功的人生并不是未来的鲜花和掌声。**不管道路多么坎坷不平，不要生气，生气是用别人的错误惩罚自己。不要抱怨，抱怨是对自己的失望。没有比抱怨更失败的人生状态。成功，只是对失败的修改。**

又一个日子，太阳还没有下山，放下背囊，他居然还能爬上井架去“顶班”。他在不只一个井队，去顶过班。见过这样的“推销商”吗？顶了班，他又钻进工人宿舍，围着炉子跟大伙唠嗑。这时刻，他的插队生活，他的博克图日月，都会来帮助他。

在这里，他不存在“放下架子”。就像有的工人说他：“我左看你，右看你，怎么看，你都是一个普普通通的人。”

于是他在火炉边也听到：“老周，就是管理局他妈不认账，我们自己掏钱也干。”还有人对他说：“挺住。这事不能黄了，你说是不？”

何谓财富？在这儿，粗粗糙糙，热气腾腾，就放在这儿。

也许还应该记住，**这个民族最博大的力量，永远存在于那些普普通通的人中间。记住了这一点，我们就不容易对自己失望。**

没有什么可以埋怨，没有什么需要抱怨的。我们甚至**要爱困境**。爱困境，困境才会与你对话。困境正在黑暗中叫你，来，牵着我的手，惟有我能助你成功。

我们的国家目前是有困难的，说不困难的人，也许是些生活过得很舒适的人。爱困境，困境才会对你亲切，甚至对你宽衣解带，把饥寒的躯体、缺奶的乳房也露给你看看……周国泰能弄到那一千六百六十套服装，就是那些等米下锅的企业弄出来的，他们正在等待工资，“巨大的空白意味着巨大的市场”，他一旦把这一片事业跑亮了，能让不少工厂开工，能使一些企业起死回生！

爱困境，说崇高了就是爱国。

当然，现实的跋涉决不会比我叙述的轻松，很多情况下你很难感受到浪漫，望着他的背影，如果我们换一个角度，还应该来想一些问题……比如何谓实践，这“踐”字何以有两把“戈”，该是意味着这里有斗争有危险吧！**实践，就是把脚踏入风险之地去做搏斗的实际行动。**对那些颠沛不已的实践者，是该怀着一如送壮士出征那样的心情去看他们的。**如果他们折戟沙场，或带着遍体鳞伤惨败而归，我们岂能因自己身上还完好无缺而以为自己比他们高明。**

4. 生命不是一堆悲伤

国泰终于从油田回来了，风尘仆仆回到家，妻子迎接了他。

“干吗这么看我？”妻子问。

他答什么？不记得了。

但记得井队那些“妻子们”的声音与形象。

他们对他说：“我老婆跟我到井队后，责任田村里收回去了。她只好跟着我，帮我洗衣服。”可是他们的衣服真是太难洗了。

所以那些妻子们一旦参与意见，那意见就很重要。婆姨们酿造的氛围，比“机关”里那些有文化的女人们的微笑，也要明亮很多。

在东奔西颠的日子里，周国泰去见千家脸色，印象深深，不久，当他拉起一支队伍的时候，就要教育他的工作人员了，他说：你们每个人，都要能发挥你们的主动精神，才可能发挥出你的聪明才智。无论下企业，在机关，你是一个人，就不应该是个“变温暖体假人”，更不能是一个穿制服的衣架子。“当然，如果我压制你们，就是我的严重问题。”

回到家，可讲的见闻仍然很多。这一时期，还远不是他最紧张最忙乱的时期。粤燕还能听到他说，从中原油田如何定到了十六份合同；在另一个油田——华北油田，又是怎样没签任何合同，得到一份“会议纪要”。

妻子从他的讲述中看到了一张会议桌……知道了华北油田有个管劳保的**马副局长**真是不错。马副局长说：“这是我们自己的事。”周国泰就说：“那我们应该成为合作伙伴。”又说，“这是非常必要的，这实际上是一项科学试验。”

“卡片是什么样的?”那时刻马副局长听得很认真，也很感兴趣。

“这我们会准备，就按我们部队‘试装’时用的那种，连衣服带卡片，发到连队发到班，就填上来了。”

“好吧，我们来组织，劳保科长**杨瑞启**负责。”马副局长说。

粤燕又知道了，还有个劳保科长为促成这件事，帮了国泰不少忙。周说：“哪个部门都有这样的人，把心真正用在工作上的人，杨瑞启就是。”

总之，关于订货的谈判桌变成了会议桌。

这是周国泰在实践中走出来的一个重要举措，他真要同华北油田的生产组织者和生产者们共同来搞一项科研了，这是**同用户共同来搞科研**。你是否已注意到，开发一个新科技产品，远不是在实验室里刻苦钻研就行的……周国泰的前景明亮起来。

该说说他们有账号了。建一个账号至少要二千元，他们借到了这笔钱。这笔钱是靠军需所第二研究室的室主任去纺织部的一个设计中心借来的。

“二千元，从私人那儿不是也能借到吗?”

“那不一样。”

我没问为什么不一样，只想，在除了技术几乎一无所有的日子，他们需要借的东西是很多的。从纺织部服装研究院设计中心借到二千元，也许还好似借到一种支持，一份信心。总之，那借来的二千元，就算是他们账号上的第一笔资金。

这年十二月，周国泰决定给石油部首长写信——他习惯把高级领导称首长。同月十一日，石油部**周永康**副部长签署意见，请部属有关部门“会同有关油田办好此事”。

一九八八年到来了。周国泰该是三十九岁了。三十九岁的周国泰在这个年头，迎来了一次结结实实的快乐……

华北石油管理局的礼堂里燃响了鞭炮，这里正举行一个仪式，相当隆重，一片节日气氛。

各井队的领导和代表来了，各部门的领导和机关工作人员来了，管理局的领导们坐在台上，周国泰也坐在台上，台边放着色彩鲜艳的服装，这是“新式油田防护服发放大会”。

管理局的工会主席在掌声中走到了麦克风前，礼堂扩音效果很好。工会主席回顾了老石油部长康世恩曾说过的话：“不解决石油工人的道道服问题，死不瞑目”，传达了周永康副部长关于要“办好此事”的指示。工会主席讲得很动情……石油工人冬季穿着盔甲似的道道服上夜班，半夜回到家，全身冰凉，“老婆不让丈夫上炕，”男人得在炉子边先烘暖了身体，再爬上炕去……现在，工会主席说，在党中央的关怀下，在石油部领导的关怀下，在人民解放军的关怀下，这个问题终于解决了。我们可以脱下“道道服”，穿上“抗油拒水防护服”了！

全场报以热烈掌声。

工会主席接着说，这是人民解放军专门为我们研究制造的特种服装。这种服装，用的是军队科研机关研究成功的特种面料，里面是用一种叫作“热熔粘接絮片”的东西代替棉花。这种絮片获得了国家科技进步一等奖，是一项非常重要的发明成果，这项成果的发明人之一，现在就坐在台上，他就是解放军总后勤部军需装备研究所的周国泰同志。

掌声雷动，周国泰站起来向全场敬礼！

工会主席继续告诉大家：“现在，这种新式服装的主要发明人，也是周国泰同志。”

周国泰再次好似被掌声抬起来，再次敬礼。

让周国泰代表解放军讲话。有一瞬，周国泰大脑掠过一种说不清楚的滋味……记起自己在自己所在的部门，还是一个被议论围困着的问题，但是他已经站在这麦克风前面了，他的军装已经代表了。他代表他的研究所，他的战友们，向石油工人的艰苦劳动及其对国家的贡献，再次举手致敬！

油田领导也讲话。马副局长告诉大家，这只是第一代产品，目前还只有一千件，只是试穿阶段。部队研究所的专家们还将把这个产品改进得更好，这是解放军一贯高度负责的精神。因此，有幸先穿到这批服装的同志，也要以认真负责的态度，按照卡片的要求填写好卡片。

接着发放服装。马副局长对周国泰和他的同伴说，我们去招待所吧。周国泰说：“我们商量好了，想去井队看看。”

油田的小车载着他们向井队去。还是隆冬，华北平原的景色能把许多往事送到周国泰眼前……他听到一种声音，并升腾起某种预感，他知道真正浓烈的快乐会产生在什么地方，**很多情况下我们得学会为自己寻找快乐，那是我们用以对抗生活中严重局面的源泉，**是他心中的诗意和旋律。

我想我尚能理解，那些艰难跋涉者所承受的辛苦是多么大，在创业中磕磕碰碰**所经受的委屈又是怎样的罪非应得，**很多情况下，是因为看到，我们尴尬的行程是对人有益的，许多不平才变得遥远。

旋律响起来了，现在他听到了。井架上是高高飘扬的旗帜，天气晴朗，你甚至能看到海的湛蓝……他想他最好的朋友最亲爱的人要都到这儿看看，多好!

在井队一直待到太阳西斜，他才说："我们要回去了。"

他们马上被围住。工人们不但围他们，还去围井队队长和指导员："你们连饭都不让人吃，说得过去吗?"

"你们都看到了。"队长说，"大伙也知道，油田领导晚上肯定要请你们吃饭，总部的条件肯定比我们这儿好，但这顿饭，你们一定得吃。不吃，跟这帮弟兄们没法交代了。"

没有鲜鱼鲜虾，摆满桌的主要是罐头制品。大碗、小碗、茶杯，白酒、葡萄酒。香烟缭绕，清澈的斟酒声。"代表我们这帮工人，"队长说，"敬你们这碗酒!"

周国泰看到面前的一碗白酒当在半斤以上。

"没有好酒，有一片心意!"队长说。

"喝!"周国泰一口气饮尽。

夜色中驱车回程。到管理局已经九点多。马副局长仍然等着。酒宴设在一个不大的厅中。

“不知道我们在油田吃饭吗?”周国泰问。

“知道。”马副局长说。

这就没法拒绝了。继续喝酒。

此夜，周国泰躺在招待所的床上，犹如腾云驾雾，感到自己正被分解、被蒸发，分子飘散空中……他看到世上有很多太阳。

5. 叔叔，您能替我爸爸吗

一九八八年，春天在都市的马路上一天天茂盛，他的科技开发部还没有诞生。但是，他播下的种子长出苗头来了。

四月，华北油田的杨瑞启带着一个决定启程。他走进周国泰办公室，将一叠卡片放在桌上：“这都是意见。”

“怎么啦?”

“外面的水是进不去了，里面的衣服都是湿的。”

周国泰听了就问：“是不是要防油防水，还要透湿?”

“对。”

“是不是外面的风要进不去，里面的气得透出来?”

“对。”

“这是一个世界性的难题。”周国泰说，“真的。”

“有办法吗?”

“你看看这些怎么样?”

杨瑞启便看到了第二代产品。周国泰告诉他，此前的产品用的是“涂层”工艺，眼前的用上了“浸轧”，这是改变了技术路线。这“路线”曾跟随周国泰穿行千里，在他住小旅店、大车店时就一直是他的“旅伴”。

实际上，他在油田往他的第一代产品上泼油泼水并宣称它的好处时，他已经知道它的局限。他在奔走的路上把样服自己先穿起来，就有感觉了。你总不能责怪他这么快就发现问题。现在他在翻看卡片，工人们填得很认真。那么他是否让工人们白费了感情，或者也该等卡片来了再搞第二代?

“不能等。”

他在去油田送服装回来之后又把自己关在实验室里忙得天昏地暗。脚又站肿了，就像有的农民坐火车会把脚坐肿了似的，他也像还坐在火车上想停也停不下来。**都说人要有自己。但你往往是在进入状态身不由己的时候把自己创造出来。**

很好！他说很好。他把卡片放下了 。光这么看还看不出什么。那些数字将输入计算机，屏幕上将出现重要数据。对中国的劳动者来说，更大的意义还要到后天才能出现。他说第二代也还需要改进，再给你们一些试试，怎么样?

杨瑞启说我们要两万套。

“你说什么?”

“两万套。”

“谁决定的?”

“油田党委。”

周国泰掏出香烟来抽。

两万套不是两千套。原材料要本钱。数量少好赊，多了就难。钱在哪儿?

“周副部长到我们油田去了。”杨瑞启说。

“周永康副部长?”周国泰问。

“是的。我们向部里做了汇报。”杨瑞启又说，“我们局长、副局长陪着周副部长到井队看望工人。部长对你们的抗油拒水防护服，高度赞扬。”

汇报，对，周国泰也该汇报了。张连璧是经常能为周国泰出好主意的人，在此，还有必要写下，张连璧最让周国泰敬佩不已的是他一向尊重周国泰的选择。如果他说某件事应该这么做，周国泰没取那个“应该”，他就想可能是自己保守。如果事出毛病，他不说“你看，我说的没错吧”，他只一心一意修漏补缺。所长已经换了，新所长到任有两个月了。周国泰还只是知道换了所长而已。张连璧说：“汇报吧!”

然而，未及汇报，总后管理局派人找上门来了。

“你就说，自己愿不愿意吧？别的我们来考虑。到我们那边，职务、房子都能解决，电话马上给你安。”

是啊，周国泰还没电话。

也许这真是个充满希望的时代，“墙里开花墙外香”的情况正在获得某种解决方法。而且，这是在你羽毛未丰的时候，有人把你识别出来。而且，同在军队系统……“住过去，你爱人上班也近了，不用这么跑了。”

妻子，他好像是欠她一点什么……还有，孩子上一年级了，母亲中午回不来，一早一晚把不少时间抛在路上，这是大都市的母亲和孩子们共同的难题，似乎反映出在这些偌大的城市，许多母亲们还有父亲们，对于自己赖以安身立命的职业，可选择性很少……需要为离开你曾居住很久奋斗很久的地方感慨吗？既然有人已经瞄准了你的事业，如果挪个地方有利于展衍你的事业，为什么不去呢?

孩子……上一年级了，孩子已经学会了一种本领，他会敲开邻居的门说：我饿了。孩子还会掏出一张纸条来递给邻居的叔叔，叔叔看到纸条上写着老师的话：请家长来一趟。然后看到孩子仰望着的眼睛，眼睛很亮：

“叔叔，您能替我爸爸吗?”

在管理局来人与周国泰谈话的同时，在同一座楼的另一个办公室里，新来的所长在跟张连璧谈话。

这些年，所里将一些科研成果“转让民用”，创收最多时达年收入七十万元，这已经很不错了。这是科研成果除了应用于全军之外另获的收入。仅看这七十万，若把它当作知识分子的智慧钱，也挺可观。但如果想到这可能还赶不上某位歌星的个人收入，又不免寒碜。新所长看来颇有雄心，他觉得最好的年成创收七十万元，少了。他想翻番。

“能不能一年搞它一百五十万?”

“每年哪有那么多技术可转让呢?”

是啊，几十年，几代知识分子钻研出来的成果，即使是一座大山，要卖出去总比要钻研出来速度快。新所长又问：“你有什么办法吗?”

“你找周国泰。”张连璧说。

6. 再造一个秋天

周国泰坐在了新所长面前。新所长姓**陈**叫**长根**。

所长又问：“一年搞一百五十万元，能不能实现?”

周说：“没干头。”

“什么意思?”

“太少了。”

他们谈了近两小时。周国泰的面前，烟头横着竖着堆在一张厚信封上。陈所长说：“你能完成一百五十万，你个人提成百分之三，超出部分提成百分之五。”

周国泰说：“我现在需要二百万元，由我支配。”此时，烟盒里就剩下最后一支烟，他划亮火柴，点着那最后一根烟，接着说：“干，还是不干？不干，给别人干。”

陈所长说：“干!”

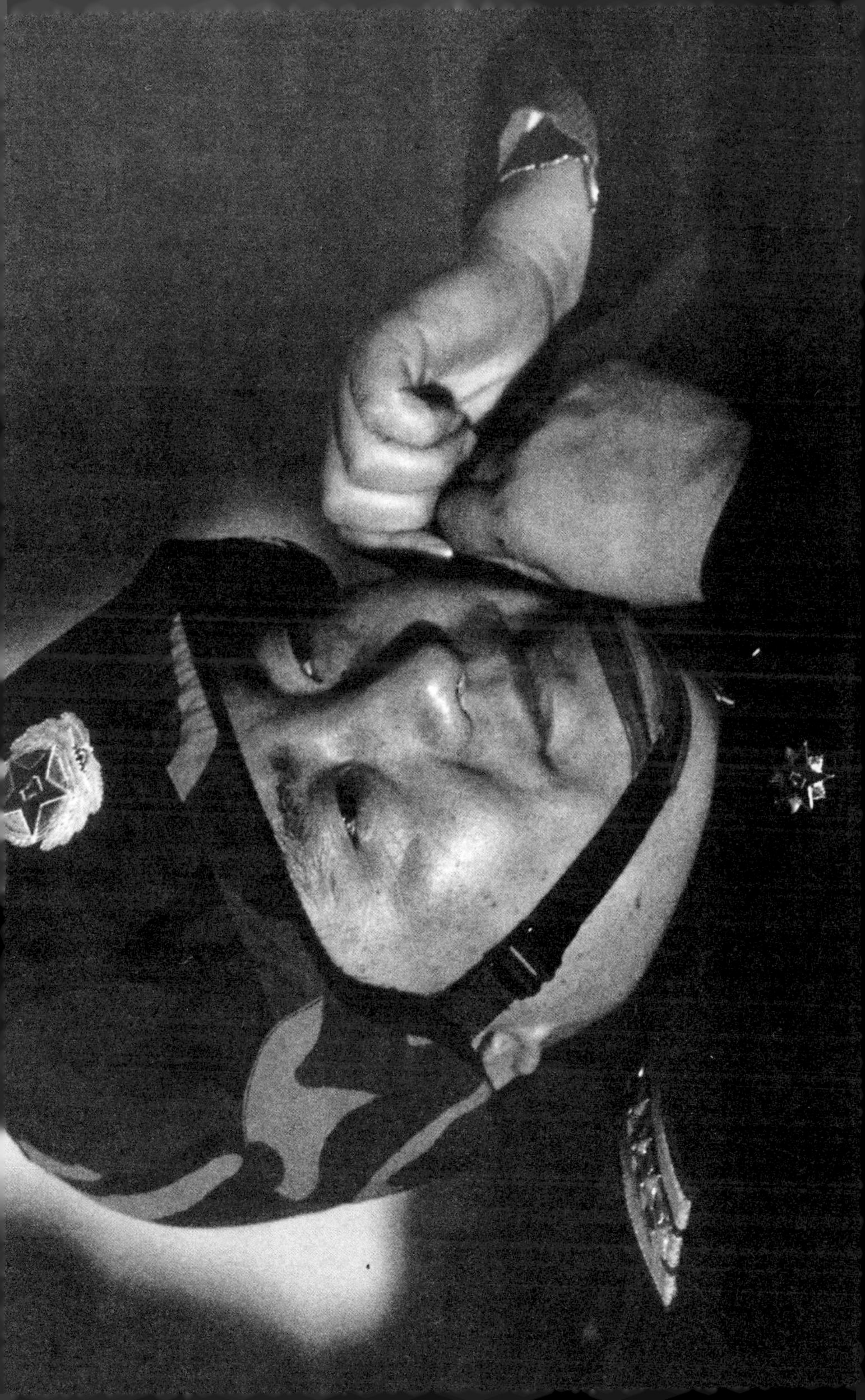

陈所长的笔下也批不出这么多钱。陈长根去问军需部部长**王聚兴**，问副部长**周凡玉**、**张翠举**："干不干?"

部长、副部长相当果断："干!"

周国泰因此借到了二百万元。这二百万元也不是军需部的钱，是通过军需部领导出面，从一个"服务中心"借来的。这二百万元必须按期还清。期限是三个月。怎么周旋，就看你了。

跟所长夸下海口的两星期后，国泰的妻子被调来研究所医疗室上班。所长、部长们把她调过来的。周国泰不可能挪窝了。

陈长根所长宣布了经军需部批准的三项决定：

成立科技开发部。

周国泰任总经理，张连璧任副总经理。

搬出研究所，借地独立经营。

自此，这个科技开发部正式诞生。有了领导的支持组织的支持，在中国可说是有了最重要的后盾。周国泰没料到，却在这时，从东北风风火火赶来了一位他少年时候的领导——父亲。

周国泰祖籍山东省文登县，爷爷一辈闯关东去了东北。国泰的父亲**周文涛**，那"文"是不忘故乡文登的意思。父亲可能不一定知道有幅获过全国大奖名为《父亲》的油画，但父亲这一代很多人都记得有一幅叫《豆选》的画。这幅版画真实地描绘了解放区人民民主选举的动人场面。林伯渠曾高度评价：它象征着我们的人民有权力选择自己的代表，选择自己的领导人啊！周文涛就是经历过"豆选"的人，他一九四六年参军，一九四九年经"豆选"当上区长，人民公社时期当过公社的党委书记，并在"文革"后成为吉林省梨树县淀粉厂的党委书记，如今是离休干部。现在他赶来批评他的儿子：

“你没当过领导，你懂啥叫领导?”

他无疑非常爱他的儿子，器重儿子。他说咋整的，你干啥不好好研究你的科学，整不下去啦，没出息啦？没出息你也是清白的。别扯上全家都跟着你担惊受骂!

儿子就做解释。父亲说你甭解释，“你没搞过企业，你懂啥叫企业?”

儿子又做解释。父亲说别扯了，你都快四十了，别怨我说你，我懂你。你不坏。顶真。用在科研上刚好。搞别的就要冒犯。不顶真不冒犯你过不去。又顶真又冒犯，你有多少体力？父亲说，你说部队比地方好，首长也比地方的官僚强，你就好好待着，首长说啥你听啥，没错。你还扯上经济，过不下去啦？整不好你就整去坐牢!

“就此打住，还来得及!”父亲觉得这件事非常重要。

父亲坚持说你不好说我跟你们领导说去。父亲硬是在儿子这儿住了一个多月……我无法细述父子之间的“短兵相接”和“游击战”。父亲还说我不图你什么，我啥都过去了，你得看看媳妇儿子。

老人也的确把希望寄托在儿媳身上……可是，耿粤燕，二十五岁与周国泰结婚之前，周国泰就对她说，我这个人拿得起，放不下，只管前，不顾后……你要想好。既然去年夏天，周国泰要出门远行去奔这条路时，她没能拦住他，现在又有什么能力来帮助国泰的父亲呢?

粤燕望着公公恳求的目光，心中说不出是啥滋味。爷俩最终谁也没说服谁，这里有父亲一生的希望和失望……

父亲走了。

望着父亲的背影，周国泰一如看见秋天飘零的黄叶，感到了无可奈何的苍凉，你不能不动容。

叶绚秋风，你能听见一年四季的声音……“我啥都过去了。”蹒跚的背影映照着土地的坎坷和震颤。父辈经历过的你无法回避。把失落的拾起来，继续蹒跚着拾起来，这就是继承。

这不是春花春草所能给予你的，这是落叶的辉煌和撼人心魄的回响。周国泰还不够茂盛，在繁花绿树到来的前夜，记住父亲的背影，再体验一次飘零，再造一个秋天……这不是豪言壮语，这是图腾。

世上有很多事，常常是你以为做不到才做不到。看看力量从哪里来，如果你只爱自己，世界就太狭小了。慷慨的爱是个性之源，会澎湃出异乎寻常的能量。

第五章

异乎寻常的力量从哪里来

1. 第一位女将

她来了。她就站在周国泰面前。

怀孕不是她的错误。这年她二十七岁，面带微笑。

一九八七年，当周国泰获准成立“劳动防护服专业组”，当他既是组长也是组员，就他一个“光杆司令”，他就有了向组织上要人的理由，三个月后，终于要到了两个人。一位是周国泰点名要来的技工，叫**相宝林**。另一位不是周国泰点名要来的，但她来了，周国泰感到意外：“这怎么叫她去跑工厂跑油田呢?”

她叫**赵晨**。十九岁时，赵晨发现自己喜欢法语，遗憾高考没考上，用那考分上了北京市服装技校。毕业，正逢军需所要人，二十一岁的赵晨被分配到禄米仓军营，不是军人是技工。

干吗心情不好？她说，学这行，就当上裁缝了，我认命。可是，裁缝裁缝，我成天只缝不裁，我干吗要学那两年？分到别处的同学都在技术科琢磨新款式打样板，我成天一折三叠……啥叫一折三叠？她用手比划着，从她的手势里我看到一位姑娘坐着踩缝纫机的形象。就这样一坐一天，天天如此。这心也成天窝着的。对，研究所能人很多，我又是女的，踩缝纫机，天经地义。

"你说什么?"我们相对而坐，她微笑道，"你大声点，我这只耳朵有点背。"

对。缝纫机声音大。车间里那些中年女工声音更大。我真佩服她们。怎么每天都有那么多说不完的话。领工资的头一月，我买了个十四块六毛钱的"飞达"半导体，一上班，耳机就塞在这只耳朵里，后来，是我丈夫先发现，"你怎么啦，没听见?"

丈夫毕业于北京工业学院，学自动化控制，在航天部529厂，是个"卫星"组装厂，在设计室。家里的老人都不在身边。这意味着，要是有了孩子，就得请保姆，请了保姆，家庭经济就会有一个尴尬的不等式……他们都是计划生育的模范，"搞卫星的不如炒歌星的。"家庭经济的拮据使他们一再推迟了怀孕的时间。

"刚到研究所，"她说，"所里发给我两件东西，一把木头的靠背椅，一把小马扎，草绿色的。"她说靠背椅是坐着踩缝纫机的，小马扎开大会时用。对的。我们研究所没大会堂。大会议室？没那么大的。开大会，传达文件，我们就带上小马扎，到饭厅去。那地方兼做会场。穿军装的没穿军装的都坐小马扎，挺整齐的。

"来这儿的前几天，"她说，"还在饭厅听过一次传达文件，那时，我坐下去已经挺困难了，马扎太矮……没几天说给我换个工作环境，到老周这儿来搞民用服装开发，我挺高兴。"

所以，她腆着肚子站在周国泰面前，满面笑容。

一九八八年二月，赵晨的孩子诞生了。这对周国泰这个“三人开发小组”来说，是一件大事。因为华北油田的杨瑞启四月初就把一个“要两万套”的决定放在周国泰面前。

赵晨的产假还没休完，周国泰上她家看她来了。

不等周国泰说什么，她说：“没人给我看孩子，怎么办？”

周国泰说：“你请个人看，补你保姆费。”

她抱着孩子，看她的组长，心想，是他没忘他的孩子是怎么长大的？她说：“我不要。”

周国泰说怎么啦，她说不怎么呀。周说那到底是怎么，她说她以前就想过，做时装比做军装强多了，要像以前那样，还不如搞个体。

“那你不想跟我们一快干啦？”

“谁说不想。”她说她已经看好了，可以把孩子送出去。周问送到哪儿，她说有个老太太，老太太那儿还带着另一个孩子。周就说没关系，你可以专门找个人看。周重申补你保姆费。

“我不要。”

“为什么？”

“不为什么。”她说你让我上班我干，说补我保姆费我不干。

“这有什么？”

“这算什么，照顾？我可以自己挣。”

周国泰隐约觉得遇到一条好汉。他继续问：“那你什么时候……可以上班？”

“你需要什么时候？”赵晨问。

“明天？”

“好吧。”

两万套油田防护服开始投入生产。

他们有了新的办公地点，那个地点在北京西直门北大街 28

号，是那里面的一座后楼，是后楼中的一层，算起来也有十几间，又旧又破。但毕竟有地点了。

搬家。赵晨说："那天是坐一辆破'面包'去的，不知道那车哪儿弄来的。"她说车上有我的破木头椅子和马扎，有破缝纫机，还有从医务室拣来的破桌子……就服装样品是新的。"总之一车就装走了。"

她说老周在车上说，往后咱们能做什么做什么，可我心里在打鼓。"坐在一车破东西上，感觉像逃难似的。"

但是搬家的日子是八月初八，再加上"一九八八"，连着四个"八"，"我们说笑着，这可是个联系好运的日子。"

账上的内容多起来了，张连璧感到面对它有困难了，他去请高级会计师**宋克恒**。宋克恒还在研究所的岗位上，怕人家说他去挣份外钱，张连璧说："我没干过这活，我干不了，你帮帮我。"老宋一九五七年当过"右派"，下放到新疆……这经历培养了他格外的谨慎和认真，用于当会计就着实造就出一个好会计。

金秋，正是收成季节。一个数字放在周国泰面前，放在开发部所有成员面前——一九八八年，原材料涨价，这回，他们为华北油田做的两万套服装却是因为长了经营常识签了合同的——由于服装材料涨价，得赔上七十万元。

不仅没赚到钱，还得赔钱。开发部就一堆破东西，全搭上也赔不起。

2. 个性与激情

惊骇了吗？再看看，一九八八年，他们还做了什么。

先说防弹衣。

杨廷欣一行带往德国去的中国防弹衣还在序章里，在飞过乌拉尔的上空……那是为中国考虑，也是去敲世界市场的大门，那是一九九二年十一月，现在是一九八八年九月，还没有那种防弹衣。但开发部一经成立，这个“刀枪不入的古老梦想”就被放到桌面上来了。

这个“梦想”中国人不是没有实践过……六十年代，美军在越南战场上使用了一种新式杀伤武器——子母弹，该弹爆炸开后，里面炸飞的钢珠速度达950－1000米/秒，构成很大的杀伤力。一九六六年底，国防科委下达一项与此相关的紧急战备任务，要求迅速研制出防子母弹的防弹衣。一九六七年四月二十七日，毛主席和军委首长指示，希望此项研究尽快出成果。在国防科委的直接领导下，这是一个全国大协作的项目，参加研究的主要单位除军需装备研究所以外，还有化工所、工程兵科学试验场、中科院化学所、中科院硅酸盐所等二十多个军队和地方的科研院所及工厂，经过三年的艰苦攻关，进行了十一次大型模拟试验和实弹爆炸试验，获取了大量数据，研制出了三种性能较好的防弹衣，用于支援越南，防止子母弹的杀伤力，防弹率达到百分之八十五至百分之九十，这就是我军研制的用于单兵防护的第一代防弹衣。

六十年代中后期，中国在这方面的实践，是一个那么多科研单位那么多人大协作的成果。在当时，达到了一定水平，起到了一定作用，但也只能防住炸飞的弹片或钢珠……任何一项尖端的科研，要往前推进一点点，就是名副其实的极端困难。如今在这个租来的办公地点里，就这几号人，就在这“从医疗室捡来的”破桌上讨论，试图研制出不次于美国防弹衣的中国新型防弹衣，如果能把这个愿望演义成现实，也是个奇观吧!

周国泰三十九岁了，共和国也三十九岁了……意识到在现存体制现有国力下，靠“吃皇粮”来养育科研，要赶上世界军事科学的先进水平已很不容易……可是，即使你深切地感到“匹夫有责”，这是匹夫肩得起的吗？是这个刚刚成立的小小开发部肩得起的吗？

没有首长叫我们这么干，如果首长知道了，也许会批评我们是蛮干，你还很难说你不是蛮干。他们中有人也觉得这像饿汉在讨论如何画一块饼。预算也不可能是精确的。现实也不允许他们预算出很高的费用。这个不能算狂妄的费用是二百万元人民币。不可能再少了，再少连他们自己都觉得是儿戏了。

可是钱在哪儿？通过军需部领导出面借来的钱正好是二百万元，三个月必须还清。研制新型防弹衣三年后能不能有个眉目？借钱要还迫在眉睫，这是经济活动，不是行政活动。

周国泰如果一意孤行，会把这个刚刚诞生的小集体折腾成什么东西？

“我敢干一点，张所长稳重一点。”周国泰说。

“老周敢闯一点，我保守一点。”张连璧说。

这些说法很可能使我们获得这样一个印象，由于张连璧的“稳重”，可能抑制住一点周国泰的冲动。事实恐怕并非如此。

假如没有张连璧的稳重，周国泰自己就得充分考虑：是否冒失？由于张就坐在这里，他不可能不考虑周的行为后果。如果周考虑过之后，张没表示反对，周就会以更大的闯劲去干他想干的事。在投入研制“防弹衣”这件事上，张连璧不但没反对，反而赞同。

何以赞同？一个年逾六十的老人，如果心里还活跃着创造的愿望，“防弹衣”也是他今生的梦想，他稳重的外表里面就可能潜伏着比四十岁的人更大的冲动。

关于防弹衣——经过前此一年的奔波——现在，周国泰又增长出了扩大的目标，不仅是研制一种防御性装备，在他的眼里，防弹衣不是“蛋”，是“鸡”，他还指望用防弹衣去生出美元、英镑、港币、人民币……如果他们失败，稍有一些经济常识的人就能告诉你，你得认真权衡“投入产出”。投入少，产出快，才是创业阶段的最佳选择。

眼下，他们似乎不顾一切，还是选择了这个——即便将来会有成果，也得几年后才见端倪的尖端项目，投入经费去研制。总之，周国泰与张连璧合在一块的行动，现在是扩张了他们的困难。不可思议的困难。

但是，如果竟能周旋得开，竟能研制成功，我们该赞扬他们什么呢？

用周国泰自己的话说，“我常常只顾往前冲，不顾后路。”他还使用过“孤注一掷”这个词，这个词很容易令人联想到一种赌徒心理。对此，我并无贬损之意。那么，赞扬他的大胆？

我们这个时代很重视总结经验，比如某人过了河，我们总结出因为他造了一条船，或架了一座桥。船和桥固然重要，但不用船和桥，从天空和水底也可以去到彼岸。我们不仅要看到表象，更应该问根本。**枝叶施展茂盛的地方不在枝叶在根本。**那原因不仅在船和桥，更在人，在人的身心内部。我想说，**周国泰身上有一种随身携带的东西值得认识**，由于认识这种东西对理解他全部的故事和我们的生活环境都很重要，我想值得专门辟出一些篇幅来认取。

先讲一个《圣经》里的故事

故事说犹太人有个伟大的民族英雄叫参孙，他不那么聪明，但力大无比，不知危险为何物，少年时就给父母带来不少麻烦。不到二十岁，他爱上了一个腓力斯丁女子，本族人都反对，他坚持己见，前去迎娶。后来发生了一些复杂的故事，腓力斯丁人把参孙心爱的女人杀死了。参孙去报仇，杀死了好几百腓力斯丁人。参孙继续同女人接二连三地发生恋爱。腓力斯丁人想了很多办法灭参孙，都没有成功。一次，把参孙关在城门里了，参孙把城门也卸下来，扛着背走了。腓力斯丁人很惊恐，不知道这个人奇大的力量从哪里来。

参孙被选为犹太人的领袖，统治过以色列近二十年。晚年的参孙又爱上了一个叫大利拉的腓力斯丁女子。腓力斯丁人给了大利拉一个任务，要她找出参孙力大无穷的秘密，然后可以给她一千银币，否则，就用石头砸死她。

我看这就是一个非常高妙的关于寻找力量来源的故事。

故事接着说，参孙曾哄大利拉，用七条青绳把他捆起来他就没力气了。大利拉就在他熟睡时叫来腓力斯丁人，照此把他捆住。他被吵醒了，看到屋里都是敌人，挣脱了七条青绳，敌人吓得逃了，参孙接着睡。

这样的故事像做游戏一再重演，腓力斯丁人还是抓不住他。一次参孙讲了真话，说只要剃掉他的头发，他就无力了。大利拉就在他睡熟时剃去了他的头发。参孙终于被抓住，并被剜去了双眼，被押到磨坊去替腓力斯丁人磨玉米。

故事的结局是腓力斯丁人在一个庆典中想起了瞎子参孙，把他带到神庙里来羞辱他。腓力斯丁人忽略了一个细节，参孙的头发在磨坊里渐渐长出来了。结果，参孙摸到了神庙的石柱，推倒石柱，神庙坍塌，里面的人全都被压死了。废墟下也躺着这位犹太英雄的残躯。

这个故事实在是讲得很壮烈的。犹太人说，参孙力量的源泉是他的头发。故事讲完了，答案也出来了。《圣经》里的这个故事在讲什么，要告诉我们什么呢?

再讲一个爱因斯坦的故事

我们大家都很尊敬爱因斯坦，我想，他的见解能加深我们对一种重要品格的印象。一九三四年爱因斯坦为一家美国杂志撰写了一篇关于宽容的文章。不料这家杂志坚持要对这篇文章进行一些爱因斯坦无法容忍的修改，爱因斯坦随即把文章要了回来，没有发表。爱因斯坦此文写得相当智慧，我抄录出其中的片断：

> 当我自问，宽容到底意味着什么？这使我想起天生幽默的威廉·布什给“禁欲”下的饶有趣味的定义：“禁欲就是我们从各种得不到的东西那里得来的乐趣。”
>
> 我也可以做类似的说明：宽容就是对于那些习惯、信仰、趣味与自己相异的人的品质、观点和行动做恰如其分的评价。这种宽容不意味着对他人的行动和情感漠不关心，还应包括谅解和移情……
>
> 任何一种伟大高尚的事物，无论是艺术还是科学成就，都来源于独立的个性。只是在文艺复兴使个人有可能不受束缚地发展自己的时候，欧洲文化才在打破令人窒息的停滞状况方面取得了最重要的突破。
>
> 因此，最重要的宽容就是国家与社会对个人的宽容，为了确保个人自身发展所不可缺少的安全，国家当然是必要的。但如果国家变成主体，个人却沦为唯命是从的工具，那么所有好的价值就全部丧失了。

在此，爱因斯坦写的是关于“宽容”，中心却是在为人的“独立个性”呼唤宽容。他所要表达的最核心的见解是：**任何一种伟大高尚的事物，都来源于独立的个性。**

爱因斯坦在一九三四年的美国如此呼吁，是想能为独立个性的生长尽可能创造一些较好的土壤。同时，他也很清楚，人的独立个性终究是从个人的身上生长出来。

当他自己还是一个十五六岁的少年时，没有同任何人商量，他就放弃了他的德国国籍。当时他正在慕尼黑上学，成绩非但不出众，大部分科目还是落后的。他早期的老师甚至不认得班上有个爱因斯坦。他本人回顾学校早期对他影响最深的东西，不是来自于教自然科学的老师，是文学老师唤醒了他对德国古典作品的兴趣。那时，没有任何迹象能让他的老师预见这个阿尔伯特·爱因斯坦有一天会属于全世界。然而那个迹象已经呈现，十五岁(也许是十六岁)，他离开慕尼黑独自去到米兰（他的父亲正在米兰经商），就像更小的时候告诉父亲我不要某个玩具那样，他告诉父亲：我不要德国国籍了。

爱因斯坦在他一九四六年六十七岁时写的《自述》中，开篇第二段就写道："当我还是一个相当早熟的少年时，我就已经深切地意识到，大多数人无休止地追逐的那些希望和努力是毫无价值的。"那么什么是有价值的呢？他的《自述》中没有明确的简述，或者说，那是用很多文字去表达的。联系他上面那句话，我们能看到，这个早熟的少年抛弃的已不仅仅是一个德国国籍。那最有价值的东西已经在他的身上出现，他从慕尼黑去到米兰，就**随身携带着，那东西就是他的独立自主。那是他一生中确实可靠的东西。**

我们知道，爱因斯坦提琴拉得非常优美，那是他一生都饱有的热情乃至激情的流响。

激情，独立的个性，这就是爱因斯坦身上最有价值的东西。他那影响世界的伟大发现，是从这最有价值的东西里生出来的。

再感受一下个性和激情

回头再看《圣经》里的那个故事。不到二十岁的参孙不顾同族人的反对，独自向自己心爱的腓力斯丁姑娘走去，正随身携带着他的独立个性。

故事一唱三叹地强调他与女人的恋爱，到了晚年，那激情也毫不衰减。即使一再受到他所爱的女人欺骗，他仍然傻乎乎地热爱那异族女子。犹太人说，他力大无穷的秘密，根源在头发。只要剃去他的头发，参孙就变成俘虏，而且变成瞎子了。这是在说瞎话吗？

独立的个性，如果不从人的脑袋里长出来，从哪里长出来？

拥有独立个性的人，常常被认为狂妄自大，目中无人。这如果不是发生了误会，就是认错人了，把二者混为一谈了。

爱因斯坦提琴拉得挺好，是否排斥他人的音乐？一九二八年，德国一家星期画刊给爱因斯坦寄来一份表，征求他对一位音乐家的意见，爱因斯坦未予置理。编辑部再次来信，爱因斯坦于收到信的当天，一九二八年三月二十四日，回了一封不很客气的信：

> 对巴赫毕生所从事的工作，我只有这些可以奉告：聆听、演奏、热爱、尊敬——并且闭上你的嘴。

这封信是长期担任爱因斯坦秘书的海伦·杜卡斯小姐出于自己的兴趣，整理爱因斯坦的书信，从中选择出来的一封。一九二八年十一月，还有一家杂志社也给爱因斯坦写信征求对另一位音乐家的意见，爱因斯坦回信做了几乎相同的回答：“关于舒伯特，我只有这些可以奉告：演奏他的音乐，热爱——并且闭上你的嘴。”

注意到了吗？在这里，爱因斯坦凝炼出的“主题词”只有两个字：**热爱**。这就是一个极具个性的人充满激情的典型表达。

3．造一件怎样的防弹衣来保护个性

为什么把周国泰的故事搁在半道，停滞不前。

“这是大家做的事，你要写就写写大家。”即使是周国泰这样有个性的人，也一再如此对我说。

我何尝不知，光凭秦始皇不可能统一中国，没有拿破仑的士兵，怎能让阿尔卑斯山震颤，周国泰研制功能服装不但有战友们的智慧，还有工厂里那么多缝纫女工“一折三叠”的辛苦。

不只是周国泰，张连璧、杨廷欣……一个个都变得万分谦虚。

他们没有一个不怕“枪打出头鸟”。

这是什么故事，在我讲他们很有个性的同时，能隐藏这一种真实吗？他们是研制防弹衣的，因此很懂得保护自己？他们能研制出防弹衣来挡住子弹，该造出怎样的防弹衣来保护人的独立个性？

“英雄的时代已经死了。”中国也有人写文章就是这么宣称的。有人喝彩：深刻。我不相信。我相信一个几千年以农为本的民族，因新的生产力的勃兴，正用了英勇的壮行走向市场，即使你把血滴在路上，你也是英雄！

我不信，谭嗣同、秋瑾、董存瑞的血，没有遗传给后人？难道当代容不下你的豪迈？

但是，我还是听见了爱因斯坦在一九三四年的呼吁。即使是

在美国，阿尔伯特·爱因斯坦在那里呼吁。并且，那家美国杂志不肯将爱因斯坦的文章原文发表。直到一九五五年爱因斯坦逝世之后，海伦·杜卡斯小姐与纽约市立大学女子学院的巴纳希·霍夫曼教授，共同从爱因斯坦文档中整理出来，我们才得以看到。

这不是哪一个人哪一个国家的问题，这是**人类共同的问题。**

为什么用了不少篇幅来讲个性？我花了不少时间才想到，我们花了时间来看周国泰他们的行踪不是要看别人的热闹，不定何时，**你我都很难只是局外人。**

有时也想，我写这个故事也挺吃力的，一边在讲他们的故事，一边在为他们的故事能比较通顺地到达大众中间而开辟道路。

此刻我想说，一九八七年周国泰背着行囊独步荒原，他随身携带的那种极有力量的东西已经表现得很充分了。但很容易被忽视。也容易被那种苦以及他人的议论所吓倒。

在那里最容易看到的就是苦，如果用周国泰东北家乡的话说，那叫累得贼死，还要被人攻击，何苦呢？可是那里不是只有辛苦，没有人是为了苦去奋斗的。

只有看到，一个人令人不可思议的力量其实来自何方，其中蕴藏着怎样的神圣的快乐，才可望去拥有。你不必去学他造防弹衣，**他们能造出防弹衣的根源性秘密不在那技术。激情与独立的个性，却是每个人都可望去拥有的。**

我们对力量的来源有些印象了，还需要分清，没有周国泰、赵晨这些具体的人，就没有人这个概念，也没有男人女人这些概念。人，是从一个个具体生动的人中抽象出来的共性。

共性是从个性里生出来的。没有个性，世界上就根本没有人类的共性这种东西。这是一个基本的事实，不应该被颠倒的事实。

人的独立个性，不是个人主义，不是自高自大，不是孤芳自赏，也不是自我膨胀，这是需要加以区别的。**人的独立个性是把认识世界，去干一件事的重力，压在自己身上，才会更专注地去观察世界的结构，发现出美与缺憾，为之感动，**从而主动去汲取他人之长，更有效地利用外界环境，个人原本渺小的世界才因之涌动出渴望创造的激扬澎湃的神奇能量。

独立的个性并不排他。相反，那些极有个性的人，事实上是些善于汲取他人之长的人，而且善于从别人的弯路中避免自己重走弯路。

即使你非常好学，缺乏个性，你仍然会迷失在知识的森林。这就是不少看来也很用功的学生收效不大的原因。

需要去关爱自己之外的世界，没有这种关爱就没有激情，也就不会有真正的独立的个性。**爱，是独立个性的源泉。**

你如果只知道爱自己，世界就太狭小了。你就没有办法不孤独。虽然有人讴歌孤独，孤独肯定不是值得羡慕的事。

为什么要用这么多文字来讲个性，因为这在我们民族的生活中，实在不是一件小事。如不能真正认识个性，就无法划清人的独立个性和个人主义的界限。我们已经一再听到这样的声音："那个人不行，个性太强。"或曰某人别的都不错，"就是个性强一点。"在此，个性变成了不好的东西，而且个性只是"强一点"，就成问题了。这声音经常出现在上级对下级的评价中，出现在任用和选拔人才的时刻，由于我们是倡导反对个人主义的，特别是反对极端个人主义，如果把个性与个人主义混为一谈，或者把个性看成跟个人主义差不多的东西，就致使人的独立个性——这种事实上是积极的负责任的品格——在很多地方遭到抑制、围剿和打击。

中国不能没有，也不是没有极其生动的个性。

假如历史没有高扬出诸葛亮、曹操乃至情愿被周瑜把屁股打得皮开肉绽的黄盖，我们看“三国”就是一场面目不清的互相残杀，甚至看不见三国。你能说黄盖不属于中华民族？

我愿为我们的周国泰骄傲，愿说如果没有他一九八七年独立选择的那条道路，就不会有一九八八年成立的这个开发部，也没有一九九二年杨廷欣带往德国去与芳纶防弹衣一决雌雄的中国防弹衣。我这样说是在赞扬吗？不是。我只是讲出一个事实。

任何一个民族，一个团体，如果兴旺发达，一定是这个团体里拥有一批极具独立个性的优秀人物，是这种人物的独立个性得到灿烂的发挥，并影响了众多的人，从而使这个民族，这个团体里共同的事业呈现生机勃勃兴旺发达的景象。

扑灭或者抑制了人的独立个性，这个民族这个团体就有危险。所受的损失就不是哪一位个人的损失。

有位朋友曾这样说：“你看那些腐败分子，没有一个是有独立个性的。”这话真是讲得绝妙。

因为独立的个性，表现的是对自己所钟爱的事业至大的忠贞，那些利用职权行贿以及被金钱买动跟着一同腐败了的官员，哪里还有个性、独立性可言？

这样的官员，经常就是些扑灭人的独立个性的刽子手，是对他人和团体都有危险的人。

我们应该对此获得深刻印象，**人的独立个性，不是社会和团体的敌人，是以人的独立性去平等待人的个体品质，是朋友。**

拥有个性，实在不是理亏的事，不是毛病。所谓“富贵不能淫，威武不能屈”，所谓“三军可夺帅也，匹夫不可夺志也”！“匹夫”，就是拥有独立个性的人。拥有独立个性，也是“匹夫之责”，人生的职责，讲辉煌了就是光荣职责。

4. 又一个大市场

应该接着说说，这是匹夫匹妇都可以去拥有的。**成功的人生未必是成就一项什么惊人的事业，而是人的独立个性在流畅。**干事再忙再累也会冒出一句极有力量的话：**“我情愿。”**

愿，就是原心，你的本来的心。情愿就是热烈的原心在流畅。你有原心，原心不能流畅，看看正被什么堵塞、覆盖，设法疏通，你就流畅。

周国泰被那美国人断喝一声，某种情形犹如被惊醒，他不愿大脑中老悬着那只手，就根据自己可能的条件去“情愿奔波”。

“我情愿。”这就是成功的时刻，是在成功地生活。如果把成功仅仅看作是做成那事，就会把去做变成一场漫长的苦役。

同样，我也不能把写作当成一场漫长的苦役，情思向着自以为能够愉悦畅达的通道投奔，不记得某种文章应该怎么作，不在乎把《圣经》里的故事写进来是否适合……此刻，我又看到，周国泰的目光忽然灿亮起来，我要传达他的又一个发现了……

马路上，穿制服的人多起来。数不清的城镇里，农民们进城已经分不清哪是收税的，哪是管路的，哪是捕人的……你总算认清了，但你走过一个省，或者才跨过一个县，你又认不清了。

不只是农民，城里人也在说制服泛滥是一种灾难。

就在奔走于油田与城市的日子里，在世人说那是“一种灾难”的地方，周国泰又看到一片可去开垦的天地了。

改革开放的过程，也是一个社会性的管理日益重要的过程，中国的行业制服，尤其是国家公职人员的制服——这无疑关系着一个国家的形象——也已经迫切需要走向标准化、科学化、现代化。这又是一个多大的市场啊！

这时刻，如果描述他在为国家着想，未免平静了，说他看到国家公职人员的制服不怎么样，心里竟快乐起来，我看很真实。祖国，你有挺多事可供我为你服务啊！这怎能不快乐？

身上的背囊突然变得轻了，去挤公共汽车也不觉得那么累了。**成功是你能够惊心动魄充满愉悦地去做，为自己生命的能量得到超乎预料的开发感到惊喜**。你因之激动，甚至被自己感动。那时，站在公共汽车里手抓着某个扶杆，即使不敢大声说，也可能禁不住在心里对自己说：我怎么这么优秀啊！那就是相当实在的自信在心中开出鲜花来，你听到花开的声音了。

在中国，从有这支军队开始，就开始制作自己的制式服装，几十年来，共和国没有任何部门对制服的研制比军队投入的力量更大、时间更悠久。这就是优势。

心中开出的花儿现在是这样激励、鼓舞了他那里的成员。我们弄清了那种凝聚力的“奥秘”，那种巨大力量的来历，再看他们那么一大片辉煌事业，我们的感受力、感悟力也可望得到超乎寻常的释放。

他们首先瞄准了工商制服。为全国工商系统设计制式服装，肩章、领花，很快得到了国家工商管理总局的赞许。

利用地方工厂加工，仍然是他们的“常规武器”。

做什么都需要钱，要挣钱你得有投资。钱在哪儿呢？

钱，他们需要钱，需要很多的钱。

周国泰坐在办公室里挂电话，完全投入的心犹如在电话按键上跳动……向一个又一个集团军挂电话，某种紧急状态令我想起列宁攻占冬宫后正受到隶属反对苏维埃政权的军队威胁，有的军

迟浩田在全国政协礼堂和王西亭（左一）、周国泰（左三）、杨廷欣合影（左四）

科技开发部创业者、原副总经理张连璧（右一）和杨廷欣（右三）

团正向彼得堡进军，苏维埃政权危在旦夕，列宁跑到无线电台去，通过电波直接号召士兵停止军事行动，把和平事业拿到自己手里。十分的危机，竟在几分钟之后瓦解了。手风琴的声音伴着马靴的声音在军营里围着篝火联欢……这个联想显然很不恰当。可我联想了。

那个下午，周国泰坐在电话机前挂电话。他的声音一次又一次重复：我现在，搞开发，没钱，你们能不能支持一下，借一万不嫌少，十万不嫌多，越多越好。用什么名义？我以我个人名义。相信，就支持一下。没钱，没关系，不伤感情。用什么还？用我们开发的军需产品还你们。比如说仿毛军裤……一个下午，就一个下午，周国泰集到二百六十万元人民币，速度之快，令人难以相信。

仿毛军裤，是这个研究所第一研究室的科研项目，目的是为部队日后装备探索一条路子。把它开发出来，是研究所**王西亭**副所长出的点子。周国泰付诸实践。

应该认识王西亭。张连璧离休后，接班管科研的副所长就是王西亭。他是河南唐河县张店乡王庄村人，一九五五年考上县中，因胃病几乎无法上学。可他们小学毕业班六十人，才考上三人，这个数字对王西亭一家都很鼓舞。父亲带他进城就在中学的旁边搭了个三角棚子，他的奶奶就住那棚子里为他做饭。从他初一到高二，奶奶精心地调理他的饮食，后因王西亭的母亲突然病逝，家中剩下父亲和弟弟，老奶奶才回家。王西亭的中学岁月，他的奶奶和那个三角棚，是感动过许多同学的一幅画。王西亭终于以优异的成绩考进北大。

王西亭的手戴表会过敏，因此不戴手表，是个经常忘记下班的人。多年来，他一直是军队科技进步奖总后系统的评委，习惯上称“大评委”。他本人就是一个搞服装功能的权威，周国泰决心去搞功能服装开发，也首先得到了他的理解和支持。在周国泰相当困难的日子里，他帮助说话，帮助周旋，可谓“甘苦寸心知”。

他还是首批参加“博克图实验”的专家，也参与过油田防护服、防弹衣、防刺背心、暖体假人等项科研，这些成果的报奖本身是一项理论性很强的科技工作，这些工作基本上是经由他指导，经他的手定稿上报的，上报时他也总把自己的名划掉，这情况与张连璧就像是一个模子印出来的。活生生一个专为他人做嫁衣的科研副所长。

“所以，”周国泰说，“他和张连璧，都没有政府津贴，却让我们得了。”

王西亭没有怨言。我与他一块去出差，同吃同住的日子里，一直感觉不到这个人有什么怨言。我想，这个人是有自己的。

再说周国泰为油田做那两万套服装刚刚投入运转。一个制做六十万条裤子的决定又在买米下锅。投入研制防弹衣更是梦寐以求的“正事”……他们很像在四面出击。

“去跑，拼命去跑吧!”周国泰在说，“等到有一天，你走到哪，都能看到我们的产品，是很高兴的。”

赵晨说：我简直心惊肉跳。

赵晨说：但是，挺锻炼人的。

赵晨说：我再不是成天“一折三叠”了，我整天都在跑。

赵晨说：我该说是对我有一种“压迫”还是“培养”呢？总之，有了非常专注地思考问题的自觉性。“夜里做梦，都是你白天要干的事。”她说可以使你忘记日常生活的一切琐事。

听到了吗，赵晨心中的花儿开了！她再不需要那个塞住她耳朵的收音机了，她听到了自己心中花开的声音。此时，她还是个每天要给孩子喂奶的母亲，尽管次数越来越少，还是能把快乐喂给孩子。

这位当初研究所把她“搭配”给周国泰小组的女士，不久就成为开发部的技术处副处长、生产处副处长，成为一员骁将。

这里讲到的只是一位赵晨女士。开发部需要“招兵买马”，看看他们将用什么样的人来成就大业。

5．少男少女与老兵老将

都市里到处都是人。电线杆上五花八门的文字也成为你的“读物”时，生活就相当现实了。走来的是一位北京姑娘，十八岁，今天穿着一条粉红色的裙子。

中学时代仿佛仍在她的屋里屋外躺着或者走着，一夜之间，她把校裙压进了箱底——压进箱底那一刻，犹如埋葬了青春时代的一个梦想、一片最美妙的岁月。那时刻泪水掉下来……知道母亲就在门外准备好了一切安慰的语言，但她什么也不想听。她关上房门，需要安静。

这样的时刻已经属于自己……窗外树叶婆娑，树叶在一天天妩媚起来，但窗外从此已是父母不再是导师的世界。

待业不是失业——她还从未有过职业——但确凿地是无业。独步街头，想起姐姐在她这个年龄正与成千上万的同龄人一起上山下乡，她说：“那也许不是可怕的事。”

报纸搁在腿上，十八岁的眼神该是顾盼生风的，那时她的眼睛在一个报角落里找到一个目标……于是向那目标走去。

今天，她穿着一条粉红色的裙子。

走进目标，“空调”送她一个寒颤，但她很快看到，镶有“收银”二字的玻璃后，有一双红唇鲜艳如画。“要是让我‘收银’，我努力工作，说不定往后能让我干财会，那就好了。”

一点不错，这就是她十八岁的理想。

突然眼花缭乱。她说她没想到，与她年岁相当的少女竟有这么多聚到这儿。她们全都风华正茂，而且多数都有“收银小姐”那样的红唇……

“站起来走几步。”

她便站起来走几步。然后被领进一个医务室。医务室太简陋了（还不如我们学校的呢）。医务室里正色彩缤纷……她多少有些不适应，但谁还顾上谁呢？

从医务室出来，她就接到一张纸，然后是惊讶，惊讶在她生存的城市如今用一个人，也有这么快的速度了。

但是夏天过去，她仍然没去那儿上班。她不用化妆也楚楚动人。母亲对她“去那儿上班”忧虑重重是她面对的崭新困难。

这还是一九八七年，她穿着粉红色的裙子走在北京大街去应聘的时刻，周国泰还在中原路上跋涉。所以，她去的那个地点不是周国泰当总经理的科技开发部，这是藉以窥望一下她和她的同代人走向生活的最初的脚步。

秋风起了，穿上冬装她就十九岁。又是春天，窗外的鸟叫也能使你怦然心慌……又上地铁站买各种报纸，报纸在说砸铁饭碗，这消息在她看来似乎不是坏事。但是，偶回娘家来的姐姐，在说厂里的工资发放成问题了，这是好事还是坏事？……

她叫雯丽，十九岁的雯丽走进了这个科技开发部。

这位每日挤公共汽车的小伙子戴着一副近视眼镜，他是从蜀道上走来的。老家在四川省射洪县潼射镇九村二社。村里有一千多口人，饮井水，不通班车。

十八岁那年，他和小妹沿着故乡的土路走去远方候班车。远方的公路上有一个站牌，那站牌有些日子曾经倒在路沟里了，是这村里的人把它重新立起来，并且垒上石块。据说那石块垒得很平展，从此，候车的人还能屁股对屁股地坐坐。

路很静。一路上，兄妹俩也沉默无声。

母亲忧虑的眼睛久久地留在村头的道口了……二十多年前，母亲也年轻的时候，曾在这儿目睹了一批又一批城里的学生娃来插队……如今村里的娃书读到头了，就一个一个往外跑，去广东，去上海，还有个叫江苏的地方……儿女说母亲年纪大了就是保守，说家里就那么几亩地，光你们和哥嫂都不够种，说如今村里去城市“插公司”的就比当年来的知青多。“你去问问，哪个村不是这样？别人行，我们咋就不行？”

母亲说：那时我们敲锣打鼓欢迎他们，现在你们去，住哪里？儿女连成都也没去过，还是坚定地选择了首都。母亲泪水汪汪，记起年轻时常听的一句话：时代不同了。

小伙子叫国旺。火车载他们来到京都。靠一个当兵的老乡介绍，国旺在一所部队医院伙房打工，小妹也在这家医院刷瓶子。干一天算一天，干满了一月能挣二百元。

老家的哥哥寄来了母亲的声音：要是太苦，就回来。他们没回去。有一天，小妹当上了卖花姑娘。小妹有着鲜花般的容颜。花店生意不错。小妹也成了花店老板的对象。由于没到领结婚证的年龄，所以还没结婚。国旺仍然每天能看到小妹。因他白天打工，夜宿花店——帮助看店。

街灯都亮时，他和小妹匆匆见上一面，小妹就要坐上花店老板的摩托车走了。花店老板是北京人，另有自己的房子。

他躺在布满鲜花的小店，戴着他高中时就戴上的眼镜，能注意到很多花瓣都在夜色中悄无声息地开放，把诱人的色彩和香息无辜地染向虚空……

有一天，他也来到了这个科技开发部。

不论你躺在哪里，来自何方，你把故乡的语言从一座城市带到另一座城市，这都是你的家乡……也许你已经大学毕业，专注于自己的个性，想到这个性说不定有一天会消失殆尽就不寒而栗。你觉得我们可以自己来想点办法，也许有另一条通途。我们不说逃避现实，说走向世界。

你真的走在通往使馆的路上。

喂，北京您早！她突然想说句“北京你早”，而且泪水莫名其妙地滋润了睫毛……林荫路上有许多人在跑步，在玩太极拳，还有老年男女把湿漉漉的晨路变成了露天舞场……

每一位老人都能使她想到父亲和母亲。

小树林里，怀抱“托福”，眼睛凝然不动口里念念有词的姑娘正鼻尖冰凉，她太熟悉那感觉了……可是她当初学英语时也许太用功了一点，她选择去加拿大后还要先学几年语言，然后再攻读硕士学位，她的出国动机就让人起疑心。

那时她正跟使馆的签证官员对话，她使用的是英汉混合的语言。可是她那说出的英语部分，还有她在大学研究院工作的经历都放在签证官员面前。那时，签证官员的边上还有一位中国翻译。她强调说那翻译是中国人，而且，更重要的是，他是我们同时代的人。他应该能理解我帮帮我。不错，他看起来是更了解中国人，他提醒签证官员：“她还是个未婚女子。”于是，高鼻子官员对她说：“对不起，小姐，你有移民倾向。”

一个梦想结束了。

她说霎时间她被愤怒填满。她说她没有遗憾，只有恨！不恨那洋人，是恨那个比洋人想得更周全替洋人说话的家伙，“我真恨不得上去扇他一耳光。”

从大使馆出来，她已经不想回研究院了。那学究气十足……那死板的规则，她觉得那里好像在教一种已经死亡的东西，“真让人受不了。”那么，她将上哪儿去呢？像有些说法那样，“在失去理想的残骸中建立我们辉煌的小屋”？

她叫**杨军**。替她向加拿大多伦多大学写推荐信，推荐她去攻读“欧美文学”的作家叫艾青。从使馆出来，望着都市的车流，感觉生活正从四面八方发生前所未有的迁徙，自己则好似被搁在路上……不久，她也来到了这个开发部。

但她“贼心不死”。她在这里干着的同时，又去参加了“外企服务公司”（外国人在中国招收工作人员的机构）的考试，考“文秘”，并且通过了。只待有一天老外们需要一个“文秘”，就会从计算机里发现她。

她说：我是这个开发部的“小件寄存”。

这里，很容易看出，周国泰用人似乎不太挑剔，也还没时间像一些著名企业介绍的那样，不惜代价不远千里去某地挖一个如何了得的人才。他们聘用的人，除了离退休老人，个别如杨军女士那样有大学文凭并且心怀异想的人，就是没考上大学还在寻找职业的涉世未深的打工仔打工妹。

上述三人，只是他们中有代表性的人员。打工仔打工妹们，有的已经走了，因为这里实行“炒鱿鱼”。就靠这些人，老的老嫩的嫩，在一九八八年差不多像“拼凑”起来，总数不过一个排。

就一个排，够吗？单说从集团军集来的二百六十万元，要投入运作，还需要启动多少人力，人在哪儿？周国泰说：“中国工人，有的是。等活干的工厂，有的是。”

仓促、紧张、忙乱……可能激发出一种生命力，塑造出一种本领。若干日子后，当我同他们那儿的老老少少都有些熟悉之时，我似乎突然有所察觉，周国泰聘用这些年老的和年少的人们，恐怕是集聚了某种优势。这似乎有些不大讲得通，但某种情形让我联想到戚继光募兵只收农民不收城市居民。他甚至订下甄别应募者的奇特标准：凡脸色白皙、眼神轻灵的人一概摈诸门外。他认为这样的人几乎全是来自城市的游民，容易心怀异想，很难指望他们奋勇杀敌以至效死疆场。戚继光确实演练出了一支威震海内外的戚家军。

周国泰在说：去跑，使劲去跑，总有一天，你们会很自豪！

冬天来了，尚难堵住老屋的缝隙漏进阵阵寒风，周国泰的声音在那风中，让人感到一种发烫的力量。

6. 利益光临：更严峻的事情

前景闪烁着光芒，现实却很难堪。债务，资金，亏蚀的本钱，还有受聘者的工资不能不按时付，否则凭啥为你使劲？他决不比任何受聘者轻松，每时每刻都像有什么追逐着他，在他身后汪汪地叫。

不管你怎么周旋，初创阶段，你做的第一笔较为大宗的生意，本钱亏蚀七十万元，你得筹谋拯救的方法。研究所还等着你们创出一百五十万元效益。“军中无戏言”，你若缓不过气来，你的“劲旅”也可能就此全军覆没。

我可能忽略了什么回避了什么，譬如当初一同走上“开发”这条路，未必带着相同的心思，为一个忘我事业去奉献的说法一直为政府所提倡，现实总是更为复杂。

困境可能是界定人的心理走向乃至界定意志、能力的分水岭。当着困境甚至绝境排山倒海压过来时，有人可能离去，有人坚持下来。能共患难，是了不起的品质。但利益光临，恐怕是一个更严峻的事情。

利益的分配原本就是“生产、流通、交换、分配”中的必然环节。每一个环节都不容易，每一个环节都联系着开发部的现实与前途。好朋友也可能在这些过程中分道扬镳。离去的人不乏在艰苦创业阶段卓有功劳和才华的人。我完全可能在这方面忽略了什么，回避了什么。

还记得所长当初与周国泰的那次谈话吗？一百五十万，实现了，给你个人提成百分之三，作为奖金。如果超过，超过部分提成百分之五……实现了吗？

实现了。到一九八八年底，他们竟然实现纯利五百零八万元。奖金发了吗？发了。比从前多多了。周国泰得到二千元。是周国泰高风亮节，没要更多，或者是他用于捐献吗？不是。只发给他二千元。

能怨所长说话不算数吗？恐怕不能。就按一百五十万元的百分之三计算，也达到四万五千元。这在当时，不是小数目。新任所长能在当初做出这个许诺，是了不起的。我们仍然应该满腔热情地赞赏他的勇气。在一个经营与分配都还在方方面面“摸着石头过河”的时期，我们也很需要这样的勇气为我们壮行。

现在，周国泰不但超过，而且实在超过太多了。如果再加上超过三百五十八万元的提成，那个数字就该是二十二万五千元。这个数字就很考验领导们的魄力乃至政治水平了。周国泰只得二千元，这算不算做了奉献呢？

这故事写到这儿，作为一组符号，我们看到，周国泰的事业毕竟开始了一个转折时期。

许多故事，都在这个小小的开发部轰轰烈烈地演义过。这个世界看起来是陈列着远比从前宽松得多的道路选择。分道扬镳恐怕也不便论对错。

在胜利到来的日子，看到自己无异于死过多回——起死回生惨烈经营——收获的硕果，能归于自己的很少，干脆放弃，走了……我们有必要再看上一眼：这支队伍，充其量不过发展到一个排多一点的“兵力”，在草创阶段，就赚到年纯利五百多万元，这已是奇迹了，展望前途，可说前途无量。但是，当初一同创业的伙伴，有人要撇下这前途，走了。

好朋友坐下来，烈烈地饮上一回酒，爆炒的虎皮辣椒能把你的泪水辣出来……这太好了，它非常有效地混淆了泪水的性质。醉了吗？醉上一回，然后走了。这未必不是一种壮行。也许来日会在别处走出另一种道路，变成百万富翁，说不定会以个人名义为贫困地区的儿童教育慷慨捐赠，或者回头设个什么奖来奖励周国泰也未可知。所以，以眼下多种经济形式并存的社会机制度之，不便论对错，只能说人各有志。

许多故事都在这里轰轰烈烈地演义过。可以是小说、电影惊心动魄的场面情景。但这不是小说，所有叙述都要冒着“我不是这样”的危险。我的能力，只够取这种抽象叙述，以传达一些印象。这要请你原谅。

继续写留下来的人的故事。这些明知多赚了也不可能有很多归于自己的人留下来了。朋友的话，当初就扔在斟满酒的杯里：

记住，你是“公有制”，这里创出的东西不属于你个人，你得谨慎支配。否则，难说有一天你不会成为罪人。

这话同样滚烫，就放在面前的烈酒里。周国泰听清了，便连同烈酒饮进肚里，继续往前走——这同样是一种风萧萧的壮行啊！

留下来，迎接新的问题。一个今非昔比的转折期的到来，很快就会有新的问题接踵而至。

历史上所有能被继承下来的事物，都是后人一次又一次再认识的结果。只有自己能够去思想去实践，才有真正意义上的继承。

第六章

主人：不能由前辈赐给你

1. 约法两章

不在乎你昨天在哪里，也不在乎你今后还想到哪里去。

不问资历，只问能力。关于能力，首推认真。即使一个高深莫测之地，也有很多不需要天才去完成的工作。但是，你能不能**认真，这确实是一种能力**。有了它，说不定你会成为天才。

不问你原来是个什么职，拿多少钱，只告诉你，我们能给你这份工作大致多少钱。这里有副师级的办事员，有工人出身的处长。女大学生杨军来了。她关心这里要不要她的档案。

“档案？我们不需要档案。”

这太好了。杨军想，这省略了麻烦。这有利于她一有机会就另谋高就。杨军在这里既当秘书，又当翻译。

国旺来了，这个从蜀道上走来的青年担心这个解放军的部门要不要他的户口。他在京城的橱窗上看到很多招工广告都写着：请持北京市户口……

“我们不要户口。”

似乎出奇的简单。简单得让你感到不真实，在这儿干着都不踏实。工资是“保密工资”。这种杜绝透明的封闭性工资在发达国家有个带科幻意味的名称：隐形工资。在港澳的说法带有中国古老的色彩：红包。

可以认为周国泰正把心灵的门户向着世界文明洞开？

炒鱿鱼不必领导班子坐下来研究，也不宣布。“你现在就可以去财务那儿领工资。”听到这话你就明白了。

这就是一九八八年，这个开发部招聘人员使用的基本办法。人招来了，怎么带这支队伍？

这件事看上去不大。需要找厂家做领带钩。被派出去物色厂家的人回来了，拿来的厂家报价是：一副领带钩八毛四。开发部要做二百万副领带钩，总金额就是一百六十八万元。

“开玩笑。”周国泰问，“哪个厂家？”

对方讲出的是个北京的厂家。

周国泰说：“再去找，去南方找。”

从南方回来，那人把一份合同放在周国泰面前。合同上的单价是：四毛二，正好少了一半。

周国泰说：“胡闹。为什么不先挂个电话回来？”

派人再去南方。最后敲定的单价是一毛七。做来的样品质量符合要求。最后完成的二百万副也符合要求。按这价，只需三十四万元，与最初的一百六十八万元相差一百三十四万元。

这只是一个“领带钩”。一套衣服需要多少个纽扣，相同质量的钮扣一个是一毛五分钱，还是七分钱？或者五分钱就可以。哪怕只相差二分钱，一张看不出有任何欠缺的合同拿回来，里头就可能埋伏着几十万元的出入。在“多种经济形式并存”的时代，有人已发明出某种挣钱方式——那里好像有一条秘密通道，有人通过那秘密通道好像在搬运着国库。这个开发部会不会成为有人“搬运”的对象？

一切领导者都必须考虑的问题，现在也涌进周国泰大脑，就像端把椅子坐在那里，望着你。

一九八八年的周国泰在灯下学习《毛泽东选集》。他读到了毛主席在一九四九年写下的《把军队变为工作队》。当情不自禁地在若干文句画上红杠时，大脑里浮现出当年“活学活用”的情景……渐渐地，他发现自己在读历史，历史使他感到一种庄严。人民解放军不只是在打江山的时代冲锋陷阵，放下枪支就深入中国辽阔的城乡，用自己的工作去建设一个新的国家……现在，这个开发部在试图使我国的功能服装走向科学化、现代化……历史和现实都在灯下腾升起一种神圣。

他把《毛泽东选集》搬到开发部去了。他说：“今天，我想请大家一起来听一篇文章，也可以说就是文件，党中央文件。”然后读出标题：《在中国共产党第七届中央委员会第二次全体会议上的报告》。

有人发出笑声。他说：“别笑。这是毛主席的报告。一九四九年三月五日，在河北西柏坡村做的报告。”

破旧的开发部里挤满了人。有一半是从社会上招聘来的青年男女，他们渐渐发现身前身后有种异样气氛，另一半可以是他们的爷爷和奶奶的人，相当专注。

他们听到，“从现在起，开始了由城市到乡村并由城市领导乡村的时期”；还听到“孙中山的节制资本的口号，我们依然必须用和用得着。但是为了整个国民经济的利益，为了工人阶级和劳动人民现在和将来的利益，决不可以对私人资本主义限制得太大太死……”

据说会后有人问：“这是毛主席在一九四九年说的吗？”

据说这次学习，给他们留下的一个印象是，似乎不知不觉就听到："我们很快就要全国胜利了。"

这时周国泰忽然插话强调：我请大家特别注意毛主席就要说到的一段话…… 全文读完了。开发部里突然一片静寂。

也许那最后的一段话，的确能引起不同年龄的人共同的回想。毛泽东在进城之前就发出警告："可能有这样一些共产党人，他们不曾被拿枪的敌人征服过，他们在这些敌人面前不愧英雄的称号；但是……"

这话在今天听来，已经不是预言，是历史。历史比毛泽东当年预言并提出"必须预防这种情况"的情况更复杂。平心而论，大部分从枪林弹雨中闯过来的英雄，经受住了胜利之后的考验，许多人离退休了仍然是共产党人中相当优秀的一群。尤为复杂的是，胜利之后，参加共产党不必再冒坐牢杀头的危险，党员，乃至各层党的领导干部就不像战争年代那么容易识别。看看那些危害一方百姓利益的人，发迹无不伴随着甜言蜜语，若说"糖弹"，这是危害甚烈的一种。这样的"糖弹"，一边**祸害百姓祸害政权，**一边以最甜蜜的语言包裹着自己。很多情况下，正是这样的事迹在糟蹋人民的感情，也糟蹋了原本是人间最美好的语言，**甚至使不少好人也羞于使用那些语言。**

静寂之后，周国泰说了什么，别人说了什么，我无法完全找回那些声音。据说他夸下海口："第一年，我们赚了五百万。第二年，我们完全可以翻一番，赚它一千万。一千万是什么概念？"他说在我们赚到一千万的时候，就要有一个亿的钱在我们手里进出，"一个亿的钱，就在我们这几十号人的手里进出，要败，也快啊！"

他说有当孙子的时候，也有当爷的时候……过去我们求人家，现在人家找我们，把我们当“爷”。如果……你们现在手里就有不小的权力，一个合同几十万、上百万……他说：“像我们这样的集体，一般情况下打不垮我们，但我们自己能把自己打垮。”

拥挤的开发部里再次出现静寂。周国泰也好像在想什么。

他说：“要是败了，搞不下去了，就算这个开发部本来没有，大家做鸟兽散？”

他说：“我今天就给大家约法两章：一是**廉洁**，二是**团结**。”

2．感受炒鱿鱼

几年前，我初次去开发部时，那里的出纳员就是雯丽，她说这工作是另一位北京姑娘移交给她的。“她比我大一岁，已经走了。”现在由雯丽给那些被炒了鱿鱼的人发最后一次工资。

你领了工资走出西直门北大街28号，看到大街上车辆来了又去了，这个世界有哪些东西是属于你的？你可能仍然连档案都没有，“一个来历不明的人。”一切又得从头开始。

在这儿，清洁女工每天比别人早一小时上班，早一小时回去。当接送的班车准时把大伙运到这儿，这儿的楼道、厕所、四壁都已明亮洁净。从秘书办公室里放出来的轻音乐经由线路通往每个办公室和别的工作场所，大家就在这音乐声中首先擦擦各自的办公桌和窗台……桌面上永远是整洁的，看不出有什么多余的东西。很像是把连队的作风搬到了这个开发部。音乐隐去之时，大家已经就位工作，每一个新的工作日总是这样开始。

清洁女工去取报纸、订单、信件，然后分发。一切秩序井然。女工拿着一封私人信件，迈着轻松的步子给那人送去，忽然发现，收信人已经不在了，并且不再来了。那么你在哪儿，怎么把这封信给你转去呢？

你还没有被炒鱿鱼。但你是否已成熟到感觉不到一种压迫力量？当然，这做法不是他们的创造。看看涌入深圳的百万劳工，看看那些倒闭的工厂，那儿的人们正涌入非国有经济实体，许多实体正与外国老板联姻，许多人正以“可被炒鱿鱼”的身份在那里安置自己的精神和体力。许多变化已引起一些为“主人翁”地位奋斗一生的人深切忧虑，也使一些高贵的灵魂陷入苦闷。

有的前辈感伤正在失去后代。年轻人也不轻松，面对陌生的道路，有人在说：我们没有前辈。

既然这儿用人简单，既然这儿很有前景，熟人、朋友、同事、上级挂给周国泰的电话就多起来。周国泰看来还很有人情味。他那里也还要用人，他一般都会答应。

但是，他很快发现，他的“声望”首先是在熟人中急剧上升，这使他措手不及。电话铃又响了，他让它响着，铃声继续骚扰他的神经……也许是他的部下从某个生产前线、谈判前线打来的，这真要命。在跋涉着爬过来的路上，他也得过别人的帮助，现在他似乎成了“一句话”就能决定一个人命运的人。他的成功好似成了一笔必须偿还的债务。

这样，他的队伍就复杂起来。他体会到了：“不怕得罪来干活的人，但怕得罪他们后面的人。”他开始发现，自己走进开发部，身上就长着别人的眼睛……不只是年轻人要观察他们的领导，他被推到这样一个位置，熟悉他的同事也会以新的目光来审度他。

作为军人，他不缺锐气。征服与战胜，是使用得最多的意识。现在，他要来考虑另一种意识——驾驭。开发部不是他的敌人，开发部好比他的战车，新局面要来培养他的驾驭本领了。

一个人的去留，决定因素，究竟在谁那里？

如果你不能适应这儿的工作，开发部是否需要担负起培训你的责任……开发部是否承受得起本部成员由于缺乏必要的能力，必要的负责精神和认真态度而造成的损失，他必须对此做出回答。

还记得那位比雯丽大一岁的姑娘吗？她是国家劳动部一位处级干部的女儿。周国泰在为“抗油拒水防护服”奔跑的日子里，曾受到她父亲很大的支持。她的到来，很像赐予周国泰一个回报的机会。周国泰为她安排的工作，也是重要岗位。

但是，她终于走了。

从雯丽的介绍中，我几乎能望见这位姑娘充满活力的形象：活泼、善谈、性格开朗、喜欢串岗。“这工作拴人，她不愿被拴住。她要认真干，准能干好。人特聪明。”

雯丽说：她是自己提出来要走的。我由此也再次感觉，周国泰并不鲁莽，人情世故，他知道如何善处。但是，我更愿意相信她是自己要走的。相信她走的时刻这会成为她真正的意识。也许她该去找个能够合理安置自己性格的工作，不必委屈自己。

雯丽说，那女孩如今在一个购物中心当营业员。

我说，她爱说爱动，这可适合她了。

雯丽说：“那儿整天说，没准该说烦了。”

在本部的人员，大伙都看得见。出差在外呢，开发部陆续与东南西北的许多工厂发生关系，其人员下厂是经常的。我看到开发部订立的规定基本上都简明而具体，可操作，也感觉那里面大约都埋伏着代价。比如有这么一条：“凡下厂人员一律不许与工厂的任何人打牌打麻将。”我问过：“为什么？”

“嗨，人家可以通过打麻将把钱‘输’给你啊！”

有位“老同志”触犯此规（未发现受贿）。周国泰未给“以观后效”的机会，立刻“炒鱿鱼”。不知怎么，这事竟使我想起曹操在创业阶段大战袁术之时，因粮米不敷支散，曾向管粮的下仓官“借汝头以示众”，斩了粮官悬头高竿……但周的部下不同意我的联想，捍卫道：是挥泪斩马谡。

有位姑娘到开发部来了。是周国泰一位好友的妹妹。

周国泰说，我们是同学，又是一个车皮来的战友。他说他这位朋友的女儿出生那阵，他每天都往他们家跑，“那是我们这一拨人里的第一个孩子。”

不久，周国泰就感到“压力很大”。

“她怎么啦?”其实，她工作还可以。也是喜欢串岗、聊天，还喜欢跳舞，也许是不小心，或者没经验，说了些不利团结的话，总之，开发部的创业者们对她有看法了，同时也在看着周国泰——你能否一碗水端平?

我禁不住问周国泰：“你想把开发部弄成寺庙?”

周国泰苦笑道：“我承认我们的工作还是很艰苦很清苦的。”他说经济上如果失败，无非两样：一是经营不善赔本或者受骗；二是廉洁上出问题。“但是，与廉洁同等重要的就是团结。”他说，“我对内耗深恶痛绝。力量一抵消，就要毁事业毁队伍。我们开发部还是一棵刚刚栽下去的小树，经不起摇动。”

我知道他的话里是有故事的。在我们生存的空间，也不乏类似故事。比如，嫌隙往往是传话造成或者加深。这样的事要是发生在领导人之间，**他们拉起被子来，就非把大家拉感冒了不可。**但是我仍然感觉心底生出一种同情，说不清对谁。那位女子需要释放热情，开发部却好似承受不起她热情的释放。周国泰横一横心，还是请她去领最后一次工资……她转身走了，高跟鞋在走廊里踩出的声音一如划破静夜的声响……周国泰感到“压力很大”。

深夜，电话铃又震响在他的床头。就是那位好友的电话。

三十多年的老朋友了。周国泰抓着电话一时不知说什么好。但他说了不短的时间还舍不得放下，因为老友及时来电话却是安慰他。他放下电话好像是对妻子说，又好像是自言自语……“深明大义，”他说，“真是深明大义！”

如果前者压力大，那么这一件呢？她是张连璧爱人的亲侄女。她来自农村，周国泰主动要来的。周国泰要炒了她的鱿鱼，她将重返乡下。

那时整个开发部都感觉到了严肃空气。那时张连璧以年迈之躯正出差在外，在某个经营前线谈判。

“你真要这么干，也该等张所长回来再说。”

“不行。”

“为什么不行？”

“张所长回来，你让他怎么跟老伴交代？”

他的处长们一时没弄懂他的意思，他就补充道：“这坏人只能由我自己来当！”

“但是，你不能不当这个坏人吗？”他的处长们再次问他。

“你跟张所长这样的关系，你就容不下一个人？”

他望着他的战友们，一个劲抽烟，半晌，他说：“我容得下，但是……但是……”

3. 何谓主人

这夜，他失去“呼噜”，反而使妻子也没睡好。正如父亲曾担心的，他干上这事一直使妻子为之牵肠挂肚。“呼噜”是妻子观察他工作的晴雨表。谁没有个亲情关系呢？这时刻，在另一个家庭，张所长的老伴跟她的侄女，是否正坐在屋里，四目相望……

人们常说当局者迷，旁观者清。这说明观棋的人与下棋的人考虑是不一样的。每人心中都有自己的一盘棋，很多时候，需要跟自己对弈。那些真正的棋手，都用了更多的时间跟自己对弈……这很像扯远了。我弄不明白自己此时的思维是停泊在哪一方?

随后发现自己的思维很像越出了“楚河汉界”……心想，人一生下来就需要帮助，也要靠自己去争取。饿了你就哭，这就是你争取乳汁的行动。“天堂”只存在于母腹之中。你一生下来，天堂时代即告结束。此后，你仍可能贴着母亲的怀抱去体会天堂。再往后，世界就日益严峻起来。严峻意味着在成长……但是，遥远的早已失去的“天堂”，深深地潜伏在你的意识之中，会变成一生都在企盼的美妙理想。

但是天堂还没有建造出来。曾经有很多帝王都以为造出了天堂，起码可供皇子皇孙享受万代。结果却养出了一代不如一代……连祖宗交给的庙宇都保不住。

终结了封建时代之后，以孙中山先生为临时大总统的中华民国诞生，民国政府颁布的公告即宣布废除人民见官下跪、叩头，废除官员出巡鸣锣开道……又经几十年努力，毛泽东领导的共产党人创建了中华人民共和国，把人民是国家的主人，明确地写在自己的旗帜上。举国上下，万众一心，辛辛苦苦朝理想的制度挺进。队伍中代表着优秀的力量一直在同贪污、腐败、欺榨百姓的行为做决不肯倒退回去的斗争。我们并未满足，从未停止过劳作，甚至是移山填海、惊天地泣鬼神的劳作。也许我们真的并不保守。相反，是用了很大的决心和气概，要把在未来可能实现的在今天去建造。

多年后，全民族都开始反省，开始认识一个古老的哲思：欲速则不达。很快，我们就要来认识我们自己了。发现前辈为我们

打造好交给我们的牢固饭碗我们也很难保住。

砸掉铁饭碗，或者不该砸的呼声，彼伏此起。饭碗告罄的回到家，当父母也不再能为你做主时，你就完整地发现，只能由你来为自己做主，**只有你才可能做自己的主人。**

不错，你在这个世界上分量不重，但你是你这百余斤重量的主人。

你开始尝试陌生的模式，或者以受聘的身份去投奔陌生的模式。你可能在那里不适应或者人家不适应你，几天几月后，你又走在马路上东张西望……但是，没有关系，你在寻找，你在尝试着做自己的主人。没有这样的“自主行为”，生命力就会懈怠、蜕变，不如从战火中走来的创建了新中国的前辈。

这样，你就看到，“主人”不可能由前辈赐给你。没人能赐给你。学会解决自己的问题，沿用辉煌的说法，不妨说这就是对社会的奉献。

就像到市场上去购物，不一定想买，随便问问那样，杨军女士最初踏进这个开发部，就说自己只是想做这儿的“小件寄存”，行吗？

她得到的回答是：这儿要的是你的工作能力，并对这种能力所付出的劳动支付报酬。开发部并不把你当开发部的财产，你是你自己的。

开发部见她有翻译能力——开发部不乏有翻译能力的人，但那些从事科研的人员都太忙——眼下用得着这么一个能搞翻译的文秘，为什么不行呢？

开发部鼓励高考落第应聘在这儿工作的所有男女青年去考成人大学，只要考上了，录取通知书来，开发部就付全部学费。期末成绩拿回来，平均成绩达到八十分，开发部给奖学金。在学期间，凡大学规定的白天上课时间，开发部给时间，算工作，而且不论你考什么大学或者半年三个月的培训班，也不论你学了是否为练硬翅膀打算从这里飞走。周国泰说："你这地方要是对人没有吸引力，你只能检查自己。"

开发部给全体受聘者报全部医药费。

在这儿，没有人会愿意因浪费医药费，或者犯"一人有这待遇，全家享受"的毛病而损害自己的形象。开发部原有个女军医——那儿的不少人没称她范医生，称："范。"这是个令人感到亲切的称法。范告诉我，周有一次把年纪大的人都集中起来开会，对他们说，今天"高水平"的人都在这里了，你们应该注意自己的血压，不舒服就要看，要休息，钱挣不完……开发部给所有受聘者每年定期安排去医院体检。范说，体检出来，有些人不是血压高，是血脂高，血脂高没什么反应，本人不太重视，得把药分送到他们手上才行。

我问范："你真送吗?"

范说："送呀。"

这故事在到处都收紧医疗费的时期，是否像一个童话?

开发部给所有刚参加工作的聘用者按期存养老金。十八岁的打工妹拿到由保险公司填的折子，想到这是自己还很遥远的时候要用的，是否有些别扭？但拿着毕竟不是坏事。

杨军发现她的薪金并不少于她在大学研究生院的工资，奖金则是大学研究生院不可比的。所得的"养老金"可算薪金之外的待遇吧。杨军想，我要是现在就与学院切断关系，是没人会给我一分钱退休金的，那么在退休这一块，等于我过去干的白干。我要想得到它，就必须在那儿一直干下去，不情愿也得干下去……比较之下，开发部这种体制，岂不是更优越吗!

杨军开始对这个小集体颇有好感。"他们都知道我是待不长的，都把我当客人。”她说她就像这儿的特殊打工妹。“他们都尊重你的劳动，这使你愉快。”

她要去考“外企”的那个日子不是星期天。但她必须去考。她就说了。此时，办公室主任是杨廷欣，他于一九八九年来到开发部（不久被任命为副总经理），杨廷欣说，你去吧。并给她时间，不算旷工。

当她坐车前去赴考，一路上发现自己的心情相当复杂，她说直到坐进那由外国公司组织的“考场”，还在想：我到底要不要认真答卷呢？

在这个实行“炒鱿鱼”的地方，并不是一切都从头开始，一些东西在此被继承，一些东西被改造。你会感到，像周国泰这承上启下的一代人，他们中的优秀分子，已是这个时代最重要的中坚力量，他们在实践中，在科研和生产的前线，总是这样**勇于承认我们的缺欠并勇于承担起填补**。

雯丽这一代，以及陆续从大学毕业出来的一代，就站在一个历史交替演化的台阶上，看得见身前身后的坍塌与崛起，他们在自己去问道路的过程中，包括被人“炒”来“炒”去的过程中，自主意识和个体素质都将得到更全面的开发。周国泰把一群这样的青年聚合在这里，并把若干上一代的人们聚合在这里。这个结合也很像具有“老中青”三结合的味道。在这个以经济建设为中心的时期，有一句很容易沟通彼此的语言叫“经济”。就这些人白手起家，你已知他们上年赚到纯利五百零八万元。

一九八九年，这个数字一下子跃升为一千零七十万元。

一九九〇年，再跃升为一千五百万元。

就是说，包括所有来此“打工”的十八九岁的女职员在内，截至此时，他们已连续平均每年每人创纯利二十多万元。

军内军外都有人在说：周国泰赚疯了。此时，正是全国国有工业企业三分之一赢利，三分之二明亏与暗亏的时期。比起一九八七年周国泰两手空空走出去的时日，已有更多的工厂出现困境和危机，不少厂长也奔走在一座又一座城市的马路上。

“是历史造就了开发部。”周国泰曾这样说。我们可以这样来理解，正是这个在改革中寻求道路的历史时期，这一时期中国生产力发展中尚存的困境，**就在那困境里继续宽敞着这个开发部的前途**。他们不仅在为中国的功能服装走向科学化、标准化、现代化贡献才智，还将向中国许多正处在困境中的企业延伸出一道涌动现代科技因素的脉络——**周国泰当初企望为军中科研造血的实践，在这里又裂变出辽阔的奇景**，将以此时不过百人的一支军中小小“工作队”，去对国内不少企业成千成万的工人的生产问题、吃饭问题发生作为。

4. 你光想自己挣钱，将挣不到钱

延吉第一服装厂的厂长带着他的业务骨干，犹如带着一个流亡班子，到“天下”来“上班”。某天，走进了北京西直门北大街 28 号。厂长和他的业务骨干坐在一起，他们的对面是周国泰。双方在谈一桩业务。如果谈妥，他们就能得到制作六百万副肩章的合同。现在他们在讨论每副肩章的加工单价。周国泰让对方报价。

厂长报出来了：“一毛九。”

“不对。”周国泰说。

厂长看着这个周国泰，又看自己的业务人员。他们的表情似乎一定要得到这份合同。他们是来为厂里等待工资的兄弟姐妹寻找活路的。厂长再次报价：“一毛七。”

“不行。”

杨怀欣　与国防科工委科技开发部拉神足球队

"兄弟!"厂长跳起来,"一毛七就不挣钱了!"

"你坐下，别激动。你说你在干什么?"

厂长坐下，片刻，答道："谈业务。"

周国泰说："你不在谈业务，我在谈业务。"

"那我在干什么?"

"你在挨宰。"

"头戴三尺帽，不怕砍三刀。"这是当代经营中的"秘诀"之一。不仅见于经济谈判，更被搬上柜台。你要还价，被你砍了三刀，可能才到那个本来的价。若不还价，算你自杀。

这武器已经搬不到周国泰面前来用。

他大脑里关于数据的概念，以及运用之娴熟，常使对方吃惊。比如棉花的价格，河南郑州与开封的各是多少，哪年哪月是多少，石家庄与济南、青岛的又是多少；涤纶，进口与国产的各是多少；一度电是多少钱，计划内、计划外各是多少钱。他还会指出你说的那个价是第几手价，该用哪儿的料，不该用哪儿的料……有关情况该上哪儿了解，不能从哪儿了解，等等。在他的大脑里，好像存着一个数据库。

我曾注意到他屋里悬挂的巨大地图，感到那真是军事地图——他是在把市场当战场，琢磨着各城市各地区之间的变化，还能看出市场的走向。如今那地图早已印在他心里。拥有这些，得益于他自己的观察和积累，得益于开发部业已基本形成的众人对信息的关心与重视。还因为他没有工厂，他必须与散在各地的厂家进行天然的业务往来。就像当年有关"博克图"的那个实验——整个大自然就是他的实验室——如今搞经营，他的业务，北到黑龙江，南达海南岛，几乎可说整个中国都是他研究、选择和开发的对象。他使那些了解他的厂家，来跟他谈判之前就必须准备得相当详细——常是列着表来谈——这又为他增添了信息。

如果来者一上来就搬出“头戴三尺帽”那个武器，这个谈判就结束了。

一九九〇年，你如果不通过他的业务系统让他对你工厂的实力有个基本了解，你甚至坐不到他的办公室跟他谈判。不是因为他的个儿变大了，而是因为个儿有限，因为他一天也只有二十四小时，因为正在找活干的厂家太多。

所以，延吉第一服装厂厂长一开口并未漫天要价。

现在，周国泰在问：“一毛九，你怎么做得下来?”

厂长和他的业务人员都感到意外。

周说：“按这个价，我不能放心你们加工出来的东西。”

厂长问：“为什么?”

周说你知道为什么。又说，我不是怀疑你们的水平。延吉第一服装厂，是个好厂。你现在是因为没活干才把这活揽下来。可是一毛九，怎么够？我这么说，不是发慈悲。你不够，就要想办法挤，这一挤，可就挤了我们。要是做出来了，不能满足质量要求，料是我们的，让你们赔？你赔不起。“要钱没有，要东西都在这里。”我怎么办，怎么把东西交给顾客？

厂长说：“那你说多少钱?”

周国泰：“最少两毛一。”

厂长：“就两毛一。”

这是周国泰许多谈判中的一次。他们走后，周国泰对自己的伙伴们说：“一个厂长，在困难的时候，亲自跑出来为一厂的人找活干，敢用一毛九揽下这活，他不是不懂，是条好汉。”

这个谈判，已透出周国泰的经营思想。早先他考虑过分配问题是经营过程中最重要的动力机制，曾在一九八八年的本子上写过如下文字：不是“不患寡，患不均”，是不患不均，患寡，更患不合理。现在，他把这种考虑推衍到对方的经营中去了。

他考虑过，一毛九这个价格，按目前市场行情，是不合理的。不合理的事，你让人家做，人家别扭不别扭？这不是个单纯的道德问题，更是个经营问题。他说，板是厂长一人拍的，活是大家干的。不够，厂里可能通过延长劳动时间来保住工人既定的收入，这实际上是减少劳动工资的办法。当然，这是困难时期，他们看来是自愿。我们要是乘人之危，会有好处吗？我看，现在的人，都很精明，要是端个不合理的单价，拿不合理的报酬，能有多少热心来干好你这个活。我不能高估。起码要做到合理。

这是他经营的原则。

由此，他演绎出赚钱的“诀窍”。他说：你要想挣钱，就不能光想自己怎么挣，你首先得考虑，对方能不能挣钱？钱是什么，是利益。对方能不能得到利益，能得多少？你得替对方想，你光想自己挣钱，将挣不到钱。

周国泰还为开发部立了个宗旨（他说必须有个宗旨），这个宗旨不是别的，就是：**“为人民服务。”**他说：“你不要排斥这五个字，搞经营，没有比这更概括、更本质的话了。这里面有大学问。”我想周国泰是深刻地看到了，在经济活动中，众人的需要，就是市场。

何谓继承？**历史上所有能被继承下来的事物，都是后人一次又一次再认识的结果**。任何时候，社会生活中的人，**只有自己能够去思想去实践时，才有真正意义上的继承**。如果自己没有深刻认识，世上就根本没有“继承”这种东西。

这事大家知道已经好几天了。有几副肩章就在周国泰办公室的窗台上晒太阳。后来肩章被送去“检测中心”检测。再后就通知：停止发货……这时大家感到是要受些损失了，而且生产处的人也将有“戏”了。

到了这天早晨，一上班空气就突然紧张起来。后来去了四部车。各处室的领导以及有代表性的人，上车了，像去参加一个会议。

在车上，周国泰闭着眼睛，一句话没有。别人也不吭声。

四部车开出京城，最后在平谷县一个干涸的河滩上停下。接着从大卡车里往外搬肩章。两部大卡车装的全是中国工商制服上的肩章。肩章被堆放在干涸的河滩上，说不清为什么，大家居然还把它堆放得很整齐。一件不小的事，就要发生了。

此前，周国泰已到国家工商总局装备处去登门道歉。他说那批货得追回，我们立刻重做。工商部门的同志表示这是头一次……一些省、市工商部门已把肩章下发了，他们说："你们降点价，我们凑合着用，下次搞好就是。"

周国泰也懂这是第一次。但是，全国工商人员遍布城乡，你让人家戴着会掉色的肩章到处去给你"作广告"？

周国泰说：从一九五五年"五五"式军衔服问世，部队就使用人造丝的肩章，到这次重新授衔，继续使用。"我没想到会在这上面出问题。"他说部队肩章是黄、红两种，现在工商的肩章变了一种颜色，我们本该格外重视。他说做出的样品让我看了，我没看出问题，就决定投入大批量生产。"这是我的失职。"

柴油浇上去了。河滩静悄悄，春光明媚。

他站在干涸的河滩上，背景是他们千辛万苦集聚起来的一笔财富，身前是与他同甘共苦的一群伙伴。春天的阳光就洒在这里。周国泰说："这笔学费花得很重。但是质量是我们的生命。要想有大的发展，我们这个解放军的部门，每个人都不能背离我们的宗旨——为人民服务！"

他说得像是宣誓。

他掏出火柴。

眼前是一堵"墙"，柴油气味汹涌，走到靠得很近的地方。

瞬间，大火烛天。风仿佛从世界的各个角落里钻出来，有人围着火光转。风扑打着他们的衣服他们的脸。几十万元付之一炬，据说有人哭了。

这把火好像在燃烧自己。据说这把火加强了这个小集体的团结，人与人之间的关系好似在火光中变得清澈。

一九九六年，周国泰离任前夕，审计组有人对这烧毁的肩章提出问题：为什么烧了？报批了吗，为什么不报批？周国泰想，是啊，为什么没报批呢？但是，这事，你让哪个领导去替你担责任呢？周国泰说：这是我的一个错误。

随着了解的深入，我日益感到，周国泰的气质中实在有一种很凛然的东西。在他日后的不少举动中，我们还将不断看到，他有如在一条传统和创新的通道中往来穿梭——优秀传统认真继承，现代文明能够吸收——惟其如此，才能踩到现实的点，踏一条连接过去和将来的通途。

改革的时代，犹如争雄的时代。中国之大，一个小小的科技开发部如何能让隔着千山万水的企业、经营单位了解你？看看，远在东北的那位厂长到来之前，周国泰还做了些什么。

5. 此处不是不许通行，是还没有路

“在我国，有专门研究劳动防护服装的科研机构吗？”在决定研制劳动防护服的日子，周国泰就走访了国家劳动部。

他得到的回答是：“还没有。”

但是，谈起来大家都感到很重要。周国泰的设想以及试图开展的研究开发工作得到了劳动部职业安全局苏局长、叶副局长的支持，得到了劳动部法规处张寿民、吕海燕、刘海亮几位副处长

的支持。

由于他首选的目标是石油工人的防护服，周国泰接着走访石油部，得到了卫生处陶处长，劳资司康司长的支持。

“针对性的劳动防护用品织物研究，在我国，有了吗？”周国泰又去到纺织部。他得到的回答是肯定的：“有。在一些高等院校。”

从这些走访中，能看到，虽然他当初走出研究所是为了挣出钱来以补军中科研经费之不足，当他一旦选中了一个目标，这个知识分子，一是大脑仍然会为这个项目的科研状况而活跃，二是心中总是情不自禁地有一个国家的大局的观念，会相当**自觉地把为国家效力看作自己神圣的事情。**

一九八八年，周国泰作为一位军中涉足此项研究的专家应邀参加了“全国劳动防护用品标准化技术委员会”年会。开会本不足奇，周国泰在那次会议中很快又捕捉到有利因素，并用于拓展自己的事业，这是一种本领。

他首先是更清楚地看到了——开发劳动防护用品——这项工作的重要及巨大前途。这可以从一个数字去理解：全国劳保投资已在每年二百亿元以上。如何使如此巨额的劳动保护用品逐渐迈上功能化、标准化、科学化的台阶，是一个极大的工程。它的实现会使整个国家在很大程度上如同换上新装。因为每天最大块的时间就是上班，在这时间里，需要那些服装。

当然。这不可能由这个委员会去完成。但这个委员会具有倡导、指导、审定技术标准等等极为重要的作用，负有相当艰巨的任务和职责。

这当然是一个花钱的部门，开年会、搞活动、审定标准、宣传推广……都要花钱。一个属于为社会做贡献的部门。你审定一个标准，那标准就是技术法规，就像国家公布的法律条文不能卖钱一样，本身不可能有任何收入。这样的部门只能由国家拨款从事工作。但国家能给的经费有限。

在那年会上，周国泰听着各种各样的发言，感受着许多老前辈、科学家为民族的这项事业真心真意地操心操劳……现在他愈发体会到，不只是我们军队科研所的经费紧张，整个国家方方面面的发展都受到经济条件的严重制约。

似乎想以有限的力量去分担一点什么，周国泰在应邀参加的年会上提出：请把全国劳动防护用品标准化技术委员会的秘书处设到我们开发部去，由我们来承担若干经费，我们来出钱创办刊物，承担有关人员工资，等等。

秘书处就是具体办事部门。此时的秘书处设在国家劳动部劳动保护研究所。周国泰似乎冒天下之大不韪。堂堂一个国家的劳动防护用品标准化技术委员会的秘书处设到这样一个由若干军人和社会应聘人员组成的开发部去？

不知道会不会有人觉得周国泰太狂或者尚嫩，自以为赚了些钱就财大气粗？但会上大家都为他的热心感动。有人觉得他肯出钱赞助这项事业当然是非常值得赞扬值得感谢的。

然而把秘书处设到这个开发部去，终究让人难以想象。

一九八九年，周国泰继续多次提出这个问题，并为此奔走。

他反复游说，我们愿意出钱不是搞“慈善赞助”，是对我们本身有好处。秘书处设在我们那儿，能为我们汇集信息，信息就是金钱。放在我们那儿还能提高我们的知名度，全国的有关劳动保护制品、用品部门都将因此知道我们，这就是比花钱的广告更有权威性的广告。所以，这秘书处放在我们那儿，就是一个会生钱的部门。对我们有好处，这就是我们的动力，是我们一定会尽心尽力去做好这项工作的理由。他说：这项工作可以指导和促进我们的科技开发工作，同我们的开发工作、经济工作联系起来，就是有源之水，就活了。为什么一定要吃皇粮呢？

他说：我们天天说改革，这就是改革之举，你们应该支持。

周国泰不是研究改革理论的，但他在实践中冲突。当今之世，**变革的观念可以来自四面八方，但真正富有成效的行动，总是发端于那些勇于实践的人们。**如果遭遇陌生，也许是闯到了从前不曾到过的地方。这样的地方跟禁区不同。这样的地方没有“禁止通行”的牌子，这样的地方是还没有路。要踩出一条路来，并不比拿掉那块牌子容易。

周国泰正在谋求支持的意见值得重视，也许国家不少类似的部门都可以做类似的探索。因为科学技术原本就是生产力。通过发展经济来开展工作，而不只是通过技术加行政来开展工作，就能让技术走出孤岛。

周国泰得到越来越多人的赞同，尤其得到了国家劳动部职业安全局的支持。当然，得到支持的另一个重要因素是：军队在研究防护服装方面的实力——这个开发部聚集着一批专家，包括周国泰本人——具有承担这项工作的技术条件。

一九八九年底，由国家劳动部职业安全局打出报告，国家技术监督局批准，全国劳动防护用品标准化技术委员会秘书处果真设到这个开发部破旧的小楼里来了。一九九〇年一月，第一期会刊《劳动防护用品标准化通讯》在这里问世。

6. 巴黎之行

初春，周国泰作为全国劳动防护用品标准化技术委员会的副主任，率队赴法国参加世界劳动保护学术交流会，同去的还有这个委员会的秘书长（国家劳动部职业安全局法规处副处长）**吕海燕**。这是我国首次派代表参加这样的会议。

他们先飞抵巴黎，再飞往里昂。会议在里昂的一个圆柱大楼里召开。世界各发达国家的专家都来了。会议首次出现了来自中华人民共和国的专家，他们受到热情欢迎。从前参加过这个会议的苏联，此次未派员参加。周国泰似乎若有所失。

法国是世界纺织品的重要生产国之一，耕地占欧洲共同体全部耕地的三分之一，农业生产和粮食出口在西欧各国都居前茅，农业人口仅占全国人口的百分之八。在欧洲，法国被认为保持着惯有的沉稳，并创造了伦理法典，这些情况不知与法兰西适于发展农业迄今也占一定比重的农业土壤有无关系。

巴黎最早出现居民的历史约比北京晚两千年。当"北京人"沿着河流，走出谷地，在北京小平原上建起一个个小村落，至迟在距今四千年前。其中，在今北京广安门一带有个村落随后发展成一个小镇，称蓟。蓟人已经不是原始的猎人，他们开始烧荒芟除，播种谷物，是个农人形象了。三千年前，以蓟为中心建起了一个奴隶制国家，称燕。蓟就是燕的首都。后称燕京。这名一直流传至今。当秦始皇统一中国，把官道从西部贯通到东部的蓟城时，欧洲西部塞纳河中有一座住着渔民的小岛，建成了高卢族巴黎人的村落，村落沿塞纳河两岸不断发展，就成了今日巴黎……今日巴黎，传统的缝纫行业、手工业与新兴的工业都很发达。古典建筑与现代建筑相互交融新旧并存，被认为是一大特色，这似乎能令我们联想到一些什么。

里昂是被恩格斯称为发生了"第一次工人起义"的城市。早在英国舰队开到中国的虎门之前，里昂已是法国纺织工业中心，那里的纺织工人为提高工资举行示威游行，遭到武装镇压转为起义。当代巴黎被称为世界时装之都——遥望这个民族的历史进程，法兰西适于种植棉花的土壤、藉着机器发展起来的现代纺织业……你可望见，这个农业条件和农业传统也很"突出"的民族，他们在"织"的文化上，在"穿"的需求上，所用的脑筋是怎样给这个民族带来好处，怎样孕育出这个民族方方面面的嬗变！

无论你怎样从政治、思想、艺术、军事方方面面去考察这个民族的发展或现状，都不能忽略，在世界近代史上，他们发展起来不停动作着的**用于织布的机床，就是培育了法国今日形象的摇篮**。

九十年代的第一个初春，周国泰去到那个“时装之都”，最使他惊诧的却不是时装。在那里，在那个会议上，他看到，不只是法国，发达国家对劳动保护、对劳动防护服装的重视，是他始料不及的。他参观了工厂，目睹了工人的劳动防护服，听了各国的学术报告，深知那种深入细致的程度，远非一日之功。他不知这些变化是从什么时候开始的，因所见所闻与他大脑里“不顾工人死活”的概念相去实在甚远。

意外听到法国人的节日中，也有个“五一节”——不是不知这是国际劳动节——在这个资本主义国家，到“五一”，全国工人放假一天。而且，这个节日无疑是西方人始创的。

会议六天，在法国共待十五天，从里昂返巴黎，在参观卢浮宫、凡尔赛宫、埃菲尔铁塔、巴黎圣母院、公社社员墙以及法国杰出的军事家拿破仑墓的日子里，一直有一个声音在回荡，又好像在召唤他正被撞击得七零八落的魂灵……资本主义发展到今天，已把劳动保护看成发展生产力的重要部分……在夜巴黎的旅馆里，打开哥特式建筑的古老窗户，望着塞纳河上的灯光，一句并非没想过的话，现在犹如刚刚出生似地降临：

我们是落后了。

回国。周国泰、吕海燕等人立即着手编一本《全国劳动防护用品标准汇编》。这是把建国以来到编此书之日国家发布的一系列劳动防护用品国家标准汇为一书。这本书的《前言》于一九九〇年三月二十日写定。《前言》的最后一句话是：“由于时间紧迫和限于编者水平，书中恐有错误和不妥之处，敬请批评指正。”

这本书由开发部掏钱出版，所印之书，开发部全部买回，然后绝大部分是用于免费分发给有关部门。

周国泰在干着似乎本不属于开发部干的事。这个知识分子为“国家的事”，为我国劳动者的事，操心操劳，可以说是以一种相当自觉的主人翁的意识在为国分忧，“为人民的利益”操劳，可这种事，今天变得很难被人理解了。在一些人眼里，这个搞科研的似乎不姓“科”，也不姓“军”了，姓“钱”，姓“地”，被看作“一门心思奔地方去挣钱”——这看法是埋伏着一个大问号的：他个人捞了多少？

开发部的经济形势在一九九〇年仍然继续看涨，这期间以美国为首的若干国家对中国实行的“制裁”正造成中国企业的严重困难，但丝毫也不能影响这个科技开发部效益持续增长。就在这年，周国泰获得了“第二届全国科技实业家创业奖银奖”。虽然还只是银奖，周国泰在人民大会堂捧住这个奖，还是很自豪的。不仅对开发部的前景充满信心，并对一九九〇年还存在特殊困难的祖国充满信心，坚信只要坚持改革，真正发挥出“第一生产力”应有的作用，中国的前景一定是兴旺发达的。

也就在他首次获得较大的荣誉之后，有关他的不好听的话骤然增多，并以他自己不可预料的速度发生变化，**一个本是对国家有贡献的科技知识分子的形象，在变得越来越复杂。**

7. 为谁生气为谁忙

找他帮忙：哥们义气拿出来。

听他开会：社会主义拿出来。

从事开发：资本主义拿出来。

跟老外谈判：是个民族主义者。

这实在是好听的。还有舆论说他玩麻将连轴转，一夜之间输赢好几万。还有“五毒俱全”的说法。也有首长在温和委婉地请他注意。

他差不多生气了。某天下午，当他从某位首长那儿出来，当车子行驶在复兴路上，前方是长安街，往左拐是西直门方向，司机问：“去哪儿?”他没说回开发部，答道：“回家。”

小车驶上长安街，从天安门前穿过，望着广场上的五星红旗，人民英雄纪念碑，他差不多眼泪要掉下来了。他弄不明白自己在生谁的气，为什么伤心？小车驶进禄米仓那条路，驶进了研究所，停在他住的宿舍楼前。

他下了车，一声没吭开始上楼。上了半层，刚过拐弯处，他又习惯性地开始“拔”着扶梯向上走。手触到扶梯，目光碰到雪白的墙壁，一户户油漆鲜亮的房门……楼房是崭新的，看上去如此亲切，莫非自己在为自己的成绩生气？

回想起来，他觉得自己本是不容易生气的。妻子曾这样教育孩子：“周磊，你要向你爸学习，你爸就是能吃苦。”

他听了纠正说：“不对，不是我能吃苦，是我没感到苦。”

还记得八十年代初他们一家三口住的“专家屋”吗？国泰曾说，结婚时有那十一平方米，“别提多高兴”，为什么？从广州中山大学毕业，初来研究所，别说那十一平方米，他连陈景润拥有“四叶暖气片”的那“六平方米”也没有，有一座新建的办公楼，脚手架还没拆，屋内还没粉刷，窗户没有玻璃，他就住在那里面，自己动手用塑料布封上窗户，就这样对付冬天。**这个大学毕业生怎么能在这样的地方过冬呢？**这是研究所老一辈专家见过的。不是没人关心他，而是研究所在“文革”后就是这样的条件。而且这个年轻人似乎乐意住那儿。张连璧因此对这个大学生非常欣赏。

“那座还没有盖好的大楼，空旷得像草原一样！”他说。

噢，只有望见他的故乡他的科尔沁大草原，我才理解他说的“没感到苦”……故乡的土屋，一到冬天，屋内的北墙就结满了霜，他告诉我，小时候，他们得经常用铲子铲去那霜，如果不铲，霜融化了结成冰，冰上又结霜，如此越结越厚，到开春，土墙就没用了。他说：“我妈说，房子就会塌下来，我们就没地方住了。”

在他的故事中，我想起自己有时给冰箱铲霜的情形……心想，那岂不是住在冰箱里吗？他说小时候最怕睡觉时进被窝，“我妈教我，把被子蒙住头，在里面使劲哈气，哈——哈——哈——果然，被子里暖和了。”

他说，北京的砖房，尽管还没有装修，也比科尔沁草原的土屋强……我听见了，真正的财富不是你有一座宫殿，他的科尔沁童年，是他的宝藏。

“从草原上出来，我的日子总是一天比一天好。”到这研究所，告别那“十一平方米”后，他们一家住进了一个营职单元房的一间半，单元里的另一间是供“临时来队家属”住的。

到一九八五年，他分到了一套只有两居室的小号营职房。

“这时，我觉得很奢侈了，我有一套单元房了，有厕所，有厨房，门厅也有两平方。”

还记得粤燕在八十年代初的那一问吗？“你们什么时候能改善一下住宿条件？”现在算不算改善了呢，确切说，住进单元房，只是随着周国泰级别的增长给调了房。到一九九〇年，全所原有的师职房和团职房连研究所的“元老”都不够住，现任师职和团职的领导、专家们，他们的住房几乎全部未能“达标”。新来的年轻人要结婚，连周国泰当年那“十一平方米”也轮不上。这是进入九十年代了呀，仍住在小号营职房里的周国泰，虽觉得自己还过得去，也在为要结婚的年轻人没房住而着急了。就在这时，甚至在这之前，已经能创造效益的开发部，开始为研究所的每一个家庭做贡献了！

还记得女工王爱荣家的阳台吗？他们曾用塑料薄膜封阳台……开发部能挣钱后，为研究所做的第一桩事，就是为全所每一户人的阳台安上钢窗。

一九九〇年，开发部全员八十二人仍然挤在租来的小楼里办公，还没有为自己建一座新楼，在这研究所里，一座崭新的宿舍楼先盖起来了，造价三百多万元，全是开发部贡献的经费。新楼就是周国泰眼下正往上走的这一座，总共四十二套团职以上的单元房，就这样，还不能使该住上的都住上，又在旧楼改了一部分团职房。当然，由于一下子平添了一座大楼，旧楼里营职以下干部、员工的住房紧张状况也得到缓解。

搬新居是从一九九一年元月开始的，搬进去过春节，全所皆大欢喜。然而，几乎可以说，**新居的油漆还没有干透，有关周国泰的“非议”就由此向外传播**……这流言让你感到尴尬，在于人们往往认为这不是外人说的，是他们内部传出来的……可是，这是什么内部呢，开发部并没有人这样损害总经理，损害本部的形象，那么研究所是怎么回事呢？还在昨天，全所人员都挤得食宿不宁，为什么条件刚刚有所改善，就出这情况？

周国泰爬到了第四层，伸手敲门。每日归来，他总是这样敲门。因为按正点下班的妻子总是先他回到家。

屋里没有反应。

“敲错门了？”他记起自己曾经敲错门。

抬头看，没错。再敲，还是没反应。这才发现，不对……他看了看表，不到四点。掏钥匙开门进屋，进屋后不知自己要干什么……早出晚归，为谁辛苦为谁忙？自己大约是为盖起了这座楼而生气吧……几年来科研、开发、市场，艰难中来风险中去，累病了心脏累断了脑筋，辛苦，我不怕，我吃得下，别让我伤心！

我为什么要伤心，不伤心。那么，大约是为自己的优秀生气吧，他想，有些人（虽然是少数人），你们如果不会为国分忧，也不会为家着想？盖起了楼，开发部还出资为每一户人安装一台煤气灶，一台抽油烟机，并给每家安上防盗门……防什么盗，谁偷走了我的心情？

但是……你是居功自傲吧，是不是把开发部大伙干的事过多地想成是你的成绩了？事后，他跟张连璧、杨廷欣谈起自己的生气，说：我这生气，按说不是共产党人的胸怀，要是，就不该生气。要不是，我在干什么呢？

这天下午，他在自家门厅转了个圈，又到卧室溜达了一下，然后下意识地转到窗口，朝下看，司机还候在楼前，这时他聪明地想，司机准是认为我回家来取什么吧……于是出门下楼。

这位司机也是聘来的，不仅他们在学习做自己的主人，我这个总经理不也是在学习做个主人吗……楼梯的扶手是这样新，墙雪白，一户户房门漆得鲜亮。学会为国分忧，为研究所分忧，**学会自己来解决自己的问题**，这不是挺好吗？

事实上，我们的主人公意识还很弱，要想做一个独立自主的人，享有一个“主人”的权益，也还需要自己去争取，我们正在争取，正在这样去做，为什么要生气呢？

走出楼道，司机已为他打开了后座的车门，他习惯于坐后座，总是把缺欠的睡眠安排在后座上“补休”。

他坐进了后座，关上车门。司机问：“现在去哪儿？”

“开发部。”

当人类要开始一个重大的历史性进步的时期，不论你如何慷慨激昂地力图砸碎旧的，创造新的，你最不能缺少的仍然是要认真地寻找和汲取前人的智慧。

第七章

你到底要什么

1. 遭遇告发

一九九一年三月，周国泰又获得一个全国性的奖，全称是“第二届全国服装研究所科学技术、艺术成果一等奖”，此奖由国家纺织工业部颁发。六月，周国泰在外开一个业务会议，一个紧急电话通知送到他的会议桌上……他把通知夹进笔记本，继续开会。会议上坐着十几个油田的代表。此时，他们的抗油拒水防护服将推向全国十几个油田。

他能预感到是有人把他告了。但他还不知告状人把信直接寄到中央军委（虽是匿名信，但反映的问题严重）。中央军委审计小组已进驻他的开发部，“认真查办”的意见已批转到总后勤部。

当夜，电话再次催他赶回。军令毕竟非同一般。次日，他撇下油田的代表，赶回北京。路上，他想，那“八分钱邮票”太厉害了，“八分钱”就能使我们的工作蒙受损失，蒙受一千倍一万倍的损失啊！

回京，知道他们的账本——从当初用那“十七块四毛钱”买的第一本账本起始——都交出来了。周国泰本人和开发部的经营都遭遇告发……譬如开发部没有工厂，年产值已达上亿元，你怎么赚？是靠挖社会主义墙脚……还有变相官倒……

周国泰面临的问题尖锐起来。

周国泰在这段日子里都想些什么，自信的神情是否又变得很容易向你微笑？

即使你领头创出百万元千万元的效益都是合法的，但你如果擅自把万分之一放进腰包，就不好办。或者，你很清廉，几年来，已经多达数亿元的经济进出，桩桩件件都能合规合法吗？

真想说，改革的时代，一定不是一切能够符合当代经济活动和当代生活要求的法规制度都已经由上层建筑造好了让你去照办，新的法规制度一定是在那些不安于现状的冲锋者杀出一条血路之后——在他们的实践中总结制定。如果用现行的规章制度为标尺去量那些突进者，会量出什么？如果不用现行的规矩去衡量，又能用什么去衡量？

这对执法者来说，也是两难。

这肯定是一个**人的良知良能遇到挑战的时代**，一个需要有人承担历史性的苦役，甚至承担牺牲的时代。一个很多人都需要把心放在天平上，小心翼翼地去问陌生事物的时代。

在一个历史交替演化的时期，呈现在我们眼前的陌生故事，说不定是一首**进入未知世界的史诗**，而有权裁判这些故事的人们，也在经历着以往案头杳无可寻的**历险**。

有一天，我问雯丽：“想没想过，你也可能被炒鱿鱼？”

“没想过。”

“为什么?”

“我光想它（他?）好。”

我说我没听懂。她说她就想这儿兴旺发达。

我想，她光想这儿好，并不能避免被炒鱿鱼，这该是说光想为这儿出力……“但是，”我说，“想没想过，说不定啥时情况发生变化，不能这么干了呢?”

“我不知道。那我想不了。我只希望这儿好。”

“要是有一天，换一种搞法，不用地方的人了呢?”

“那我就一直干到他们不要我。”

“或者，这么说吧，一无所有的时候难。有成就了，也可能更难。要是经营失误，或者别的什么问题，搞不下去了呢?”

“那我也干到最后那一天。”

“与阵地共存亡?”

“对。是那意思!”

我不禁为之肃然。说这话时，雯丽二十二岁，宁静和美丽之中还有一种神圣，一种凛然。在这里，她俨然不只是领到工资，某种富有力量的东西在她身上生长起来。即便有一天，离开这里，那气质属于她自己。在她这儿，不是听不到“理想”，理想的概念是解决自己的实际问题——我一再感到，这就是对社会的贡献。

她自己一般不说什么贡献，但她分明不只是关心她自己。她对这个集体显然有感情，愿把未来、命运同这个集体的盛衰兴亡连在一起。她只不过是这儿的一位年轻受聘者，在这个环境，她是靠自己的认真工作在这团体里站住，人的尊严和魅力，是从脚跟生长起来……似乎必是这样的一代北京人，终将找回祖辈的失落。

但他们决不这么说，决不给自己身心压上那么多沉重的意义……那天，我认真端详着她，不禁发现，我开始嘲笑自己。

2. 一个不可忽略的细节

这里笑声朗朗，泪水也让人动容。我该说这儿的不少故事常使我眼前发亮，还是眼花缭乱？一个你偶然认识的人，就可以是一个诱人的世界。有时觉得只是看到了一片绿叶，一枚苦涩的青果，一片绿叶一枚苦果也可以突然夺走你的视线。

尽管他们自己很少使用“奉献”之类的词，实际上，仅从经济效益看，这百十号人创出每年千万元到几千万元的效益，绝大部分奉献给了军队，奉献给军队就是奉献给国防。他们个人所得的薪金是很微小的一个部分。这个总经理周国泰，事实上已使这支队伍的每一个人都成了奉献者，名副其实的奉献者！

周国泰在继续接受审查，这儿的工作仍在他的指挥下一刻也没有停止运转。跑油田、跑工厂、跑货站、跑码头，或者跟老外谈判，一切都在照常运转。当各种功能防护服被一批批发往油田、矿山、工厂，在此打工的青年们能感到自己是在为我国广大劳动者服务，为祖国效劳，某种自豪的辽阔的东西，还是在他们的心中沛然化雨，日益滋生。

爱惜这个集体的决不只是雯丽，他们都重视开发部的名誉，每当周国泰获得一个全国性大奖，他们常常是和家里人一起守望在电视机前，等待那个场面出现，一旦看见他们的总经理捧住一个大奖杯，那种快乐无异于看到奥运会上升五星红旗。

他们出差，走到街市，回到家里，都能感到自己在这儿工作是体面的。“宏甲，”国泰不只一次对我说，“他们不愿意你说他们是打工仔打工妹。”

我开始感到，这是一个不可忽略的细节，这细节包含着——他们的心中，他们的情感，已有事实上的**主人翁情愫**！

在受审查的日子里，周国泰是否也有过自我反省呢？

"周总，您好！"那楼道里电梯里碰面时的一声声问候，许多受聘者投来的关切的目光……那目光是有价格的吗？

"周总，"有人对他说，"事业是大家的，身体是自己的。你得保重身体，别把自己弄得那么累。"

以赵晨为首的几个人真给他提意见来了："周总，你平常最讲科学。可是，你对自己的身体最不讲科学。"

"我的身体怎么啦，我的脸色不好看吗？"

我相信所有这些情节，都会使他反思一点什么。

3. 访问自己

你早出晚归，从读小学开始，你就早出晚归。

你从小就被教育：人生要有追求。你每天忙忙碌碌，你总在追赶日落日出，你到底要什么？

世上最宝贵的东西到底是什么？是创出很多经济效益？是搞出不少发明创造？是促进科学技术进步？是周国泰为之奋斗的那一片事业？

我从来没有直接问过周国泰这些问题。这不是他一个人的问题。要认识一个心灵，也不是只依靠提问，不是只听他说。

即使是在他的故事中，在这种看来挺辉煌挺有贡献的故事中，我看到了，经济效益、发明创造、科学或者事业，这些都可以视为重要的，宝贵的，但不是最宝贵的。

一定不是最宝贵的！

太阳又下山了，今日是何日，今年是何年？在进入他的内心世界之前，让我们自己先来考虑一些问题。

曾经，许多报刊都在说：工人吃企业的大锅饭，企业吃国家的大锅饭，像这样吃下去，社会主义不被吃垮了吗？这差不多是打破大锅饭，砸掉铁饭碗的理由。

可是，这个说法，对吗？

企业的利润是职工创造的，国家的税收是企业等生产单位交纳的，这是一般的事实。在不同的“经济形式”下，工人与企业的关系，企业与国家的关系，当然存在不同，但是，我们仍然可以从马克思关于究竟“谁养活谁”的伟大思考中去感悟基本的道理。

进入九十年代，从打破大锅饭到砸掉铁饭碗，当下岗职工、应聘者、炒鱿鱼……这些字眼——用北京人的话说——出现得正“火”的时候，在这个开发部里，“炒鱿鱼”的情况日益减少了，是这支队伍日益成熟起来，还是周国泰改变了观念？

科尔沁童年是他的宝藏。我越来越这样感到。

在他苦恼、困惑的日子，他会在“闹市”中做一个梦，在梦中回到他的大草原，那就是神往的漂亮的进入……美丽的科尔沁大草原，夏日，遍地是黄花、红花、白花、蓝花，是花的世界，鸟的家园，多么美啊！冬天，一片白雪，狼也多。

在他童年的印象中，区委书记是背大木壳子驳壳枪的，骑马。县委书记是背皮套驳壳枪的，骑马。此外，县委书记穿灰色的“有吊兜的衣服（中山装）”，脖子上背个草帽，“到我们村，把马一拴，拿个大勺子淘厕所……”一个县有多大，他不懂。民治屯一带的土地多是盐碱地，他也是长大后才知道的。家乡的土地种高粱、大豆、小米和苞米，春旱秋涝，年年如此。草原上五颜六色的野花真是这儿最美的景色，年年岁岁应时开在这片经常歉收的土地上，美丽而荒凉。

那时，他不知县委书记是干啥的，见县委书记来了拿个勺子淘厕所，以为县委书记就是淘厕所的。到他大一些了，当过区长的爹告诉他，县委书记来了，爹向县委书记报告屯子里老百姓的生产、生活状况，县委书记并不轻信，就去淘厕所。

为什么？

他要亲自看看这儿的老百姓粮食够不够吃。如果淘出的颜色是墨绿色，说明粮食不够。要是黄色的，说明还可以。

“在我小时候的印象中，我一直以为县委书记是淘厕所的，就像知道医生是看病的。”他这个童年印象有什么错吗，你不觉得这是一个美丽的童话吗？**新中国童年时期的县委书记，**走到那么偏僻的地方，那样的调查研究，你不觉得万分珍贵吗？如果这是一个童话一个梦，会让人沉浸其中不愿醒来，醒来，去哪儿找这样的县委书记呢？

有时，他看到有关“希望工程”的电视，看到很贫困的山区小学，“忽然想起我的小学，发现我的小学其实比电视上拍的还不如。可是，在我的印象中，我的小学怎么那么美呢？”

民治屯没有小学。爹说：“董家围子有小学了。”爹的声音在民治屯响，在别的屯子里响，爹在动员大伙让小孩去上学。爹说：“学了知识好建设新中国啊！”

从民治屯到董家围子要走五里地。小学的墙是打土坯的，课桌也是打土坯的，上面铺一块木板。“直到读完了初中，我也没见过有层板的可以搁进书包的课桌。”

钟声响了……记忆中总看见女老师敲着钟，那钟是日本鬼子的一个炮弹头。他兄妹四个，上有哥哥，下有弟妹。爹说：“不管家里多困难，你们都必须上学。我们家要带头。”

他知道学校有助学金是因为爹说：“我们不能要助学金。”

娘也说：“你爹是干部，要带头。”

他从小就不爱上学，不知道是不是爹说的这个“带头”，让他感到上学好像是一件被迫的事，他从小就爱自由，不愿意“被迫”。

爹总在屯子和屯子之间走，爹把土改时分的马卖了，买回来一架缝纫机，交给了我妈。不知道那架缝纫机是怎么来到草原的，从此，我们兄妹四个的学费从这台缝纫机出来，我们全家的衣服从这缝纫机出来。屯子里，还有别的屯子里，要结婚的人的衣裳，也从这缝纫机里出来。

这台缝纫机对国泰未来的影响也许是重要的。“在我童年，这是一台非常神奇的机器。”

4. 李老师，你在哪里

可是，直到三年级，他的成绩仍然属于班上最差的一类。看不出他家拥有的“民治屯最先进的一台机器”对他有什么影响，也看不出他的未来会跟大草原外边的科研有什么关系。

爹仍在屯子和屯子的之间走，爹说要成立人民公社了。爹满脑子装着大家的事情。娘一字不识。这时，娘的缝纫机已入了合作社，变成大伙的了，又是爹说，“要带头。”他仍然喜欢掏鸟蛋、套兔子、玩弹弓、骑马……下“冒烟雪”的日子，风一刮，草原上天地茫茫，混沌一片，野鸡往草里钻，顾头不顾腚，骑马用棒子就能打到野鸡……尽管缝纫机所带来的文明是神奇的，在这草原上毕竟还很微弱。大草原对他的吸引力依然很大很大!

三年级的一天，不知道为什么想跟长辫子的**李老师**开个玩笑。他用打扫卫生的小簸箕装上灰尘，放在教室的门与门框之间。(因为看过电影《冲破黎明前的黑暗》，见过怎么布地雷?)

李老师来了，一推门，小簸箕扣在老师的头上，老师眯着眼睛跑了……“我吓坏了，今天这课上不成了。同学都看着我，我不知怎么办……”忽然，老师进来了。她洗过脸，头发里还有拍不去的灰尘，眼睛红红的。老师进来了。

“上课。”

全班同学唰的一声都站起来。他说我永远记得那一次“起立”，记得全班同学齐声说“老师好”说得那么响亮!

“那是我第一次认真听课。”他说我至今能把那一课的课文背下来，然后他就情不自禁地背出来：

> 过新年，锣鼓响，一个炮竹飞上天。飞上天，天上看，看看祖国怎么样？怎么样，好景象，到处都是新工厂。新工厂，机器响，工人叔叔日夜忙……

这天，爹正好来到董家围子，还到了小学。他看到爹了。他想今晚回去准得挨打了。但是，回到家，没挨打。“老师根本没把那事告诉我爹。”

第二天上课，李老师提问，叫到的第一个学生就是：“周国泰。”周国泰站起来，老师说你把昨天的课文背一段，“背第一段。”

他开口就背出来了。

“好，五分。”李老师说，“你再背第二段。”他又背出来，李老师又给他五分。再让他背第三段，他又得五分。

“那一堂课，我得了三个五分。”他说，“那三个五分影响了我的一生。从此我知道我的脑袋好使，我会念书!”

三年级下学期过得飞快。四年级，由于父亲工作调动，他们的家搬到一个叫东平的地方。这时，少年的心第一次知道了什么叫感伤。少年的心仍然在董家围子，在李老师那儿。他不知道李老师是从哪儿来的，只知道她不是当地人，天下怎么能有这么美丽的人呢?

“东平离董家围子大约是三十里地吧，记不准了。”他说，

“那时，在我印象中很近。”

少年周国泰不能忍受感伤，骑上马就去了。那时正吃大食堂，典型的大锅饭，他跑去董家围子的大食堂帮做饭的老大爷干事情，在那儿吃饭，然后坐到李老师教的四年级去上课，夜里又到大食堂跟做饭的老大爷睡觉。父亲曾把他抓回来。他瞅个空，骑上马又去了。李老师是那么深地吸引了少年周国泰。一定是大草原，是奔马，是美丽的乡村女教师给了周国泰**激情**，培育了他对自由，对独立自主的**热爱**。

“我至今还会梦见李老师。我到现在也不知她叫什么名。那时只知道叫老师不能叫名，叫名不尊敬。”他说，在我眼里，那时她是大人，现在想来，她也就十九岁、二十岁。今天，她该是老太太了，在我的梦中，她永远是那么年轻，“梳着长长的辫子，穿一件红色带白花的棉袄，笑起来有个虎牙……”

在周国泰成为“领导”的时候，在他经历着上级机构对他审查的时候，他都一次次听见那个用“炮弹头”敲出的钟声，穿花棉袄的李老师敲那个“炮弹头”的形象反复呈现……然后记起，李老师给他的三个五分是怎样开启了一个少年的未来，知道一个领导对他的部下，肯定优点永远比指责重要。知道**你肯不肯赞扬、肯定他人的优点，能不能看见他人的优点，这不仅是一种本领，更在于你有没有爱心。**

李老师所给予他的启发，就是这些吗？

我们会看到，那遥远时代的乡村女教师在他心中播下的种子，还会在他的今天不断结出果实来。大草原一年一度青绿，万点鲜花和穿花棉袄的老师，是他永远的摇篮……

5. 杜春林老师，你在哪里

五年级，他的家搬到了套堡。一位男教师使他安心下来就在套堡上学。这回，他知道了老师的姓名叫**杜春林**。

冬天，杜老师领学生去捡柴火，路上讲故事，天南海北地讲，讲起滑冰就说到冰鞋，“冰鞋是什么样的？”有同学问。老师说鞋底有一把刀。“那怎么滑呀？”同学们都无法想象。

讲到城里的大马路，也有同学问：“什么样的？”老师说：“特别平。”同学又问：“怎么个特别平呢？”老师想了想，说：“像冰那么平。”

“那不滑倒吗？”周国泰问。

老师望着周国泰，笑了。笑过之后，老师说：“我怎么跟你们说呢？”多年后回顾老师当年的眼神，国泰说，杜老师要让我们读懂五年级的课本，是费尽心思的。

老师从马路又说到城市的楼房。又有同学问：楼房什么样的？“比树还高。”那怎么上去呢？“有楼梯。”爬梯子不注意会摔下来吗？“摔不了。”为什么……这一问一答中，老师给草原上的孩子展开的世界是神话般的。

一天，考自然，全班就周国泰一人得了一百分，大多数同学没及格。第二天，杜老师把卷子发下来，然后站在黑板前。半晌，老师说：“我对不起你们。”

大家有点惊讶。老师又说：“我对不起你们的家长。”

老师说得很沉重。老师竟然眼泪掉下来。班上许多同学都低下了头，不敢看老师。有的同学哭了。周国泰也低下了头，并且用双手挡在前额遮住了眼睛。他说别人以为我也掉眼泪了，其实我没有。我得了一百分，心里挺高兴，但我不能高兴，我假装难过，我从手指缝里偷偷地看老师……老师的头发总是梳得很平整，衣服很干净。老师扎着围巾，黄色的围巾，把围巾围一圈后从胸前放进衣服里，老师很英俊……

多年后，国泰结婚，东北的同学送了两个大木箱子，国泰去商店买油漆，又看见岁月深处老师的那条黄围巾，于是买了一罐黄漆。在他看来，黄色象征着“金色的童年”，他把最美好的颜色漆上了箱子，放在他和妻子共同的空间。

几天后，考历史，全班大部分同学的成绩都在九十分以上。杜老师笑了。老师宣布：“星期六，我带你们去看火车。”

铁路从套堡的身边经过。星期六下午，他们举着少先队旗，唱着《少年先锋队队歌》出发了。

走啊走，看到了铁路，草原上的铁路。然后是等待火车……等到了一列又一列货车。他们还想看客车是什么样的，一直等到黄昏，客车来了，呀，有灯，电灯！那时候周国泰到过的屯子、围子和这个套堡都还没有电灯。现在他在飞奔着的火车厢里看到了电灯。

火车震耳欲聋从周国泰眼前跑过，少年印象中的列车是移动的房子，里面有电灯，还有那么多人，他们从哪里来，又到哪里去呢，这太让人惊奇太神秘了！

列车轰隆隆开走了，少年周国泰跑上铁路，站在两条铁轨的中间，双手叉腰站在那儿，望着大草原上飞驰而去的火车越走越远，他知道了：**“我会有前途！”**

在他受审查的日子，李老师、杜春林老师的故事，以及开发部里大家对他的关心，在促使他反省自己了……直到三年级，他不但成绩差，还可以把他看作是个坏孩子。李老师却抓住机会使劲地发掘他的潜能，为他创造一次又一次发挥和发现自己的机会，并慷慨地给他一个五分又一个五分，把一节平常的课创造得波澜起伏，成绩迭出！啊，老师，这是很高明的培养艺术、领导艺术！

当全班大部分同学考自然不及格时，杜老师没有批评学生，却检讨自己……当一个受聘者有这样那样的毛病，你的眼睛就盯住这些，并拿把锤子随时准备砸他的饭碗？

他走了。你以为你铁面无私，忠诚于工作、效益、事业……所有这些都可以说得慷慨激昂，可是，**你有没有尊重人**？

效益、事业和人，你把什么放在第一位？不觉得这里有问题需要思考吗？周磊说："我爸在外是英雄，回家是狗熊。一到家就躺下，一躺下就睡着，一睡着就打呼噜。"这段日子周国泰又失去了呼噜……

6. 否定之否定

一九九四年，周国泰去美国参加劳动保护方面的学术交流会，会期七天，会后，别人到美国各城市参观去了，周国泰在新泽西州的一个小镇上蹲了十四天，目的是考察福特汽车公司。

考察的重点，一是考察他们"科研与生产"的结合部，在"科研与生产"之间有个"结合部"，那个结合部，用一个词去概括就叫"开发"。"开发"二字很多人见过，说过，但"开发"里运动着一个多大的世界，很多人还相当陌生。没有这个开发，科研与生产就脱节，就断开，不妨说好比牛郎织女遥隔着一条天河……于是，科研与生产，双方都很困难，很痛苦！这就是我国目前许许多多的科研院所和数以千万计的企业遭遇严峻困难的真正原因。

这就是我，也是周国泰自己，苦苦地**解读自己的脚印，也解读他人脚印**的一个重要方面。是这部作品在此后的篇章中仍然不得不反复探寻的一个重要方面。不管一次次的审查，周国泰最终能不能坚持得住，会不会被大浪冲走，我们应该已能看见，他一九八七年走出研究所去踏荒原，已经可以被看作是一个很大的象征：那就是在蹚一条天河，在“摸着石头过河”，是一个科学家率领着一支科研与开发队伍，竭尽所能去与企业的生产力会师！

我们已经把新时期的改革称作新长征，就这支军中走向市场的科技“小分队”而言，这就是在当代科技与经济的战场上，值得我们严重关注的飞夺泸定桥，飞渡乌江天险！

周国泰在福特公司考察的另一个重点目标是：“我想看看他们进人是怎么进的，出人是怎么出的。”即聘用和解聘里都埋伏着怎样的学问。

他发现：“他们进人很谨慎，解聘人也很谨慎。他们很重视把人放在你最合适的位置上，给你创造表现才华的机会。积极性，创造性，效益，都由此而产生。”

此前，少年时代的老师所给予他的启示，已使他在自己的开发部里，注重培养受聘者。现在，考察使他看到，所谓“炒鱿鱼”，“是欧美一些著名大企业已经不用的东西，不是他们今天先进的东西。可是，”他说，“我们曾经把它当真经，开发部大会小会念起来，报纸也曾经大报小报念起来。”

福特公司之行，以及一九九三年六月对德国西门子公司的考察，都使他具体看到，欧美一些著名大公司的经营方式，包括用人机制，在进步！

我总以为，欧美社会，还是从马克思的深刻思考和严厉批判中收获到好处的。欧洲在古希腊时期就孕育得相当丰满的对生命、对自由的热爱和尊重，在他们的社会生活中一直是起作用的，那甚至是哺育过马克思的文化源流。

在“炒鱿鱼”这件事上，可以说周国泰完成了一次“否定之否定”。应该记住，**善于检讨自己，是一个人自信的表现。**你要遇到一个不会检讨自己的领导，缺点和错误就经常是你的了。**敢**

于否定自己，是一种高尚的气质，一种能克服自己的狭隘性从而达至广博的本领。

其实，否定即是肯定。如不知否定也不知肯定，犹犹豫豫，没有想法，你就无法指望这样的领导开创出生机盎然的局面。

7. 访问祖先

我所以一直关注周国泰的故事，因为我坚信，他和他的一支队伍的实践，还能引起我们的许多思考。

譬如“百万劳工下深圳”，一趟一趟的“劳工专列”曾把去打工的乡下人源源不断地拉到南方……月尾节初，有打工仔打工妹的地方，邮局就挤满了他们。雪片般的汇款单从南方飞往内地，那钱被家乡人戏称为“外汇”。由于中国农村依然是如此广阔，他们不仅是建设经济特区的一支伟大的生力军，也注定是能为中国城乡的繁荣做出巨大贡献的集团力量。

可他们那钱，挣得不容易。报载一九九二年十一月七日，某台资鞋业有限公司，老板把江西打工妹俞姑娘与两头大狼狗一起关进狗笼，并对六百名女工训话：“过去把你们当人看，现在我要把你们当狗看。”女工上班，大门整天锁着。下班，排队一个个搜身而出。加班到深夜二三点，厂方担心打工妹打不起精神，强迫她们绕厂房跑步……你不跑？炒你的鱿鱼。你说你不想干？大铁门外有更多的打工妹正等着进来。

一九九三年十一月十九日，深圳龙岗区葵涌镇致丽工艺玩具厂起火，该车间一楼有四个出口，三个被上锁。起火后一楼被烈火阻断。二、三楼东面的疏散口被老板用来堆货堵死。车间还有五十扇窗户，每扇都被铁丝封住，外面再横钉上数根铁条封死。逃命无门，八十四人被大火夺去生命，七十九个是打工妹。

他们生前不知道提意见吗？没有一个人对那铁丝网加铁条封

死窗户的劳动环境感到压抑吗？你提吧，炒你的鱿鱼！

炒鱿鱼的说法，已经明白地说出：你不被看作是一个人。

那么，怎么看待改革开放，如何理解马克思？我们这几代人，对马克思似乎都不陌生。可是，**我们真理解马克思吗？**你知道，中国的南大门是一八四〇年被英国人的炮火轰开的。可知七年后，马克思和恩格斯就在《共产党宣言》中这样写道：

> 资产阶级，由于一切生产工具的迅速改进，由于交通的极其便利，把一切民族甚至最野蛮的民族都卷到文明中来了。它的商品的低廉价格，是它用来摧毁一切万里长城、征服野蛮人最顽强的仇外心理的重炮。它迫使一切民族——如果它们不想灭亡的话——采用资产阶级的生产方式；它迫使它们在自己那里推行所谓文明制度，即变成资产者。一句话，它按照自己的面貌为自己创造出一个世界。

一个半世纪过去了，我们今天能较为充分地领略马克思和恩格斯的这段话吗？

在我看来，从林则徐、魏源大声疾呼“师夷长技”开始，中华民族就在被迫学习西方，以使自己首先不被灭亡。经过一百多年来，无数先贤往哲官兵百姓前仆后继的努力，中华民族在获得独立自主后，我们的香港也于一九九七年七月归来。邓小平的“一国两制”思想，是他的伟大创造，也包含着对马恩的深刻理解。**今天这个世界，仍然是资本主义生产方式在全球占统治地位的世界，**既然我们不可能再关起国门来孤立存在，我们还要同国际“接轨”，我们就要改革，就要开放，就要尽可能利用在全球占统治地位的资本主义经济体系来发展中华民族。

但是，当我们学习西方的生产方式、贸易方式，学习西方的竞争，残酷的竞争，不是要把自己的心变得更加残酷。即使你今天仍然贫穷，或者你已经是一个富翁，都不是要把自己和他人变成生产的奴隶、机器的奴隶、经济的奴隶、物的奴隶。

周国泰去访问过西门子，也去拜访过马克思墓，还去拜访过恩格斯的出生地。我在德国上空，忽然听到德国著名的宗教改革家马丁·路德不朽的声音："即使我知道整个世界明天就要毁灭，我今天仍要种下我的葡萄树。"

我为马克思深深感动，首先在于：这个一生也不曾有过任何权位的人，把整个世界作为他的思考对象和描述对象，心中没有任何羁绊。

我也为马丁·路德感动。当欧洲以无比的冲动向教皇发起进攻，马丁·路德在倡导宗教改革，他被神圣罗马帝国议会宣布为异端，这个"异端"仍孜孜不倦地把《圣经》译成德文。他的努力是想让人听到"真正的上帝的声音"，想把在他看来已经被教会和世俗的政权歪曲了的"上帝的声音"找回来。

在此，我们看到，这个被世界公认为欧洲历史上著名的宗教改革家的人，**他的改革，是要把更早就存在的声音找回来。**

在意大利，我看到自己为米开朗琪罗感动。那个初冬，在欧洲南部凉爽的轻风中，我去到意大利境内的"国中之国"梵蒂冈，走进著名的西斯廷教堂，身前身后都是不同肤色的参观者，没有一个人说话，因为那里面不允许有解说，只需要你看——我看到，这位文艺复兴的巨匠，就在文艺复兴的故乡，把《圣经》里的故事，变成他的画作《创世记》和《末日的审判》，就画在教堂的天顶上和祭坛后面的山墙上。**我以为米开朗琪罗是在竭尽全力地拯救上帝，**把他信仰的上帝，他以为的上帝的本来面目，上帝的精神，仁慈和爱心，用了极其彻底的方式，赤裸裸地描绘出来。

我以为他是在比马丁·路德更早的岁月，在感受到欧洲就要从意大利开始向上帝进攻的岁月，在干着同后来的马丁·路德异曲同工的事情。

那时，我为意大利骄傲，也为我自己的民族骄傲，因为我想起了更远更远岁月中的孔子。

孔子逝世于公元前四七九年，中国历史把封建时代的开端划在孔子逝世后的第四年（公元前四七五年），可见孔子生活的年月，奴隶制时代马上就要结束了，中国历史就要开始一个不可阻挡的新时期了，此时，孔子在干什么呢？我们曾经批判他妄想复古，企图挽救正在崩溃的奴隶制……其实，这个**伟大的教师**在干什么呢，君不见他在专心致志地编《诗经》，修《春秋》吗？他还倡导复礼乐，这是试图把被列国争霸争雄的战争打碎了的“礼乐”**找回来**。礼，可用来规范人的行为，维护秩序。乐与诗，都是陶冶精神的东西。这岂不是任何一个讲求稳定发展，希望安居乐业的社会所需要的吗？

其实，岂止是一个孔子。中国在奴隶制社会正孕育着向封建制转变的时期，诸子百家，哪一个不是在汲汲于前人智慧，从而“温故知新”的呢？

在我看来，**当人类要开始一个重大的历史性进步的时期，不论你如何慷慨激昂地力图砸碎旧的，创造新的，你最不能缺少的仍然是要认真地寻找和汲取前人的智慧**。欧洲的文艺复兴，不是极鲜明地致力于把古希腊的东西找回来吗？

其实，不惟孔子，不惟诸子百家，孔子编纂的《诗经》是周朝，甚至周朝以前那些不知姓名的先民传唱的。没有哪一种伟大的理想不是很早以前就有渺小的心灵憧憬过。没有哪一种烛照万家的生活智慧不是很早以前就有草履布衫的先民温习过。我每每感动于祖先创造的文化中有那么多的平民色彩，那么大的生活意义。如果对那么智慧的文化看不见甚至砸烂它或者贬低它，我们就太容易骄傲了。**中华民族直到今天仍然是依凭着祖先传承万代的文化而伟大的。**真想说，你可曾想过，你起码有好几千岁。遥望长天落日，感受耳际微风，祖先的血就在你身上循环。**不认识历史，我们无法真正认识自己。**

“不知老师从哪里来……”从老师讲冰鞋讲大马路，可以想见老师来自城镇。新中国诞生之初，像李老师、杜老师这样的乡村教师是不少的啊，他们中有城市医生、教师的子弟，有商人、小资产者的女儿，为了新中国未来的繁荣，他们把知识带到穷乡僻壤去，带到草原去边疆去，把知识和未来真的播种在连大马路都没有见过的穷孩子身上，没有他们，哪里有今天这个周国泰！

某天，老家的亲戚来北京看周国泰，国泰问起家乡的小学，亲戚说：“学校拆了。”

“盖新的了？”

“不，没小学了。”

“为什么？”

“很多年了，再没有老师去我们那儿了。”

周国泰的眼泪唰一下掉下来……问起老家的生活，还是春旱秋涝，还是很穷，“电话也没有了。”亲戚说。

周国泰蓦然记起了少年时听过的广播，那个三省交界处的草原深处虽然遥远，广播也进了草原，广播天天唱：“社会主义好，社会主义好，社会主义国家人民地位高……”那不是在唱一句口号，是唱一个正在发生的故事，社会主义在草原，在边疆，在四面八方前进！

“我相信李老师、杜老师也不是完美无缺的。可是，他们在我心中怎么就那么美那么英俊呢？”停了一下，国泰又说，“可是，你再想想，他们怎么不是最美的呢！”

对我说这段话时，他站起来走，又说："那是我人生最美好的时候，我在老师跟前，还在我妈跟前。"说着眼泪又下来。

回望那段"最美好的时候"，他不仅想念他的老师，而且想念那个淘厕所的县委书记……如今，**你在哪里呢？**

贫穷并不可怕，我们曾经比今天更加贫穷。**我们这一代，也的确创造过不逊于祖先的生活和文化。**我们这一代，也是见证人啊！应该告诉我们的孩子。然而，我们的父兄曾经创造过的美景，还能找回来吗？

"董家围子有小学啦！"爹在屯子与屯子之间不断重复的声音，以及爹从东北赶来阻止周国泰当经理的声音，也在周国泰的心中交响。爹早年动员上学是成功的，爹阻止周国泰当"领导"没有成功，爹那么失望地回去了……老师已经退休了，我不知他们回到哪里去了，他们对自己在大草原上度过的青春，用牛粪火烧饭的岁月，有过什么感慨吗，是否也有过深深的失意……

国泰说："虽然学校已经没有了，我一直想回去看看。我很想能再见到我的老师，我想告诉他们，他们当年的心血没有白费，我就是他们的果实。"

8．比事业更重要的

一个人要有独立的个性，并不等于说社会生活不需要组织者和领导者。一位有个性的领导才比较容易尊重每一位个人及其个性。要让父辈，让少年时代的老师不至于失落，有许多工作要靠我们这一代接着来做。

某女大学生来到开发部，收下她，是考虑到她会英语，把她放在外贸处。可是她不能胜任。周国泰就调她去当编辑，编由开发部具体承办的《中国劳动保护用品》杂志，她还是发挥不出来。又把她调到科研处，“这回发挥出来了。脑子挺好使，干事挺利索。这就不用解聘了。”

“领导就好比一个老师。”周国泰在向自己少年时代的老师学习做领导。“你是领导就必须对部下负责。不是他有没有长处，而是你有没有能力发掘出他的长处。”在此，他把当初对受聘者的严要求转为对自己的领导能力的开掘。

这不单是一个对人严还是对己严的问题。当初走出研究所，试图挣出钱来搞科研，因而对经济效益，对事业看得很重的周国泰，又在这里发生了重要的变化：他把聘用人变成了培养人——这样说也还没有完全到位，他是把人，把使人能比较充分地发挥自己建设自己、能生活得更好一些，放在第一位。

像张连璧老伴那位来自乡下的侄女，你真的没有能力为她找到一件适合她做的事？他的反省是深刻的。“为了事业”，你就炒她的鱿鱼？把自己的无能倾泻在这位乡下姑娘身上？应该说抱歉啊！周国泰说：“像张连璧这样的老领导对我的支持和爱护，实在是非常大非常深厚的啊！”

我们已经辛苦奋斗了这么久，我们到底要什么？如果你在一个团体里工作，你不是最重要的，那个事业才是最重要的，你是要这样的处境和地位吗？

你不是最重要的，那么，众多人中的每一个你都不是最重要的。所谓敲饭碗，哪里只是敲掉某个人的饭碗，那是一个家园被打碎，你是要这些吗？

没有人就没有事业，这本是明白的道理。可是我们**为什么**又**经常把事业看得高于人**？如果你不是最重要的，谁是主人？主人何在？

在此，我们已能听到，一个领导者，如果对你的部下说，事业是第一重要的，你不可能比事业更重要，那么你就没有尊重你的部下，而且你事实上违背了“为人民服务”的真义，那么你就没有办法使人不排斥那个事业，你就无法凝聚人心。你就在以“把事业放在第一位”的方式毁事业。

由于周国泰把事业让位于创造事业的主体，这个开发部鼓励每一位来此打工的青年去考成人大学的一系列成规就是可以理解的了。如果你学完拿到文凭了就想到别的部门去工作，开发部也不会向你索回曾为你付的学费，还高高兴兴地送你走。

女青年**王岚**一九九一年高中毕业后来应聘，在此工作期间考上大学财会专业，从此她一边工作一边读书，这无疑很辛苦。关键是，她的辛苦在这里是得到开发部理解和照顾的，凡学校规定的上课时间同上班时间相冲突的，上班时间让位于上课时间，开发部给算工作日，付工资。如此三年，刚读完大学，就要“跳槽”去银行系统工作，开发部无条件支持她走。

周国泰说：“她在这里是打工，银行是金饭碗。那家银行就在公主坟，离她家也近。毕业了，有文凭了，人家银行要她，我们为什么不高高兴兴让她去呢!”

当时的开发部办公室主任**姚贵昌**大校告诉我，王岚走后，对开发部还是很留念，不定什么时候，又转来看看。据说，王岚说，周国泰真的很爱国，证据是周国泰说过，“为国家培养人才，在哪儿工作都一样。”这话也对。但是，在这里，**更光辉更重要的原因是：王岚，你的重要意义是至高无上的!**

在我们能力所及的地方，尽可能让每一位个人都能充分地发挥自己，去把生活过得更好一些，还有什么比这更重要的事吗?

没有了。

今天，周国泰仍在攻读中国纺织大学的博士学位，这很像是听从了父亲几十年前在草原土屋里说过的话：“要带头。”周国泰的博士导师叫**王善元**，是国家博士后管理委员会专家组成员。

杨廷欣在攻读硕士学位。赵晨已经读完大专，正在“续本”。雯丽、钟怡、朱红军等一九九〇年以前来的“高中生”已经百分之百读上了大学，或已经毕业。

有招聘就有解聘。解聘，作为一种制度，在今天的开发部仍然存在，但几年来已经很少有人被解聘。截至一九九六年底，开发部受聘者中凡没有中专以上文凭的，已有百分之九十六考上了中专、大专和大本。还有一些原大学毕业或已有硕士学位的正攻读硕士或博士。

关于未来社会，恩格斯在对人类远古社会做了细致的研究之后，曾在《家庭、私有制和国家的起源》中这样写道：

> 以生产者自由平等的联合体为基础的、按新方式来组织生产的社会，将把全部国家机器放到它应该去的地方，即放到古物陈列馆去，同纺车和青铜斧陈列在一起。

恩格斯的上述说法，当然不是今天就能实现的，但我们不能由此感到马恩的深邃吗？在此，请注意，“自由平等”与“自愿受雇”，不是一个概念。今天的青年们，无论是在社会主义制度下的非私有制企业里自愿受雇，还是在“外企”里自愿受雇，都远未达到自由平等。但是，人们总还是可以去争取自由和平等，也可以学会使自已去平等地待人。

今日中国农村，有两亿剩余劳动力，早先不让女子出门的情况，在当今被相当彻底地打破了。因农村父母要让男孩在家乡成家立业，被推向市场的多是女儿。这就为以城市为中心的现代建设提供了充足的生产力。今后，打工还是会相当长久地存在下去，大学毕业生也在应聘之列……我们还很难想象，能有很多的打工仔打工妹们获得像这个开发部的应聘者们现有的地位和待遇。但是，总不能因为这样的故事太少就以为没有意义。

对人的尊重，对劳动者的尊重，总是可以学习的。

这个故事发生在一个冬天，军需装备研究所有个战士的父亲生病来北京求治，诊断后，要做心脏手术，需要两万多块钱。这家人把养的猪全卖了，得七千元，不够。在医务室工作的耿粤燕知道这事，问国泰："你不能帮他一把吗？"

"怎么帮？"

"你们开发部有钱。"

"这战士不在我们开发部工作呀……"

"你要不帮他，他们要回去卖房子了。"

"卖了房子住哪儿呢？"

"他说住姐姐家。"

"那能行吗？"

"你去看看吧，一家人在地下室里哭呢！"

这个研究所的招待所在地下室里。周国泰没去地下室看。第二天，他把这事拿到开发部去说："这是我们研究所汽车班的一个战士。他父亲那病，如果不治……死了，这个家就散了。我们大伙是不是都给捐点，这事，能救一条命、一个家。"

这话传开，大伙立刻捐款，没带钱的互相借，楼上楼下，拿着钱到办公室主任那儿去交。热闹的样子惊动了三位临时到开发部出车的出租车司机。

"干什么呀？"司机问。

有人告诉他们后，这三位司机竟然也每人掏一百元来捐。问他们为什么？据说他们答道："我们也花一百块钱**买个高尚的感觉。**"

当时的生产处处长赵晨因要同京外的驻厂员联系工作，在电话上忍不住把这件事告诉了她的部下，对方马上说："替我捐上一百元，我回来还。"刚说完，另一位驻厂员拿过电话："赵姐，替我也捐上一百。"

当天，捐出一万三千二百四十元，这天是一九九四年十一月八日。这天晚上，周国泰带着钱，去了地下室招待所。

这件事对研究所很有触动。所里接着发起捐献，也捐出了几千元。周国泰至今不知那位战士叫什么名，只记得"招待所的小灯泡不够亮，战士泪流满面"，此外，记得手术做得很成功。我在采访中得知，那战士叫**杨继龙**，他的父亲叫**杨月喜**。

我写下这个故事，不是要说他们捐款做了好事，是想请你注意：开发部就像一个家。在这里，周国泰正赋予工作以十分令人感奋的**个人意义**，又使这个集体成为一个暖融融的**大家庭**。

二十世纪，全世界都在呼唤"重返家园"，为什么那一曲萨克斯独奏《回家》会风靡世界，别小看这个小小开发部的故事，它有着烛照万家的人类意义。

这里，驻守本部的通常多是女职员，看到那些"打工妹"们在食堂里，围着圆桌，吃着开发部发给午餐费的午餐，我禁不住总想去与她们共进午餐……那时，我想，如果论成就，周国泰从无到有组建起来的这支队伍，在创经济效益以助科研方面，在促使我国劳动者的劳动保护水平走向科技进步方面，在有助于我国一些企业获得再生能力方面……无论是取得的实质性成果还是具有普遍意义的经验性成就，哪一点都不是小成就，**但是，比这成就的总和都更漂亮的，实在是他日益建设起来的这支队伍，是人**，是正在建设生活，建设自己的这些人！

我不怀疑，这就是决定着我们这个时代走向的故事。就在这里，陈列着中国的现代和未来。就这些还没有多少经验的青年，他们在演练着发展经济和建设生活的本领，他们会逐渐陶冶出比较完整的人格。就这些年轻人，已经是去开辟一个新时代的先躯，是我们这个时代最动人的景象的一个部分。

“宏甲，我告诉你，我这支队伍是很优秀的啊！”我听出来了，当他要调走时说的这话，并不是要走时才有的赞叹。当那一天到来，当分别到来，那一天会发生什么呢？

倔强中大约是包含着不够强大的。一百多年来，中华民族有许多优秀者又是用了这种没有奴颜的劲头去挺起脊梁发愤图强。

第八章

人生究竟能有多少贡献

1. 一场国际性的“华山论剑”

叙述周国泰到底有没有问题，是一件很累人的事，还是继续讲他们的建设性工作吧。

继续讲防弹衣的故事。进入九十年代，以周国泰为第一发明人的中国护神防弹衣成为欧美一些发达国家相关部门的瞄准对象。“护神”，是周国泰为这种新型防弹衣命的名。

护神防弹衣用的是与芳纶防弹衣完全不同的材料。如果这个“靶”不值得瞄准，就不会有人从欧美专程找上门来。那里的情报眼以及专家们的判断力，不会轻率地邀请一个初出茅庐的防弹衣——到德国那个国际公认的防弹制品弹击检测中心——去与芳纶防弹衣共同接受子弹射击……去不去呢？

先来想想这个问题：防弹衣在中国，会有市场吗？

既然中国早在一百多年前就领教过：中国不可能是一个孤立

存在的大堡垒，中国就不可能只讲仁义道德而不问防弹衣。中国的公安、海关、武警、军队……仅用于国防，也很必要。

欧美国家早就不只是争夺欧美市场。从前，关于防弹衣以及制造防弹衣的芳纶，“巴统”组织是对中国实行禁运的。现在，中国自己搞出了防弹衣，西方很快就来“接触”、“邀请”，显然也瞄准着中国这个大市场。

中国正在改革开放，生活正发生很大变化，也许，收税人员，银行保卫人员，出租汽车司机，“款爷”，都会很快想到要它。如果“洋人”在德国击败中国人制造的防弹衣，你只要看看中国人选购彩电不拒绝日本和德国产品的，大有人在。败，将是不小的损失。胜，将有广阔的前景。无论哪一种前途，都是一个国际性的广告……可是，我们为什么会这么在意？难道自信与从容不属于我们？

“去，”周国泰说，“去！”

虽然，这不是去打仗，一百多年了，什么时候曾像这样跨洋过海到那发明了洋枪的地方去弄枪弄盾？无论双方都多么彬彬有礼，都大大方方地在谈生意，彼此也都明白，这是去做一次具有逐鹿世界市场意义的比试。

就这样出发。开发部的副总经理杨廷欣带队，去赴那场国际性的“华山论剑”。这是一九九二年十一月。

飞机降落在法兰克福机场，进入机场大厅，一眼就看到荷枪实弹的德国警察俩人一组或多人一队在大厅里走动。那服装的色调和短冲锋枪……一瞬间使我晃若置身于“二次大战”的德国。第一感觉是，中国社会必是比德国安全，因为中国的警察不必带冲锋枪值勤。

后来，我才知道，我的感觉中存在盲点。

那是巡警，西方各发达国家都有巡警。警察是有了城市之后才有的，巡警则随着城市及市场经济的发展而出现。当我从“市场热”正席卷九州的中国来到德国，我事实上并未看懂在欧洲普通得像自来水那样的巡警。那么，不但对欧洲，**对我的祖国，我还有多少点点滴滴的事情需要领会**？

一九九四年一月一日，当北京首先在海淀区、崇文区出现巡警，我算看懂了，这是中国的市场经济进一步发展的一种标志。

德国人爱集会结社，当今最独特的会就是“射击会”。据有关介绍，他们的射击会有“神枪手”会员一百万人，其中在各种高级比赛中获过冠军的约在一万二千人。可见那里不但民间枪多，社会性的射击水平也相当发达。

杨廷欣一行五人要去的那个“比试”地点在巴伐利亚州。现在，他们来到了这个州的一个国家检测机构，比试就要开始。

中国护神防弹衣到底如何？

2. 有感情才会泪花滚滚

这声音，在国内，就有人一再问过。

一九九〇年，中国要承办第十一届亚运会。为提高安全防护水平，决定从外国买进一批防弹衣。周国泰得知消息，马上告诉有关部门：我们有，买我们的吧。

但是，“我们的”防弹衣在国内从未见过报道。美国芳纶防弹衣举世闻名，钱花下去，在国际上也体现安全防护水准。有关方面还是花一笔美元设法买回了几百件芳纶防弹衣，这是完全可以理解的。可是，防弹衣被拉到靶场进行弹击测验，五发子弹在防护层上留下了十个弹孔。大家都看傻了，怎么回事？

不知测验的结果怎么传到海外，海外报纸以不友好的嘲笑语气登出来。周国泰再次找有关部门：“打我们的防弹衣吧。”

小车载着周国泰和护神防弹衣向靶场去，一路上，他大脑里掠过许多靶场，子弹撞击钢样鳞片的声音在他大脑里已是可分辨的……虽然，他的右耳如今不大好使。你与他对面坐着，他经常是不自觉地微侧着脸听你的话。他的听力，就是打靶被震出问题来的。你很难想象那是怎样的打靶。他们已分析了近百种钢样的三千多块鳞片受弹击后的状态……每次打靶，如果都到正式的靶场去，那得费去多少时间多少汽油？如不去靶场，不去郊外，在市区你怎么打？他们租了一个老百姓放冬储大白菜的地窖，在地窖里打。

在地窖里打靶震响的声音，不是震耳欲聋所能概括，你会切实感到声音是有撞击力的，声音的冲击波就撞击在脸庞、前胸，你的膝盖也会有感觉……三千多块钢样鳞片受弹击后的状态，也意味着分析、研究并实际研制了近百个配方。进入九十年代以前，他们的“经济”还是很紧张的，为了研制出能到世界上去与人一决雌雄的防弹衣，他们该投入的钱大把大把地投入，以为可以节省的，却“抠门儿”抠到这种程度。如果拍电视，把这些专家在地窖里一次次打靶的场面拍出来，你会有何感觉？

一个穷国的穷科研，专家们在地窖里打靶经受着声音的撞击，一个个满头大汗……中国防弹衣就是这样“闹”出来的啊，在这样的条件下搞出的科研，还想拿去与美国人，与欧洲人一决雌雄？

小车载着周国泰向靶场去，真记不清这是第几次射击……这项科研到一九八九年的水平，能防住六四式手枪的直射子弹，但是，把“五四式”掏出来一打，就被打穿。后来，在二十米处，能防住国际上用以衡量防弹衣水准的那种射击能量了……再后来，射击对象被放到了十米处。

这是第几块钢样鳞片？还记得，面对着十米处钢样鳞片端起枪的是一位姑娘，沈阳军区射击队的一位姑娘。

砰——

枪响了。子弹在鳞片上弹了个小窝窝。

防住了。

“再近一些怎么样?”

这是个诱人的问题。十米的枪声已是一声有力宣告。现在他们都抬眼望空旷的靶场，因为，打十米内的距离，需有专门的防护装置，否则跳弹伤人的可能性很大。

“我来。”周国泰从女射击队员手里取过了枪。

没人能拦住他。他站到五米处，举起了那只手——可是枪声迟迟未响，枪口好似在与鳞片对峙——周国泰怎么啦?

“老周，算了。”

“老周，找来防护装置再打不迟。”

砰——

周国泰的手仍然举着，盯那鳞片——人们还没反应过来，周国泰又进到了二米处，砰——又一声枪响。接下来的情况完全可以说是欢呼。没人注意到他的手是什么时候放下来的。只有他自己清楚，一九八七年他被美国人断喝一声悬在那儿的手，现在是放下来了。

据说周国泰两眼通红，啥话没有。这是一九九〇年二月。

三月，做出了防弹衣。五月十五日，在北京通过技术鉴定。

解放军总参谋部，总后勤部，武警总部，公安部，最高检察院，最高人民法院，中国海关等部门参加了这次鉴定。由我国权威性轻武器研究测试机构，按国家有关弹击试验标准，采用国际公认的仪器大标准射击靶道进行实弹射击试验。防弹衣防护完好率百分之百。

但是，有人提出，防弹衣是射不透，这一枪打去，人也震得差不多了。于是，继续拉到军事医学科学院做生物打靶试验。

一只狗披挂上阵，走到二十米处，枪响了。狗转头望望，继续走。十米，枪又响，狗顿了一下，还走。二米，又一枪，狗蹦了一下，继续走。

猪来了，穿着防弹衣东张西望。不同距离各打一枪。猪显然比狗稳健。直打到二米处，连蹦都不蹦。

军事医学科学院随即对狗、猪进行解剖检验。脏器一切完好。狗在五米内挨的弹头撞击，表皮略见红肿。猪皮厚，可见痕迹比狗轻。

据说周国泰拿到军事医学科学院做的详细生物试靶报告，蹦出半句洋话："OK了吧！"

他们一直是瞄准着芳纶防弹衣使劲的，已有几项重要指标超过了它，他们自己清楚。但光自己知道，是多么不够啊！他们一直期待着这一天：渴望让人知道，让全中国都知道！

他们需要新闻媒介，需要新闻发布会。为此学会去请在京各大新闻单位，不吝啬花钱筹办一个发布会……就在明天，至迟到后天，中国的老百姓就会知道了。

但是出麻烦了。

在请有关方面参加时，有一个部门的一位参谋——最初仅仅是这一个人——提出了不宜公开报道的意见。这类意见总是从国家利益考虑的。这意见受到了有关方面的重视。让不让报道呢？

报道了，可能会出些什么麻烦，也可能不会。但不报道是一定不会有事的。就这样，不宜报道的意见像军事行动那样快捷，到了周国泰的上级领导那里。

周国泰的电话一直在占线……他的领导看不见周国泰仍在相当兴奋充满激情地邀请一些重要人士来参加。

电话终于挂进去了，是周国泰的声音。

周国泰听到领导的话，傻了。

他怎么也想不明白，美国人不怕世界知道他们有防弹衣，美国人的防弹衣不但军用，还做成时装，耀武扬威走在五大洲四大洋。我们刚有个防弹衣有什么了不得呢?

那时刻已经是下午临近下班。他说我们全都通知了，明天一大早人就来了，现在怎么去跟人家说？对方说那也得说。

那时刻几个办公室里分头忙碌的人都听到周国泰抑制不住的嗓音，都放下手里的活走过来，站在周的办公室里。周国泰已经从座位上站起来，执着话筒，眼睛又是通红，他坚持要开并执意请部领导明天一定要来。

这时刻人们听出对方是军需部首长，但不知是哪位首长。“我怎么能让你理解，我们这样做是为国争光，为我军争光，为我们军需部争光啊!”周国泰说。

不知对方说了什么，周国泰急了，忽然说：“你要不来，你以后永远不要上我这儿来!”

人们面面相觑，不明白周国泰怎么能这样跟首长说话。

“不让开，拉倒，也不是为我开的!”周国泰啪一声挂断了电话。

这时刻大家都能听见心跳。不知周国泰知不知道他刚才说了什么。

“老周，那我们赶快分头通知吧。”有人小声地说。

“不!”

“那还开不开呢?”

“你们都回去吧!”周吼道。

开发部依然是这样破旧，为早日搞出防弹衣，很多钱都挤出来，投进去了，包括为研究所盖一座宿舍楼也是此时投钱去盖的，开发部自己到现在还没有盖出一座新楼……当破旧的小楼里就剩下他一个人，他仍然呆坐在他的位子上。

黄昏一点一点地从窗外爬到他的桌面上来……他没有开灯，不知这一切怎么发生，眼前烟雾缭绕，当知道自己除了不顾一切无计可施，你就会发现自己呆坐着其实不知自己在想什么……烟头上的那一点红光，此时像十字路口的红灯那么灿亮。

这夜，他回到家，妻子递给他一张字条，告诉他，这是从门底下塞进来的……他忽然感到自己听不清妻子在说什么，就在这天，发现自己的耳朵不好使了（我想，这很可能是由于他特别投入，突然遭遇某种意外，他的潜意识就在这个下午之后，为他制造了某种“拒绝听话”的失听症状）。

但他的眼睛能看清，他看清了条子来自何方，看清了条上最重要的字：**你如果坚持要请记者，纪律从事。**

他好像记起了自己是个军人。他低下了头，泪水掉下来。

不要说坚强的人不会哭。有感情才会泪花滚滚。

小车驶进靶场，为了能让中国承办的亚运会使用中国防弹衣，他们再一次去做弹击测验。我想我不必描绘这次的枪声了。就算不打不相识，在付出代价之后，终于认识了中国自己的护神防弹衣。护神防弹衣因此首次在国内“打出名声”。

芳纶防弹衣为什么被打穿了呢？这个问题留到后面去讨论。

一九九〇年七月十五日，北京京西宾馆礼堂响起运动员进行曲，这里正举行一个捐赠仪式。

国家体委主任、亚运会组委会执行主席伍绍祖接受了解放军总后勤部张斌副部长代表解放军军需装备研究所科技开发部捐赠给亚运会的一千件中国护神防弹衣。护神防弹衣将首次装备于亚运会的安全保卫人员。

周国泰和他的伙伴们跟大家一起使劲鼓掌，有人热泪盈眶。

新闻对这次捐赠仪式做了报道，但仍未出现“防弹衣”这几个字眼。新闻报道的是：捐赠了数十万元的“防护用品”。

一九九二年六月五日，中国防弹衣获全军科技进步一等奖。

六月二十二日，新华社首次报道了该防弹衣获全军科技进步一等奖的消息，并披露中国防弹衣达到世界先进水平。

这是中国自己的报道。中国防弹衣到底怎样？

3. 巴伐利亚的枪声

“在德国，我们也学到东西。”杨廷欣说。

他说你不能否认德国的检测设备相当先进。打靶用的是 V50 测试设备。这是按照抵御等量弹头的弹速来计算，弹速越快，对防弹衣的防护性能要求越高。“我们的防弹衣过去不是用这种方法检测。”你感到一个黑色的裁判就坐在这里。

金发的德国女郎拿来了橡皮泥。“芳纶”与“护神”里面都被分别放上了橡皮泥——你可以把它想作人体——为的是检测子弹打到防弹衣时，对人体的撞击程度。

德国人说：从每秒三百八十米的弹速打起，行吗？

杨廷欣说：行。

德国射击员首先瞄准了中国的“护神”，靶场一片寂静……真静啊，这个国家即使是白天，到处都显得安静。街上车不少，听不见喇叭声。似乎置身这里，你才体会，热闹或喧闹，原是有人才有的呀，否则，物体在动，不见人，还是静……娱乐场所也只在周末，才会打破冷清。人到哪儿去了？据说在埋头工作。德意志民族的勤奋，在欧洲是很突出的……

砰——五点六克重的子弹带着尖锐的呼啸飞向“护神”。

防住了。

接着打“芳纶”。

向亚运会捐赠护神防弹衣。

然后换弹速。400 米/秒……420 米/秒……杨廷欣说，那时刻就像国际足球赛双方踢点球决胜负。只是射到现在，看来守门员的本领都比踢球的本领高……双方都打到了 450 米/秒……每秒四百五十米已是五四式手枪的极限速度。

双方又防住了。

德国人问：还打吗?

杨廷欣说：打。

480 米/秒……双方又防住了。

还打吗?

打。

这时，打穿的可能性百分之百存在。这不是在比是否符合抵御的标准能力了，是比谁的抵御能力更强。这时刻谁要防不住，谁就输。

弹速调到了 500 米/秒。

又防住了。芳纶也防住了。这时在场的专家已经上来祝贺。“OK”之声也响在德国靶场。接着，看橡皮泥上的撞击痕。

“芳纶”的撞击痕是深三点六厘米，直径四厘米。

“护神”的撞击痕是：深零点九厘米，直径在二厘米内。

撞击痕被称为“非惯穿性损伤”。在防弹衣未被子弹惯穿的情况下，“非惯穿性损伤”就是衡量防护质量的重要依据。

现在，“芳纶”内的橡皮泥上，陈列着的痕迹已经是一个“弹坑”。深三点六厘米，直径四厘米的塌陷，能把肋骨打断，能致使肺、肝出血，要是出现在心脏部位，已撞击到心脏……

现在，外国专家们不得不对中国防弹衣刮目相看，不得不对中国防弹衣内的“钢样鳞片”刮目相看。

德国是个矿藏资源贫乏的国家。矿产主要靠进口，德国又是高度发达的资本主义工业国，重工业占重要地位，轻工业也极为现代化，这些工业的主要支柱就是钢铁。他们对于钢铁的研究水平在世界上属于领先的国家之一。

作为两次世界大战的发起国之一，德国对于武器的研究水平、制造能力，曾使当时不少世界级的专家到美国去集中起来对付他们……在世界现代史上，钢铁业发达起来的欧美国家在武器的进攻和防御方面，都充分在钢铁上下功夫。坦克的钢板可以防住子弹，但钢板穿在身上就太沉。二次大战后，西方出现的防弹衣最初就是用钢板或钢丝制作的，既笨重，又碍于弯曲。把钢炼成薄片的方法不是没有试过，问题是子弹射上去，被击碎的钢片还会成为弹片的一部分……

中国防弹衣内的“钢样鳞片”，似乎承继着祖先铠甲的传统。在青铜器时代，中国出现了用青铜制作的甲衣。铁出现，甲衣的材料就被锻造成鱼鳞或树叶状的铁片所取代。在屈原的《九歌·国殇》中能读到“操吴戈兮披犀甲”。秦兵马俑的发掘，据分析，那护甲由整体皮革再嵌上金属片组成，那是皮与金属的结合。三国时期，西南少数民族用的“藤甲”，不是三国时才有的。用藤条编制成的藤甲，是黄河流域的祖先最早用过的甲衣。把牛皮、犀牛皮剥下来制成的皮甲，出现在殷商时期。作为战争中的防护用品，藤甲与皮甲堪称人类最早的军服。

类似的演变东西方大致相似。但本世纪，在美国人把笨重的钢板、钢丝防弹衣脱下来的时候，是因为发明了芳纶纤维。这似乎继承了人类早期的皮甲——就软不就硬的传统。

在德国这个检测中心经受“实弹打靶”的芳纶防弹衣是荷兰阿克苏公司的产品。荷兰东接德国，在世界近代史上，是先英国强大起来的国家，曾是欧洲的海上霸主，被称为“海上马车夫”，迄今拥有世界最大的海港鹿特丹。这个只有四万多平方公里的国家，拥有一千四百五十多万人（人口密度远高于中国）。外贸总额居世界第九位。阿克苏公司的芳纶防弹衣质量与美国杜邦公司的相同。前面进行了打靶测试，现在，德国人说：换一种方式，直接对防弹衣本体进行强度测试。

杨廷欣说：试吧。

美国为芳纶防弹衣制定的标准是一千六百二十兆帕。实际测试可达到一千八百兆帕。荷兰的防弹衣也在这一水准。中国护神防弹衣的规定标准是二千兆帕，实际测试可达到二千三百兆帕。

护神防弹衣的强度明显优于芳纶防弹衣。

现在，靶场在问，中国护神防弹衣内的钢样鳞片究竟是什么？是钢吗？物体的质量是由一定体积的密度决定的，密度越大，质量就越高，或者说重。要是结构疏松，必然是轻。要使能防住子弹的钢板质量不变，使之变薄变小，这是可以做到的，但无法减轻它的重量。

现在，既要使钢变得柔韧，又要加强它的质量，还要使它变薄变轻。这不是矛盾的吗？中国人把这几个矛盾因素凝炼在这小小的鳞片上了，把它称作“钢样鳞片”。这种鳞片是什么结合体，是一种怎样的工艺？

少时读《水浒全传》看到金枪手徐宁有一件祖先留下的宝贝：雁翎砌就圈金甲。披在身上，又轻又稳，刀剑箭矢急不能透，至今不知那是一种怎样的铠甲，更不知是谁造的。如今有机会记下当代中国“护神”防弹衣是些什么人造的，不能错过。

这项重要科研成果，仅记下周国泰是第一发明人是不够的，开发部的**刘水林、刘善晖**，鞍钢钢铁研究所的总工程师**叶福礼**和女高级工程师**许玉芳**也是载入获奖名单的主要发明人。

鞍钢的两位专家我只见过许玉芳。见到她时，我很难把她的形象同她的成就联系起来。尽管她戴着一副知识分子的眼镜，我总觉得她跟我在公共汽车或菜市场里看到的妇女没啥不同。也许我看不出来不足为怪。

有一天，她所在单位的同仁觉得，报“政府特殊津贴”应该报许玉芳。有关领导重视这个意见，就向她了解她究竟得过些什么奖。她觉得难以用口说，就把一堆获奖证书抱去给领导看，竟把领导吓一跳。

“你什么时候得了这些，我怎么不知道?”

可见许玉芳不显山不露水，也够水平。

许玉芳留着短发，面容清癯，形体干练，毫无发福的样子。新中国诞生，她才十一岁，已是东北解放区有些资历的“红领巾”。新中国的建设事业和国防都迫切需要钢铁，她就学“钢铁”。二十四岁毕业于鞍山钢铁学院。可以说她是完全由新中国培养的女钢铁专家，也是把全部的青春和毕生精力都献给鞍钢的人。

当然，她不仅仅属于鞍钢。她参加过中国第一颗人造卫星“东方红”火箭壳体用钢、中国第一座核电站二级压力容器用钢、大型固体火箭“巨浪一号”洲际导弹用钢等重要科研，并分别获奖。那一日，领导看了她的获奖证书，马上说，好吧，你写个申请。她感到纳闷，一辈子也没在“利益”方面向组织上申请过什么，到老了，让我写?

人家告诉她，写个自我评价吧，你总得填表啊！又吩咐：“别太谦虚了，太谦虚了上面批不下来。”她也感到为难，一辈子都是由组织来评价她，自己怎么评价自己呢?

“没办法，厚着脸皮也得写。”说这话时，她竟然像少女似的脸红起来。

“我们经历过几乎绝望的时刻。”刘水林说。

刘水林就是当年把周国泰物色去养狗的那位老主任，他说也就老周这样的人咬着牙说：“就是败了，也得搞。”

终于搞成了，这项发明，写进获奖名单的还有：**陈震、毛善**

庆、高明孝、胡汝能，共九人。参加者，“那就没法数了。”

开发部在这项科研中最终投入的资金超过军需装备研究所全年国拨科研经费的总和。如果不是周国泰率部开辟了“第二战场”，这项科研也许还在会议上讨论它的重要性。从这个意义上说，**这防弹衣是这些军科人员走向市场之后的产物。**

再讲讲前面说到的刘善晖。抗美援朝时，志愿军是戴着棉帽同戴钢盔的美军对抗。作为个体军需防护装备，“胄”在中国的历史其实相当悠久。“胄”的形象有如一个尖顶防护物包住脑袋戴在肉体之上。春秋时期的“胄”，有青铜浇铸成各种兽面模样的。士兵见到长官必须“免胄”，这是你“首先”要做的事，即摘下那个兽面模样的胄，让长官看到你是谁，以减少士兵可能对长官发生的危险。后来才演绎成对长官的尊敬，再后发展为脱帽之礼。胄的发展便是头盔……高级工程师刘善晖就是搞中国钢盔的主要成员。

若干年后，中国钢盔已赶上美军钢盔的水平，但是，美军的钢盔又发展了，迄今美国、德国的钢盔从材料、形状上都变了。一顶新型头盔折合人民币已达一千五百元。

周国泰又瞄准了“中国也一定要赶上去”的这一项目，并着手研制一九九七年香港回归后驻港部队所需的新型装备……所以，刘善晖一九九二年十一月也在这个德国靶场。杨廷欣所率的这支专家队伍来到德国，不仅仅为“防弹衣”而来。

在德国这个检测中心，还可以仔细看看，芳纶防弹衣有一种“配件”，即陶瓷板。要防止撞击伤，就必须加上这块陶瓷板。陶瓷板遭到打击会被击碎，碎片可分解能量，如遭到连续打击，就成问题了。芳纶防弹衣本身是由多层芳纶纤维制成的。如达到三十六层，有被击穿的，也有防住的。阿克苏公司的芳纶未被击穿，质量够好的了。三十六层的芳纶已超过四公斤，一块陶瓷板三点四公斤。中国护神防弹衣全部重量只有三点五公斤。

西方为减轻芳纶防弹衣的重量，有用二十五层左右的芳纶加陶瓷板的，因此芳纶防弹衣的重量有四点二公斤至七公斤的。一块陶瓷板只能设置在正面，这样，能防住胸腹，背后也能防住弹片，但防不住身后的直射子弹。也就是说：正面对抗可以，要转身跑，身后射来的子弹照样不会留情。美国人为什么不在后背也加上陶瓷板呢？再加一块，不仅人被夹住，在重量上，就属于国际公认的“不可接受重量”了。

为了保险，约旦国王侯赛因穿双层防弹衣，多次化险为夷。不知他穿的“双层”，重量何许。

护神防弹衣由遍布整体的钢样鳞片组成，前后一样，有效防护面积比“芳纶”大百分之七十七，重量轻百分之三十，制作成本仅为“芳纶”的百分之二十五（中国劳动力价格、原材料便宜是重要原因）。因没有胸前那块陶瓷板，可随意折叠，适体性好。款式已制成西服式、夹克式、牛仔式、护颈式、套头迷彩式等九种，还可以与其它服装配合使用。不影响军队官兵摸爬滚打，也适合安全保卫人员的隐蔽性需要。

刘水林把打过“芳纶”和“护神”的两种弹头放到我手里：“你看，这是打过芳纶的，子弹钻进芳纶，是靠芳纶的强度和厚度逐渐减弱弹头的力量，使子弹的尖头变成蘑菇状的了。”我摸着那个蘑菇状的东西，明白了撞击伤就是被这个“小锤”打出来的。

“你再看，这是打过护神的。子弹碰到鳞片的瞬间，就被改变了弹头的形状，裂开，没有力量了。这是弹头的碎块。”刘水林又说，“你注意到了吗，这两种情况，子弹的作用时间有很大的不同。一枚子弹的尖头要变成蘑菇状，所需的时间是不短的。

子弹碰到我们的钢样鳞片，只是瞬间就碎裂，力量瓦解。中弹的鳞片还能把瞬间所受的动能立刻传导分解到全身的鳞片，所谓一片中弹，全身受力 。”

不久，欧美与亚洲一些国家和地区的新闻媒介相继发表了这样一条消息：中共国防部研制出新型防弹衣，重量三点五千克，重量轻，防弹性能胜过美国防弹衣。

不论国外报道为“中共国防部研制”是否准确，中国防弹衣放在这个德国的防弹制品弹击检测中心，摇动了芳纶防弹衣风靡世界的霸主地位。

美国快事达集团果然“快”，他们是最早找上门来的。美国杜邦公司也找上门来，也试图与开发部达成某种合作关系。但是，由于周国泰想摸一摸芳纶曾遭到美国人拒绝，这个周国泰的“性格”立时挺得笔直：不见。

杜邦公司竟很有耐心，在中国跑起“关系”，门路走到上层，由上层的人来做周国泰的工作，表示杜邦公司的一位负责人将亲自登门与周国泰“议项”。

那个黄昏，周国泰又独自坐在开发部里，打量着烟头上的那一点红光……美国人如此重视市场，周国泰是否把一个中国农民的劲头拿出来？美国人找上门来了，你可以在一场挑战面前躲开？周国泰不是修改自己的性格，仍然是他的性格做出回答：好吧，可以谈谈。

4. 假如再去里昂

我总以为，倔强中大约是包含着不够强大的，一百多年来，中华民族有许多优秀者又是用了这种没有奴颜的劲头去挺起脊梁发愤图强。

一九九〇年八月二十六日至二十八日，即开发部向亚运会赠送防弹衣的一个月后，开发部迎来国家劳动部主持的对“抗油拒水防护服”技术鉴定。中国石油天然气总公司、中华全国总工会、商业部、铁道部以及国家技术监督局，派员参加了鉴定会。十八位专家组成的委员会通过了对该防护服的技术鉴定。认为：首次应用人体功效学原理和方法，从人—机—环境系统论证出发，试验数据充分可靠，填补了国内抗油拒水防护服的空白，在国际织物抗油拒水整理技术中，处于领先地位。与此同时，通过了《抗油拒水防护服通用技术条件》国家标准审定书。一九九一年由国家技术监督局批准列入国标（GB12799—91）。一九九二年一月一日正式颁布实施。

由于性能优越，被越来越多的行业所认识，这套防护服又迅速从全国油田系统扩大到铁路、交通、煤矿、机械等系统。

一个巨大的市场已经来到他们脚下。

活生生是他们一步一个脚印走出来。

请注意，这是从“市场”的角度去描述的通俗说法。如果从科技这个角度去看，周国泰从自行选项科研到搞出实验室成果，再通过“中试”，最后进入大规模的生产，这是一个“工程”，使“科技”进入工程化、产业化的过程。一旦实现产业化，就意味着把某项科研所凝聚的科学技术**真正转化为现实的生产力。**也只有在这时，才使“科学技术”**真正实现了它作为“第一生产力”的巨大威力。**

一九九三年二月二十一日，“护神”系列抗油拒水防护服获国家劳动部科学技术进步一等奖，是这项大奖自一九八七年设立以来全国第一个一等奖。周国泰是第一发明人。

就这项成果而言，“耐洗”举世无匹，其它指标所具有的先进性，作为中华人民共和国的国家标准，是放到未来的“里昂会议”上，放在任何发达国家面前，都不至于羞愧的了。

但是，我们需要羞愧的方面还不少。现代工业易燃易爆的生产部门对防火设施和个体安全防护越来越重视。我们的消防队员在穿什么？冶铁炼钢工人“战高温，斗热浪，革命干劲比炉火更红”，但他们在炉前穿什么？

我们有没有阻燃防护服？

仅从冶金系统的资料看，穿用一般帆布服未能阻抗现场烧、烫伤，直至造成死亡的事故都是严重的。“据三十年来不完全统计”，因上述事故死亡人数“仅次于车辆伤害、物体打击、起重伤害和坠落，占第五位”。

周国泰毕业于高分子专业，深知现代合成纤维工业的迅猛发展，对于易燃工场的安全防护来说，增加了问题的复杂性。一旦事故发生，合成纤维的劳动服内的化纤成分遇热着火、熔化，会造成更严重的烧伤，或致使衣服急剧收缩变形，以至影响、限制人体活动，导致难以逃离灾害现场。合成纤维的热分解还会引起急性中毒造成死亡。近年南方打工妹聚集的工场里起火，发生的严重伤亡事故，社会各界多从工场主只顾赚取利润，不顾劳动者死活方面去作呼吁。这无疑是问题的关键。在周国泰看来，则还有科研方面的问题。

在发达国家，政府部门或非政府组织，从各角度对此有所作为已经多年。许多国家竞相投入织物的阻燃性科技研究和产品开发。一些发达国家对飞机、轮船和火车的装饰品也作出不同程度的阻燃要求和法规。由于历史原因，我国在织物阻燃技术研究及其标准制定方面，都严重滞后，尚需努力。

周国泰他们在暗自努力。在一边挣钱，一边不惜代价把钱投进去搞新产品试验研制——说不惜代价并不夸张，在抗油拒水防护服里就埋伏着一百一十多种配方，每个配方经过四十多道工序，试验了一万多个数据，那是钱堆出来的。

要搞出高质量的甚至多功能的阻燃防护服，不仅整理工艺繁难，成本也是很大的难“关”。因成本联系着市场承受能力，如果你能搞出一个尖端产品，可是造价昂贵以致消费者无法接受，也会没有市场从而失去广泛使用的意义。

要达到高质量，又要适应市场的承受力。换句话说，减少成本，是要付出高昂的代价去提高科技水平的。这个过程，使他们确切地感受到，如今从事科研，与从前在研究所里有很大不同。

国情、市场承受能力，已成为耸立在他们思维中的一根标杆，这标杆同高水平的科技标杆共同高悬在他们的头顶，你能不能越过去?

你将不断发现自己的欠缺，骄傲不起来。你又会发现这是一个能使生命力振奋的地方。你若置身其中，也会为之震撼，会理解他们为什么有时也会脾气很大，在旁人看来还好像长着那么些傲骨。

5. 在科威特灭火现场

海湾战争结束前夕，伊拉克军队把科威特的七百多口油井炸燃……一场对全人类都会产生灾难性影响的最大的环境污染开始了。这时，一个与周国泰早已瞄准的科研项目有关的问题出现，不久就会来敲响他们的房门。

“现在的科威特是个插满蜡烛的大蛋糕。”西方记者这样描绘。科威特迅速向世界求援。中国政府与科威特签订了中国派灭火队参加科威特灭火的协议。

有必要说说四川是我国天然气的主产省，有十万石油“川军”。由于地质原因，在钻探和开采中常有井喷、失火事故。在控制井喷和扑灭井喷烈火中，“不少石油工人以身殉职”，也积累了丰富的灭火经验，锻炼出一支支英雄灭火队……中国赴科威特灭火队就由“石油川军”的灭火队组成。但是，这支灭火队还没有真正意义上的功能化的阻燃防护服。代表着百万石油工人更代表着中华人民共和国的中国灭火队，一个个精挑精选出的六十三个男儿，还没有够水准的阻燃服。

一场国际性的灭火大会战，已经成为战后各国科技力量与国民素质等综合能力的较量，已被国际舆论报道为“举世瞩目的奥林匹克式的众国灭火大赛”。中国石油天然气总公司的老总们不能不考虑：中国，有没有“穿得出去”的阻燃防护服呢？如果没有，就应该向外国购买，因为阻燃服的质量如何，将直接影响作战……就在这时，石油天然气总公司的一位处长想到了周国泰。

周国泰的电话响了。

对方问：你们有没有？

周国泰弄明了怎么回事，立时答道：有！

事实却是，没有。此刻，一件也没有。

此刻，离中国灭火队登飞机出征的日子只剩下二十三天。

周国泰立刻召集开会。他说我们还没料到我们研究已久的阻燃服，会在这个节骨眼上赶上为国家效力。

这话在座的都能听懂。因为他们研究的这个项目，正准备首先到冶金系统去寻找市场，没想到他们的老主顾石油部门先找上门来。找上门来不是要“大批量”。承担这“活”无论如何是赔本生意。但无论如何必须承担。

半个月后，这支劲旅从成都出发时，十里长街上站满了送行的“父老乡亲”，警车为这支队伍开道，手持鲜花、舞着彩绸的“川妹子”，以及学生们的队伍从车站外一直排列到站台，管乐队高奏着军乐……但是，此刻，在周国泰召集开会的时刻，他们还在四川等着我们赶制出征的“战袍”。

此刻连样服都没有。必须立刻设计出多种样服，以供选择、批准。这不是赶制出国西装。所需的特种布料在河南新乡，阻燃处理也在新乡的后整理厂，印染在郑州，制作成衣在北京顺义县，刺绣在北京市……要有佩带国旗的臂章，要印上“中国灭火队”英文字样，印字不能做好成衣后再印，必须在成衣之前就做好有关处理才能浑然一体……还不知道那些出征男儿的身高体型……

电话，又是电话……长途电话要到四川，在电话上量体裁衣。整个开发部一切工作为此让路……做出样服、报批，就用去了十天。时间一天天逼近，越往后越紧张。为这不足百人的特种服装，他们确实在使用“军事速度”，在进行辗转千里来回传送的长途“流水作业”，为之奔忙者没日没夜，车轮急驶，风呼呼地吹，冀中平原的景色与京都的万家灯火轮番扑面而来，你感到铺天盖地奔泻着的也是“特种”兴奋……

终于完成使命。就像给亚运会赠送防弹衣那样，他们把首批中国护神阻燃服郑重赠送给这支英雄灭火队。这橘红色的中国护神阻燃服，与中国灭火健儿一起登机，飞往西亚沙漠，去经历人类历史上这场罕见的众国灭火大赛。

那是怎样的大火啊！据说国内带去的防沙眼镜造型新颖，戴上也挺舒服挺让人喜欢的，可是到了火场，“三十米外就被烤得像是稀糖捏的。”就在这烈火中，中国阻燃服经受住了考验。

中国灭火队，在国内各种艰难的灭火条件下锻炼出的这支“川军”劲旅，表现出了自己的实力。使以战胜国的气势在灭火现场横冲直撞的美国灭火队，在中国队面前不禁减慢车速，使KOC灭火总部做出决定：把整个科威特灭火中最难的一口井——魔鬼42号——交给中国队。

身穿中国阻燃服的中国赴科威特灭火队出征前夕。

全世界眼睁睁望着这口火井已从冬天烧到第二年秋天，“仅地面蔓延之火就有四万多平方米，整个一个燃烧的大油海。”大火遮天蔽日淹没阳光……中国队开到了随时都可能葬身火海的现场，在那里，真的，祖国就是“不落的太阳”。

中国队成为各国新闻记者争抢报道的主要目标。中国队迎战魔鬼 42 号的实况进入西方数不清的家庭。身穿“FFT·CHINA”橘红色阻燃服的队员一会儿在大火中不见了，一会儿又出现，他们投身火海的英雄行为牵动了电视观众的心，使西方电视机前的眼睛在火海中不停地寻找忽现忽没的“橘红色”身影……倘说有些什么遗憾的话，就是不免觉得，“好像西方的新闻比我们自己的新闻更关心我们。”

中国队付出了代价……一位队员被战友们拼死从火海中救出来，穆斯林飞行员驾直升机火速把他送往 KOC 医院。医院里的医护人员大部分是各国派来的。一位菲律宾女护士不知这位中国队员叫什么，总是轻轻地呼唤他：“CHINA。”当他醒来，菲律宾女护士泪水汪汪地告诉他：“灭了，已经灭了。”

是的。这沙漠大火中最大的魔鬼，被中国人降服了。

中国红十字会派往科威特的劳务女护士们抽空来看我们的灭火队员……在营地，同胞们唱《义勇军进行曲》，唱“我们万众一心，冒着敌人的炮火前进……”那时刻，女同胞发现，我们的英雄都是会哭的人……

请谅解我在本文中展衍出不少中国灭火队的故事，成都军区作家杨景民写过一部《大出征》，对此有许多生动的描述。我加以援引，内心很像总在听凭一种愿望指引，心想**中国人跌跌撞撞地走到这个世纪的秋天，我们恐怕真的正在进入一个收获的季节。只要有机会，我们会在不少地方看到，起码是不必为我们的人的质量发生怀疑。**

一九九一年十一月六日，科威特政府举行庆祝扑灭油井大火的全国庆典。庆典开始，升灭火队所在国的国旗。首先被升起的是五星红旗。那时刻，冉冉飘升的五星红旗和那依然鲜艳的橘红色阻燃服上的“五星红旗”，是怎样的引人注目啊!

科威特石油大臣哈默德·阿卜杜拉·拉克巴在庆典上讲话。他代表科威特政府感谢各国灭火队，首先提到的还是“CHINA”。除了高度赞扬中国队的高技术和精良设备之外，还使用了一种中国式的说法，说中国队在火场上表现的“主人翁精神”，让阿拉伯兄弟“难以忘怀”。

要回国了。各国队员互赠纪念品，崇尚“吉利”的“老外”多以能得到一件中国护神阻燃服为吉利，视如一种“护身符”。

阻燃服经受了这场考验，在国内也很快看好。首钢首先装备于炉前工。一九九三年七月二十八日，冶金工业部下文，规定出冶金系统必须使用阻燃防护服的二十六个工种，“从一九九四年三月一日开始，凡属规定范围，要全部使用阻燃防护服。”

6. 你会不会读累了

不知你是否已读得疲惫，我所以继续往下写，是因为这样一个问题鼓舞着我：假如描述出来尚且感到挺累，他们要去研究出来，做出来该是怎样的累呢？以下是周国泰他们考虑过的另一个问题。一个随着现代科技发展而日益显得尖锐的问题。

多年前，哈尔滨亚麻厂三个车间一万三千平方米厂房同时爆炸，正上夜班的四百七十七名工人立刻陷身火海，五十七人丧生。更早以前，天津的铅粉爆炸，秦皇岛、广州的粮食粉尘爆炸……近期的深圳油库爆炸，一次次不明原因的起火爆炸……早先，只知要戴口罩，以保护健康；爆炸发生之后，检查安全制度……然而，这里潜伏着光靠制度不能解除的危险。我们已经迫切需要一种与阻燃服不同的旨在把危险消灭在起火爆炸之前的防护服！

在精密仪器、电子设备行业，手摸元件，就足以把元件击穿。那是什么，是静电！这不至于把人电死的蓝光，却会成为高科技领域的“死光”。

它会使天空中骤然腾起炸开的飞机碎片，会使大海上漂浮着轮船的残骸……现代设施会产生静电的场所越来越多，一脱衣服，噗噗直响……德国、英国、澳大利亚等国，对化纤织物在某些场所的穿用，提出了不同程度的限制。美国似乎更讲究自由，未做明确规定，但在某些场所，则明示：不许脱衣。日本电子工业的迅猛发展直追欧美，成为世界市场上最有竞争力的巨头。日本对防静电方面所投入的研究也最为深入细致。

我们呢？

我国已有因尼龙头巾产生静电引起瓦斯爆炸的事故报告。我国无论劳动防护还是高技术研究的发展，都迫切需要防静电服了。近几年，我国科研机构以及一些院校已投入研究。目前，社会上已有一些防静电服问世。但由于性能尚不稳定，新的时候具有一定的防静电功能，洗几水就不防了。因而，制订我国防静电服国家标准，也已经是同样重要的一项迫切任务。

周国泰他们开发出的“护神防静电服”已有两个品种。一是以不锈钢纤维为导电体的涤棉织物制作而成，另一种以铜络合纱为导体嵌经涤棉织物制作而成。以上两种都通过了技术鉴定——在我国国家标准正在起草编制期间，我国目前的测试方法主要参考日本编制的“JIST8118—1983”有关标准——以上两种防静电服的主要性能指标是符合日本国的有关标准而被认为符合我国国家要求。这两种服装已分别为我国兵器工业部门或地方油库、液化气站试用。称“试用”，是他们搞科研的传统，进一步研究与开发，仍然任重道远。

还有“护神易去污服”，已装备到铁路、机械等系统。“防静电易去污服”的开发，则是向特种行业所需的多功能服领域开拔。煤的粉尘细，沾上不易洗，井下打眼水花喷溅……“防水易去污”首先穿在开滦煤矿工人身上。还有“高原防寒服”、“防寒鞋”、“新型海上救生衣”……在行业制服方面，已为全国检察院、公安、工商、税务等系统提供了高质量的服务。

还有，在搞出防弹衣的同时，发明出防刺背心。曾让开发部的女秘书杨军穿上，让大汉持刀去捅，杨军大叫一声。仔细一看，丝毫无损。问她为何喊叫，她说：“吓的。”再捅，她就不怕了。这防刺背心也获了全军科技进步三等奖。

一九九六年二月、六月、八月，北京连续发生了三起蒙面人持枪抢劫银行运款车，开枪打死打伤多名银行职员与保安人员的大案……这年，护神防弹衣以及护神防刺背心，继装备于军方、武警、公安、检察院、法院、海关等部门之后，又迅速装备于共和国的银行、税务、工商等部门。其中，防刺背心还成为出租车司机以及经商者用以保护自己的一种安全防护用品。

有时，我就这样静静地想，上述这些成就，当然不是周国泰一个人的，但是，应该说是他自一九八七年走出研究所去闯市场，然后在各方的帮助、支持下，折腾出来的。若说奉献，人生的奉献究竟能有多大，怎样的奉献才算大？

如何把一个伟大民族的劳动防护服装推向功能化、标准化、科学化，周国泰试图能为此效力……几年间，他以一个开发部的努力，对全国油田、铁路、煤矿、冶金、机械等等系统发生作用，已经在一定程度上，使传统的“粗、厚、硬”的劳动服发生了革命性的改变。所谓革命性，其标志是：

一、功能防护服同以往的劳动服相比，发生了质变。

二、这个质变是先进的科学的有利于人类健康的。

在第三届全国科技实业家创业奖颁奖会上，周国泰是十位金奖获得者中惟一的军人。

三、得到广泛应用并在应用中被证明是先进的切实可行的。

自一九九〇年，全国劳动防护用品标准化技术委员会秘书处设在这个开发部，第一期会刊《劳动防护用品标准化通讯》在此问世之后，到一九九三年一月，《中国劳动防护用品》杂志也在这个开发部正式问世，创办至今。这本双月刊由国家劳动部主管，劳动部职业安全卫生监察局主办，编辑部由这个开发部的人员组成，办刊经费也全部由开发部承担。

周国泰又着手编撰《中国劳动防护用品现状与发展》这部大著，称得上孜孜不倦地为中国劳动防护服装的不断进步一步一个脚印地尽力而为。中国，是劳动力最多的国家，保护劳动者的健康，提高劳动生产力，这是一件多么大的事啊！

无论防弹衣或阻燃服，每一项科技新产品的问世，或意味着瓦解西方对我国的某项“禁运”，或意味着在一定程度上将某一种外来产品涌进国门来的“西方市场”有效地转变为“中国市场”。对前者，周国泰心中不无自豪。对后者，就很难让他感到骄傲，**因为我们已经是在退无可退的地方，在自己的国土上，与西方争夺中国市场。**

不管周国泰自己怎么想，别人怎么看，我遥想着他那些经历，不免就想，一个知青出身的人，一个扫树叶的兵……为国家做出这些事，不容易了。平心而论，**一个人的一生，究竟能有多大奉献，这样的奉献算不算大呢？**

一九九二年，周国泰获“第三届全国科技实业家创业奖金奖”，是十位金奖获得者中惟一的军人，受到江泽民等中央领导人接见。

但是，对他的“争议”也越发热烈了。

7. 不知疲倦的争议

一九九三年，周国泰被解放军总政治部评为“全军学雷锋先进个人”，再次受到江泽民等中央军委领导人接见。

一个科技知识分子、军人，忙碌中得到了国家和军队这么些认肯，感到了很大的欣慰，但也开始尝到挂在旗杆上的滋味……那么，结个光荣之茧，从此安坐于内，或许也能使自己渐渐巩固起来？他不，心似无羁之马，一直在奔突着发展，他也一再遭遇告发。

就在一九九三年，当反腐败成为全国上下的呼声，周国泰再次成为有人告发的对象，他和他的开发部今天成为军需部的审计或审查重点，明开升格为总后勤部的重点，后天又跃升为全军的重点。

每次审查，都可以认为是一次深刻的爱护，**怕的是不去做深入细致的调查研究，任其孤立在旗杆，听凭日晒雨淋八面来风刮**……周国泰似乎经受住了一次又一次审查，但是“争议”仍然经久不息。

“哪有猫不吃腥，没查出来只是没查出来，谁知道呢?”

我们知道，有一句话说，走自己的路，由别人说去。这话很鼓舞人。在现实中，要当得起这句话，很不容易。

“人家有意整我？也不是。”周国泰说，“多是观念所致。谁告，谁骂，你都看不见对象。只觉得你在一间黑屋子里，在挨着你一拳我一脚，灯一亮，都是熟悉的面孔，笑容满面，都说，咱哥们儿，这不是我干的……”

何谓“流言”？在你看不见的地方，有许多话真像流水那样源源不断地流传到首长那里，首长信还是不信？首长问你时，你就不能一笑置之了，就得解释我还不会……解释完了，心里没有

周国泰获得“世界和平友好使者金奖”后受到李瑞环接见。

波澜？

你还无法讲更多，雷锋同志为个人的荣辱苦恼过吗？周国泰如果失去笑容，是为谁呢？海内外的实业家或者资本家，都可能在残酷的竞争中败下阵来，也可能被对手用了阴险的办法弄垮，周国泰或他的事业，会不会被唾沫淹死？

记叙下这些不是杞人忧天，**是一种不能回避的情况，是英雄也不容易闯过去的难关，且绝不是他们个人的难题。**这些不属于科技，也不属于经济建设本身的东西，这些辛苦之外的东西，事实上损耗去他们太多的精力。比较之下，周国泰一九八七年跋涉荒原手举一张五元人民币的尴尬和艰苦，算不得艰苦了。

一九九五年十二月二十日，周国泰再获第二届中国军转民优秀企业家金奖。中央军委副主席刘华清、国务院副总理邹家华等领导人为来自全国国防科技战线的三十四名获奖企业家颁奖。周国泰又是所有获奖者中惟一穿军装的。

一九九五年底，"联合国国际科学与和平周"要评选和奖励对人类的安全与和平事业做出突出贡献的个人和单位。中国组委会想到了周国泰。

在这个世界上人口最多的国家，为保护劳动者的人体安全与健康，他在科学领域做了那么一些事，荣获了**"世界和平友好使者"**金奖，是金奖个人获得者。

同时获金奖的单位是毛泽东纪念堂，刘少奇、周恩来、朱德纪念馆等单位，这使周国泰非常惊讶，因为这些中国革命的领袖都在第二次世界大战中为反法西斯做出了重大贡献……周国泰获得这个奖，感动泣下……感到自己的奉献小了。

但是，对周国泰的争议仍然未有穷期。

我不禁想，**在一个万象纷呈的时代，出现"争议"或造成"有争议"，都是容易的，要对"有争议者"做出准确的负责任的**

评价，却很不容易。所以，在我看来，周国泰的上级机关和国家有关部门一次又一次给予周国泰的荣誉，那奖杯、奖章上闪烁出来的最动人的光辉，已不是获奖者的成就，而是**颁奖者力排非议的光芒**！

一九九六年，周国泰正着手实施“二次创业”，一个更辉煌的前程展现在开发部面前……按规定，成立一个集团公司，注册资金得有五千万元，经济实体要达到三个。开发部此时注册资金一亿三千八百万元，拥有工厂七个，成立一个集团公司绰绰有余。为什么没成立，这个问题可以不讨论。一九八七年周国泰跋涉荒原的形象犹在昨天，他怎么创出今天这个局面？

我认识周国泰已有五年，伴随着“争议”，一直关注着他们的劳动。我想不必等到他们更辉煌的时刻，他们在我国不少企业遭遇严峻困难的时期，白手起家走到今天的道路，已有不少值得世人遥望的脚步，我想可以来写点东西了……却在这时，上级免去周国泰总经理职务，把他调回研究所。

一宣布，大家都傻了，感觉开发部如同发生地震！

8. 让目光透过成果

全国近百家企业、大学、研究院所挂来电话。周国泰没想到消息传得这么快……其实，有关他调动的消息，对国内一些企业来说，已是极重要的“经济信息”，每一个电话都牵系着企业内部几百几千人的生计……周国泰有这么重要吗，对一个人的调动，会牵系成千上万的人，有这么重要吗？

国家公安、检察院、工商、税务等部门负责制服与防护装备工作的领导同志也挂来电话。已经离休的老首长也挂来电话，有的亲自上门来看望他。

周国泰非常感动。这些老部长、副部长，周国泰从前是跟他们吵过的。俗话说是“急眼了”。那样的时刻，周国泰犟得像一头不听使唤的牛，他这个乙丑年出身的人就属牛。

国泰对我说：很多领导、老领导是爱护我的，要不，我怎么敢跟首长急呢？有时想问题的角度不同，意见有分歧，是正常的。能够争论，甚至“吵”起来，就更正常了。没有这样的爱护和得以发表意见，就很难求得上下级之间尽可能多一些的理解，我们干这种有风险的事，就容易失误。前后十年了，我们能发展到这个局面，很重要的一条就是上级的信任和支持。

他把老首长送上车。车子远去了，周国泰还站在那里，虽然从前跟首长“急”，那是真急啊，急得摔帽子，急得心里像爬着一千只蚂蚁，如今回想起来，却是亲切的回忆。

最让他惊讶的是，一个小孩在夜间把电话挂到他家：“周伯伯，以后你还管不管我爸？”

“又发生什么？”

“你不是调走了吗？”

“怎么了？”

“那我爸要是再去打麻将，我向谁报告？”

周国泰好像是有点激动，小孩在电话上等着，终于听到：“还向我报告吧！”

“那好。周伯伯，我保证不向你报虚假情况！”

要离开这座大楼了，当初，可是连一块砖也没有啊，如今仰望这巍然耸立的大楼，心中有何起伏吗？要离开他十年奔波亲手组建起来的这支队伍了，他遇到了一件真有点麻烦的事：一批老专家、老创业人员在闹情绪，声称不干了。

一位老人在夜里十一点四十分把他堵在宿舍的楼道口：“我

要上总后说去，找部长、政委说去，我怕谁？”

这是一位离休的老军人，看来是不怕谁。老人叫**丛树芝**，还没有这个开发部时，他就开始干了，跑工厂，出远差，住大车店，啃咸菜疙瘩，光干活，没收入。到底是什么吸引了这位离休老人？这老人没有子女，老两口一个离休一个退休，也不缺钱花，图什么呢？这是一位很受大家敬重的老人，开发部人员的不少孩子都叫他：“丛爷爷！”他不怕谁，周国泰却怕他。看他这夜半背着手在这里堵道的劲头，周国泰冒出的第一句话是：

“你老头糊涂。”

老头看来也不糊涂，否则干吗守候在这儿？是要听个口气吧。周以恳求的口气说：“别添麻烦，别干扰首长部署。”

“不，我要去问，什么意思？”

“我求你了，别帮倒忙！”

最后老人说：“你还年轻，我不好劝你不干。但是我可以不干，我休息总可以吧！”

“那也不行，”国泰说，“你真想休息，也不能这时候休息。”

“周总，我接受不了。”不只一位处长对周国泰说。

你会不会问，又不是调动那些处长，怎么是处长们接受不了呢？

“我们当初是奔你来的，你国泰在，我累死活该。”

“你走，我还留这儿干吗？”

还有人对国泰说：“你能不能下决心，咱们把队伍拉出去干！”

周国泰劈头就问：“干啥，干土匪啊！”

“我这支队伍是很优秀的啊！”听他说这话时，我知道这是肯定，是留恋，是感情。

十个年头了，当初十八岁的打工妹如今也二十八了，他们已风风火火战斗过那么些激动人心的年华，用他们的话说：“一边学，一边干，一边赔，一边赚。”十年南征北战百炼千锤，从整体说，这已经是一支很团结，战斗力很强，几乎无往不胜的精锐部队。

“成绩不是他个人的。”不定何时，我们就会听到这句话，这句话肯定是没有错的。问题是，他一个人怎么凝聚起这样一支队伍？

成绩是不是周国泰个人的，如果这是一个问题，那么，**可以忽略成绩**，千万**不要忽略个人**。

忽略了个人，就是忽略了你自己，**不要忽略你自己**。

大凡惊人的成就都很考验我们的眼睛。争议，也像一个很容易使人掉进去的陷阱，需要有足够豁达的心情，才可能不至于被争议所困，透过“争议之网”看到内在的真有价值的景观。

现在，请你再耐心地看一则消息，一九九三年四月二十六日，《人民日报》（海外版）也不想谦虚地向海外报道：中国防弹衣“探索了各种材料的人体抗弹机理”，其主要材料的“抗拉强度超过了人造卫星用料四十至八十公斤”。而中国的人造卫星以及发射卫星的水平，世界是有印象的。

中国防弹衣开始陆续销往美国、德国、澳大利亚、南斯拉夫、新加坡、印度尼西亚、泰国以及港台地区。按说可以为这一发明骄傲，但是……即使把达到世界先进水平的中国防弹衣，中国阻燃服，以及护神系列抗油拒水防护服都算上，究竟值得多大的骄傲呢？或者说，中国人难道需要怀疑自己善于发明创造的能力吗？

英国剑桥大学凯厄斯学院院长李约瑟博士曾经指出，中国十五世纪以前，发明和发现，远远超过同时代的欧洲。若用数字表示，从一九七五年版的《世界自然科学大事年表》可知，明代以前，世界上重要的发明创造约三百余项，中国就占一百七十五项，比世界其他各国的总和还多。

陈列出这些不是要说“我们先前比你阔”。我们的教科书一向告诉我们，生产工具的进步标志着社会的进步。这很像是无可怀疑的真理。那么，中国在十五世纪以前的“第一生产力”至少保持了一千多年的领先优势。问题是，**我们究竟在哪儿失落了自己的进步？**

上一个世纪，当中华骤遇“千古未有之变局”，从那时起，便有数不清的忧国忧民之士奉献出许多宝贵见地。到当代，提出的各种见解就更多了……但是，这仍然是一个深可寻探的问题。具体到周国泰这个故事，他的道路所提供的“奉献”，就是那些成果吗？如果让目光透过荣誉，透过成果，你将看到什么？

把尖端的东西普通化，把复杂的东西简单化，世上没有比这更了不起的事了，看看阳光，看看月色，不高明怎能普照。

第九章

开发第一生产力

1. 嫩江河畔

先讲一个来自黑龙江富拉尔基的故事。在周国泰父辈那一代人心中，那是一座英雄城。

富拉尔基，据说是达斡尔语，嫩江从她身边流过。五十年代的青年们离开故乡去那里，是在嫩江河畔的荒滩上建起了共和国的第一重型机械厂。那时工厂离富拉尔基还有一段荒凉的路，最初只有一辆老式小轿车，那车并非厂长专用，被当作“公共汽车”在厂区与富拉尔基之间来回跑。富拉尔基有个小火车站，从哈尔滨去满洲里到苏联的铁路由此通过，火车站的候车室就是一节报废的火车厢。你可以想象那是怎样的艰苦创业岁月。

青年们唱着《共青团员之歌》来了，红旗在西伯利亚吹来的寒风中像放鞭炮似的啪啪响，他们要在这冰雪覆盖的荒滩上建共青城。唱歌的当然也有女青年，但是重型机械厂的女青年毕竟太少。为解决男青年的婚姻问题，那里又建起了大型的纺织印染厂。从此这两种工厂之间就有了艰苦岁月中充满幸福的故事。富拉尔基终于变成了一座城市，并以机器制造工业著名。

富拉尔基的人们对共和国工业和纺织业的贡献都是功勋卓著的。直到七十年代，整个七十年代，那工厂都是去到东北屯垦的知青们羡慕的地方。如今，老一代的英雄已经退休，第二代的也不年轻了……一九九六年，富拉尔基纺织印染厂的厂长、总工程师到北京找到周国泰，希望开发部能把这个厂“收下来”。

厂长说：你们从前要下河北的那个印染厂是租赁的，我们这个厂不要你分文租金，白给了，你们收下来吧！

厂长的话，表明工厂已经到了最困难的时刻……周国泰感到震撼。从小生长在东北的周国泰，一提起东北，仿佛整个东北都是他的家乡……现在，面对富拉尔基这家大厂的困难，一向果断的周国泰似乎优柔寡断了。

厂长姓王，总工姓李，都五十多岁了。为了工厂的生存，王厂长来了三趟，李总工来过五趟。最后一趟是一九九六年国庆节后来的。

收下吧，你们收下来吧！

周国泰不敢拍下这个板。

那是个几千人的大厂，几千人的吃饭问题，我们负责不起，白给，我们也不敢要啊！

你们看看那一块还好吧，纺织、印染，一个车间也行，两个车间也行，要哪块，我们就给哪块。

进去倒水的女公务员后来告诉我：那个厂长怎么像卖豆腐似的……另一人纠正说：不是卖，是白给，你想要哪一块，就给哪一块……再一人说：“厂长难啊！能活一块是一块呗。”

开发部经过认真考虑，哪一块也没要。

厂长走了，总工走了，回富拉尔基去了。那条曾经源源不绝地往关内运来工业品的故乡铁路，早先叫中东铁路如今叫滨州铁路，那铁路与周国泰读五年级时看到的铁路相通，少年周国泰曾站在两条铁轨的中间，望着远去的火车，坚信："我会有前途!"也曾惊叹火车里面有电灯，还有那么多人。那时不知那些人从哪里来，又到哪里去，现在想来，那里面必有去建设富拉尔基的人……如今，纺织厂的困难千丝万缕联系着富拉尔基机器制造厂的几代人，联系着千家万户……周国泰不敢在那位厂长面前掉眼泪。厂长走了，周国泰说：真想哭。

为什么白送你一个厂，你还不敢要？为什么写下这个故事，是为了说明开发部的能量其实也很有限吗？

作为开发部的总经理，周国泰已离任在即……一个上级派来的七人审计组于十一月下旬进了开发部，在对开发部成立以来的全部账目进行审计。这是周国泰要求的。只等审计结论一出来，周国泰就可以离任……就在离任前夕，周国泰又带着副总经理王西亭，总工程师**张建春**飞往上海，去中国纺织大学。

此时，他去上海干什么？这一天是十一月二十四日，星期天。我随他们一同飞往上海。

2. 扬子江边

一到上海，遇到的第一桩事：浦东甚至江苏的企业，竟有厂长驱车几十几百公里赶来，要请"周总"吃饭，可惜周国泰只有一张嘴，而且交给纺织大学去安排了。

中国纺织大学是中国最高的纺织学府，办在上海有其深长的历史原因。古代世界，最发达的纺织业无疑在中国。当现代纺织机器取代古时的纺车与织机，中华，这个世界上最大的产棉国，纺织业不可避免地成为西方资本侵入的最大天地。上海面对着太平洋，长江三角洲的棉花首先在上海浸透了中华民族的辛酸。甲午海战北洋水师覆灭后，东洋资本来势更加凶猛。夏衍的《包身工》描述那些来自农村的少女被当作“猪猡”驱使，就是上海纺织女工在日本东洋纱厂里悲惨生活的写照。

“没有工业，便没有巩固的国防，便没有国家的富强。”这话是毛泽东早在一九四五年讲的，在中国共产党第七次全国代表大会的政治报告中讲的。新中国一经建立，东北的青年们是这样向富拉尔基出发，上海的居委会是这样成为动员妇女走出家门参加工作的最热闹的场所。今天的上海老太太回顾那个时代，脸上仍然荡漾出动人的神情。随着一个又一个国棉纺织厂的诞生，上海成为中国最大的纺织工业城市。

纺织，不只是关系上海的事。一百多年来，中华民族在谋求自强的奋斗中，吃饭穿衣仍然是天大的事。当代中国的成年人，谁没有穿过上海的纺织品呢，上海纺织品更以其令人称赞的质量促进着全国纺织业的发展。上海纺织工人贡献巨大!

上海纺织品的辉煌，还因为上海有一所中国纺织大学。

共和国诞生之初，全国只有十八个纺织大专校系，其中六个在上海。六个中有四所私立纺织院校，另两个是：交通大学纺织系和上海工业专科学校纺织科。到一九五一年，将上海的纺织校系全部合并建立了“华东纺织工学院”，就是中国纺织大学的前身。

由于建国之初纺织工业中技术人员只占全部职工的百分之一点零九，严重不足。建在上海的这所纺织大学，不仅为上海培养技术人才，几十年来，对中国当代纺织工业的发展，一直在科研和教育方面，充当着开路先锋，同样贡献巨大!

但是，今天，“上海纺织业不景气。”“上海下岗最多的是纺织工人。”这话在中国纺织大学，从教授，从大学生中，能随时听到。这不是新闻，说这话是在探讨前途，不得不涉及。

但是，随着浦东的开发，今日上海又分明是全国发展最快的城市之一。当“纺织业不景气”的时候，调整产业结构，“下岗最多的是纺织工人”，也是可以理解的。

但是，有困难的不只是纺织业，也不只是上海。江苏、上海浦东，都有厂长要请“周总”吃饭，还有赶往机场接机的，这不只是反映出热情，更反映出“困难”，反映出对“第一生产力”的渴望。

3. 伟大的声音

困难可怕吗？一九七八年三月十八日，全国科学大会在北京召开，邓小平在开幕式上曾这样说：“我们现在的生产技术水平是什么状况？几亿人口搞饭吃，粮食问题还没有真正过关。我们钢铁工业的劳动生产率只有国外先进水平的几十分之一。新兴工业的差距就更大了。”

邓小平接着说：“如实地指明这种落后状况，会不会使人们失去信心呢？这种人也可能有。这种人是连半点马克思主义气味也没有的。”

何谓伟大？承认“一穷二白”，承认落后，才有穷则思变、改革前进的希望。这样的时刻，领袖就与最广大的人民的愿望保持了最大的一致性，怎能不伟大！

从小平指出我国生产技术的落后状况约十年后，城乡面貌都有了很大改观，钢铁工业的劳动生产率已有很大进步，新兴工业也在蓬勃发展，但是困难也还存在。

当企业亮起红灯，我们听到了一个新词叫“下岗”。改革中，企业搞过优化组合，被裁员的是否素质不好呢？

在全国范围，不论哪一种企业，多是女工成为主要下岗对象。其中“老三届”女知青占很大比重。她们正值四十岁左右，插队归来大多在企业当工人，后来，虽也有参加高考或上成人大学的机会，又都比较集中地进入婚后生育阶段。她们没有文凭、收入低，但她们能吃苦……**一代知青，不论男女**，他们是当代城市人中最了解我国农村，因而也最理解国情的群体，他们**具有坚强的心理承受能力**，无论昨天和今天，都**拥有为祖国担当苦难的奉献精神**，在经历了青年时代的坎坷和沧桑之后，他们**还普遍具有迫切改变国家面貌的愿望和责任感**。把这些从乡村归来的女知青，这些已经是妻子是母亲的女工首先裁下岗去，她们未必不能承受。当企业到了考虑不能“全军覆没”的时候，不得不把这些“娘子军”撤下岗去，请她们回家，其实是企业内部一件很悲壮的事。

我看到上海《新民晚报》一九九二年十二月八日登载某厂介绍几位女工去一家大宾馆洗衣服的故事，那就是下岗的“娘子军”变散兵游勇去自谋出路的故事。几位女工持工厂的介绍信其实是为了证明自己的来历，好让对方放心。可是对方一看履历表上的年龄就说不行。女工说我们也就四十来岁，有力气，身体好，做得动。对方说不行。女工说，嫌我们脸上有皱纹？我们不是当公关小姐，我们在地下室干，不会碰见外国人。对方还是坚持不要。

在阳光灿烂的日子里，看着这些故事，也让人心酸!

全国总工会女职工部的报告说：一九九三年，全国有百分之八十的女工参加为企业献计献策活动，仅对黑龙江、湖南两省不完全统计，女职工的合理化建议，双增双节创效益十九点六亿元。

即使对这个数字大打折扣，我们仍然能够看到，女工们为使自己不被裁员，费尽心思出谋出力。

尽管企业让职工下岗也能讲出不少理由。然而，不能忽略这样一个基本情况：科学努力的方向，是把尖端的复杂的技术简单化。同类设备，越先进，操作就越简便。那些知青出身的女工，以及后她们出生的男女职工，都不至于按不动电钮。问题是企业里没有足够先进的有竞争力的机器供他们操作。

先进机器从哪里来呢？在美国的企业里，也不是由操作工人来完成研制设备的任务。

由于造成下岗的根本原因与性别关系不大，不久，下岗的基本无性别之分。再后，有文凭也不灵了。

从前上山下乡牵动十亿人心。始于八十年代后期的女工下岗问题首先引起全国妇联高度重视，《中国妇女》早于一九八八年从一月号开始发起“女人的出路”大讨论，引起全社会关注。

也就在一九八八年九月十二日，邓小平讲出：“马克思讲过科学技术是生产力，这是非常正确的，现在看来这样说可能不够，恐怕是第一生产力。”

更明确的表述见于同年九月五日，邓小平与捷克斯洛伐克总统胡萨克的谈话，他说：“依我看，科学技术是第一生产力。”

一定是深切地看到了中国企业遇到的困难，一定是继续看到了我国生产技术依然存在的严重落后状况，才使小平有了进一步的深刻洞见，从而讲出这句名言。

如今很多人都熟知这一名言了，然而我们真的知道什么是第一生产力吗？中国的科研院所，应该是最拥有第一生产力的地方吧，为什么有很多科研院所守着科学技术连发工资也成问题？

企业的困难在继续。

东北，称得上是新中国的工业开始的地方。上海，也是。富拉尔基那位厂长并不是为了他自己的利益来找周国泰。江苏、上海的厂长也不是为了他们自己的利益来“请吃饭”。周国泰已经遇到很多这样的厂长，已经一再感到自己的能量非常有限。那么，这个星期天，到上海来干什么呢？

4. 丝丝缕缕牵系着你

“全国的纺织行业现在都不景气。”为什么都不景气？

是纺织行业的企业太多，市场容不下它们的产品？

中国纺织大学的**王善元**教授告诉我，他看到一个材料，“现在进口的面料大于出口的面料。”王教授是中国著名的服装材料专家，国务院学位委员会纺织轻工评审组召集人，国家博士后管理委员会专家组成员，也是周国泰的博士导师。

周国泰接着告诉我，“在北京、上海的大商场里，你去看看，别说欧美的服装，就看韩国的。”他说人家用低价把我们的坯布买去，经过“后整理”，附加值就上去了，再做成服装、领带，或者干脆卖布料，就放到我们的高级商场来卖高价。

我不知道你对“纺织”是否感兴趣，但我想建议你：**如果想较深入地了解自己的祖国和世界，了解一些纺织的ABC，几乎是必要的**。这差不多是一把你意想不到的钥匙。

此刻，我怎么能让你比较轻松地进入情况呢？这么说吧，你知道我国出口创汇占第一位的是什么吗？就是纺织品和服装。在西方不少自选商场里，能随意看到中国服装，周国泰看到了，心情竟难受起来。譬如在美国看到标着“China”的在那里卖低价，美国产的价格高好几倍，甚至几十倍。

为什么？

可以把周国泰的心情理解为一个科研知识分子的责任感。所谓“附加值”就是“附”在产品上的技术含量。在现代竞争中，如不能把产品的技术含量搞上去，我们出口的纺织品，“卖农业”的成分就很高。“某种程度上我们在替人家种棉花。”

进口的服装和面料，陈列在中国各大商场里，假日，你同家人一起去逛商场，伸手就能触摸到，只是，是否看见，就在你摸得着看得见的地方，至少陈列着以下三种情况：

一、中国消费者对纺织品的需求还没有到用不着本国太多纺织厂、印染厂的地步。

二、中国买得起外国高档纺织品的消费者在日益增多。

三、凝聚着高技术的西方新产品一旦来到中国，中国各大城市的商场都会为之让出柜台，中国的营业员会相当卖力地反复对顾客说：这是进口的、进口的……而企业在竞争中一旦失去柜台，工厂就要关门。

那么，就在那大商场里，你已能触摸到，我们的纺织行业是在国际性的技术较量中，因技术落后，然后，我们的职工下岗，人家的机器运转。其情形仍然如马克思描述过的，资本主义的商品有如摧毁一切万里长城的重炮。**在那炮声中，我们的职工吃饭成问题，人家机器一响，黄金万两。**

请不要小看一件衣服。穿衣是和吃饭一样人人每天都不能缺的。一台“画王”大彩电也只有万余元，北京、上海大商场里的外国高档服装一件也达到几千元、万余元。你不会一家买几台彩电。富者买高档服装可不只一家人就买一件。对普通家庭来说，一般的衣服、纺织用品，是常穿常换的消费品。棉花是中国最主要的经济作物，现代化纤的应用，纺织吸收的不只是棉花。纺织行业的萎缩会使诸如化工行业的发展道路变小。纺织行业是牵系国计民生的大业。

如果把农业比作黄河，纺织业就是长江。

“全国的纺织行业现在都不景气。”这话不是我说的，王善元教授说过，周国泰说过，张建春也说过，他们都是这个领域里的科研者、实践者、专家，精通信息的人。

那么，“长江”在发生什么？

近年，美国在加紧限制中国纺织品的出口，致使我国纺织、服装的出口从“第一位”下落。出口受阻，将引起我国纺织行业进一步困难。国家一直在为此做积极的努力。

西方乃至东方韩国的纺织品仍在涌进中国市场。总不能再把国门关起来吧？提高我国纺织业的科技实力，已是迫在眉睫的事，有如命运在敲门。

现在，你能理解，我国纺织业遇到的困难，不仅仅是下岗女工再次择业的困难，**丝丝缕缕牵系着你**。假如感到了一种“匹夫”之责，还可以想想，有困难的不只是纺织业，但一切企业遇到的困难，说一千道一万，体现在生产力中的科技因素，是一个“硬道理”。

即使你对政治体制改革格外关注，认为改革走到今天，真正的难题，说一千道一万是体制问题。对此，我只想说，我相信马克思讲的一个基本原理，就历史发展的趋势而言，是生产力决定生产关系，是经济基础决定上层建筑。**不管你如何思考总不能放弃发展生产力。**

以上，我们已经对“不景气”的企业缺乏高科技的状况，有一个粗略印象。接下来，我们应该迎接这个问题：中国缺不缺纺织方面的高科技，或者，上海缺不缺？

5. 上游与下游

周国泰是奔中国纺织大学来的。这是我国规模最大，学科设置最齐全的纺织学府。这一所大学里就设有纺织学院、服装学院、材料科学与工程学院等五个学院，教学大楼高耸入云。

“你们的日程怎么安排？”大学方面问。

“先看科研成果吧！”周国泰说。

大学欣然做出安排。星期一上午，周国泰、王西亭、张建春和我，首先参观了教学大楼里的科研成果展室。

应该说这大楼里的展室不小。科研成果一个展室装不下，分两个展室。获了国家科技进步一等奖、二等奖的成果团团地挂满了墙壁。

“四年评一次，全国竞争对手那么多，老师们获得这么多奖，不容易了。”领我们参观的是纺织大学的科研处处长。

处长举起了一支高温喷枪，枪口呼呼喷出白蓝白蓝的火焰。“这家伙温度达到两千多。”他说。

火焰对准了一根纤维，呼呼燃烧的火焰吞没了纤维的某一个点，在那个点上形成一个发光的小球，像一枚晶亮的珍珠……火焰在纤维上移动，犹如珍珠在线中穿行。火焰离开那根纤维，纤维完好如初，毫毛无损……总之，两千多度的高温火焰就是烧不断那根细细的纤维，我首次看到这样的奇观。

“这就是造火箭头的纤维。”周国泰告诉我。

我顿觉自己像刘姥姥进了大观园，没想到造火箭头的材料竟然是纺织出来的。建春告诉我，世上没有哪一种钢能在那种“穿刺”大气的飞行中不被熔化。忽然，我看到了芳纶纤维。

“这不是美国用来制造防弹衣的材料吗?”

“对，就是它。”周国泰说。

又见芳纶纤维的旁边，霍然挂着“高强高模聚乙烯纤维”，我听过它的大名，忍不住发问：“这就是防弹强度比芳纶纤维更高的纤维?”

纺大的科研处长答道：“对。”

这都是这所大学的教授们搞出来的。通过国家鉴定，获了国家大奖。噢，我想我不必再列举那么多成就了。那时刻我忘了，完全忘了应该把这么重要的发明者的姓名记下来，我完全变成了一个欣赏者。这里不仅陈列着中国最先进的纺织科研水平，属于世界先进的尖端科研水平也摆在这里，就摆在这里。

中国不缺高水平的纺织科研能力，答案已经明白无误地陈列在这里。

但是，这些琳琅满目的科研成就，大部分没有走向产业化，没有转化为现实的生产力，还是挂在壁上的东西。“老师们做到这一步已经不容易了，获了奖就挂在这里了。”科研处长说。

这可是能生金子的金子啊，这展室真像个聚宝盆啊，教授们辛苦钻研大都清贫一世，仍然缺乏淘金的冲动？

“目前在学校搞的，大部分没有走出校门，只搞到上游。国家教委一直提倡不能停留在上游，要到中试、到下游。我也一直强烈地这样认为。”王善元教授说。

中试就是中间试验，上游的概念是实验室里搞出的成就。

从前大家比较熟悉的一个词叫“推广”，实验室里搞出的东西是无法就拿到生产中去推广的。比如要把“芳纶纤维”，把“高强高模聚乙烯纤维”从实验室成果变成大机器产品，就得设计出大机器，设计生产线，还得把设计出来的机器制造出来……制造出来了还不一定适用，此时可能要对机器或实验室成果进行再研究，再改进。所以这个过程还只能叫“中间试验”。要进入“中试”就需要大量投资，科技含量越高，投资越惊人。大学无法承担这笔经费，教授们更承担不起。

好吧，现在我们来回顾，这些获了国家科技进步奖的科研成果显然是相当尖端的“科学技术”，是“第一生产力”，但是，实验室里的成果，就这样挂在壁上，算什么呢？

这所大学有十三个研究所，专家教授们在实验室里辛苦搞出的高科技成就，国家花大力进行鉴定评奖，这无疑是非常重要非常必要的。实验室的成就也确凿表明了发明创造者已经达到的辉煌成就……这成就在上游的天池里金光荡漾，美得撼人心魄，有如真正的神话！但是，天池之水还没有流到中游，更到不了下游，下游的工厂嗷嗷待哺，**下游的企业要旱死了。**

上游呢？大学和教授自身也很困难，“上游之水”困在“天池”里，不能产生效益，要投入更尖端的科研也有困难。说是“天池之水”，教授们能用它解渴吗？**上游也在干旱。**

就地域而言，中国最大最有技术实力的纺织工业基地就在上海，中国最有科研实力而且最有科研成果的纺织大学也在上海。**为什么**如此优秀的科研能力，**如此美妙的“上游之水”无法有效地滋润扬子江边干渴的纺织业？**这里就有**体制问题**了。

走进中国纺大的教学大楼，正面一幅巨大的壁画就是黄道婆改革纺织工具、传播纺织新技术的故事。黄道婆是今上海县华泾镇人，这里就是黄道婆的故乡。

中国纺织大学和上海纺织大军的结合，是最有能力推动中华纺织业振兴的，如若他们伟大的力量不能充分相加，“纺织业不景气”，重振中华“丝绸之路”的雄风，将从哪里出发？

“老师们大都只能做到这一步了，做到这一步已经很不容易了。”

这是说得很诚恳的。西方科学技术在几百年间已有长足的发展，我们的老师们已经克服了许多不可思议的困难，已经把诸如西方向我们厉行禁运、封锁的科学技术，在学校里研究、发现、发明出来，的确不容易了。现在的问题是为什么只能走到这一步，接下去的工作该由谁来做，谁能做得动？

老师的主要任务是教学，他们通过科研不断增长的科学技术可以传播给学生，这是他们的研究成果得以实现价值的重要途径，因而他们辛勤栽培的最主要的成果是学生。在生产力诸要素中，人是最活跃最主要最具革命性的因素。我们来看看学生吧，这是真正决定中国前途的最重要的一块。

6. 可怜天下父母心

中国纺织大学为世界四十八个国家培养过留学生。目前，这所大学共有学生和教职员工一万一千多人。由于纺织企业遇到困难，今日大学里“辅助学科”成为热门。学贸易、财会之类，是为了毕业后“就业门路广”。我无法估计到底有多少大学生一走出校门就把纺织专业还给了老师……即使学了“辅助学科”走出校门的大学生，同下岗工人一起找职业，也是“挺头疼的”。

“挺头疼的。”这话我从女大学生、女研究生那儿都听到，似乎是她们的“典型用语”。

由于开发部所属的工厂效益都令人羡慕，我也在那些工厂里读过“雪片般”的大学生和研究生的求职书、自荐信。由此我能清晰地听见，许许多多大学生毕业后去爬很多楼梯的脚步声……可是，中国很需要“第一生产力”，大学生毕业该是携带着相当丰富的“第一生产力”走出校门的，你的才学，同社会的迫切需要，是否互不相识?

再看看老师的辛苦。

一九九六年七月，《北京广播电视报》与北京电视台社教部联合进行了《首都人形象调查》，并将调查结果公布。

哪种人最让人尊敬?

教师。

这是公众对此项调查作出的占第一位的回答。成千成万的家长都曾经从老师写来的条子里，从“家长会”上，体会到中国教师是当今社会中极为认真、负责，非常辛苦的一大群体。

如今还有一种说法：现在最辛苦的是学生。

他们起早熬黑，中午还多无休息。不少中午没有回家的孩子，全天在校没喝一口水……许多父母都清楚，孩子比自己上班还累，还苦。

我想唱歌可不敢唱，
小声哼哼还得东张西望。
高三啦，还有闲情唱？
妈妈听了准会这么讲。

前些年，这支歌在电视上一播，立刻唱遍全国……何止是高三的学生，许多初中生、大学生，许多父母在电视机前听得泪水盈眶，那是歌里包含的很多内容瞬间从心里涌流出来。

自从恢复高考，几亿父母从孩子入学前就抓起，在家把最好的桌子让出来，每晚在电灯下盯着，一路护送到初三到高三。

全世界，再没有比中国学生更用功的学生了。

全世界，再没有比中国父母更重视孩子学知识的了。

可是，考上了又怎么样，毕业了又怎么样？

"我大学毕业的同班同学现在有一半在国外。我研究生毕业时的同班同学，至少有三分之一在国外。"张建春说。

中国纺织大学的纺织工程、针织工程、染整工程、纺织机械等七个专业毕业的学生，不必是博士，不必是硕士，只要有学士学位，就可以获得"国际上具有权威的英国纺织学会"认可，"享有在英联邦国家免试开业资格（LTI）"。

这是中国纺织大学的骄傲。中国纺大的教育质量的确在世界上享有声誉。然而，你不觉得"英联邦国家"正通过法定的方式在吸收中国高等教育的果实吗？

"学生毕业后，很少去工厂，很多去'三资'企业。"这是纺大的教授们告诉我的。即使对上述"很多"和"很少"都打折扣，有一个情况是确实的：随着改革开放的深入，外资企业在国内增多，中国大学生、研究生毕业后，不必去外国也能在“洋企业”里工作了。

国内的企业正不景气，每年大量的大学生毕业出来，是高级劳动力，中国大学生经过十几年起早熬黑的苦读，事实上已被训练成能吃苦的人。外资企业可以在中国任意挑选他们。由于国内企业目前的困难，工人工资不高，外国资本吸收中国的高级劳动力只需付给事实上是很便宜的劳动力价格，就让不少被录用者感到满意了。

一百多年前，林则徐，魏源疾呼“师夷长技”。一百多年来，中国人是学得很辛苦的。直到今天，成千成万的家长，省吃俭用，不惜一小时投资几十元为孩子请家教补外语……为让孩子上“重点”，差几分，不惜拿出几千几万元投进去……终于，孩子去到国外，或在国内的外资企业干活了，父母似乎也觉得总算把孩子培养出来，“有出息了”。

可是……中国的教师那么辛苦，父母那么辛苦，学生那么辛苦，就为了把学习成绩拔尖，精明能干的孩子，送到外国公司去？**就为了要给外国资本输送中国最好的人才**？何谓“可怜天下父母心”！

显然，今日中国父母及其子女，都很不保守了，出国或者去外资企业上班，也是改革开放的重大成就，问题是，中国那些困难重重的企业，用不着中国最优秀的学子？

现实中，大学毕业生要上企业还真存在问题。企业迫切需要能开发新技术产品的人员，大学毕业生们几乎还不具备这种能力。当技术员，未必优于厂里摔打出来的技术员。当工人用，还不如熟练工，工厂又不缺熟练工……许多大学毕业生，事实上是上好厂难，上差厂也难，上“外企”也难。

问题出在哪儿，自己的路终究要自己去走，是不是有些什么被忽略了？

7. 当机器改变了人类的生活

很久以来，我们学习阿基米德、牛顿、门捷列夫，我们还知道谁是生理学无冕之王，谁是镭之母……我们从小就被教导，只要好好学习，长大就能为祖国做贡献，有光明前途……很久以来，我们是这样努力的。我们也知道瓦特，但是，就这个瓦特，他那蒸汽机是怎样发明出来的，你有足够深的印象吗？

是否知道，世界上第一台蒸汽机诞生时，瓦特还没有出生。那台蒸汽机虽然出现，由于耗煤量太大，距离变成社会化的生产力还有半个多世纪……当二十七岁的瓦特决心造一台更好的蒸汽机，他正在格拉斯哥大学当实验员……大学没有试制蒸汽机的计划，瓦特搞试验，弄得债台高筑，走投无路……此时，有个铁厂老板看见了蒸汽机的前途，瓦特的事业出现转机，试制工作转移到铁厂，终于在一七六九年，瓦特三十三岁时，一台新型的“单动式蒸汽机”在这个铁厂诞生。又过十三年，“联动式蒸汽机”试制成功。

是时，中国正值乾隆四十七年，“康乾盛世”之时。

又过一年，一七八三年，英美《巴黎和约》签订，美国独立是在这一年才得到英国承认。

这就是“联动式蒸汽机”问世之时，能代表着亚洲、欧洲、美洲先进水平的中、英、美三国当时的历史背景。

此时，法国还在使用手摇的“珍妮机”，德意志还在倒退回去的农奴制，日本还没有任何能引起世界关注的消息……是在这时，蒸汽机开始被大量制造出来（开发出来），英国第一座蒸汽机纺纱厂出现于一七八四年，此后，以蒸汽机为动力的大工厂在英国成百成千地出现，蒸汽机是在这时，为英国的工业革命提供了真正的动力，并以不可阻挡之势影响欧美，冲击亚洲，摇动世界。

在瓦特的故事中，仅仅知道瓦特认真学习，刻苦钻研，终于发明了蒸汽机，是不够的。至于他某天看到水壶冒汽受到启发的说法是否准确，姑且不论。在他的故事中，最不能忽略的是，瓦特的蒸汽机是从大学转移到工厂，在工厂里试制出来的，不能忽略工厂的老板为什么肯投资，不能忽略十八世纪已经冲动起来的欧洲市场的催化和驱策……到一八〇七年，美国人富尔把瓦特的蒸汽机装在轮船上，海洋变小了。

再过三十三年，英国人的炮舰轰开了中国的大门。

当机器在近代改变了人类的生活，生产、流通、交换、分配就有了一系列围绕着齿轮来运转的道路。科学技术，在那里是先锋，是“第一生产力”，这无疑是对的。但它只是“生产”这个环节中居先锋地位的那一部分。

几十年来，我们的教育注重让我们知道，居里夫人少女时离开波兰去求学，住在小阁楼里，是如何把椅子压在被窝上抵挡巴黎的冬天；牛顿是怎样把怀表当鸡蛋下到锅里；达尔文是如何把第三只甲虫放进嘴巴……至于他们的学问是如何在资本主义社会内部发生作用，引起了西方社会经济的政治的一系列变化，基本上没有被知道。

论刻苦，其实，我们的许多教室里，近视眼超过了一多半，中国的孩子读书是刻苦的。我们有不少相当刻苦的知识分子中年以后身体就垮了，有相当一部分人过不了五十大关。

宣传非科技人物，我们也多是讲吃苦耐劳，奋不顾身。其实，就那些下岗女工吃苦耐劳的品质，很多人都不在洋人之下。中国人已经艰苦奋斗了很久，尤其是基层老百姓。不是说不要艰苦奋斗，共和国诞生后，有关艰苦奋斗的教育，帮助我们度过了许多艰难困苦的岁月，并使我们民族这一优秀传统在新的岁月发扬光大。今天仍然需要艰苦奋斗，中国社会也基本上还是靠芸芸众生的艰苦奋斗，包括忍受痛苦的能力所支撑的。

有人宣扬要有自我，有人反对宣扬自我。不管怎么说，关起门来找我是找不到我的。不认识他人你无法认识自己。不认识彼，就不可能认识此。**要建设社会主义市场经济，我们不仅要认识市场，认识生产力的实际诞生所需要滚过的一切泥泞，还必须聚精会神地认识资本，认识资本主义。在这方面有一个非常值得我们学习的模范人物叫马克思，他一生中投入主要精力去做的研究，有他的巨著《资本论》为证。**

当机器在近代改变了人类的生活，人类历史上的战争已突出地表现为争夺资源和市场。一八四〇年大英帝国的国策是：以兵卫商。欧洲的经济已在迫使最高形式的政治——战争，来当经济的“仆人”，为经济开道。

殖民者的每一声枪响都渗透着利润和叠加的利润。大英帝国向清政府索要的赔款，已经反映为枪炮弹药的价格、轮船的折旧费、燃料费、参战人员的工资，以及对中国军民的罚款，等等。我们的教科书、影视、小说，旗帜鲜明地讲正义与非正义、抗战与投降、爱国与卖国，以及侵略与反侵略，是必要的。但如果只是看见这些，就很难说已经看见了**资本主义时代战争的本质，很难说“知己知彼”。**

中英《南京条约》签订五年后，马克思和恩格斯在发表于伦敦的《共产党宣言》中指出，“摧毁一切万里长城”的其实是资产阶级的商品及其低廉价格（本书在第八章引用过马克思和恩格斯这段原话）。我们学习马克思已久，**许多人一讲起鸦片战争，主要的注意力仍然是在洋枪洋炮上，仍然以为我们是被洋枪洋炮**

打败的。那么可不可以说，这种意识还停留在扛着刀矛的时代呢?

我们还不能忽略，在英国的军舰开到我们的虎门之前，欧洲人向西冒险，千帆竞发的船队更早就出发了。几百年后，他们在那个新大陆闹腾出一片使他们的故乡都显得相形见绌的气象。这么说，不是要礼赞“殖民”，而是说**联系着人的欲求的经济活动**是这样地把一个现代世界放在我们面前，是这样极大地呼唤出生产力，使生产工具发生极大的变化，并**决定政治工具**。

当机器在近代改变了人类的生活，生产、流通、交换、分配，不仅有了一系列围绕着齿轮来运转的道路，这一系列运转是被人的欲求、人的利益，并通过市场呼唤出来的。如前所述，当这个世界上还没有美国的时候，人的欲求和利益，就在欧洲市场上孕育出巨大的冲动。

林则徐大敌当前最先喊出“师敌之长技”，那是说要向敌人学习，以敌为师，这不啻是肝脑涂地的悲壮之声!

林则徐早于一八三九年就派人收集、翻译外文书报，并对译出的文字亲加润色，迅速编出《四洲志》。“四洲”是沿用中国大众所知的佛书中的旧称，实际已把五大洲的情况放在闭关中的国人面前。我相信他痛心疾首地呼出“师敌”，要同胞关注的已不仅仅是西方的技术。我相信，他站在虎门，四海波涛在他胸中翻滚，必是感慨得相当彻底了，才如此地冒出另一句用以开阔自己、平静自己的名言：“海纳百川，有容乃大。”

一八四一年，魏源捧着林则徐给他的《四洲志》深为震撼，叹道：灿若星罗啊!

魏源曾以道光进士任内阁中书，也算朝廷一个不小的干部。在林则徐被革职后，魏源于一八四一年愤然去职，发愤著书，所著《海国图志》比《四洲志》更为详备地介绍了各国地理、历史、政治、科技、军事情况。一八四二年即有刻本五十卷，到一八五二年，扩编到一百卷。他在中英《南京条约》签订后，承林则徐之先声，改“敌”为“夷”，仍然疾呼“师夷长技”。

从林则徐喊出“师敌之长技”到邓小平讲出“科学技术是第一生产力”，不管你愿不愿意，一个半世纪以来，我们一再讴歌的科学技术，一直是高悬在我们头顶，以致我们不得不去摘取的一柄利器。

市场（而不仅仅是大学和研究所），一定意义上，就是熔炼这柄利器的冶炼场。

改革开放，同西方“接轨”，建立社会主义市场经济，在我看来，就是要充分利用迄今在地球上仍然占统治地位的资本主义经济体系来发展中华民族。在这个过程中，如何保持我们的本质特征，同样是放在全民族面前极其艰巨而光荣的历史使命。

当瓦特的蒸汽机问世，马克思还没有出生。

当马克思诞生，德意志的工业革命还没有开始。

少年马克思犹如脚跨着两个时代，目睹了德意志工业革命的起兴，并随着它的发展而长大。到大学时代，为了认识眼前正发生很大变化的世界，他用了很多时间自修史学和哲学。他与他的同学的区别，正是从此处开始的。一八四一年，中英战争正打得激烈，他在耶拿大学获得博士学位，此后这位大胡子博士对大机器时代，从商品、货币到人，都有相当细致的研究，精辟的见解。我们是当代世界上最尊崇马克思的大国，但我们对马克思的理解和吸收，还是很不够的，甚至存在**惊人的误解**。

江泽民主席除了要求全党坚持学习马列主义毛泽东思想，学好邓小平理论，还建议党内干部要学历史和哲学，在我听来，是语重心长的。

8. 打开你自己

一个先前可能不那么清晰的问题，现在是这样放在求职的路上：一个大学生，即使能把课本知识学得很好，一个研究生，能写出看来挺不错的论文……但是，如果对科学技术如何进入大生产、进入千家万户缺乏足够深的印象；对中国企业的生产流程和运转，对市场，缺乏足够的了解；对中国社会和当代世界，缺乏比较准确的认识，毕业后走出校门就很难不面临“两眼一抹黑”。这种情况并不限于理科学生。

但是，也可以这么看，没有了分配这一说，这就是当代大学生的自主意识将普遍得到开发的时代。这样的时辰，你如果意识到有一个比科技开发更神圣更诱人的命题叫“开发自己”，你就会看到：**你的里面真的有一个你**，别让你在你的里面朦胧，叫醒他，你就看见了周国泰的道路。

当我这么表述时，周国泰是一个音符，其间的旋律能给我们的信心是，这个大兵，这个插队归来者的道路并不是不可企及。关键是首先得学会使用自己的眼睛，才会找到比较切实的认识人生和世界的方法，其实，就是人生观和世界观。

请不要惊奇，你的人生观和世界观，不是别人能够包办代替的，需要你自己去发现，去经历，去建设。这是你人生的权利。**人生观与世界观不是教条，具体到你的思维中，是生动活泼、不断发展变化的。是你认识人生和世界的眼睛，是你用以开辟前程的思想之手，是助你翱翔的精神之翅。**

真的，这是一个非常神圣而美好的命题：打开你自己！

让我借用一句阿拉伯神话的秘语来传达我对你的祝福：芝麻开门，芝麻开门……你的里面一定居住着一个比金子更宝贵的你。

敲门声……蓦然听到遥远的敲门声，看到灯亮处，周国泰走进一位老友的家，老友正在台灯的光圈下用功，老友很有才华，还很勤奋。国泰恳请：“咱们一块搞开发吧!”

老友的表情显得挺感激，也很为难……最后说：“国泰，我觉得我现在还能干点事，等以后……以后再说吧。”

国泰走了，脚步声在狭窄的楼道里发出单调的回响……让我们就顺着这一叙述语境继续看他的道路，城市的路灯下只有他和他的影子，周国泰走了……能说什么呢?

按老友的说法，似乎要等到他将来干不了什么了，再来搞开发……我不是说周国泰当初搞开发求贤不容易。我在想，**即使是一些德才兼备的科技知识分子，要比较准确地认识时事和自己，**是不是**也不容易**呢?

“可以去搞经济的人很多，国家花钱培养的科技人员应该专心搞科研，不负国家重望……”我们也不断从报刊上看到，某科研人员“在市场浪潮的冲击下”如何不为金钱所动……

“周国泰，你现在是姓钱还是姓科?”

“你把大量时间投入经济工作，还有多少时间搞科研?”

如果对上述问题一时还分辨不清，不妨回望一下中国防弹衣诞生的历程：同一个周国泰，如果没去闯市场，仍然在他的研究所里埋头钻研、废寝忘食，百分之百地拥有中国知识分子刻苦奉献的好品格，周国泰是一定奉献不出防弹衣的。

不只是一件防弹衣，他和他的伙伴们所取得的发明创造成就，比从前在研究所里埋头科研是更多了，而不是更少了。

为什么？周国泰提炼了一句很生动的话：“没有靶，老摆弄那枪，怎么提高射击水平?”

如果把周国泰上面那话一般地理解为走向市场，是不够的。

如果把科研与开发看作开发科研，开发“第一生产力”，就看到东西了。

一九九六年十一月二十六日，我们到上海的第三天，中国纺织大学召开了同周国泰一行的座谈会，参加会议的主要是该大学五个学院、十三个研究所的院长、所长，博士生导师以及若干博士生代表。院长、所长们都是专家和教授。大学党委书记张瑞宝主持座谈会。主要是听专家、教授们介绍各自研究的领域及其成果。我在做记录，周国泰、王西亭、张建春时而插话交谈。你读到这儿，准知道周国泰到上海干什么来了。

“我们是来学习的。”周国泰说。这话肯定没错。他是从开发自己的“科研”开始，走出一条浩大的科研与开发之路。换句话说，走着走着，他就发现，中国拥有高级科研能力的人是不少的。不少肚子里真有才华的专家、教授已经像一个怀孕很久的孕妇，急切地需要产床，那么，我们为什么不可以来充当助产婆呢？

当我看懂这些情况，我在那些大学，在科研院所里就犹如看见不少饱学“孕妇”了。当然，也听说了不少“流产”……社会在发展，时间不等你，不少获奖的成果当初还居领先地位，但是没有及时开发出来，几年后同类技术或比这更新的技术出来了，变成产品从国外涌进来了，你那研究成果就只好胎死腹中……这样的故事谁来悲伤？

这样的故事，在许多优秀科研知识分子身上一再重演。

可以听听另一个直辖市的消息。

两个月前，王西亭、张建春等人到天津纺织大学，几十名教授在座谈会上介绍了各自的科研成就及其开发前景。中午，教授们一吃过饭，没有休息，又返回会议室等着……谁不希望把自己研究多年，甚至是一生积累起来的科研成就真正开发出来，变成对社会对国家的奉献呢！你如果听到了老教授们的殷切期望，会不会感动？

还可以看看北京。

海淀区是我国高等院校、科研院所最多，也是智力、科技最密集的地区。每当北京市开政协会议，海淀区开政协会议，许多委员们谈得最动心的事，常常就是呼唤如何把专家们的研究成果开发出来。

在中关村，在北大、清华，专家们遇到的难题，同上海中国纺织大学的教授们遇到的难题是一样的。

国家、部委、军队、省、市、县，上有院，下有所，我国有五千多个科研院所，有许多获奖的成果未开发出来，没有进入实际应用，可以说有相当的“技术储备”，但往往等不到出笼，这技术就“胎死腹中”。还有什么比高级脑力劳动被浪费更大的浪费呢？

很久以来，科研被看作有如王子，开发好像是仆人。这是个怎样的“仆人”呢？有如母亲那样的“仆人”啊！

开发，开发，把“第一生产力”真正开发出来，这是一项助产婆的事业，一项伟大的“接生”事业！

一项对第一生产力所做的伟大的“救死扶生”工作，进而对困境中的企业所做的伟大的“救死扶生”工作！

你会不会问：一个周国泰领导的科技开发部到底能干多少事呢？问得好啊！那么，你会不会感而奋起！如果你正在中学或者大学，会不会由此播种下一个愿望？

可以说，中国有很多高级科研人才，但是，能够真正，有意识并有能力把尖端的科学技术开发出来的人，在目前还是奇缺。**“开发”所蕴含的伟大潜力，还没有被足够重视。**很多很多的人对这二字基本上还没有感觉。

当我把“开发”喻作“助产婆的事业”，也只能意会。事实上，如何把知识形态的生产力开发为物质形态的生产力，如何把潜在的生产力开发为现实的生产力，始终是一个科研的过程。这个过程也可以表述为就是去**“开发科学技术”**，去**“生产第一生产力”，**去瞄准人们日益增长的生活需求——发掘科技进步。

不愿让自己的研究才华胎死腹中，他就去自寻产床，开辟生路。打开你自己！这是个**让自己出来，让自己诞生**的激动人心的故事。周国泰是由此出发的。

请记住，**是开发，使高科技出笼。**

如果说周国泰第一次创业的特征是致力于研究与开发科技新产品，他的“二次创业”，在我看来，是要开发出那些能开发“第一生产力”的人。讲得更明白一些，我视之为：一个开发科学家、开发发明家的工程。

在这过程中，周国泰对张建春的使用，以及他们之间建立的友谊，也许是最生动的一个范例。

珍惜是一种品质，充满祥和与温度，在她的内部蕴藏着伟大的能量，会在你并未刻意追求时给你恒在的生长，才华与良知是从这品质里生出来的。

第十章

呼唤大手笔

1. 大军之盾

周国泰是中国“护神”防弹衣的第一发明人。张建春是中国迷彩服的第一发明人。防弹衣的“盾牌”性质你已知道，迷彩服在现代战争中也被称为“士兵之盾”、“大军之盾”。

进攻与防御是战争中的一对矛盾，侦察与反侦察，也是一对矛盾。古老的侦察手段是派出“探子”用肉眼去看。有了飞机之后，可从空中俯瞰……为了隐蔽自己，志愿军在朝鲜战场上用树叶覆盖在汽车上，士兵也戴着树叶编起来的伪装草帽。

世界上最早称为“迷彩”的伪装物，是“一战”德军使用的披风和头盔罩，那是在布上涂着仿植物色调的不同色块。最早的迷彩服出现在“二战”，首先穿起来的还是德军。

随着现代光学的发展，侦察手段有近红外夜视、中远红外夜视、红外照相、微光夜视、激光夜视等等。此时，仿植物色调或仿雪地背景用来迷惑望远镜的"迷彩"就不灵了。比如在《林海雪原》中，用一件白披风把自己罩在雪地，就能进行有效的埋伏。如今只要用红外侦视仪一看，雪地是白的，埋伏着的部队黑压压一片，这等于说："向我开炮!"

但如果穿上当代够质量的"雪地迷彩"，包括枪炮、车辆均罩上"雪地迷彩"，一支大军就在雪地里消失。即使大部队在雪地里运动，也如同没有。因为在现代战争中，侦察的概念不是近距离看见，而是远距离发现。暴露，就等于伤亡。迷彩服，装备于单兵，是士兵之盾。装备于一支大军，则是大军之盾。

中国防弹衣和中国迷彩服都获了全军科技进步一等奖。周国泰与张建春的相遇，称得上两强相遇。这样的两强，若能把力量相加，并建立起非凡的友谊，就有比才华更耀眼的光环。

防弹衣，你可能还没见过。迷彩服，你准见过。"当兵的咋穿起了印花布?"这就是乡村老太太眼里的迷彩服。

就这件"印花布"，一九九三年五月一日，中国人民解放军正式列装的迷彩作（战）训（练）服，在现代战争中，防红外侦视等主要伪装性能，即防护性能，同美军一九八七年列装沿用至今的迷彩作战服是一个水平。

这不是一件简单的事。伪装性能赶上美国水平，意味着在这最重要的指标上，优于除美国之外的其它各发达国家水平。

已经获了奖的"迷彩"属林地型迷彩。我国是多山的国家，这种迷彩对我国领土的适应率最高。目前大家见过的多是这一种。随后，仍是张建春领头，研制出了雪地型、山地型、丛林型、荒漠型、市区型、海洋型等系列迷彩。

军服可分作常服、礼服、作战服三大系列，最重要的当推作战服。从前，我们没"迷彩"时，草绿军装就是作战服，随着现代侦视的发展，单纯的草绿军装已不能满足需要。海湾战争时，美军从本土调去的部队装备了沙漠迷彩，另有从海外基地调去的部队穿的是丛林迷彩，如果伊拉克军队的侦察力量和打击力量足够强大的话，穿丛林迷彩服的军队进入沙漠地带就等于穿着没有伪装性能的军服，暴露在沙漠中……中国人民解放军三军的作战训练服，在进入九十年代后，及时装备上了“迷彩”，是这个青年领头研制出来的。防红外等主要性能在不同程度上优于英国、德国、日本……当我同这个戴眼镜的青年坐在一起，相对而视，我是信，还是不信呢？

2. 年轻时，谁不受点批评

我不知道，就这个张建春，假如不是相遇周国泰，他今天是不是在英国里兹大学的实验室里成为英国人夸奖的“天才”。

某年，他在他的科研部门感到待不下去……何事把他难住？

那时，他正迷在“迷彩”里，在经过几年的调研和论证之后，一九八九年元月正式接受这项任务，经过了不可思议的一年零四个月，到一九九〇年五月四日通过了技术鉴定，应该说，成就很大很大。是他骄傲了吗？

谦虚，通常得有人赞扬你，你才得到一个谦虚的机会。他没有得到谦虚的机会。他发现自己要为自己的日常行为辩护了。这一辩护，非但不谦虚，**一个骄傲自大、目中无人的形象被渐渐塑造出来。**

不按时上下班，自由散漫……他收获到诸如此类的批评。起初他没在意，搞迷彩服，要搞全国背景调查，一年出差在外二百多天，在外哪有星期天……我昨晚才回来，今天睡个觉行吗？我要是不来是正当的，可是我在单位的日子本来就不多，我要来查资料，我晚来一小时，你们说我不按时来。

“为什么早走了？”所里的资料有限，我得出去，去情报所、研究院……我在办公室里待不住，待办公室干啥？

他说他不是自由散漫，他甚至**没有时间自由**。一九八九年夏，他钻在沈阳化工研究院的实验室里搞“迷彩”，不看报也不看电视，甚至不知北京发生了什么，六月初，他坐一夜火车到了北京，火车进不了站，他才听说北京出现了“风波”……专业专到这种程度，怕也不多见了。

是不是从未有人表扬过他呢？也不是。十月，他们搞出第一批林地迷彩服，首先装备到老山主攻团。他带着几个人把作战服送到前线。团长叫**严寒**，集合部队立刻换装。把部队拉到野外，用侦察仪一看，看不见部队了。严团长一巴掌拍到张建春肩上：“防红外绝对可以了！”

这就是夸奖，前线部队的夸奖。

但是，部队急行军五公里下来，迷彩服上的颜色到衬衣上了。张建春心里明白是怎么回事，面对团长的夸奖他不能不谦虚，“还得抓紧改进。”他告诉团长，“为了赶出来用，这一批是涂料印花的，不透气，舒适性不好。”

严团长说：“打起仗来，活命要紧，舒适第二。”

严团长得到首批迷彩作战服的欣喜，以及所给予的赞扬，你只有到前线，才会感到那样真挚那样热切。

回到单位，他又掉进另一种氛围……他不能适应那种读报的学习，没有耐心坐在办公室里开会、开会。不得不去，他坐那里用个耳机塞住耳朵听外语。组长喊他，他没听见；批评他，他摔门走了……所以，他的缺点看来是明显的。

他说他摔门走了，是忍耐力破裂……他说邓小平还讲要保证科研人员六分之五的时间搞业务，“这是最低的限度”……有吗？邓小平的确讲过，就是在全国科学大会的开幕式上讲的。你说张建春不重视政治学习，他能把邓小平这段话背下来，他说其中有一段话还明确讲到：“我们不能要求科学技术工作者，至少是绝大多数科学技术工作者，读很多政治理论书籍，参加很多社会活动，开很多与业务无关的会议。”他说你看小平讲得多好。我们有的领导不听小平的话，折腾我们，还说我不好。你说我上哪儿讲理去？

他摔门走了，前线的声音还在他大脑里……涂料印花的颜色跑到衬衫上去了，下一批不搞涂料能怎么搞呢？教科书以及他看到的资料上都说，要搞这种“同浆印花工艺”，必须有快速蒸化机。这种设备国内一台都没有。他曾给苏联这方面的专家写信，问编教科书的专家，专家来信说，他也没有见过这种机器。那么，下一步该怎么走？

他懂英、德、日文，原版资料能直接阅读。从有关情报所，他看到了美国国防部的 AD 报告中关于迷彩作战服的资料，按那资料，他做了实验，发现该资料的数据搀了假，因为实验显示根本不防红外……有很多科技情报、资料要看，应该看，尽管关键之处谁都不会泄露给你。

读国外重要刊物上具世界先进水平的论文，你也得有破读密电码的心思……一九九一年十二月，张建春参加了全国第九届红外技术年会，在会上宣读了他的一篇学术论文，题为《红外荧光染料的发色机理》，引起专家一震。《红外技术》的主编决定发表他这篇论文，张建春给了“浓缩”的。主编要求他“扩充点”，建春说：“不好再扩了，再扩就要泄密了。”

在外，他是受到赞扬的，一再受到赞扬。在单位，组长找他谈话，让他承认错误。他不认错。

他说你们认为我不行，可以让我走。行，让我干。这年头，不能不让我干，又不让我走，那就不道德了，是不是？

他真想走了。他说最让你无可奈何的是，**不管什么意见，都是会从正确的方面给你提出来，而你什么时候都得正确对待……**读书，我能把作业做正确。搞科研，也能得出正确的结果。现在，我怎么才算正确呢？可是，这话你怎么说，在同一个研究所里，就你搞科研，别人就不是搞科研的吗？政治学习，别人能按时参加，你怎么不能，就你特殊？

搞“迷彩”得到大自然中去搞“背景调查”，一年中大几个月在野外。科研经费有限，出差就吃尽了苦头。一直同他一起吃这份苦的搭档叫**张旭东**，张旭东一九八四年毕业于北京化纤工学院。当时研究所去学院挑人就挑了他一个，是个相当优秀的科研人才。建春是中国迷彩系列的第一完成人，旭东是第二完成人。

搞染料试验，他俩到西安，每人背着八十斤染料，要出西安站了，旭东提醒道：“哎，把腰挺直点。”

俩人都挺直腰，装出轻松的样子，以免被罚款……从前，没做出什么来时，他似乎没啥错误，为什么有了成就，缺点和错误就跟着来了呢，他们真不理解他吗？他伤心了，真想走了。

“算了，让别人去搞吧。”他同时向海外的六所大学寄去有关服装方面的论文，要求去读博士，打算到国外去做一个类似皮尔·卡丹的梦。他是不是有些狂妄呢，也许是。对皮尔·卡丹，他大抵并非仰视。平视，也就看得起皮尔·卡丹了。

数月之间，这六所大学都先后给他寄来了入学通知书。

美国堪萨斯州立大学

英国里兹大学

英国曼彻斯特大学

德国亚琛大学

澳大利亚南威尔士大学

新西兰惠灵顿大学

真想走吗？但是，真正的伤心发生在海外的入学通知书寄到之后。他说他打算走了，竟没有人留他。“我真的伤心了。”他对我说，“我突然发现，我在这里是不重要的。”

终于，有一个人站出来说话，这个人就是王西亭，当时的研究所副所长。“张建春，你不能走。”王西亭说，“我们这批人都老了。今后，所里的研究工作靠谁？你不能走!”

建春说，就这个来阻挡我的人，我感激他。但是，还是打算去闯一闯世界。

他在他仅有“一居室”加厨房加厕所的小屋里一份一份地掂着这些海外通知书的含金量。“茜，你说上哪国?”

茜是他的妻子，姓刘。一九八三年毕业于北京经济学院。他一九八七年硕士毕业。他们就相识于一九八七年，三个月后结婚。结婚时，他口袋里只有他攒下的五百余元，茜已攒下四千元。当五国六所大学的“通知书”都寄到的这个夜晚，是婚后第三年的某夜。他的去向也意味着她日后的去向。**刘茜**这年二十九岁，他三十一岁。

“英国人给的助学金更高。”茜说。

“对，”他脑子一转，英镑折合美元后的一个数字跳出来，“英国佬给的比美国佬给的一年还多四千四百美元呢!”

床上放着一大摞欧美杂志，他下意识地翻了翻，“英国有几位教授水平也高。”妻子知道他已经相当熟悉那些教授的名字。建春把眼镜摘下来搁在杂志上，记起自己大约是大学三年级吧，对，就是从那以后，他就在追踪那几位英国教授，还有美国、德国一批教授的领域，他甚至能看到他们在近几年沉思或者突进的路线。

“别犹豫了，就选里兹。”妻让他躺下，“你躺下，还想什么呢?”

欧美那些大专家们，大约不会想到，在这个北京之夜，似乎不是他们在选择中国的这位高级生产力，而是他们正被这对年轻的中国夫妇挑选。

但是，这对夫妇是否想到，手里握有多国入学通知书的张建春，正被周国泰挑选呢？

3. 黄河拐弯的地方

“小张，你过来，先到我这儿来干一段吧！”周国泰的声音在张建春耳边响。“你那通知书不是三年内都有效吗？”周国泰说，“如果在我这儿干，还不愉快，你再走。”

“跟我去山西吧，你可以先回去看看父母。”周国泰的声音在那年像招魂似的，犹如从黄河上吹来的风。

“我这人出差，不跟人睡一屋的。我打呼噜。”国泰说。

“小张，你就跟我住一屋。”国泰拉他出差，又拉他跟自己住一屋，终于，把张建春拉到了他的开发部，并说，我不是为我的开发部拉他，“是为国家留他。”

谁来理解周国泰仿佛在为国家当“说客”呢？

这不是三言两语能讲清的。你能说张建春不爱国吗？

大学时，我一直是团支部书记。

是吗？

我高中毕业后回乡，就当过两个多月的团支书。

噢。

后来到镇上的中学当民办教师，还当过团总支书记，兼公社的团委副书记。我还当过大队的民兵连长。

我那时当过民兵。

但是，我母亲坚决不让我参军。

为什么？

“我母亲一个字不识，”建春说，“她七岁时，父母就被日本人抓走了，从此再没见过。她一辈子都怕枪啊狗的。我们家不养狗的。”

“我当兵还养过狗。”周国泰说。

“还有我舅。我舅在抗美援朝时牺牲了。整个营只有通信员活着。通信员回来后，来看过我母亲，说美国飞机把山都炸平了，那虚土有两米高，能把人活埋。我母亲从小跟我舅相依为命长大，她太伤心了。”

…………

我无法“复制”出那样的长谈。河南或者陕西的宾馆里，夜很静，俩人一间的屋里，床头灯亮着。我想我不必复述周国泰这个“说客”怎么说……周国泰的出差有很多都是“谈判”，谈科研，谈开发，谈合作，谈经营……一天下来，现在终于“呼噜”去了……张建春关掉床头灯，听着周国泰的呼噜声，仍然彻夜不眠。

茜，你睡了吗？

想给妻子通电话，却又没挂。

这似乎不是他一个人的事，拿到六份入学通知书也不是仅凭他的努力……世界很大，踩一条国门之外的博士路，得通过GRE考试，一种比“托福”高的考试。通过了才能拿到一笔可观的奖学金。

北京大学在北京日报社办了个GRE培训班，他去学了。但他时不时要出差……妻子就替他去听课，等他回来再教给他。

妻子正怀孕，许多个夜晚，挺着肚子蹬着车去学……是这样学下来的。终于坐进了考场，满分是二千四百，上二千分就有效，他考了二千二百分，通过了。但是，妻子早产了……

孩子生下来才二千二百五十克，刚刚四斤半。在暖箱里放了十七天，才回到母亲怀里……为写论文，专门买了一台英文打字机，他打，妻子也帮着打，把一台崭新的打字机活生生打坏了。妻子也能考出去的……那种倒海翻江，那种在许多人看来也许是不必抉择的抉择，比他写论文还难。

去陕西，去山西，多少回从故乡身边过，他没回风陵渡，黄河与大海都在他的心中浪打浪，他像一条漂泊的船……

认识张建春后，我曾不只一次想起王勃的“物华天宝”、“人杰地灵”之句，心想，到底是怎样的山水哺育了张建春？

山西省芮城县西南端，黄河北岸，滚滚黄河水南来经此突然拐弯折向东流的地方，那个“鸡鸣一声闻三省”的晋、陕、豫交界处，是他儿时的摇篮。因唐时在此置关，古称风陵关，今称风陵渡。

相传“风陵”之称，是因夏商时期的“风后”葬此得名。这里的“后”不是指皇后，而是指君王。夏朝的君王生时称“后”，死后才称“帝”。但从“中华第一朝”的夏后帝启一直到周朝的始祖后稷，没有看到一个叫“风”的君王。这“风后”说不定是个诸侯，因《书·舜典》里，“后”也指诸侯的。这无关紧要，我们能望见，中华历史有多长，这“风陵渡”的历史也有多长。一九五八年，张建春诞生在风陵渡镇。

“小时候，满镇都是手摇纺车的声音。”这是张建春记得最牢的童年印象。不因为他后来学了纺织，因为那实在是太普遍。“村里几乎家家户户都自己弄。”

“去，你去弄那个。”娘把他赶到一台纺粗线的纺车那儿，“你把线又弄断了，是不！”娘自己坐下来纺细线。

“两个红梭，两个绿梭，不停地交换，这是色织，还能织出花来。可好玩。”小时候的作业，差不多总在学校里就做完了，回家就想弄那纺车和织机。更小的时候，捉迷藏还把自己藏在棉花堆里。“你咋啦！”大人把他揪出来，大人在抬棉花。读到高年级，他发现，“黄道婆那一套，我们家全有。”

那时的发现是一种高兴，而且近乎自豪，“我们家全有。”然而黄道婆是元代的人……近七百年过去了，“家家户户都自己弄”，这就是张建春成长的摇篮？

真是“全有”啊，而且从耕地种棉花到纺纱，到织出土布、缝出衣服，鞋布也是自己织的，纳的鞋底很结实。“从小学到初中，到高中，我穿的都是母亲自己织的布。”黑色的，用一种叫“煮黑”的染料染的。“煮黑是啥？”他说上高中时听人说那是臭碱，放到锅里一煮就黑。“那是农村用得最广泛的染料。”要到大学，他才知道，那祖祖辈辈用得很悠久的黑色染料，现代学名叫“硫化青”。

噢，上大学了，上大学穿什么？娘快乐地为他做新棉衣、新棉被。“鞋也不能穿旧的去啊！”娘的声音变年轻了。

把锥子在头发上一会儿磨一下，娘在纳鞋底。二十岁的儿子要去北京读大学了。娘坐在屋外的阳光下，那是一九七八年春节后的阳光。针和锥子在娘的手里像梭子似的来回交换，锥子在线上打个转，娘就使劲拉紧穿过鞋底的线，娘把鞋底抱在怀里使劲拉线的形象好像在不停地鞠躬，初春的阳光把娘的身影印在黄土高坡的土屋前，娘的身影很有规律地摆动，娘像一只摇篮。

“那鞋底可真结实啊，我大学四年，没有穿破。”

那年是春季入学，那是“文革”后恢复高考招的首届大学生，张建春考上了北京化工大学高分子系。春三月，他初次来到北京，穿着娘为他制作的大蓝棉袄和棉裤。

是的，这是上大学，上北京来了，他穿的色彩有了进步。“不能再穿黑的了。”母亲说过许多遍。

但是，他还没有毛衣。五月一日，学校组织去游览颐和园，他仍然穿着那一身大蓝棉袄，就他一个人穿着棉袄和棉裤。

“脱不得，一脱就剩单衣了。”

他自己也知道不好看，总是一个人跟在大伙后面。从此知道，他是班上惟一没有毛衣的人。就这样，大学四年，不但“五一”脱不得，一到春秋，就得穿上这套“大蓝”。宿舍里，他的被子、褥子，从纺纱到成布，也都出自他家那一套“黄道婆的创造”，分外突出。

如今，张建春回家探亲，把色彩和质地都极好的布料、衣裳带回去给爹娘。娘用手一遍一遍地抚摸着，啧啧称赞，就是舍不得穿。娘把“儿子的孝顺”珍藏在箱子里，就像一个织布老匠人珍藏着她得到的宝贝。娘依旧穿她的“大蓝”。

“俺穿着舒服，不扎眼。”娘说。

“俺现在穿的不差。”娘说。

走在故乡的镇子里，张建春看到，时至今日，穿大棉袄大棉裤的农民仍有百分之七八十是那“大黑”，他一眼就能认出那是自家用“煮黑”染的。他听懂了娘讲的话。

所有这些，就是孕育张建春的摇篮？

二十世纪就要过去了，风陵渡，风陵渡，这片有着五千年历史人文的土地，这土地上的农民，就这样“自给自足”？站在黄河拐弯那个地方，望着滚滚东去的黄河水，故乡，故乡，我的故乡，让我用什么歌谣来把你歌唱……

不能怨娘你太俭朴
不能怨爹你太辛苦
黄河水
黑衣裳
白棉花
红高粱
这就是你的摇篮
这就是你的故乡

…………

4. 牧羊人的儿子

周国泰到底凭什么能拉住张建春，张建春为什么会投在周国泰部下？不管能数出几条因素，相知是重要的一条。

真正的相知是深刻的理解。有过“博克图经历”的周国泰，深知搞“迷彩”单单“背景调查”这四个字里就埋伏着多大的天地。黑土地，黄土高坡，红壤，盐碱地，戈壁，荒漠……全国的土和石头千差万别。南北树木、苔藓，植被一年四季的变化。要把这些按特种要求分析清楚，涉及土壤学、植物学、光学、化学等等诸多学科……然而相知是相对的，张建春也得认识周国泰。一般的认识是不够的，他得深刻地认出周国泰的质量。要做到这一点，建春以往的经历中为自己准备了怎样的眼光呢？

随着对建春了解的深入，我开始感到，这个人从黄河拐弯那个地方走来的路线，他谋求知识建设自己的办法，对现今在乡村中学读书的孩子，对都市大学里一边读书一边思谋着未来道路的大学生，都会有启发。

每一位出类拔萃者，必在童年潜伏着影响他未来的东西。曾见古人说谁五岁已熟读什么，七岁能赋诗……建春不但是个“黄道婆”的儿子，也是个牧羊人的儿子，而且五岁放羊。你信吗？

一九六三年家里可以有“自留羊”了。他家有八只羊。不是只放八只，是很多家的羊集成一群。他爹是专门负责放羊的羊倌。**张**羊倌有姓还有名，叫**广升**。娘单知道自己姓**姚**，迄今也没有名。要名干啥，等建春念书在全村念出名了，大伙管她叫建春他娘，多好。可什么是能使建春念书出名的东西呢？

“春，起来，放羊去喽。”父亲的声音在院子里响。他起来了，抓个馍，踏着晨雾，跟在一群羊后面，“屁颠屁颠地跑”。是偶尔跟着跑跑吗？不是的。放羊是有技术的，五岁不跟着跑，你到八岁也不会。

黄土高坡，雨水把黄土冲进黄河形成的家乡是千沟万壑。大量的土地留不住水不长庄稼，放羊是不能缺少的牧业补充。高坡下的沟地里长着草，草也不茂盛，零零散散东一块西一片。山上也长着草，遥望去也像天上的星云。这儿放羊与草原与高原都不是一个概念。

祖祖辈辈传下来一件放羊工具，像岁月一样悠久。一头系着鞭绳，一甩啪啪地响；另一头安个小羊铲，专用来铲黄土扔头羊的。一小片草吃完了，羊要转地了，碰到岔道，头羊没走对，爹铲一块黄土远远地抛向头羊，像一枚小球准确地落在它头上，头羊就拐弯了。

这就是黄土高坡特有的羊鞭。爹抛土击羊头的准确性让儿子非常惊奇。那杆羊鞭从此成为建春儿时的玩具。

爹出门时还带着一根绳、一把镢头、一个大口袋。羊吃草时，爹就挖掘那些枯死的小树根，把它扔进口袋，用绳一扎，背回来就是蒸馍的柴火。建春常常扛着那杆羊鞭。鞭杆有两米长，他扛着就像扛一根长枪。这“枪”可比城里小孩的玩具枪耐玩多了。他不能冲着羊头练准确性，就冲小土堆，冲石头练。放羊是有技术的，那就是建春从五岁开始学的第一门技术。

准确，要准确，这意识在他大脑中像摇篮像钟摆似的一再晃动着重复，到八岁，他知道了准确性是可以达到的。

不到八岁，他先学会了一种本领，一群羊比手指多多了，七岁，他已经能把一群羊七八十只数得一只不差。爹是他的第一个“算术”老师。

“数准了吗？”爹在问。

羊是会跑动的，要数准并不容易。他在羊群里边数还要边顾着哪只数过了哪只没有，数得满头大汗。然而这毕竟不像数星星，他没法确知天上有多少星星，数准了羊，能确知到底有多少只羊。羊在沟地零散的草块上散开吃草，羊不是自已一家的，哪只都不能丢。他的世界在一天天大起来。

“数准了。”他告诉爹，并在潜意识中获得一个牢固印象：数和羊的结合，是能够知道的确实可靠的东西。这年，秋天还没有到来，爹就笑着告诉他：“你可以去上学了。”

九月，他背着娘缝的书包，坐进了课堂。风陵渡上学星期三下午也没课。从此放羊发生在星期三、星期六下午，还有星期天和寒暑假。到十岁，他能独自赶一群羊去放，把爹替下来去挣别的工分。

羊还是各家的羊，队里给记工分，他能独自挣工分了。“课外劳动”实在没少做。这时，他铲土命中头羊的准确性已练得就像《水浒》里的没羽箭张清，这使他非常得意。

准确，要准确，这意识伴随他长大，谁知这童年兴趣是不是他日后成事的要因呢？但我们可以知道，**一个人能把一件并不容易的事干漂亮，就可能干好第二件。一件干不好，另一件也有问题**。七岁坐进课堂，追求答题的准确并不比铲一块黄土准确到达头羊脑袋困难。他直到十五岁才告别那杆羊鞭，那是要离开家乡到远方去读高中了。

“建春他娘，建春考了全省的状元?”妇女们不敢相信似的发问。

建春他娘在为将去远方的儿子织毛衣，快乐得脸上开了花，“就一科，叫数学呗!”

那是一九七二年，少年建春也赶上那个后来被批为“智育第一回潮”的时机，升高中实行全省通考，就这个十五岁还在暑假放羊的娃，数学考了满分，全省第一。

十五岁的放羊娃这年还没有羊鞭上的那根鞭绳长，鞭绳有五尺，考高中时体检量出十五岁的建春还只有一米四，合四点二尺，一点儿都不出众。

今天的建春有一点七一米。你可以想见直到十五岁的建春没少跑动，就是不长个儿，大约能反映出少时的营养不怎么样。

“我的作业，父母从不过问。”父母对他所能做的最大的事只有鼓励，他也不必期待父母教他的功课，没有期待就只有利用课堂。拥有追逐“准确”的兴趣，作业就容易被操作成游戏，儿童的智力就在快乐中滋滋地生长。

父母从未给他压力，他就不必分出精神来抵抗父母。没有压力，还有鼓励，这就是一个少年个性成长最有利的温床。

事实上，即使你有很多学问，对孩子应该做的最重要的事就是鼓励，并保护他天生就有的个性健康生长。**一个人如果没有个性，并非没有，而是被扼杀了，丧失了。**父母只要不教导孩子自私，他好发奇想的天性就会往一个日益宽阔的世界健康生长，滋滋地生长……可惜我们经常在这方面犯错误，扼杀了孩子的个性，还要骂孩子不听话。

我突然想，是巧合吧，周国泰养过狗，杨廷欣养过猪，张建春放过羊。张建春自小放牧众家的羊，他的个性没有被摧残，这个优势盖过了饮食方面营养不良的劣势。小个子建春穿着娘为他织的羊毛衣告别黄河，到中条山北侧的运城县读高中去了。

那是冬季，一九七三年元月，白雪覆盖着沧桑，一道道山梁在车窗外亮闪闪地朝后跑去。

5. 把中学利用得淋漓尽致

“我们的校歌，第一句就是：康杰康杰，诞生在抗日的战场……”谈起高中母校，他的赞美是一种想唱的感觉。

康杰中学的确不同凡响，这所学校诞生于一九四五年，康杰是一位烈士。入学，建春看到学校还存有“康杰堂”。这是山西省的重点中学，集中了晋南初中毕业的尖子，还集合了一群优秀教师，据说“文革”前高考升学率基本上是百分之百。

小个子建春初到这里并不出众，数学算不上最好了，考一百分的很快就冒出一群。不久，他把娘为他织的毛衣也悄悄地脱下，不穿了。那是用羊腿以下的毛织成的，是供销社不收购的毛，娘纺成线织给儿子穿。穿起来硬点倒没啥，“由于处理技术不行，有味。”有味不是他闻出来的，是看出来的。坐在集体宿舍里看到同学都不跟他坐一起。这可是寂寞的事，他不愿寂寞，就脱下那件毛衣。所以，他上了大学还没毛衣。

“给我印象最深的是化学老师，他双手拿粉笔，一手写反应物，一手写生成物，两手从外往里一划，等号就出来了。”

这让建春太惊讶了。老师叫**牛德全**，就他这双手操笔同时一划，深刻地决定了建春未来的走向。建春很快从化学科冒出来。十个班里化学满分的只有他一人。他成为十个班化学课代表的总课代表，并得以掌管着学校实验室的一枚钥匙。

就用这枚钥匙，建春打开了通往化学的世界。没有哪一门课能像化学实验的千变万化吸引着他几乎全部没课的日子，为了使打开实验室看起来很合理，他把实验室弄得很干净，整个高中期间，再没有人能在化学科赶上他。

“我上高中一直是靠助学金，每月九元，吃伙食七块八毛，一天两毛六，每月还能剩一块二毛钱。”

“分油去喽!”听到这声音，就是一个学期结束，放假了。从宿舍通往食堂的路上，瓶子在夏日的阳光中明晃晃的。建春说，生产队分油，一人一年只有半斤。“暑假有两个月，一个月三两油，我两个月就分到六两。用个瓶子装回家，可高兴。”多年后，当他在六份海外寄来的入学通知书中选择前途，这些往事也曾敲门似的叩响心扉，“我上大学也是靠助学金。”想起这些，说不清是苍凉还是温暖。

一九七四年开学，老师说周总理有批示了，准备从重点高中的应届毕业生里选百分之五的优秀生直接上大学。建春一听就乐了。他这一届有学生五百，只要选百分之一，也能挑上他。

高二的春天在校园里竞相争长，不料北京出了个“黄帅事件”，直升大学的梦想结束了。高二下学期的“分班制”纳入了学工、学农的系统，“我想我是农村来的，就上农科班。”

一九七四年的道路就这样注定。

一九七五年元月，高中算是毕业了，回故乡没再放羊，跟大伙去生产队出工。两个月后，他成为镇上中学的民办老师。

高中毕业教初中也教高中，似乎是家乡的历史造就的。数、理、化、体育、美术、音乐、农业常识都教过。十七岁的建春此时还没有班上后排的学生高。站在讲台，给男女生上生理卫生课，连他自己都还感到心跳。

“建春，把高一的语文也上起来吧!”

“那不行。”其实，建春的语文也不差，在康杰高中，他毕业时语文全校排名第二。

“别怕，有苏老师呢!”

苏老师一九五八年从教，教龄与建春的年龄一般大。建春没有放过这个机会。从此，他每周一、三、五坐进苏老师的课堂，在最后一排与学生一同听课，二、四、六就在自己班上给学生讲刚听来的课。到恢复高考，他和学生一同赴考。走出考场学生就围着他问答案。

6. 把大学利用得淋漓尽致

一九七八年春三月，一走出北京站，他的心就被融化。

北京站前，那么多校旗，红的紫的，绸的绒的……许多老师站在校旗下，迎接恢复高考后的第一届大学生，校旗的海洋把北京站前的日子变成中国大学生真正的节日。“哪面旗是我们学校的呢?”看见了，看见了，“北京化工大学”。

走进大学的实验室，又让他几乎不敢相信：大学的实验室怎么还不如我们高中的实验室？你依稀能望见，这是一个已经过去的时期给首都大学留下的问题。一切都在恢复、重建……他很快又发现了有利因素。

“我们的教室在第六层，五层就是中国科学技术情报研究所专利馆，后来分为国家专利局和情报所。我有大量的机会去那里看资料。各国的期刊都有，外文原版的。”从未见过那么多外文期刊，他已有的英文水平能“蒙”到一点意思，不能知道准确……不能准确，那不行。情报所的英文期刊因此成为他大学时代追求的“靶”，犹如他少时放牧的头羊的脑袋。

一旦能准确地读懂那些外文杂志，能窥望世界先进技术不断更新风起云涌的世界，那将是一只真正的“头羊”！眼下他所需要训练的技术是英语，就像儿时他先得冲着土堆练，他得为自己找一个可以随身携带的“靶”。英文课本可以是一种靶，总读会感到枯燥，而且词汇远远不够。他选中一部《纺织化学》，上中下三册大厚本，英国 Peter 教授编的。

Peter 教授一定想不到，他编的这三册大厚本会成为这个中国学生大学时代最重要的一把钥匙，建春将不仅仅是用它去打开纺织化学的世界。

这也是我们认识张建春的一把钥匙。用了这种办法去啃英语，三册大厚本成为他将去窥望世界的一把天梯。

从此每晚九点开始，埋在那大厚本里，啃上三小时，雷打不动。记下生字，第二天早晨跑半小时步，就啃那生字。傍晚还打一阵篮球。就这样，除了其它课程，他自己用心去做的就这三大件：跑步……篮球……英语，三点一线，模式简单，严格规范得像一个军人。

“女排赢了！”这消息像炸弹一样在校园炸开。他只是在餐桌上欣赏同学们脸上的兴奋。

他说：“学外语就像爬滑梯。连续不断地爬，你上去了，就上了一大截。要是停下来，就会滑回原地。”他上去了。用了两年时间，啃完那三本，“去看情报所的英文期刊，基本上碰不到生词了。”

别人很难像他自己体会得那么清楚，在大学时代用了这样的方式去啃英语，去看情报所的期刊，那些外文都变成了“半通俗读物”。他大脑里的专业知识呈现出极富活力咄咄逼人的结构……用类似的方法，他在大学和研究生时期还攻下了日语和德语。

从大学三年级开始，他以不可抑制的快乐，把所有的作业全用英文做。老师也看傻了。看不懂的地方，老师常常就在那地方划一道红线，或者批个OK!

“你的父母是哪所大学的？”

“在黄河边。”

这个从黄河拐弯那个地方来的学生是那么令人不可思议。大学四年读完了，学校要留他，他要离开北京，到陕西咸阳的一个印染厂去。那儿，渭河水向东流入黄河拐弯那个地方，离他的家倒是颇近。他就像个急切地想回家的孩子？班主任、系主任都来做他的工作。

“留在大学，在北京有什么不好呢?”

“我去个三五年，就能回来。”他说，“我再考回来。如果考不回来，就算我没本事，也就留在那里吧。”

7. 把工厂利用得淋漓尽致

“我是学工的，不去工厂，我将来能干什么?”听这话，已能听出，他说的将来该是何种将来。

将来在哪儿? **就在现在。他一刻都不想错过现在。**

这是建春人生中最关键的选择。

从许多成功者的选择中，我们能看到，他们几乎都得益于放弃，放弃那些在他们看来不足以激动他生命的东西。

又是三月，他到了工厂，是个军工印染厂。代号3530。

“你看，”厂长**田骥**带着他在厂里转了一圈。“甲、乙、丙三个工段，这甲工段就交给你了。这工段没有一个干部，都是工人。干也是你，不干也是你。”

大学毕业分到这里，他是技术员，技术员该有实习期。他八号报到，九号就上任。你可以看到，工厂对科技的需要，已是怎样的“如饥似渴”。他看到，我没有一天实习期，这太好了，我一天都没耽搁。

一条生产线有好几百米，就这个甲工段，用脚走完全部流程，超过三里地，他成天在这里转，边学边干，把大脑里的知识去生产线上对号入座，去与机器的实际运转相磨合。一个班下来，得走几十里。他乐此不疲。到五月，厂里的人们对这个大学生还没有反应过来，全厂产量、质量、成本三大项考核，甲工段第一名。

干了三个月，厂长让他把厂里的技术一把抓起来。他跑的天地就更大了。从原材料进厂到出成品，中间工序粗算起来也有十四道，他一道道去熟悉去把握。不仅是技术，连科研带生产，包括材料准备，设备维修，计划调度，人员配置，成本核算，工时、工资等等，直到检验、包装、运输，他全部涉及，全都去干。

不管多么复杂，他的目的却很简单，他想确切知道的只有一件事：一个产品是怎么出厂的，一个企业是怎么运转的。

如果说他曾经把中学、大学乃至中国科学技术情报所都利用得淋漓酣畅，现在他又要把这座工厂利用得淋漓尽致。

上班工作服，下班也不换。二十四岁了也不谈对象。成天在车间里转，同工人关系也好。不去转，许多情况你不能知道得准确。知道了，他就开始修订有关标准。每一项标准都联系着“准确，要准确”。有了一定的准确，效益就像是做习题那样加出来、乘出来的。**每一项成绩，也都是从工厂存在的问题里生出来。**那些问题里长不出果实，就会长出怨声。这个大学生在把怨声变成掌声。

我这样叙述他，是不是太夸张了呢？干了十个月，他被评为全厂的劳动模范，全厂一千多工人的掌声鼓得很响。接着，他变成了解放军总后勤部的模范，全厂就他一个人坐火车进京来到总后勤部大礼堂出席劳模表彰大会。按文件规定，当上部级劳模，工资得长一级。从北京回去，这个年轻人给本厂的劳资部门带去了一个难题，因为他工作才十个月，还没有转正。

“这怎么弄啊？”劳资部门问。

厂领导研究决定：长半级。

至今，他的工资比同年工作的大学生多半级。

这么工作，是不是很累呢？

住处，一床被子，一盒粉笔，一个黑板，黑板上涂着工人们看不懂的式子。住处很简单，却像是另一个战场，或者某个破庙里的战地指挥所，那些地形图似的化学分子结构，分子式，联系着欧美的科研走向。星期天，他决不肯去钻车间，背个包包，跳上公共汽车就上了西安。一块陕西大饼，一壶水，钻进西安图书馆，进去就是一天。傍晚出来，跳上公共汽车又出现在厂里。

如此两年半，翻译的资料发表的有三十多万字。他的两个弟弟都先后考上了大学，妹妹于一九八四年也考上了大学，读大学的费用跟他读大学时不一样了，有那考分没钱你也读不起了。

爹说："你读出来了，你得管弟妹。"他读出来了，一月工资只有七十元。去哪儿找钱管弟妹？翻译外文资料是个办法，不为发表了出名，为找点稿费管三个弟妹。

厂里班子换人，新党委书记是部队转业来的，姓周。周书记到他住处来，看到黑板上的图文很惊讶。谈起来，建春说我打算去考研究生。周书记看来相当慷慨，感到这个人才应该属于国家。建春抓住机会就请书记开一张介绍信，周书记开了。

考研究生的日子还没有到来。介绍信在他抽屉里存放了半年。日子来了，那日子是星期六，星期天，考场就在西安，他像往常去西安图书馆那样去了考场。

他说他没用厂里的工作日来复习，一天都没有。不是厂里没给，是他没去要。他说去要，说不准就麻烦了。你也可以认为他没必要去要，因为他一天都没有中断学习。

通知来了。他以超出录取线二十分的成绩稳被录取。

"怎么考上的，谁开的证明？"厂长急了，"你不能走。"厂长姓冯，是新厂长，早先毕业于北京化纤工学院。厂长不能说书记拆台。"这样吧，"厂长说，"厂里给你发工资，你读了还回来。"

建春说："不行的，这是不带工资统一分配的。"

九月一日。厂长派了个车，把他送到西安。

8. 书念到这一步

学院就在西安。二十六岁，来到西北纺织工学院。

世界很大。他没有选择他的大学母校，也没有选择北京。"上化工大学，我学的是化学纤维这一块。到工厂，是印染、后整理这一块。中间还缺一块纺织，怎样把纤维变成布，缺这一块。我再把这一块学了，对'穿'这个行业，在做衣服之前的全部过程，就齐了。"

这分明是在设计自己，是一个建设自己的系统工程。

"什么叫总工程师？"他说，"哪一块你都拿得起来，权威性就有了，协调能力就有了。即使你不是总工程师，你干起来也能轻松自如。"

是研究生了，应该把以往的知识都集合起来，考虑做一点有创造性的东西了。作论文很快就要选题，怎么选？他的经历也将告诉我们，第一步就是：瞄准中国的问题，换句话说，瞄准困境，爱她，把激情投入进去，她就助你成功。

你见过玻璃钢和集成电路吧。他入学时，中国玻璃钢和集成电路绝缘板，是用玻璃球熔融抽成玻璃纤维，再织成布，再用粘合剂热压成板，压成厚的是玻璃钢，薄的是集成电路那块板。从科技情报中，他看到，我国的绝缘板太厚。进口国外的薄板，每年都得花大价钱。怎样能把那块板做薄？

国外用二百根玻璃纤维变成一根线，我们抽成的纤维容易断，没法织成布，只好用四百根纤维。于是目标聚焦到：如何让二百根纤维织成布。这就是他的选题。

毕业后，他完成的两篇论文现存于北京图书馆。他不是完成两篇论文而已。第一篇论文，是他合成出一种化学“热熔浆料”的研究记录。第二步要把这种东西用到玻璃纤维上去，玻璃纤维表面光滑，要用上去极其困难，他需要一台设备。如果国内有现成的设备，他只需完成前一篇论文就够精彩了。可是国内没有。从科技资料看，能满足使用的最好的设备，当时就美国西点公司有，要买是不可能的。可是无此设备，他合成的那种“热熔浆料”就无法实际运用。只好自己来设计一台。

一个研究生，国家一年可以给六千元科研经费。要合成出那种“热熔浆料”，还要从零开始建一个实验室。那台设备，即使能设计出来，要制造出来也是不可思议的。

他设计出来了，就去找3530厂。“你对这个厂比我还熟，想怎么办，去办就是。”**冯连海**厂长拍着他的肩膀说。

他工作过的厂就像是他的根据地，在厂设备处十几位技术员的帮助下把那台设备制造出来了。厂里花了五万元，分文也没收，再找辆车把他连同“中国独有的一台”热熔上浆机拉到学校。用这设备，在他的实验室里，证明出他填补了国内的一项空白。随后，他毕业了。后他来的两位研究生把那台设备安装到陕西兴平玻璃纤维厂去，工厂立刻长出效益。

这项技术，就其前途而言，不仅可以运用于玻璃纤维，还可运用于做宇航服的碳纤维、做芳纶防弹衣的芳纶纤维等等。可是，总共只产生那么一台设备，只用在那么一个工厂……建春走了。后建春来的两位研究生毕业后，如今一个在美国，一个在英国。那项技术就搁在那里了。

但是，研究生时期的这般经历，为张建春认识周国泰装备了眼光。他能理解，周国泰在他的实验室里搞出了那些功能服装，要真正开发出来装备到全国多种行业，非常不容易。

这就是相互理解相互尊重的基础。**有不少认识周国泰的人以**

为，“周国泰我还不知道吗”，可就是睁着眼看不见周国泰，至多看见周国泰的开发部能挣钱。同样的道理，也有不少人硬是睁着眼看不见张建春。但是，周国泰和张建春能互相看见。我想，中国古代神话中，讲那些法术高深的人站在凡人中，凡人看不见，法术高深者能互相看见，那神话大约是这样“来源于生活”并创造出来的吧!

在研究生这个时期，张建春完成的最重要的一件事，其实不在于那个技术成果，而是从选题到建立一个实验室，到弄出成果，他亲手搞了一个科研项目的全过程。

这种锻炼的好处，讲得最短视：书念到这一步，已表明你去到哪里，就有能力在哪里创出很多经济效益。今天，中国已经没有哪里会拒绝真正能创经济效益的人。这意味着你走出校门，不是你到处去爬楼梯问人要不要你，而是北京、上海都会争着要你，太平洋也挡不住你。

那时你或许是跟自己商量，我去哪儿呢?

“我还没有当过兵。”尽管母亲很不愿意他当兵，研究生毕业后，张建春选择了当兵。

今天，“与工农兵相结合”基本上听不到人说了。老一辈人可能会发现，这个张建春**活生生一个“与工农兵相结合”的典型。**

今天，校外的天地显然更广阔了。中国的学生已然很自觉地关注西方先进技术及其所支撑的繁荣。

许多拥进来的外国人，则瞄准中国的“空白”，或曰“困境”，曰“薄弱环节”，就在我们困难的地方，专心致志地，美滋滋地发起财来。中国还有很多薄弱环节，外国人在中国发财正有广阔的前途。

中国的学生，尤其是那些学业成绩优秀的毕业生，继续成千成万地奔西方的发达去。

应该写出怎样的当代神话来描绘这不同方向的投奔呢？

建春说，不是出去的人都想出去，有的人是被气走的，走的时候也挺悲伤。

好吧，现在我们来说另一种情况，大多数毕业生还在中国，我们不妨对以下的情况留一个深的印象：**成功者总是从那些薄弱环节冒出来，**不要让你的学识不认识那些薄弱环节。世上有许多事，常常是你没想去发现才没发现。一旦发现，针对一个弱点去集中你的优势，生长你的优势，这是一个办法。

就要告别西北纺织工学院了，导师也曾挽留他，没有留住。他对自己在校搞出的那项成果，有一个说法：小手笔。这不是说那项成就不够大，而是说科研搞到出实验室成果的这一步，只是小手笔。能说出这句话，他就是看见大手笔了。

9. 知音世所稀

来到军中两年后，他被委以重任搞“迷彩”，搞到通过技术鉴定了，但要进入大生产还有相当的距离。而且，当时只搞出一个林地型迷彩，后来的雪地型、山地型、荒漠型、市区型、丛林型、海洋型都还没有问世……有人认为，走了一个张建春，项目组还有别人，没啥了不起，周国泰不这么看。

如果这个年轻人走了，地球是照样转，我们也可能搞出同样水平的“迷彩”来，但在什么时间搞出来就不好说了。周国泰深知科研中关键人物举足轻重。这个年轻人打算去国外读“服装博士”，谁能保证他出去后不会把已有的才华用出来？李政道、杨振宁……谁不把自己的才华发挥出来？

张建春去到英国，帮助英国的公司把迷彩布的伪装性能搞上去是轻而易举的，那么英军的迷彩作战服就要发生变化。

未来的迷彩服，是朝“变色迷彩”发展，要求进入沙漠、雪地、林地等不同环境，军服要随环境的温度、湿度、色彩等等背景的变化而自动变化，这不是把多种迷彩服的技术集于一身，这是仿生学的重大课题。美军已抓紧投入研究的“变色龙”作战服就是未来的“迷彩”。中国未来的“变色龙”军服，也许要靠眼下还在学校里读书的某个孩子将来领头去搞，也可能就是这个张建春将对此有所作为……周国泰对此是深思过的，所以他大言不惭地说：“我是为国家留他。”

这样说，是不是过高地夸奖了张建春呢？不管别人怎么看，周国泰是这样看张建春的，这就叫理解，叫知音。

如果别人不这么看，不奇怪。唐代孟浩然的《留别王维》诗中，写过一句“知音世所稀”，前句是“当路谁相假”，孟浩然在说：当权的人谁肯相助呢，知音是世上稀少的啊！

周国泰对张建春的理解不仅仅是语言方面的。进入九十年代的周国泰是个开发专家。建春领头搞的“迷彩”当时国内没有一个工厂能生产出来。通过技术鉴定获了奖，要进入大生产仍然不能缺少中试，还有扩试。特种染料的生产是首先会遇到的问题。建春说，“老周一九九一年在亚运村召开的一次有许多部门参加的会议中，就对这项工作给予有力支持。”

当然，大量具体的技术性工作要张建春自己去干，周国泰可以在财力、物力方面为建春提供最大的方便，做他的后盾。

不难看出，周国泰如果没有这个开发部，想支持张建春也会心有余而力不足。但是，我仍然难以分清，他所给建春的支持，在精神与物质这两个方面，到底哪一个更大。

周国泰已有不少成果，仍免不了被人“争议”。某种情况下，

“争议”是我们的生活环境里，一些人发明出来的抹煞他人成就的办法。古已有之。历史上那些勇赴疆场屡建战功的将军，被朝中臣子们的三寸舌头所杀的，还少吗？在周国泰被告的日子里，也有海外华人或“洋人”来聘他，问他你一个人一年能挣多少钱，然后讲出一月给你多少美元，讲出的数目通常是够惊人的，工作地在国内或国外，也可以任他选。

海外实业家要“挖”走周国泰，并不是一般地把他当科研专家或企业家来“挖”，周国泰善于把科研专家和企业领导者的能力也转化成产品，并迅速推向产业化。

什么叫“你若愿意在国内上班也行”？何谓“买办”？花大价钱把周国泰买去替外国公司办事，是一笔非常胜算的生意。

周国泰深知自己的价值，微笑着问：“我就值这点钱吗？”

对方就加价。然后，周国泰只好抱歉。

“你是个中国人！”外国友人常常这样夸奖他。

周国泰在微笑过之后，内心又有种说不出来的滋味，我本来就是中国人，这是夸奖吗？

“建春，你说我们只是我们自己一个人吗？”周国泰问。

这是一个埋伏着许多内容的问题。

当西方以武力侵入中国，我们奋起反抗，能明确地感到有一个战场。当战争被遏制住之后，发达国家的商品不断攻进我们的家庭、办公室、政府大楼、城市大道和飞机场，换走了我们大量的货币，我们是否感到这里有一个同样激烈的战场？

任何一个科技新产品涌进中国市场，都意味着中国的相关企业面临关门之虞。审视周国泰搞防弹衣、油田防护服、阻燃服……能否感到，那是率领着一支科技队伍以及与此相联系的产业军团在跟发达国家的同类“集团”作战！

张建春如果出去，会继续被英国人发现，英国人会为他提供实验室，会投资把他的“先锋”技术变成产品。投资者会因之更富起来，张建春也会富起来，还有一大批英国的生产者也会因此收获到好处。这是不必怀疑的。那时，是谁跟谁在较量呢？张建春与周国泰很可能在纺织这个领域“狭路相逢”。

一个站在米字旗下。

一个站在五星旗下。

是我夸大了某种情况吗？如果张建春接受了英国里兹大学的奖学金，去成为那里的博士，他的聪明才智将不可避免地在英国得到开发，一旦得到开发，受益者哪里只是张建春个人呢？最大的受益者即英国的投资者，产生效益后的收税者就是大不列颠及北爱尔兰联合王国。

我的描述出现什么问题了吗？英国、美国的大学为什么要出钱资助中国人去读书？在张建春还是个穷光蛋时，资助你去读博士，有投资难道不应该有收获吗？这有什么不合理吗？

10．一把金钥匙

什么叫“科学没有国界”？几百年间，随着科技日益展露出它的锋芒，它的巨大威力，发达国家是充分使用这柄利器，继续把独立后的发展中国家变成他们倾销商品的市场。

当代贸易的主要特征已经不表现为古代贸易中的互通有无，而是你会织布，我也会织布，我的布质量比你好，我的产品就印上美国的、英国的、德国的、日本的标志胜利前进，你的产品就撤退，企业的运转就受阻，甚至一片一片地崩溃。

富的是这样更富。

穷的是这样更穷。

这种情形在发达国家内部也存在。但是，由于发展中国家科技发展水平的落后，由于你的落后，大量汲取你的廉价的资源和廉价的劳动力就成为可能，发达国家整体的繁荣是在这样一个世界背景上实现的。

具体到中国，你会逐渐看得清楚，中国的科研并不落后，落后主要表现为如何把知识形态的科学技术转化为新技术产品和商品。那么，西方资本若把张建春这样的人才吸收走，这一进一出，哪里是多一个人或少一个人的问题呢？

写下这些，没有动员谁别去留学的意思，也没有教导谁非得在公有制体制里做贡献的意思。世界很大，人各有志。白求恩曾把生命献给了中国人民。到金字塔或埃菲尔铁塔的故乡去丰富自己的人生同样是神圣的。当代中国各种经济形式并存，个体劳动者是光荣的纳税人。当我描绘出“科技这柄利器”的世界形象，写下周国泰试图留住张建春，只是讲出世上有这么一些基本状况。

只有深刻的理解，才会有真正的尊重。这是周国泰与张建春会走到一起的前提。他们都知道，一旦开发出一个高科技产品，那不是搞出一个产品而已。这在开发迷彩服的过程中，同样展现得非常充分。

譬如，郑州印染厂是全国四大印染厂之一，有十二条生产线，大几千人，没活干，停产了，正在有关部门考虑让他们破产的当儿，“我们把生产迷彩的印染任务给了这个厂”，一下子就救了这个厂。

前面说过，要搞分散还原染料同浆印花工艺，必须有快速蒸化机，国内一台也没有，郑州印染厂怎么印得出来呢？

一九九四年，一个国际纺织机械博览会在北京国际展览中心举行。建春去看了。看到德国产的快速蒸化机，一台四百万元人民币。德国人看建春特别注意那蒸化机，建议他买下。建春看过之后用德语回答说：“我们不用。”

接下来的对话使德国人很惊讶，“你们没这设备，怎么能印出迷彩呢?”建春说:“我们已经印了好几千万米了。”

怎么印的呢?

张建春自己设计,对一般的蒸化机进行改造,走了一条同书上讲的快速蒸化机不同的技术路线,弄了一班设备科的人来制作,花了六万元人民币搞出来,能用了……这只是一个例子,在此,能看到,开发一个高科技产品的过程,某种意义上,是去改造出一批够水平的工厂来。郑州印染厂是在这样的过程中,能够承印“迷彩”。当时给了这个厂每月一百万米的印染任务,共八个月。又把向非洲国家出口二百万米“迷彩”的印染任务给这个厂,这厂马上就活起来。

在“迷彩”走向产业化的过程中,单印染这一项,除了开发部的工厂、军工厂之外,地方的工厂还有:

陕西第二印染厂

咸阳印染厂

江苏盐城印染厂

河南第二印染厂

石家庄第一印染厂

石家庄第二印染厂

建春每到一厂,厂里就召开工人大会,听张建春用扩音器讲大课。“迷彩”是这样一步步走向产业化,工厂是这样上台阶。一九九四年七月,石家庄第二印染厂召开职工大会,授予张建春“荣誉职工”称号。崔厂长代表全厂职工奖励给张建春的一件东西煞费苦心。他去打了一把金钥匙,用黄金打造的一把大钥匙。

张建春没有收下。但工人们对他的敬佩和感激,他领略了。在此还能清楚地看到,一个高科技产品一旦实现产业化,不仅对一个企业,一个集团能带来很大的经济效益,还有稳定社会的巨大作用。

张建春说："我有个同学，在美国已经买了四套房子，他自己住不了，就出租。还有个同学在日本，开一个烤肉店，赚了五百万日元。你说多不多？我看，也就那么一些吧。别看我没几个钱，我可不止创那点效益。"

这话，在别人听来，也许会觉得张建春说大话，或者开玩笑。周国泰就听得心领神会。

张建春说："迷彩服从一九八九年一直搞到一九九四年，前面这一块，搞出样品通过技术鉴定，用了一年零四个月。后面用了四年时间才使迷彩系列全部实现产业化。后面这一块比前面难多了。所以，在实验室搞科研那一块是小手笔，实现产业化，才是大手笔。"

11. 比才华更有力量的

像张建春这种人，到底需要什么，给他什么才能使他心情愉快呢……你已看到，他说他有个同学在美国买了四套房也就那样，那么他没走，留下来做奉献又怎样？当他是个副团职干部时，一直住着营职的房子没去向领导讨住房。按规定，一个级别满两年后，获了全军科技进步二等奖以上的可提前晋级。当他把全军科技进步一等奖、二等奖都拿到手，副团到第四年了，也没人为他办此事。他所在单位负责此项工作的主任某次对周国泰说："其实，他两年前就可以晋级了。"

周问："那为什么没办？"

主任说："忘了。"

"我劝天公重抖擞，不拘一格降人才。"这是龚自珍在清代的呼唤。有人说，这是借呼求天公，表达了对清廷限制人才的愤慨，我看龚自珍此语不无忠诚。今天，当我们以文件的形式来破格奖掖那些为国家做出突出贡献的人才，是多宝贵多进步的事呢！这文件的诞生也必是许多先贤往哲、仁人志士呼吁和努力的结果，是试图以成规成制的方式来保证这件好事的畅通……可是，有了文件，有了可执行的规矩，执行者可以轻轻说一句“忘了”，就没事了，这是啥事呢？

我真不想写出来，说这话的是什么主任。

主任忘了，张建春也从未去“提醒”。像建春这种人，到底对什么有兴趣，想要什么？也许不会不要钱，但美元、英镑就能打动他吗？李白也写过很明白的诗：“人生贵相知，何必金与钱。”曹雪芹写过：“万两黄金容易得，知音一个也难求。”如再想想屈原作《离骚》，我国当代著名楚辞研究专家文怀沙先生说，离骚是被离间的痛苦啊……岁月悠悠何止千秋，中国的读书人用类似的语言，不断重复着一个悠久的话题。张建春也算个知识分子吧，最需要的仍然是理解……周国泰为什么能给张建春以深切的理解，我看有比知音、比理解更内在更宝贵的东西。

这种东西叫珍惜。知音，讲的是理解的能力。如果说“世所稀”容易被看作是知识分子自视高贵。珍惜，却是平凡的，只要有心，无处不在。最有力量的东西，总是无处不在。

珍惜是一种品质。一种能使人生健康生长的重要品质。

张建春怎样从黄河拐弯那个地方走出来？时光、知识、才学，因珍惜才会滴水成河，沛然化雨。才华，有人妒嫉，可见人人都想有。珍惜，却是才华之母！

这是一种充满祥和与温度的品质，在她的内部蕴藏着伟大的能量，会在你并未刻意追求时给你恒在的生长，才华，是从她里面生出来的。这种品质也会在你拥有才华之后，驾驭着你的才华，以制止你用才学去欺负人。

不知珍惜自己，就很难珍惜他人。**缺少珍惜这种品质，就容易对别人做出可怕的事情。世态炎凉大抵是这样被制造出来的。**

在周国泰身上，珍惜的品质，大约可称是积岁月而成的一种品格和资质。读书、插队、当兵扫树叶……没有浪费人生中的哪一片时光。论获奖，周国泰够多的了。此外，按规定，立二等功以上的可以提前晋级。周国泰在非战争年代，二等功立过两次，很不容易了。但是，从未有谁给他提前晋过半级，也够典型的吧。

一边是埋头苦干之后的获奖、立功，一边是获奖、立功之后就有人非议，然后是不见落实晋级，好像周国泰是有什么问题……落实晋级是落实对功臣的关怀吧，可是上级的关怀好像被谁拦路打劫给劫没了，周国泰怎不期望得到组织的爱护？

“把我当一把刀，劈柴也行，砍肉也行，用完了，往边上一扔，擦都不擦一下。”这话他也说过的。说过之后，仍然得想，获奖、立功就已经得到赞扬与关怀了，你还想要什么呢？仍然得自得其乐，自我珍惜。

如果进一步认识到，那些奖其实是身外之物，就可能更专注于认取日常与战友们共同工作共同创造的快乐，那是真正纯粹的快乐。他对张建春的理解与关怀，是从这种品质里自然而然地生长出来的，是他快乐的一个部分。

建春说：“不管怎么说，迷彩服，是我一个比较得意的作品。新闻联播每晚都有军队的报道。一出现军人，往往就有‘迷彩’，我看了心里很自豪。”

何以说“比较得意”？因为更大的“手笔”还在后头。

建春说：“老周对我说，我们要搞一个中国服装功能研究中心，建一个博士后工作站，把这里搞成亚洲最大的军服研究设计中心，最大的制式服装设计中心，最大的劳动防护用品研究开发中心，能把我学到的东西，通过这些中心发挥得淋漓尽致。”

周国泰不是说说而已，是真正在为发挥建春的才华创造有利条件。可以说，建春在研究与开发“迷彩”的过程中，开发出了自己的大手笔。周国泰在某种意义上已然是在开发张建春……但是，他又不认为自己为建春做了什么，因为，如果没周国泰的支持，张建春未必不能创造奇迹，但可能不是在中国创造奇迹，所以周国泰只认为自己是对国家做了好事。这样的认识，使得这两位能人的友谊豁然而大度。

周国泰甚至动员张建春到研究所的小组会上去做个自我批评。张建春居然也去做了。然后体会到了轻松豁达。

人生真是奇妙啊！张建春说："别人说我和老周都是很固执的人。但我们碰在一块，从来没有别扭过，什么事都好商量。"当我们欣赏这两人的才华，不要忽略了比才华更漂亮的东西，那种友谊，那种理解，那种相互尊重和信任。这一切，知珍惜就有，不知珍惜就没有。

我曾多次与建春一道出差，见他夜里看《中国雄师》军史丛书津津有味，那套丛书有《华北野战军》《第一野战军》《第二野战军》等等。他说："我买了一套，一本一本地看，很好看。"

我想，这个曾被认为不认真参加政治学习的人，用不了多久，比他更了解军史的人，恐怕也不多。

市场陈列着希望，也埋伏着陷阱。你听到钱币在生长钱币，那是一种神秘莫测的声音。许多的成功和失败都像一个谜。那谜底，恐怕埋藏在历史深处。

第十一章

世界性的迁变

1. 换一个话题

一群在学研究生的到来，已是这儿最夺人耳目的景象。我首先认识的是两位女研究生。一九九六年秋，我与她们同去开发部在河北的一个工厂。她们要去工厂做实验。

甄小阿戴一副眼镜，她说父亲给她取这名就是取汉语拼音那第一个字，大约是期望她长大读书、工作，要去站在前列吧。**曹薇**比小阿小两岁，晚到开发部一年。

甄小阿大学毕业于天津纺织工学院染整专业，随后考上北京服装学院的染整研究生。她到开发部来搞研究的课题，若用她将在此完成的论文题目表达，就是：《芳纶棉混纺织物的耐高温阻燃整理》。曹薇来自西北纺织工学院，来此做论文的课题，与小阿的是同一个项目的前后两个部分。小阿是后面的染整部分，曹薇是前面布料那部分。

你已知“芳纶”是干什么用的。你也知道开发部早已开展了阻燃研究，并有阻燃服问世，现在是要做更深入的研究。

“能够阻燃的面料，大分子排列特别紧凑，染料分子不容易进去。”小阿告诉我，“要在大分子还没有排列好的时候，就是说在大分子排列成纤维的过程中，让染料分子同时进去，成为有色的纤维，再织成布。”小阿还告诉我，如果织成布后，要染色，得在二百七十度的高温下才能染上。“可是国内外染色的设备都不可能升温到二百七十度。即使升到，能源消耗也是不可想象、不可取的。”

这样，我们就知道，小阿和曹薇使用聪明才智的领域，已经算得上是处在“前列”。

现在我想换一个话题。为了充分领略周国泰日益拓得更宽的天地，换句话说，为了不仅仅是感觉到他们在干什么，且能感到他们所干的跟我们有关系，我想有必要先换一个话题。

今天，常听人说“世纪末”。西方就是在中世纪末崛起的。假如问：西方在中世纪末的崛起，是什么起了决定性作用，将如何回答？

“文艺复兴。”她们说。

我也曾经这样认为。怎能不是呢？当我插队归来，当中国报刊开始较多地介绍西方，有关文艺复兴的宣传是怎样地激动过我。从许多中外著作中都能看到相当明确的语言。

——近代科学的曙光，所以首先在意大利破晓，正是由于意大利是文艺复兴的故乡。

——激情的火焰，理性的巨流，冲塌了中世纪的神学殿堂，燃起了欧洲大地新世纪的希望，揭开了欧洲近代史崭新的第一章。

一九九二年冬，作为中国作家代表团成员，我们在访问意大

王宏甲（左）与张建春（右）

首届护神奖学金领奖者（右二）为西北纺院研究生曹薇

利期间专程去了佛罗伦萨，那是欧洲文艺复兴的发祥地。我们都是搞文学的，该是去找艺术吧！

看了不少艺术馆，看了教堂，也看了市场……无论中国和意大利，市场上钱币在生长着钱币，那是一种神秘莫测的声音。许多的成功和失败都像一个谜。但从意大利回来，我开始感到，尽管今日许多新奇的事迹，都可能挤兑了我们对昨天以前的历史的兴趣，那个谜底，恐怕，仍然埋伏在历史深处，在这个星球上的农民和手工业者首次踏进工厂的时候……

2．佛罗伦萨说

“如果再朝前看，看看文艺复兴之前，欧洲发生了什么？也许会发现纺织的巨大意义。”

“纺织？”她们都笑了。

由于她们是学纺织的，这使我以下的叙述在她们听来有可能不那么枯燥。

欧洲最早的手摇纺车，出现在十三世纪。这在科技发展史上，明白地记载着。这就是中世纪后期手工业发展的第一个信号。不久，资本主义的萌芽，就出现在意大利的佛罗伦萨。到十四世纪，佛罗伦萨的呢绒制造和加工业有了梳毛、洗涤、纺纱、织呢、制毡、染色等等大约二十种不同的专业。

此时的意大利，事实上还处于分裂状态，在政治思想和史学领域被称为文艺复兴代表人物的马基雅维利，要到十五世纪才出生于佛罗伦萨，要到十六世纪才写出他的《君主论》，主张统一意大利。

此时，哥白尼也还没有出生，要再过一百年，到十五世纪的一四七三年出生，约在一四九五年才从波兰去到意大利，要到十六世纪的一五四三年，标志着近代科学诞生的《天体运行论》，在他逝世前夕诞生。是到这十六世纪，佛罗伦萨的纺织业已兴隆了二三百年后，意大利文艺复兴进入全盛时期。此时闻名于世的三位美术巨匠：达·芬奇、米开朗琪罗都出生于十五世纪的佛罗伦萨附近，拉菲尔出身于佛罗伦萨以东的乌尔宾诺，并在十六世纪初到佛罗伦萨。

中国古代有句话说“衣食父母”，似乎已很形象地讲出，一**切的艺术、法律、统治方式都是被“男耕女织”的生产力生出来的。欧洲资本主义的萌芽，是在“织”的纺车上生出来的。**

近代西方的崛起，在英、法两国也极为典型地表现为“织”的突飞猛进。

当英国还只是一个不大的英吉利王国时，从十三世纪开始，尤其是十四世纪，英吉利王国因不断为佛罗伦萨以及佛兰德尔的呢绒业提供羊毛而受影响。到十五世纪，英国，也是纺织业先繁忙起来。始于十五世纪末的“圈地运动”，正是由于英国毛纺织业勃兴，羊毛价格不断上涨，养羊业极为有利可图，大规模圈占村社公地与农民耕地的事就发生了。改耕地为放牧，当然不是退回游牧，是织机需要大量羊毛。

圈地造成大批农民失去土地，社会动荡不安。英国政府曾于一四八九年到一六〇九年的一百二十年间，先后六次颁布限制圈地的有关法令，并有“退牧还农”的条文。史称“反圈地条例”。为监督条例的实施，英国政府于一五一七年建立监督机构。可见，圈地运动在英国一开始就不是合法的。有了限制的法令并监督机构后，收效不大。除非关闭毛纺织业。但是织机一直在运转。到十八世纪，英国国会则通过大量准许圈地的法案，使圈地合法化。

毛纺织业的发展，又迫使英国新兴的棉纺织业为降低成本而革新技术，工业革命便首先在棉纺织业萌动。棉纺织业主要分为纺纱与织布两个部门。到十八世纪三十年代，有人发明了飞梭，加快了织布过程。到六十年代，手摇纺车“珍妮机”提高了纺纱速度。随后出现了水力纺纱机。到七十年代末，出现了吸取珍妮机和水力机之长的混合机，是在这时，纺纱厂才开始出现，由以往的工场变成了工厂。

此后，由于以水力为动力的工厂生产受季节影响，厂址也受地点限制，到八十年代，就呼唤出了以瓦特的蒸汽机为动力的蒸汽机纺纱厂。这就是恩格斯所说的：“分工、水力，特别是蒸汽力的利用，机器的应用，这就是从十八世纪中叶起工业用来摇撼旧世界基础的三个伟大的杠杆。”也就在这十八世纪中叶以后，农民作为一个阶级，在英国不复存在。到一八四〇年，英国人干了什么，大家都知道了。

在法国，被恩格斯称为发生了“第一次工人起义”的里昂，当时正是纺织工业的中心。之后，给世界留下深刻印象的巴黎时装，同样是法国“纺织”发展的果实。

顺便一说，德国的工业革命也是从纺织业开始的。

英、法、德纺织业的迅速发展，甚至把文艺复兴的故乡意大利抛在后面，也把最先向西航行到欧洲去开发殖民地，曾有海上“无敌舰队”之称的西班牙抛在后面，也把继西班牙之后成为海上霸主、拥有“海上马车夫”之称的荷兰抛在后面。

为什么说衣服里蕴藏着多么不能漠视的天地？

衣食，是人类生存的两大基本要素，联系着吃饭穿衣的耕织，就是人类古代两大基本技术。人类走到近代、现代，“织”的决定性意义，已然比“耕”更为突出。因为大米、小麦是从土地里长出来的，“织”从机器里长出来。

3. 丝绸之路说

如果把目光望向中国古代，望向那些令世界惊叹的事情，一定会看到丝绸之路。那路启程的地方，依我看，不是在骆驼的足印上，而在——主要是由中国女子操作的——织机上。

中国最早的手摇纺车，出现在春秋时期。男耕女织，其实是一部多么悠久的史诗。即使只看这“织”，也可以见出一个民族兴衰得失的轨迹。

看啊，春秋战国，男人们在战场上争雄的时代，女人们已在使用手摇纺车和脚踏织机。我们不知那是谁发明的。这种非征战、非治国的故事，总是很容易被遗忘。

到汉代，有脚踏提花机了。此时，我们听到了张骞、苏武、甘英这些对通西域、开拓和保卫丝绸之路有过卓越贡献的英雄的名字，但那脚踏提花机是谁发明的，你知道吗？

到三国时期，有了三绽纺车。

到唐代，这是中国“织”文化承前启后产生过质的飞跃的时期。这是出发于汉代的“丝绸之路”，在唐代结出硕果的时代。

唐朝，在西施的故乡，产出的一种“缭绫”，极洁白又轻柔，白居易赞之如月下瀑布，诗曰“地铺白烟花簇雪”。还有一种用轻绢制成的“幡”，几乎是透明的，挂在门前不碍光线，两面都有彩线绣图，不见有风，薄幡摇曳，幡上景色便翩翩动作栩栩如生。又有亳州产出一种比绢更轻的薄纱，织品放在手中“轻若无物”。杨贵妃以轻纱为“披帛”，披戴在肩，同时期的欧洲女子哪里感受过她的风采！

无比美妙的织品，全无自卑的豪放，开启了唐代诗人汹涌的才情，“染作江南春草色”，“红裙妒杀石榴花”……无论淡雅与浓烈，那是真正的艺术，可与世无其匹的纺织艺术媲美的艺术。

丝绸之路召唤来那么多“蕃客”，大唐出现了空前的中外文化交流局面。《旧唐书》载：“蕃僚与华人错居，相婚嫁。”那该是怎样互融血脉的交往？我不知那年月来华的外国人或者要嫁华人的外国女子是否也有今日中国人去西方的冲动。但可以相信，那时日，唐人看到涌进来花花绿绿的陌生东西，无自卑感。而且，不比别人逊色，还在积极吸收外来文明。

譬如音乐，中国多民族的传统音乐吸收了异邦异族的音乐，建立了燕乐、清乐、西凉、高昌等十部乐曲。音乐的发展有助于诗的入乐传唱，并直接促成了词的诞生。唐时的剑器舞、胡旋舞来自西域。杜甫在《剑器行》序文中就讲到张旭草书得公孙大娘剑器舞启发而“豪荡”。“豪荡”一词出现在一向规矩的诗圣笔下，真让人为之激动。

再看绘画。吸收了外国色彩及晕染技巧，出现了敦煌壁画。看看那裸身翱翔的“飞天”女子，豪荡不豪荡？谁道中国人保守，封闭！

相同时期，欧洲还在“中世纪”。我在意大利西西里岛看到的十二世纪的教堂，教堂内的壁画上，所有的人物都穿紧衣裳，连头发也被遮盖起来，只露出一张没有笑容的脸，因为“笑”也被认为会引起邪恶。

敦煌壁画上那“飞天”女子，正充分地展露着唐人的自信，像光芒那样放射着对阳光对自由的热爱。

歌舞是那样激发着能工巧妇制出与之媲美的服饰。唐代制出的女子纹胸已有西方后来出现的胸罩的雏形。色彩、晕染引进织物印染，穿在唐人身上，形成流动的风景，才有了大唐帝国绚丽的形象。

到宋朝，就出现了三十二个锭子的水力大纺车。宋代的繁荣，从《清明上河图》就可以见出气魄和韵律。**被今人称为“积贫积弱”，称为“腐朽”的宋代，在当时，无论政治、经济、文**

化、艺术、军事，都无一例外地保持着确凿无误的世界第一先进水平。

到元朝，就呼唤出了改革纺织工具和工艺的黄道婆。

到了明朝，该怎么说呢？该说丝织业在唐宋都有了大的发展，绫罗绸缎代表着唐代纺织业所达到的高度，但这不是躬耕大野的村夫民妇穿得起的，棉布服遍及市井农乡是明朝的景象。

这景象的出现，不能不说，与开国皇帝朱元璋的一项政策直接相关。开国之初朱元璋便下令：凡有田五至十亩者，须种桑、麻、棉各半亩，超过十亩以上，按此递增。建国二十六年，又通令，所种桑、棉全部免税。这就使黄道婆的改革因得棉花而有了施展的很大天地，她的故乡松江一带，是在这时有了“衣被天下”的美誉。江南织造业随之有了弹跳似的发展。棉布服终于取代了明以前民间多是麻布服的景观。更深刻的变化是，遍及南北的棉布纺织品意味着许多商人在驿道与乡村小路上穿行。商业在被大幅度地呼唤出来，历史似乎注定要在明朝发生一些什么了。

大量布匹的诞生，为染色提供了施展花样的机会。悦目的色彩，适体性好的普遍感觉，还会使更多人发现自身潜藏着的智慧，引出、释放出许多美感和创造。此时，有一句诗那么美的话描述道：“机杼之巧殆天工。”织机已能在同一工场分列布机、缕机、绢机、纱机、罗机、绸机等等，操作日趋专业化，工商业城市就在这产床上一个一个生出来。这种情况的持续发展，就出现了学术界说的：**中国资本主义的萌芽时期**。

至于清朝，你只要去故宫博物院看看，那“江南织造”的产品，分明比明朝又进步了许多。

现在，你可注意到，欧洲直到十三世纪，才有手摇纺车。论技术，这些至今使用刀叉吃饭的民族，传统的纺织技术是毛纺，丝织与棉织技术都由东方传入。为什么纺车和织机在欧洲出现，会在欧洲旋转出那么大的气候？

今天，我看到中国军中有那么一些从事服装功能研究的人，练就了利用市场开发“第一生产力”的本领，又凝聚起中国纺织方面的高级人才，决心去对本民族纺织业的振兴发生作为，会不会导致这种牵系国计民生的生产力的突进，会不会对一个民族的生活，产生沛然化雨、丝丝入扣的影响呢？

即使这些人是一块砖，在中国几亿学子中，在众多渴望民族强盛的人们中，会不会呼唤出玉来呢？

4. 二次创业

“科研项目产业化，人才立体化。”当这句话在周国泰心中酝酿成熟，一个科研处诞生，张建春成为科研处长。

这是从多年实践中——包括观察外国实践——产生的一个举措，比他所获的任何一项科研大奖都重要。

日本人给他的印象尤深，他访问日本的心情也最复杂……心中一再出现童年的草原，看见那个阴森森的小门古家，那个距离民治屯约五里地的荒无人烟的屯子。

周国泰从未见过爷爷和奶奶。母亲坐在民治屯的炕上，告诉他，从前日本人在这一带搞细菌实验，闹得鼠疫流行，每个屯子都死人。他爷爷和奶奶就是在那个时期早逝的。那时，周国泰的父亲还是个小孩，爷爷把他带大。有关小门古家的悲惨故事，就是从国泰的曾祖父口里传下来的。

最难忘的一个细节像一幅画。母亲告诉他：小门古家，一个村的人，死得就剩最后一家人了，这一家人中还会动的只有一人。这个人把奄奄一息的亲人都弄上马车，想拉着他们逃走。马车驶出了小门古家，但是，这最后一个赶马车的人也倒下了，死了。没有人敢去给那匹马解套。马走到一个屯子，人们就远远地驱赶它，用石头扔它。马又走了，马一直拉着那一车尸体在科尔沁大草原上走啊走，不知走到哪里去了……

这个故事在少年国泰的心中留下太深的印象，使他痛苦得不知怎么办才好。一个村庄就那样结束了。小门古家一直荒芜，到人民公社了，还荒芜……现在，作为科研专家，他来到了日本。战后的日本又发展得如此繁荣，为什么？

从日本回来，他的战友听他这么问过："苏联和日本的科研队伍，谁的更强？"有人说："很少人把苏联和日本做比较。"他说好吧，就看美国和苏联。二次大战后，苏联为了跟美国竞争，建立了由政府管理的许多科研院所，形成了科学家团体，可以说是科学研究集团化。这结果使苏联比美国更早实现了宇航员登月。但是，苏联的经济模式限制了科研成果转化为民用产品。

"国家让生产就生产，不让生产就存档。"科研、鉴定、评奖、存档……这是苏联大部分科研成果的主要路线。

"美国呢？"他说，"美国也建立了不少国家科研机构，美国的科研不但完成国家任务，还走向市场，科研成果转化快。结果，美国胜了，苏联解体了。"

就这么简单吗？可是，你还要把问题弄得怎样复杂呢？

只要看看苏联的民用产品"三十年一贯制"，即使能让人民勒紧裤带，把科技搞到月球上去，也要失败。关键不在于谁的科研水平更尖端，关键只在于会不会"转化"，就这么简单。

"日本比美国更典型。百分之九十五的科研机构设在企业，百分之九十以上的企业拥有科研机构。日本人很聪明吗？日本人的聪明就在于他们善于做一个匠人。西方人善于思索，属于思维型，日本人属于工匠型。"他说，"你看，日本人整个杯子，能整得那么漂亮。整个小木棍，也那么漂亮。"

他又说，在科研方面，日本其实主要靠"拿来主义"。在全

在美国考察期间，与杜邦公司技术人员座谈（合影）

球购买别国的科研成果，加以进一步的研究和开发。二战以后，日本主要就干这件事：针对市场需要选项，然后通过上述办法去不断更新产品。

由此，他对开发部人员进行有关工程化和产业化的教育。简单说，工程化，是要解决在生产过程中的技术问题。产业化是如何实现规模化生产。

周国泰在去了俄罗斯，也去了日本，去了美、英、法、德多国之后，决定“二次创业”，在我看来，是烈烈地有一种慷慨，一种气概的。

“我们要建一个科研处。”周国泰发出了这个声音。别看这声音似乎不怎么新鲜。此前，开发部只有“技术处”，表明昨日的国泰虽早已踏上开发之路，思考尚不够到位。

昨日只有“技术处”的缺欠，其实不是国泰一人的缺欠。请想想，长久以来，我们都很熟悉有个词叫“技术革新”，企业有技术员，有工程师，但是，大多数企业缺乏科研力量。沿用苏联模式，中国的科研力量主要在科研院所里。

请再想想，日本的企业普遍拥有科研机构，所以拥有精锐的战斗力。以此再去购买世界先进科技，再让科技大量繁殖出经济，就这个日本，甚至使美国人惊呼：日本人快把美国买下来了！

如果对上述情况有了足够深的印象，再看周国泰如何从无到有**在“企业内部”建起科研处，**就会有感觉了。

“一切都靠自己从头研究起，不行。要善于走捷径。”他说。

如何走捷径？不论你是什么体制，这个故事都可以为镜。

5．慷慨拜将

任命张建春为科研处长，却没有给他一个兵，只把一个会议室腾出来，让摆进桌子，能摆六张。没有电话，周国泰把自己办公桌上惟一的国际直拨电话拆下来，交给他："就这样，你往里进人吧！"

这是怎样的气象？你可以充分领略，得一个韩信，会得一支能打败项羽的部队。

科技是第一生产力，科研处就是先锋队。周国泰把那台电话交到张建春手里，让我想起犹如交给他一颗"帅印"。没给他队伍，如此拜将，就有甚于用韩信。这是把组建一支先锋队的"自主权"充分放给这个人，让他不但在本部，也到外部，面向社会去充分地挑选精兵强将，这就是要打胜战的气象！

此举是否周国泰首创？我看明代改革家张居正用戚继光已多少有些先声。明朝有国家的正规军，戚继光因张居正给予的信任，得以去充分自主地募兵募将，募出一支比国家的正规军更令倭寇惊骇的戚家军。张居正曾这样说："世有非常之人，然后有非常之事。有非常之事，然后有非常之功。"

周国泰用张建春，我看不在张居正用戚继光之下的——请不要在乎他们之间是否可比，位不在大小，时不论古今，报告秋天，不必是遍地落叶，一株菊花也能。

"为这个人专门建实验室建科研中心，也是值得的。"周国泰说。

要把这句话付诸实现可不简单。投入资金，租下两层楼，购置科研设施，建起三个数据库，两个科研中心，已经花下去六百万元，全部设施的完成得用千万元资金去做投入。目前主体设施已基本完成。

你可以认为这么做是为了开发部的发展。这样认为肯定无错。但只有听懂周国泰对张建春说，"这些设施都是为你建的"，你才会听懂这里面比金子更宝贵的东西。

"张建春，你有多少本事，就使出来吧！"周国泰说，"你想

上天，我能给你一把梯子！”

一间大屋，六张桌子，一台电话迎接张建春的时辰，建春自己都笑了。“不行，你总得给我一个接电话的人吧。”他说。

于是给他一个人。人来了，是个比张建春高的大个子。

“你多大年龄了？”

“十九。”

“学什么的？”

对方说职高毕业，学修空调的。建春脑子里掠过有台空调坏了，“那好，你先修空调。”

“学是学，还没实际修过。”对方说。

建春对“学用脱离”并不陌生，但他还是有些惊奇，原本就是为当代青年寻求职业而陆续新办的职业高中，怎么也有这种情况？

“好吧，你现在就帮我接电话，作电话记录，还有发信。没事就看书。你叫什么名？”

“聂晓军。”

晓军听他的处长这么说，似乎这工作还挺轻松的。但很快就发现，事实上他很难没事。

张建春把一本印有纺织、化纤、服装、印染……全国三万多家企业的名录交给他，“我勾出了五千多家，你给他们发信。”

“怎么发？”

建春从书中抽出一张他设计好的制式表格，“你去印出五千多份，让他们按表填了寄回来。”

这就是张建春的第一个“兵”和建春交办的第一桩活。这个活的目的是要建一个对全国相关行业“尽在囊中”的“数据库”，这个活够晓军忙的。

“晓军干事很实在。”张建春说，“五千多家，寄回来的有二千多家。这就很不错了。我们的计算机一时也够满了。”

在这个科研处刚刚问世的故事中，张建春的工作一开始就奔“科研项目产业化”考虑问题，包括考虑通过哪些企业的人们去实现。

接着，开发部的刘水林、吴志孝等一批“老黄忠”似的大将都集中在张建春的领导之下。周国泰在把张建春用为科研处长后，又用为副总工程师，进而用为总工程师，还在有关文件中加括号注明：享受副总经理待遇。

接下来，我们需要再次认识“项目”这个东西。从开发部本身看，如何选项，是“科研项目产业化”的基础。从世界范围看，项目，这几乎是我们认识当代世界性的竞争的一个门槛、一把钥匙。为此，有必要认识这样一个国际上通用的符号：R&D。

6. 认识 R&D

当代世界把“科学研究和开发”（Research and Development）缩写为“R&D”。称为当今世界先进企业最重要的竞争之道。谁能在这方面做得最成功，谁就能在当代乃至下一个世纪拥有主动。

几百年来，科研其实一直为西方高度重视，当 R&D 这个符号出现，开发是关键。前已述及：是开发使高科技出笼。现在我们需要知道 R&D 的世界形势。

从有关资料看，R&D 在国际上开始被格外重视，是七十年代后期至八十年代的“项目管理”及其一系列做法。进入九十年代，最先进的世界大型企业开始运用“R&D 一揽子”这一概念。这“一揽子”的第一步就是筛选项目，第二步是组合项目。

与此同时，R&D 的“国际行动”在一些发达国家的大公司之间出现。如德国西门子公司、日本东芝公司和美国的 IBM 公司联合开发256兆动态随意存储芯片的计划，便是典型的一例。

从前，世界上有过国与国之间的联合行动，比如英法联军、八国联军的侵华，以及西方国家与西方国家之间的联合作战。如今，公司与公司之间的联手行动，是这个不以坦克和大炮来开道的时期出现的特点。

不要因为我们坚持社会主义而忽略：在这个星球上，迄今仍然是资本主义经济体系在全球占统治地位的世界，文明仍然是在争夺世界市场的舞台上演义。所谓市场如战场。此时，R&D就是去争夺世界市场的最锐利的武器。

发达国家的大公司之间会在R&D上找到共同语言和利益，发现彼此掌握的先进技术，一配合，开发出任何一个高科技产品，都意味着巨大的世界市场。用R&D去占领市场，获取利益，比从前用枪炮更加通行无阻，淋漓尽致。

公司与公司的联合行动，并不意味着国家会袖手旁观。R&D的迅速发展，特别是朝国际化发展，已使许多国家调整发展战略，采取相应对策。日本的通产省于一九九〇年就提出了“科技全球化”的概念，美国工程科学院也专为此设立了委员会。

周国泰于一九八七年走上科研与开发之路，出发得不算晚。一经出发，干的第一桩事就是“选项”，“万里怀胎”选择了第一个项目。从此，研究与开发，以及与此有关的人事、管理等等一切工作，都是围绕着这个项目来开展的。新的工作又围绕着一个新的项目来组织和开展。这就是很典型的R&D。

然而上路之初，周国泰并不知道世界上已有R&D这一说。他是无意中踩响了这根弦。依我看，他的科研和开发之路，对中国人来说，更现实的意义是，他是在国内走出来的，诸多可操作性，均可以为他人之镜。

现在，他走到了“二次创业”，将如何选项？

“在科研选项上，不见得你瞄准最高水平的项目，就叫赶超世界先进水平。”作为军人，他常说的另一句话是：“占领制高点。”只有在他这两句话的夹角中，才能比较准确地看见他。

还记得周国泰去做的“博克图”实验吗？皮大衣所以保暖，因为那一层羊皮挡风。现在，周国泰要运用一种“人造皮肤”的技术，把军队的皮大衣换掉。

取代皮大衣的服装，重量只有羊皮大衣的三分之一，保暖性能优于皮大衣，实现产业化后，造价将比羊皮大衣便宜许多。由于这种“面料”能使外面的风、雨进不去，又能使里面的汗湿透出来，穿在身上，就能在人体和服装之间形成一个舒适的小气候。装备于军队将提高部队保护能力、战斗能力，并大大节省军费。用于地方将使目前的冬季防寒服、冬季运动服、滑雪服、羽绒服发生变化。因轻便，能使人们的冬日形象相对“苗条”，将受到普遍欢迎。这在R&D上，就是一个制高点。如果我们不去占领，我们的许多商场就迟早要被他国的此类商品攻进。主抓这个项目的任务落到了张建春的科研处。

根据建春所掌握的资料，这种面料，目前只有美国某个公司独家拥有。该公司在美国有四条生产线，在欧洲有五条生产线，其中一条在法国，四条在德国。美军装备了这种面料。如果我们的搞成了，就是世界上第二家。国泰的目标是：希望能赶上美国，或者，若干指标超过美国。

要把这项技术开发出来，实现产业化，国内无此设备，目前也还制造不出能满足技术要求的关键性设备。怎么办？

那就利用外国的技术力量制造。换言之，用钱去购买外国的此种高级生产力。

为此，建春从一九九四年春节后直到初夏，就跟荷兰的公司，德国的公司，瑞士的公司一家一家地谈判，最后确定由瑞士的一家公司按建春的方案和要求制造。

据说，在谈判中，瑞士这家公司的代表对张建春说：在全世界也没有遇到像您这样谈商务的人。因为在世界上，这样的谈判，一般是整套设备整体报价，或者分单元报价，比如一套设备分四个单元。“张先生，您怎么能分零件报价呢？”瑞士人太惊讶了。这个会说几国语言的中国人从容地说：“别着急，这台设备有三百多个部件，我对许多部件有我的具体要求。”于是他一个一个给出要求。他不但清楚这些部件的技术要求，还清楚它们若在不同的地方制造，各是什么价格，比如某零件，在美国或英国造是什么价，在中国造，又是什么价，你不能说我讲的这个价太低吧！

就通过这样的方式，建春将对方的报价压下了四十万美元。双方认可。据说，瑞士这家公司认为，这次合作，无论如何都干。一是，在中国这是第一家。二是，认为这套设计方案，比美国的先进（美国那家公司的设备也是这家公司制造的）。

一九九六年八月，张建春到瑞士这家公司去做实验，看到质量符合要求，其中面料的防水性能优于美国的产品，手感也优于美国产品。同年十一月，这套设备运到开发部在河南新乡的后整理实验厂安装，年底投入试生产。

由于这个项目的先进性，被列入国家级重点新产品开发计划，开发部争取到国家经贸委的无息贷款二千九百五十万元。

“这是动大钱的项目，惊心动魄啊！”张建春说，“周国泰对我说，一年后不出产品，不出效益，拿我是问。”他说我们基本上一年拿下来了。二千九百五十万元无息贷款规定三年后还，我们还有两年的“无息”可利用。

“再比如抓仿毛织物。”周国泰说，“新一代军服，当然不是改改口袋、扣子、领花。如果全军战士都穿上这种料子的军装，可以使全军阵容焕然一新。染作其它颜色，制作行业制服，全国有一千万人穿制服，将使全国行业‘穿’的形象改观。再进入民间服装，那就是更不可估量的市场了。”

又说：“再比如防寒鞋，鞋上一公斤，相当于身上七公斤。如何减轻鞋的重量，又提高耐磨性，并且不增加成本，这些都是制高点，是世界性的难题。”

他的“占领制高点”的含义还包括，我把我的这挺“R&D”架在这个高地，我的战斗力将有利于本民族企业的运作和发展，至少使企业的人员在这方面有活干。不管军中的人们是不是理解他，也不管地方的人们是不是理解他，他已经在这么干。

周国泰无疑是中国极有特点的一位搞R&D的“老总”。他也知道，他想干的事，纵使自己有三头六臂，加上开发部一批专家齐心协力，都是不够的。真正的制高点还是得有人，这就是“二次创业”要去实现的另一句话，要在全国范围建构他们的“人才立体化”。

7. 中国院士慷慨相助

徐僖先生住在蜀地，一九九六年十月十七日，进京接受了一项“科学与技术进步奖”，所获奖金为十万港币。获奖理由是因为创建了中国高分子力化学分支学科，研制出油田高分子材料等多种新材料。在徐老获此奖的前一年，一九九五年秋，张建春已入蜀来拜访徐老教授。

这位生于一九二一年的老教授，以他七十四岁的耳朵，一下子就听出了张建春的质量。他是成都科技大学高分子研究所所长，兴奋地招呼来他的八个教授、五个博士生，与张建春交谈。一边是徐老的教授和博士生，每人谈各自的研究；一边是张建春谈他所在的科技开发部……那情景真是“有朋自远方来不亦乐乎”！

伦世仪院士（男）　周　翔院士（女）

徐　僖院士（左）季国标院士（右）

同年冬天，徐僖来北京，找见张建春，开口就说："第一，你要读博士。第二，你要读我的博士。"又神采飞扬地说，"人们说考大学要考名牌大学。我告诉你，读博士要读名牌导师的博士。"

徐僖是中国科学院院士，一九九六年五月二日，在北京正式接受了特殊聘请，成为这个科技开发部的高级顾问。同时接受聘请的还有中国工程院院士。

工程院区别于科学院，在世界上被高度重视是本世纪的事。尤其是二次大战之后，由于核能技术、空间技术、信息技术、生物技术和新材料技术等带动的技术革命，通过工程技术的成功应用，实现了生产力的大幅度提高和经济的飞速发展。世界上有二十多个国家先后建立了工程院、工程与技术科学院。中国工程院于一九九四年六月成立。

中国两院院士，当是最有眼光来识别这个科技开发部的人。当开发部去求助，院士们没有不慷慨相助的。

季国标先生就是与徐僖先生同时接受特殊聘请的工程院院士之一。季老是中国工程院农轻纺环境学部主任，联合国高级化学纤维专家。我听过他的一个报告：《我国纺织工业的发展与军需纺织品应用的探讨》。季老长期从事化纤材料、工艺及设备方面的研究，造诣颇深，且有丰富的工厂实践经验和管理工作经验，曾任纺织工业部副部长，纺织总会科技委主任。是全国政协委员，政协科技委副主任。

同时接受特殊聘请的还有中国工程院女院士**周翔**。她是我国纺织化学专家，纺织总会染整专业教育委员会主任，全国政协委员，九三学社中央委员会常委。我初见周翔院士就是在她执教的中国纺织大学。周国泰到上海，辞谢了前来请他吃饭的厂长，接受了周翔院士的邀请，我正是在那个饭桌上见到了周翔和她的一位女博士生。

开发部特聘的高级顾问还有我国纺织材料、新技术材料方面卓有成就的专家。中国纺织大学的**王善元**教授是其中之一。关于王教授，我在前面已略有介绍。他还是国家教委科技委委员，纺织轻工学科组组长，等等。在我的面前，有一部王教授送给我的他主编的著作《变形纱》，这是我国在这一领域惟一的专著。张建春还告诉我："美国主编的《化纤的起源与发展》一书，其中有关变形纱的发展部分，是特邀王善元教授撰写的。"

周国泰毕业于广州中山大学，**曾汉民**就是他的校长。曾老校长现任中山大学材料研究所所长，国家新技术材料专家委员会首席科学家，联合国工业发展组织专家顾问组成员，中国复合材料学会副理事长，国际材料联合会中国委员。我听过他一个专题报告《功能纤维及其在军需装备上的应用》，还记得他说，"高分子工作者应该考虑如何将功补过。"这话充满了对人类生存环境的深刻关心。

还有**姚穆**教授，他现在是西北纺织工学院名誉院长，纺织工程学会常务理事，国务院学位委员会学科评议组成员，中国标准化协会纤维分会副会长。

以上六位高级专家在同一天，在这个开发部第七层楼的大厅里，正式接受特殊聘请。总后勤部军需部副部长**吴仁祐**到会致辞，周国泰主持会议。当铸着军徽的金字牌和聘书捧在六位老专家手里时，他们是激动的。共和国诞生快半个世纪了，他们从年轻时就开始为共和国的纺织事业服务，做出了重要贡献。他们之间有人早已相识，有的则是第一次见面。像这样聚在一起，还是头一回。他们每个人都堪称"学富五车"，都有极宝贵的专长有待继续转化为现实的生产力。六人合在一起的力量，更不可估量。

一九九六年五月二日至三日，他们在开发部开了一天半的研讨会。中央电视台在新闻联播作了报道，称之：我军科技兴后勤

姚穆教授

杨廷欣　王善元教授

的又一战略举措。实际意义远比“兴后勤”大得多。

张建春对我说：“他们不是顾问顾问而已，是正儿八经地在帮我们干活了。”我想，你已能听懂，这是从开发部这个角度说的，开发部要“占领制高点”，正在通过吸收这些专家们的继续劳动，把他们的高科技变成产品和经济效益。

从专家们的角度说，他们正凭借开发部组织的系统工程，把自己的才学通过“开发”这个渠道，发挥出来。其实，更不可估量的是，这六位专家，每一位的手下都有一批博士、硕士……

8. 人才辐射

再看看建春说的“帮我们干活”。建春在西北纺织工学院读完硕士，姚穆就是他的院长。姚老搞化纤仿毛研究已有多年，“七五”、“八五”攻关，都是这个项目的负责人，已经积累了相当丰富的学问。开发部要把他的科研技术开发出来，推向产业化。六十六岁的姚老带着三个博士生，在五个工厂里盯着搞实验。一个暑假，下厂的四十天里，他盯了三十八天。

“姚老的朴素是出奇的。他就是走在车间里，你也可能把他看成是个老农民。”建春说。国泰也说：“真是这样，像姚穆这样的老专家，搞科研追求的是一流水平，个人在物质方面的要求却简单得不能再简单。”

姚老第一次到开发部，国泰就对建春说：“你把姚老师领到技术处去，做一套衣服，把最好的毛料用上，这样穿太看不过去了。”

姚老推辞不过，被建春领到技术处。给他量衣服，一看，里面是一个斜襟棉袄，棉袄内里有一个大口袋，装着几百块钱，还用别针别着，下面是大棉裤，布鞋。

建春说：有一次，开全省的政协会，姚老跟我班同学的爸住一屋。我那同学他爸是西安铁路信号厂的总工程师。开了两天会，这位总工回家，告诉在西北纺织工学院读大学的儿子："这次，你们校办工厂也去了个老师傅。"

"叫什么?"儿子问。

"姚穆。"

"那是我们院长!"

谁能认出他是西北纺织工学院的院长呢?姚老还是陕西省政府决策咨询委员会委员，谁又能认出这个智囊呢?他进京到纺织部开会，门卫总把他拦住，看了证件还是不信，因为姚老证件上的照片也是一张旧得发黄的，确实难认。

从前下厂，姚老总背个军用挎包，如今背牛仔包。建春对他说："换一个吧!"他说："这包安全，没人要。"

当我见到姚穆，我仍然被他的朴实所惊叹!那不只是衣着的简朴，他的面容那么宁静，没有丝毫的装饰，让我想起人要能保持住"本色"，该是最难也最有力量的。

一九九七年一月二日，科研处做出了《关于开展向姚穆教授学习的决定》。一月十四日，开发部转发了这个决定，并要求开发部各处室"组织全体人员向姚穆教授学习"。

我看到这个决定写道："他在完成繁忙的教学和社会活动之余，主动放弃寒假、节假日与家人团聚的机会，二十多次深入我处和江苏、浙江、辽宁、湖北、陕西等五省市十多个军内外单位，指导并参与组织军用化纤仿毛系列织物的研制开发工作，做出了突出的成绩和贡献。"

《决定》还说他："不顾年近七旬，经常加班到深夜，有时连续干到凌晨四点"，"力主节约，每次出差都住最普通的旅馆"，"总之，姚穆教授的言行，集中体现了我国老一代科学技术专家全心全意为人民服务的优秀品质"。

从这个《决定》中也能看出，姚老已是这个开发部科研处里多么生动的一员。我看到科研处一份《决定》的首页上端签满了一个个“已阅”，乍一看，像是许多领导的签阅。再细看，全是来此做课题的硕士生、博士生的签名。

该说说这儿的研究生了。先说这些签名，因研究生来此也经常下厂，奔走在实验和生产的前线。科研处下文向姚老学习时，他们不在本部，一旦回来，便有了这个“已阅”。

这些研究生在京居住在开发部提供的“宿舍”里，姚老来京，也总是住在同研究生们所住一样的地方。才学与道德，高尚与平凡，统一到像姚老这样自然，的确让年轻的研究生们长见识。不是世上没有这样的人，而是太少。

姚老纯洁得像一个当代童话。这些研究生同张建春的故事，我看，也像个当代神话。

还记得“一间大屋、六张桌子”，国泰让建春“往里进人”吗？如今科研处在另一座楼里，有两个现代化的科研中心，一系列科研设施。这些研究生就是上述“往里进人”的组成部分。

开发部要研究什么开发什么，人员不够，直接到全国各大学去挑选一批能够胜任的硕士生、博士生、博士后来实现，这不是一般地超越了“一次创业”的招聘办法而已，**这实在是值得中国教育界、企业界欣赏的非常高明的办法。**

甄小阿、曹薇是这样被挑选来的，**曹炳迪、潘英、倪挺、丁雪梅**等一批硕士生也是这样来的。中国纺大的**顾伯红**，成都科技大学的**施楣梧**等博士后也先后到来。他们已经成为开发部一支强有力的特殊先锋队。

这批在学硕士生，如果在校做课题写论文，国家发给每个硕士生的生活补助费是二百元以内。来到开发部，国家给的那部分，有的大学照发，有的大学酌减几十元，开发部另给他们的报酬，或者说生活费加伙食补贴费，每月共六百一十元。博士生一千元。

每个新产品被开发出来，都是巨大效益，开发部只花了每月数百至千元人民币，就购买到这些高级劳动果实，实在是很便宜的。对大学来说，他们会给予极大支持的理由又在哪儿呢？

请想想，开发部从无到有搞起来的七个工厂，全是中试工厂，就是把科研成果从上游搞到中游，进而推向社会化大生产的那种中间实验厂。这么说吧，即使把“第一生产力”比作子弹那么锐利，也是需要动力和枪膛才能把它送上弹道的。开发部以分布在数省的七个工厂组成一个发射“第一生产力”的巨大的枪膛，能随时把专家和研究生们的科研成果、发明创造“发射”出去！

由于诸种原因，开发部没有成为集团公司，却以整个开发部，以两个现代化的科研中心，以七个中试工厂，在举国呼唤第一生产力的时代，变成了这样**一个巨大的发射“第一生产力”的基地。**

开发部的创始人周国泰的质量，开发部总工程师以及主持科研处工作的张建春的质量，大学的教授们是有能力识别的。从一九九六年起，全国已有八所大学聘周国泰、张建春、王西亭为硕士研究生导师。他们竟同时带着十八位研究生搞科研课题，做他们的导师。

这是决无含糊的事，我列下这八所大学，他们可以为证：

中国人民大学
中国纺织大学
北京理工大学
成都科技大学
北京服装学院
天津纺织工学院
西北纺织工学院

青岛大学纺织学院

更有甚者，就在带着十八位硕士生的同时，他们还带着两位博士生，做他们的导师。两位博士生分别来自中国纺织大学、北京理工大学。更有甚者，他们还当两位博士后的导师。在这个科研中心里，张建春作为项目组长，也作为他们的导师指导着他们从事尖端科研。此时的周国泰、张建春，正攻读博士，还不是博士。

我不知中国别处还有没有这样的事，不知世界别处有没有这样的事。在一个热切地寻求发展的国家里，这也是“中国特色”吧！

周国泰让张建春“往里进人”，进的这些研究生，并不是“招聘”，是开发部出题目，去物色人来做“课题”，大学支持这些研究生到此来面对实际需要做课题写论文。开发部的科研与开发工作，正同大学培养研究生的工作结合到最佳状态。

应该说，在这一过程中，最大的意义是：研究生们在这儿得到了比在学校更丰富的锻炼，学识将在这儿被加倍地开发出来，任何一项研究成果被实际开发，都将使他们站在这一领域的国内甚至世界前列。他们把到开发部来搞R&D的成果写成论文，可以骄傲地宣称，没有一篇是“纸上谈兵”。

他们是如此年轻。周国泰所筹谋的这项事业，已是一个开发中国未来的科学家、未来某领域的学术带头人的事业。

到一九九六年底，张建春的科研处共有三十五人，其中约一半是来自大学的在学硕士生、博士生。除去几位管材料、管器材的管理人员和勤务员，有三十个人在搞项目，搞了三十一个科研项目。三十一个项目中约一半是由张建春任项目组长。

建春说：“过去搞科研项目，搞一个就不错了，搞两个就算多了。现在同时搞几十个，而且多是尖端项目，大部分都是一、二年就实现产业化，简直不可思议。”

何以能有这么多项目？张建春这个科研处长去跑全国大专院校就像是“周游列国”，中国的大学、科研院所如此之多，什么样的研究都有人搞，许多相当先进的项目，往往是在某一个环节走不下去，开发不出来而搁在那里。张建春就去听，周国泰这个搞R&D的“老总”也去听，你能发现张三遇到的难题，李四那儿解决了，开发部拥有雄厚的经济实力和实验基地，可以把多方的优势集中起来，把那些搞到半截子的接着搞下去。

建春说：“这真是一条捷径，不管哪一个项目，从头搞起都是不可思议的。”

开发部特聘的六位高级顾问，也是“往里进人”的特殊组成部分。当然，他们不必来此上班，他们都有自己的实验室。研究生们也经常带着某些问题，某些难题回本大学的实验室去做实验，并请教本大学的教授和导师。比如甄小阿就经常是在北京服装学院的实验室里做实验。

周国泰说：“我到美国杜邦公司参观，那是世界上最著名的搞防弹材料的公司，我看到它那里就没有用来测试防弹制品的V50那套东西。它那里没有，德国有。这就让我想到，像他们这些先进的有钱的国家，他们的实验室都不可能面面俱到，我们更难面面俱到。但是，我们国家大，科研院所多，我们可以想办法利用起来。”

周国泰正是通过特邀高级顾问，吸收各大学的研究生来搞科研，同时也就把那些院士、专家的实验室，把一批大学的实验室利用起来，开发部的实验室事实上无限扩大了。

开发部聘请的特邀顾问每人都是一面旗帜，每面旗帜下都有一支极有能量的科研队伍。比如徐僖教授，不但是成都科技大学高分子研究所所长，也是上海交大高分子材料研究所所长，还是高分子材料工程国家重点实验室负责人，国家阻燃材料研究实验室学术委员会主任，还是清华大学、北京化工大学等等十一所高校兼职教授，开发部一旦需要解决一个科研上的难题，徐老有许多教授级的学生可以提供极大的帮助。

一九九七年，开发部将特聘第二批高级顾问。院士们、专家们将来自北大、清华等等高等学府和科研院所……这个军队的科技开发部并非人才交流中心，也不是科研院所，在这个小小开发部的科研处里，真正穿军装的现役军人只有三个。在整个开发部里，穿军装的不到十人。你说他们折腾出一个多大的天地？

你是否已感觉到，这个地方，正在成为中国没有围墙的我们无法估计它究竟有多大的 R&D 中心。

为在科研上占领制高点，为实现“科研项目产业化”，周国泰所需要的“人才立体化”，没有成为空喊的口号。如果稍作回顾，他正是通过悉心爱护，放手使用这个当初有些领导者看不顺眼的张建春，一步步实现，实现得淋漓尽致。

张建春工作得非常辛苦，也非常愉快，他说：“我现在体会到了，这是人才的辐射。其能量不是一倍一倍地往上增，是像原子弹、氢弹爆炸那样，十、百、千、万地裂变着往上增。”然而，更加壮观，更加激动人心的，还是当 R&D 同企业结合、同工人们结合的时刻……

挽起生产的手，也挽起市场的手，那就是挽起产业大军，挽起千家万户，就是众志成城锐利发展的高速度……这时刻，你才是真正意义上的第一生产力。

第十二章

好舵手要会用八面来风

1. 企业，企业

由于没有企业，周国泰最初的办法只是“借鸡下蛋”，因他携带着科技的先进性，结果不但得到了“蛋”，而且使一批企业隆隆运转……换句话说，他是“怀胎在身”需要找产床生产，找到一个停机待生产的企业，就把那个厂给救了。

他曾这样概括创业阶段的八字方针：两头在内，中间在外。中间指的就是利用社会企业生产。两头指前头的科研和后头的市场。他清楚地看到，那些困境重重的企业，不是不懂该弄适销对路的产品，而是缺少“前头”的科研力量。现代经营只要缺了这一项，就会失去市场。

没有市场，继续生产、积压，就是糟蹋。机器不得不停止运转。吃饭就成问题。由生产问题衍变为社会问题。人的麻烦，包括领导干部的麻烦就出来了。

在周国泰走过来的路上，同企业发生的业务关系可分为挂牌定点厂，不挂牌的定点厂，不定点的厂家等多种类型。

也搞过承包。如河南新乡后整理厂，亏损停产。周国泰同该厂杜书记一起去跟他们的上级谈判，把该厂全年应交的款额包下来，此后每年在上年的基数上递增百分之二十。国内实行厂长承包责任制的企业，有人在承包期内利用原有设备"掠夺性"经营，结果只是肥了少数领导，承包期满全厂面对只拼不建的破设备，他人要想接手已经面临更加尴尬的局面……周国泰所搞的承包也许是一种特例。

由于他所开发的新技术产品必须增添新设备，这不可能通过拼工厂的原有设备来实现，他实际上是利用工厂的厂房，把自己的实验室、检测设备和若干新设备安放到他人的厂房里去。这些新设备的产权属于开发部，原有设施的产权属于工厂。这看来挺合理。但是，长此下去，旧的折旧要折没了，新的有生命力的生产资料都属于开发部的，工厂要变成一个躯壳了，开发部就像"侵略者"闯进别人的家，并且住下来了。

几年下来，工厂发现这样不行，也开始投资。但是，合同早已签定，除了上缴的利税，剩下的都属于开发部，开发部是以支付产品加工费的形式向工厂付酬，那么，工厂投入的新设备，就像开发部投入的新设备一样，只是产权归投资者所有，产生的那部分剩余价值（劳动力价格之外的那部分）在开发部手里。投资呢，还是不投？这是工厂在机器隆隆转动后遇到的新问题。

不久，周国泰也不在旧厂投资了。他在新乡买地建新厂。迄今，这个厂形成的固定资产已达五千多万元，是当地最有实力的现代化企业之一。

也搞过租赁，如邢台印染厂。也有从零开始建的厂，如办在沧州的化工实验厂。考察所有同这个开发部发生关系的企业，只要与开发部发生业务关系，就时来运转。在这过程中，用什么方式，采用什么“制”，都是次要的，开发部似乎拥有“点石成金”的魔力。

不妨具体看看他们同企业的故事。

2. 走进牛栏山姚各庄

第一个“中试厂”出现在北京市顺义县牛栏山姚各庄。那厂早先就是军需装备研究所办在那里的一个中试车间。因产品滞库，曾“悬赏”请人推销，销一件衣服赏 一元。周国泰认为这个厂的优势在于职工全部来自农村，“这比较好办。”开发部要下了这厂。

职工全是农民，何以是优势？我看可以从中听出两种情况。一是“铁饭碗”的体制培养出不少“爷”，这不好办。二是只要不是那个“养爷”的体制，即使你不懂工业，也“比较好办”。

如果单看这个厂，它算不得一个企业，仍然只是开发部的一个车间。到了开发部手里，效益非常之好。为什么？关键就是，有一个专搞R&D的机构当它的先锋（这个机构与专门的研究所是不同的)。这个厂倒像个后方工厂，就在牛栏山姚各庄里“埋头生产”，前不管“冲锋”，后不管销售。在那里当厂长的惟一的“铁饭碗”是个高级工程师。

到一九九五年底，这个厂有各种设备六百多台，固定资产达到一千九百多万元，你走进去会吓一跳，会强烈地感到在这个村庄里藏着一个“秘密基地”。该厂职工五百二十余人大部分出自本村。年产值已达到三千多万元。因全村几乎每户都有人在这个厂当工人，所得报酬为方圆乡里羡慕，工厂的“现代成分”也由此向乡土散发，该村逐步走上脱贫致富道路，并被北京市评为精神文明建设先进村。一九九〇年七月二十八日，在这个厂任厂长的高级工程师**叶继稳**作为首都双拥共建先进单位代表，出席了北京市的双拥共建交流会。

姚各庄在讲一个鼓舞人心的故事，农民放下锄头当工人，能干好工厂里现代化程度很高的活，能创造出很高的效益，大中型企业里文化程度远比姚各庄农民高并经专业培训的国家正式职工的能力和水平，难道不如姚各庄的“土八路”？

当然，管理，人的管理，是一个很大的学问。周国泰认为，被派到那个厂去“一统天下”的原军需所工程师叶继稳的工作，无疑非常辛苦非常出色。一九九二年底，周国泰拍板决定：给这位高级工程师兼厂长一次性奖励五万元人民币。

作出这个决定，周国泰没有报上级批准。他说如果报批就可能不知要等到何时，也可能就批不下来。这是不是目无上级呢？他说这是个敏感问题，不能踢给领导。

他说你知道“皮球”是怎么踢的吗，如果我踢出去，这就是一种。如果批不下来，被“踢”者有意见那是对上级领导有意见，不是对我有意见。但是，这实际是人的利益被踢来踢去。所以我有必要担下这个责任。

而且，更重要的是，我们需要肯定，需要建设，需要鼓舞人心。一九九四年七月，办在顺义县牛栏山姚各庄的中试厂被北京市评为首都军民共建社会主义精神文明先进单位，叶继稳被评为“先进个人”。

3．一夜之间

河北邢台曾是春秋时的古都，因古城墙上部宽绰可卧牛而被称为卧牛城。邢台早期手工印染的历史见于明嘉靖年间，到清初，染布是邢台五套行业之一。到一九五八年购进四台卷染机，由此取代了用大锅染色的传统工艺。一九七九年筹建的邢台印染厂，产品曾远销美国、日本、苏联、东南亚和非洲等二十二个国家和地区，也有过令人激动的岁月。

一九九四年元月三日，周国泰率员去接收这个厂，这厂已经不是一般的亏损。该厂七百多职工。邢台市委政研室在《解放军租赁了邢台市印染厂》一文中这样描述该厂："到一九九三年，明亏一千零三十四万元，潜亏三百五十九点三万元，已严重资不抵债。"厂区荒草疯长，厂房用以采光的几百块玻璃就像有人专门砸过，竟没有一块完整的。此去，光装上那些玻璃就花了六万元。仓库被银行、税务、厂留守处以及远方早就来讨债讨不到分文的厂家几把大锁共同锁住。锁也锈死了。工人不但早就没有工资，生活费也没有了。周国泰一行去到那里，要做顿饭吃，食堂的铁锅锈了，一洗，锅是漏的……时至隆冬，把工人召集回来，几百职工就站在荒草坪中，北风呼呼地刮着。周国泰说：那情景就像八路军进村，看到被鬼子扫荡过的地方。

周国泰向大家宣布："后天开工。"工人们不敢相信。

我到这个厂访问，一位女技术员告诉我："心情可复杂。"她说从前我们都是主人，现在新厂长说我们还是主人。但过去的厂已经死了。她说你不是工人你没有切身体会，"虽说是亡厂，不知怎么有一种亡国的感觉，心里挺难受的。"

邢台市委政研室的文章还写道："厂长像走马灯一样，一连换了五任，都无济于事。"

其实，如果认真看看这个厂早先的产品，可以看出兴衰的关键性因素。该厂隐条茜红色的确良曾被评为河北省优质产品，在当时，那就是新科技产品，是计划体制下，某科研成果在这里变成产品。几年后，的确良一旦被更新的产品取代，有关部门给这个厂一再换厂长，厂长即使每一分钟都在念念不忘坚持改革开放，坚持四项基本原则，坚持加班加点，坚持清正廉洁，即使他每时每刻真的都是这样忠诚地要求大家也要求自己，**只要找不到**

“科研”来更新产品，这个厂就必死无疑。

那么是不是厂长不重要呢？不是的。就像十分器重牛栏山那位叶继稳一样，周国泰一再认为：“千军易得，一将难求。”要办好一个企业，不论你采用什么体制，选好一个厂长，一个总工程师仍然是极重要的大事。

现在，周国泰去接收邢台印染厂，带去的厂长是从河南请来的，叫**蒋青森**。总工程师从湖北请来，叫**王锋**。

蒋青森生于一九四二年，在河南第二印染厂干了二十五年。那个厂有三千多人，是印染方面的国家大型企业，有十一条生产线。蒋青森在该厂任过总工办公室主任，印花分厂厂长。一九九〇年偶然听说有个叫张建春的年轻人在搞“迷彩”，他找到北京，又千里追寻到陕西咸阳，在3530厂找到了张建春。那时，建春正在3530厂搞“迷彩”扩试。

“你给我一个机会。我搞了二十多年印花，我要参与你的实验。我搞十万米，即使全砸进去，我也认了。”蒋青森说。

这就是一个千里迢迢去找“科研”，去找新技术来拯救工厂的厂长。建春于是去了他的印花分厂，在把该厂的设备搞到可以试生产的时候，总厂突然把蒋青森的工作调了，调他去总厂搞技术改造。

蒋厂长说：“我不能走啊！”他的上级觉得分厂这边没问题了，不知道“扩试”是一种技术性很高、风险性很大的“生产”。蒋厂长硬被调走了。蒋厂长走后，十万米林地迷彩在该厂印出来了，不合标准，全部压在库里。

总厂这才让蒋青森再去找张建春。蒋青森说：我没把这事办好，无颜去见张建春。总厂另派人去找建春，建春说：要是蒋厂长在，你们早搞起来了。

这就是极典型的一例故事。一个厂长可以决定一个厂的兴亡。比这个厂长权力大的厂长更可以决定一个厂的兴亡。

这就是蒋青森同张建春首次打交道。建春说："在他那里，扩试虽然没搞成，交了一个朋友。"当着要为邢台印染厂物色新厂长时，建春马上想到了蒋青森。一个电话，把他请来，介绍给了周国泰。蒋青森与周国泰一见如故。

这一次，是蒋青森自己决定要离开总厂到周国泰这边来了。他说那是我工作了二十五年的厂，是我们亲手建起来的厂，我的青年时代就在那里度过，怎能不爱这个厂？离开那里的时候，他曾久久地站在厂门口望着这个厂，看到现在还有人上班进进出出，可是明天呢？他说我眼睁睁地看着这个厂不行了，却没有能力救它。他说我没有在那里跟这个厂共存亡，也许不够英勇。可是我已经五十多岁了，我还想让人生再发挥一点作用，不想把最后的一点工作时间彻底牺牲在那里。

但是……还是犹豫，又去拜访了该厂一位老领导，那分明是一位对该厂深有感情的人，得到老领导理解，他才感到自己也许不至于太亏心。然后下决心赴河北。那也是天苍苍，路漫漫，年过半百还离故乡去找前途，挺悲伤的啊！

王锋是张建春大学时的同班同学，已经在某军工厂当上了副厂长，被请到这里来任总工。关于王锋，同样是一个交织着诸多情感经历的故事。他说："我是那个工厂培养的，厂里大家对我都很好，那个厂也需要我，可是我却被建春拉到这儿来了。走的时候心里特别不是滋味。"

王锋的组织关系，以及王锋的妻子从该厂调出，是张建春去替他们办的。建春的办法，或者说"交换条件"，就是可在技术或生产任务方面给该厂以有关帮助。对邢台厂来说，建春说："我把我最可信赖的同学请来了。"

由此也可以看出，为请一个好厂长，好总工，张建春也是不遗余力的。有时不免有"掠人之美"之嫌。建春的理论是：他们到我们这儿，能发挥更大的作用。

“这是一个新的厂。”元月三日，蒋厂长站在风中，望着破败的厂房，讲了十分钟话。“我是从邢台外调到这儿来，你们是从邢台印染厂集体调到这个新厂来。我们是同一天走进这个企业的大门。昨天那个厂已经成为历史。”

他又说：“我们要把地位弄明白。我来，一分钱没带来。我不是资本家，没有腰缠万贯。今后有没有饭吃，要靠七百多双手。让我们共同来建设一个新的家园。”

又说：“今明两天，搞机台清洁，除荒草，清阴沟，五号开机生产。”工人们仍然难以相信，停产已久，机器长锈，仓库没有布，今天三号，五号不就是后天吗，怎么能开工呢？

第三天，果然开工。张建春在那里用手机联系，一车一车连夜往该厂调运材料。在工人们眼里，印染厂恍若一夜之间变成了战时兵工厂。

元月十九日，给全厂职工发了第一次工资。二月八日，又提前发了二月份工资，因为到春节了。为了让全体职工知厂情，厂里办的油印《简讯》报道：“妇女卫生费随工资下发，有害气体保健费可望在三月份解决。”

职工们读着它，就像读到“战报”，读到“捷报”。这份油印的《简讯》一直坚持办着，自此捷报频传。就这个厂，还是原先的职工，到年底，年产值达到九千四百七十四万元，将近一个亿。此后，逐年增长，职工的收入也逐年增长。地方政府财政遇到困难，来找这个厂，这个厂在当年年终就开始提前上缴下一年的税款。一九九六年，他们已经把一九九七年的税款分期预缴。

说这个厂发生了天翻地覆的变化，大概不算夸张。

4. 内心深处总会珍藏

周国泰是这个厂的党委书记，对党员干部的要求，第一条就是希望通过重建企业能使职工拥有“主人翁”的感觉。蒋厂长从岗位责任以及做事做人的角度对全厂职工提出的第一条要求，是要建立“角色意识”。可见配合默契。

“今天工作不努力，明天努力找工作”的警语，则随着《职工守则》的颁行深入人心。

有一些故事很让人动心。

厂里有个叫**刘秋生**的工人，他的女儿因心脏病夭折，妻子**张玉花**受刺激突发脑溢血做了开颅手术。张玉花是邢台桥东区辛庄村农民，刘秋生的企业没效益，这个家庭付不起药费，张玉花出院后半身不遂就在床上躺着。企业日益困难，终于停产，刘秋生在极端困难的情况下悉心照顾病妻三年。到一九九四年，其妻全身瘫痪，印染厂获新生有活干了，刘秋生每天给妻子穿衣、洗脸、喂饭、喂药，还得忙上班。曾经几度，妻子要求刘秋生帮她结束生命，丈夫说：“我情愿天天伺候你 。”

厂党委发出向刘秋生献爱心的倡议，全厂职工三天捐款三千一百九十五元，蒋厂长和厂党委常务副书记**焦冠才**把款送到张玉花床前。

一九九六年九月，后整理车间未婚女工**刘素梅**的父亲被汽车撞死，因家庭经济困难，她正上卫校的妹妹辍学回家，她所在的车间发起捐款，捐了一千多元，印染车间、设备车间相继响应，全厂共捐了四千多元，帮助刘素梅度难关。

同月，工厂职代会提出：“一人有难，全厂七百职工做你的后盾。”这句话传遍全厂，激动人心。要在从前停产的日子，谁还看见谁，又用什么来捐助呢？

按邢台市委政研室的说法，邢台市是在石家庄轻工技术研究所的协助下，争取到了“这个项目”。石家庄轻工技术研究所也因此成为开发部的合作伙伴，并派员去邢台厂协同工作，其中有位叫**胡梅**的大学毕业生到邢台印染厂任厂务部主任。我去这个厂时，胡梅已经离开此厂一年，但在厂里，我一再听到她的名字。

“那是个女中豪杰。”

“有能力，有水平，待人好。”

我分不清这些话是谁向我介绍的了。现在我想告诉你，胡梅二十六岁结婚，婚后就来到这个厂。建春曾说：“你想不到，京广线上的这个厂，荒芜了，蚊子有那么大。一上厕所，你的手就要上下挥舞。”

胡梅在那个元月三日来了就留下，在此辛苦工作近两年。因怀孕要生孩子了，挺着大肚子依依不舍离开这个厂回研究所……我至今没见过胡梅，但看到了她离厂前夕——据说是挥泪写下的《告别军印》，工厂第二十四期《简讯》登出来，发到每个车间。我读着这篇告别文章，一下子就被感动了。

告别军印

告别军印，我回眸向每一位朋友说再会，我低首向每一片花草道离别，难以割舍的是这一片热土啊，我和七百多名职工曾洒下多少血汗！

昨日的印染厂，仿佛就在眼前，满目荒凉，初到的我，心一下子变冷……94年元月3日的号角吹响，从此军印再无寒冬，有的只是热火朝天的干劲！开门红，我们放弃了春节温馨的团圆日；上台阶，我们苦战流火的大暑天！骄傲吧，军印人，我们是一支能干而且能干好的铁军！那是多么欣喜的日子，全厂职工凝听总后领导和市领导对我们的表彰，48名同志喜获殊荣！我们的号角自从吹响就没有短暂的停歇，又是一年岁尾，95年我们的脚步更扎实，工艺技术更上一层楼——新品种源源不断地从军印输出，遍布全国，走向世界，还有即将回归的香港！今日的军印，没有犹豫和彷徨，虽然艰辛依旧，但前途辉煌！

就要走了，不禁泪水盈眶，也许还会回来工作，也许从此战斗他方，但内心深处总会珍藏着军印，就像恋人般，有酸涩和苦辣，更多却是甜！衷心感谢大家的鼎力支持，衷心感谢大家的殷殷关切。祝福大家工作顺利，身体健康，家庭幸福！谢谢！

胡 梅

于95年10月26日

仿佛很久了，我不会感动。读着胡梅的短文，我泪水洒下。走在今日的印染厂里，我理解了胡梅为什么向每一片花草道别离……从那个元月三日开始，填平厂区的臭水沟搞绿化，在一个刚刚起死回生的厂，搞绿化就投下二万三千元。如今厂区苍松、翠柏、梧桐、黄杨，哗啦啦犹在风中招手，月季、丁香、木槿，还有我说不出名的花，据说总数在一千二百株，树有五千九百多棵，可称为花树满厂……

再见了，军印，我们的研究所也没有这样的风光。

回望这两年，好事层出不穷啊，职工食堂、职工澡堂改观，住房条件不断得到改善……几年前，有门路的通过各种关系往外调，现在，通过当地各种关系要进这个厂的，使河南来的蒋厂长也难以抵挡。

后门还走到北京的开发部，开发部因此专门下了一个“人事冻结”文件，蒋青森有了这个军方的“挡箭牌”，才算安定点了。

胡梅走了，工厂继续发展。工厂被评为“花园式工厂”、“市精神文明单位”、“河北省治安防范先进企业”，当然最动人的还是那些活动。元旦连着厂庆——厂庆就是那个元月三日，女工们扫去积雪，在厂区拔河，“加油”声惊动四邻。

阅览室有图书七百余册不算多，但订杂志四十余种就是今天没几个部门订得起的了。青年团、工会忙着举办舞蹈培训班，乒乓球、篮球比赛。“三八”节，把邢台市百货大楼最高层那个营业舞厅包了一个晚上，全厂职工都可以带丈夫、带妻子去那里跳舞。

“八一”组织退伍军人去参观抗日军政大学旧址。“五一”组织五十名厂劳动模范到北京参观升旗仪式，由工会主席**白凤玺**带队，进京观光长达五天……站在天安门广场，既自豪也感慨，**祖国啊，什么时候，所有的企业都有这样的风光**！

邢台印染厂正日益兴旺。蒋青森原在的那个拥有十一条生产线，三千多职工的国有大型印染厂，于一九九六年冬宣布破产。邢台市政研室的文章说，解放军租赁了邢台印染厂，“产生了巨大的放射效应”，印染厂的兴旺，使邢台棉纺织厂、邢台色织厂得地利之便，也很有事干了。

5. 开发之手

我去开发部在沧州的化工实验厂，是坐厂长**樊建中**的公爵王小轿车去的。一九九〇年冬，周国泰在亚运村召开的一次协调会议上要求张建春着手去筹建沧州化工实验厂，张建春给只见过一面的樊建中挂了个电话，说我打算去沧州建一个厂，“你到火车站接我一下。”那时，樊建中是推个自行车来接张建春，用自行车把张建春载到家里，吃了油条，又用自行车载着张建春去选址……这就是沧州实验厂的开始。

这是为了满足搞“迷彩”染料的特殊需要，为了技术保密，需要从零开始去建一个厂，谈何容易！

一辆自行车载着两个人，就这样在沧州的土地上出发。

沧州古为发配之地，大约因那里盐碱地多，荒凉吧。如今沧州从盐化工到石油化工，发展成为我国第三个化工城。樊建中是天津市六八届高中生，到沧县插了六年队，被招工到沧县化工厂，多年后当上该厂的经销科科长。在企业遇到困难的时候，他到北京的军需所去找项目，项目没有找到，给建春留下了印象。这就是建春找建中的原因。

中国有国有企业、县办企业、乡镇企业，你听说过“处接企业”吗？他们跑到市运河区一个市场办事处，挂靠在这个办事处，就算有一个上级了。算是“处接企业”，就是某市场办事处那个“处”，接受代管他们的意思，档次在乡镇企业之下。

接下来要招工。起初，张建春对自己搞迷彩染料这个“项目”信心十足，同樊建中到沧州工业学校和河北工学院去找学高分子化学、精细化工的大学生，也在人才市场找，在沧州市教育局找，结果没有一个人看得上这个“处接体制”。没有一个大学生，也没有一个中专生愿意来。

在无可奈何、无法讲究的情况下，最初的七个人是这样构成：樊建中夫妻加上儿子，其妻是沧县磷肥厂办公室主任，儿子也在化工厂开车，一家三口辞职过来，全投在这个“处接企业”。张建春把自己的亲弟弟**张建勇**也叫来。张建勇毕业于西北轻工业学院，分在山西石英制品厂，一九九〇年该厂全面停产。建春把他叫过来当总工程师。还招了一男一女两个残疾人，男的说话不利索脑子不灵活，但听话没问题，干活不含糊。“你叫他怎么干，他就怎么干。”女的只有一米二高。还有一人就是张建春。

七个人的工厂就这样开办。谁能想到，在中国企业最困难的时期，他们就这样起家，能一路春风，搞到一年能挣出几千万元，能不是奇迹?

看噢，看这个奇迹！他们租了两间半房，一当仓库，一当车间，还有半间是张建春的实验室。实验室里有烧杯、电动搅拌器等等。但是没暖气，也没炉子，建春在里面一蹲一个月，“测扩散性，拿显微镜看粒子的直径……”

一个月后，开始生产，第一批料出来，有两吨，运到郑州印染厂……就像周国泰搞的第一件抗油拒水防护服是在女工王爱荣家的阳台里缝出来，张建春搞迷彩的第一批染料，就是这七个人在那“两间半”里弄出来。随后，装备到全军侦察大队的第一批迷彩服，用的就是这几个人生产出来的染料。

一九九一年生产了一年，产值达到一百万元，挣了二十万元，开始买地发展。一九九二年又去大学招人，对方问：

“有没有宿舍?”

“没有。”

“没有”就没有人来。一九九二年的招工再次失败。

到年底总算找来几个家在农村的中专生，条件是给解决沧州市户口。一九九三年才在开不出工资的某丝绸厂和某针织厂招来一男一女两个大学生，租房给他们住。

一九九五年，张建春任开发部科研处长后，开发部接收了这个具有远大前途的厂。一九九六年该厂年产值已达到一千万元，并一举建成亚洲最大的高性能热熔胶生产线，这是国家级重点新产品开发项目，五层楼的厂房当年拔地而起，到年底投产时，固定资产达到三千万元，一九九七年一年就将挣回纯利二千五百万元。一九九六年该厂已达百余人，年纳税八十多万元，人均纳税超过人均收入。工资将逐年提高，纳税的增长将比工资的增长要高得多。

我在这个厂读到了来自好几个省市的许多大学生的求职书、自荐信，求职的还有不少是在其它企业工作的工程师、技术员，还有当地的领导写来的条子，这事让樊建中既高兴，也犯难，还有几分感慨。

为什么几年前我们一趟趟跑大学说破了嘴皮也招不来一个大学生？是他们当时都看不见我们这个企业的前途吗？为一个具有远大前途的艰难事业去做开创性的工作，其实是很美妙的，只是，对樊建中这一代人来说，他会踩着自行车呼哧呼哧地去干。对另一代人来说，真理是：你把高楼盖起来了，我当然愿意来喽！

当初，樊建中招工，要识别一个人是不困难的。今天，面对一封封把自己介绍得相当细致相当不错的书信，樊厂长觉得自己的眼力有困难了。

现在，我们可以回顾一下，当初那七个人生产出的第一批染料，是运到郑州印染厂。郑州厂没这染料肯定印不出迷彩。有了染料，还得协助印染厂改造设备，否则还是印不出。此后，七个人的“处接企业”扩大了，印染也扩展到陕西第二印染厂，咸阳印染厂，江苏盐城印染厂，石家庄第一、第二印染厂等等。过了印染这一关，还有后整理工艺，又要涉及后整理厂……这仅仅是一个“迷彩”，周国泰从一九八七年开始搞的一系列项目，每一个都要涉及这些过程，都要同成千成万的产业工人发生密不可分的合作关系。

现在，我们能看得比较清楚，周国泰所领导的这个开发部的科技知识分子，是以一双开发之手，去挽起“科技”的手，挽起

“生产”的手，也挽起“市场”的手。挽起“科技”就是挽起第一生产力，挽起“生产”就是挽起产业大军，挽起“市场”就是挽起千家万户。**把上游到下游的各个环节全部贯通，**那就是长江之势，是众志成城锐利前进，去加速中国经济发展的雄伟气象，怎能不奇崛响亮！

正是这神奇的“开发之手”，使他们像一支真正的军队，一支奇兵，犹如在没有遭遇抵抗的地方作战。

我不想抑制对他们的敬佩，某种情状，使我再次想到中国现代史上那些投笔从戎，去与工农大众结成一体英勇奋斗的优秀知识分子……我以为，在今天这个改革开放、以建设社会主义市场经济为主战场的新时期，像这样的知识分子，是再度展现了中国优秀知识分子的才华与情志。

6. 明白人

周国泰要离任了，组织上让他交好班，他说我跟杨廷欣好说，就四个字：廉洁、团结。他说，现在需要你们派个审计组，把账目等等有关事宜，审计清楚了才好交给他。

这四个字，就是开发部成立之初，他讲的“约法两章”。

我还注意到他讲到了“两种信封”。关于廉洁，他说，你在这个位子上，要顶得住人家给你捅一个信封（指送钱）。关于团结，他说，“好舵手要会用八面来风。”这里包含着他多年来在被“告”的经历中得到的感悟，因而也包括要经得起有人向上级捅信封（指告状）。

开发部总经理的重担落在了杨廷欣肩上，这是组织上的任命，也是周国泰的愿望。几年前，我就听国泰这样说：“精明的人不难找，诚实的人也不难找。难在二者结合。要是精明有余，诚实不足，就很可怕。”又说，“杨廷欣精明诚实，二者得兼。”

平日，有人谈起某企业倒闭，某研究所现在很穷，很难开展工作……我听周国泰所持的观点是："不对。他们那儿不是没钱，是没人。只要有一个明白人，什么都有。"

杨廷欣就是这样的明白人。

关于杨廷欣，我现在只想介绍一件事，一九九六年十一月七日至九日，国家科委在乌鲁木齐召开全国科技成果管理研讨会，研讨会的传统题目是如何保密、整理、归档、推广，五十人的研讨会，杨廷欣以个人名义宣读的论文，是惟一讲科研开发的。我读过他写的论文，并与他有过较深入的交谈，他对我国以及世界上 R&D 的广泛了解使我很受启发。

"我国尖端技术在许多方面不比西方落后，但如何开发远远落后。"杨廷欣说，"比如，原子弹我们几十年前就有了，但核如何变为生产力，为社会造福，远远没有做到。"他说多少年来，沿用苏联模式，科研院所里实验室的成果可以获奖，但能不能开发出来，创不创效益，科研人员没有责任。从统计数据看，大部分未被开发，只要未被开发，再加上开发的意识不强，保密、归档的意识仍然很强，科研院所之间就有数不清的重复研究，其间投入的科研经费的浪费，人才的浪费，是巨大的啊！

他的话，让我想到，我们是讲社会主义的，原本更不应该以邻为壑……然而，我国之大，勤于刻苦钻研者之多，重复研究以及未被开发的浪费，恐怕是举世无双的。如果得到改变，释放出的巨大能量，将不可估量。

当然，西方的竞争对手们瞄准同一难题"攻关"的情况也是常见的，在激烈的竞争中，只要晚对手一步，全部努力就可能付诸东流。为加强沟通，西方的科研不断以各种方式及时宣布自己的成果，以利于被知道，被及时开发利用。

杨廷欣并非言必外国的人，在这个问题上，他很利索地说："我国同发达国家关键性的差距，不在科研，在开发！"

即使在开发部，并非每个人都清楚“开发”二字的含量，杨廷欣对R&D极为明白。我想，看到这一点就能看到，杨廷欣接任这个搞R&D的总经理，该是最合适的了。

在周国泰将要离任的日子里，我想，在周国泰、张连璧、杨廷欣他们做出的许多事中，即使高度重视了他们的R&D，而忽略他们对国家和军队的感情，有些事就不容易理解。

“老周对部队的感情是很深的。”杨廷欣何以要这么说？随着对周国泰的认识，我也感到这个军人对军队的热爱恐怕算得上异乎寻常。

比如，出国看到国外的报纸有很多图片，他就想，我们的《解放军报》文字占的比例太多了，能不能多一些图片，让战士们更爱看呢？周国泰显然不是编报纸的，这是他考虑的事吗？可是，回国后，他真去找报社，开发部为此出资赞助《解放军报》搞全军摄影比赛，许多来自天涯海角、边关哨卡的摄影作品陆续见报，他看到报纸果然有了变化，心里就很高兴。

再比如，看电视看到没有笑容的流行歌曲多了，他就想，战士听什么，不能多弄一些鼓舞士气温暖人心的歌曲吗？按说，周国泰也不是搞电视的，可是，他渴望昂扬的歌曲唱起来……为此，开发部出资赞助中央电视台搞军营歌曲大奖赛。

一九九六年为纪念红军长征六十周年，开发部赞助出版五百多万字四百八十元一部的《长征大事典》；又赞助拍摄电视系列片《开国将帅》。河北发生特大水灾，周国泰想，现在到抗洪第一线去扛麻袋也轮不上我们了，做点什么呢？于是捐款捐物资。我曾问周国泰：“捐了多少？”他说：“我记不住。你问杨廷欣。”

杨廷欣说：“捐款二十万，捐物资五十多万，用车拉去。”

7. 最后一个文件

这是移交的组成部分。一天，周国泰拿出一叠法律文本和有关文件，对杨廷欣说："这些东西压在我抽屉里很久了，咱们应该研究一下，订一个制度，下一个文。"

周国泰拿出的是《中华人民共和国专利法》及《中华人民共和国专利法实施细则》等。杨廷欣知道老周要干什么了。

我国的专利法是一九八四年三月十二日第六届全国人民代表大会常务委员会第四次会议通过的。一九九二年九月四日，第七届全国人民代表大会常务委员会第二十七次会议又做了修改。《中华人民共和国专利法》第十六条写道："专利权的所有单位或者持有单位应当对职务发明创造的发明人或者设计者给予奖励；发明创造专利实施后，根据其推广应用的范围和取得的经济效益，对发明人或者设计人给予奖励。"

《中华人民共和国专利法实施细则》第七十二条具体写道："专利权的持有单位在专利权的有效期限内，实施发明创造专利后，每年应当从实施发明或者实用新型所得利润纳税后提取0．5％～2％……作为报酬支付发明人或者设计人……"

一九九六年五月十五日第八届全国人民代表大会常务委员会第十九次会议又通过了《中华人民共和国促进科技成果转化法》，此法第二十九条写道："科技成果完成单位将其职务科技成果转让给他人的，单位应当从转让该项职务科技成果所取得的净收入中，提取不低于百分之二十的比例，对完成该项科技成果及其转让做出重要贡献的人员给予奖励。"

除了国家法律条文，还可以摘引出历年上级下发的有关文件。我不能再摘引了，你该怪我怎么让你学文件了。

不少法律条文已详备到可操作。但是到周国泰这儿就被压在

一九九七年十月周国泰向军委副主席张万年和军委委员、总政治部主任于永波汇报工作。

抽屉里了。如果按国家大法规定的来计算，他应获的奖早就该突破百万元了。

“可是，”我问过他，“这么一来，你不是把开发部其他发明创造者应该得到的奖励也压住了吗？”

周国泰说：“是。”

“那你，不是有损属下的应得利益，不是违法吗？”

周国泰没有回答。

那时，我想起了一句话：“哪有鱼不吃腥呢？”别小看这个“腥”字，即使组织上费了很大的精力，对周国泰的审查得出了清白的结论，只要这一句话，就能把周国泰搞“腥”了。可是，周国泰凭国法可以名正言顺地给自己也给战友发专利、科技奖金，他为什么放着大鱼不吃呢？我想不明白。

又记起“洋人”和外籍华人试图“挖”走周国泰的事一再出现，周国泰如果像某些人所猜度的那样，他只要脱下军装，接受外国资本的邀请，在国内外都可以买属于自己的房子和小汽车。这有什么不光彩吗？不会不光彩，肯定不会，而且，那些猜度他、攻击他的人该转过头来羡慕他，说他好了。

他不接受外国资本的邀请，自己去办一个公司，也可以买房买小车，可他为什么没有这样做，他做不了吗？

他现在所做的这一片事业，是在改革开放的大形势下做出来的。这大形势至今仍在。他想开发什么，生产什么，中国期望开工的企业仍然很多很多。他拥有的科技尤其是R&D的本领，是他随身携带的“聚宝盆”。他今日在中国相当一批企业和许多部门拥有的影响和威信，也远不是十年前那个周国泰可比……一些搞私有经济的已有号称亿万富翁、亿万富婆的了，而且可以当政协委员，光彩得很。周国泰十年奋斗，开发部形成的几大工厂，几亿固定资产里，即使是一把椅子，周国泰也只有使用权而没有所有权。他住的房子，他也是只有使用权而没有所有权。就所有权而言，他至今是上无片瓦，下无寸土的无产者。

那些真有能力到市场去挣出大钱来的人，还有多少像他这样的呢？人们可能认真地借鉴他搞经济的本领，很难去学他对金钱所持的傻态度。如果他想有很多钱，脱下军装自己去办公司就能很快挣到，这是毫无疑问的。这傻，他都认了。即使这样，**为什么就在公职队伍里，总有吃公职饭的人，而且总是吃公职饭的人，**要不断地埋汰他或者怀疑他呢？他为什么还这么卖力地干着，累得贼死，有“鱼”不吃，还惹得一身“腥”呢？

我写这部书又何以要在乎这些，赘述这些呢？

初次去到他家，很多人都难以相信，“这就是周总的家？”

“你为什么不把日子弄得更好一点？”一再有人问他。

“我已经很好了。”他说。

依然是周国泰对过去生活的回顾，常常使我心为之暖。他说他参军时回了一趟家，把插队时穿的衣裤从里到外脱下来留给他的弟弟，“我弟弟乐得直跳！”

他说：“我是赤条条穿上军装到部队来的。”

他说那年到部队过的春节，连里发的橘子，他吃了一口吐出来，说：“不对。”

“咋不对？”战友问。

“坏了。”

战友说是好好的。他说：“味不对，这橘子不苦。”

大伙以为他开玩笑，可是他很认真。

少时吃的橘子，是父亲去哪儿开会买回来的。带到科尔沁草原，冻得硬硬的，橘子的味道苦中带酸、带甜。后来，过年，草原上的供销店也有橘子了，母亲买回来的橘子也是有苦味的。从南方辗转运到科尔沁草原的橘子，经一路冻过之后最显著的味就是苦。他一直以为橘子就是那味。

橘子能到达北方草原，可稀罕呐！一家人过年围坐在炕上，炕上一个小方木桌，桌上放着几个黑红黑红的橘子，母亲剥开橘子分给孩子们，一家人吃着橘子，在苦中仔仔细细地品尝那酸，还有一丝丝甜，吃得有滋有味，可高兴啊！

当兵来到北京，突然吃到这光有甜味带点酸，没苦味的橘子，他感到这橘子有问题。

当确知这橘子没有问题，他还是感到有点失落。

这个故事让我想到，**一个人吃过苦，并且不忘记自己的来历，是一种比较可靠的东西**。也是很难被改变的东西。

“这是我没做好的工作。”国泰说，“过去的就过去了。从现在起，定出奖励制度，这对科研处那些年轻人特别有好处。”于是杨廷欣执笔，由周国泰主持制定了他离任前夕的最后一个重要文件：《关于科研成果转化（中试生产）奖励的暂行规定》。

该文件讲得具体，可操作性强。比如讲到“科技开发部本身的科研成果转化”，将如何根据产生的经济效益“给予有关科技人员以奖励”，也讲到，“从地方和军内其他单位或个人引进来的科技成果，转让给科技开发部中试生产、推广应用的，根据不同的经济效益情况，给予不同的奖励。在三至五年内每年一般按经济效益的10%～20%掌握。”

周国泰很清楚，凭着开发部现在的科技开发渠道，以及强有力的销售网络，某个科技成果一旦在此得到开发，按经济效益的百分之十给奖，就已经是一个很吓人的数字了。但是，必须给奖。该规定的第四条继续写道：

科技开发部的科研项目获得科技进步奖以后，除上级发给的奖金以外，开发部另发给奖金；获国家一等奖

50 万元、二等奖 20 万元、三等奖 10 万元；军队（相当于）一等奖 15 万元、二等奖 8 万元、三等奖 4 万元、四等奖 2 万元，其奖金税由开发部付给。

周国泰就要离任了，临走之前主持制定的这些规定，定得酣畅淋漓激动人心。这不仅仅有利于促进本部的科研成果走向产业化，也保证了特邀的中国院士、专家教授以及博士生和硕士生们的科研成果转化后的利益。

这些规定也有利于吸收更多的中国院士、中国专家们的才华，是有利于继续走向辉煌的一个极重要的文件。

不难想见，按此规定，张建春将成为获奖的最大受益者。照此下去，张建春在国内所获的经济利益，未必会弱于他的在海外的同学了。

8．天上的故事

定出上述文件后，周国泰去了一趟温州。返程时，飞机晚点。下午四点的飞机，直候到晚上十点才登机。飞机刚升到高空，广播里说：有一位乘务员昏过去了，问飞机上有没有医生，“请到前舱来。”

喊了几遍，没有人去。周国泰去了。

到前舱，看到机组人员正要往那昏迷的空姐舌下放药片。见周国泰来，以为他是医生，都把目光望向他。

国泰摸空姐的脉搏，空姐的手冰凉，脸色苍白，脉搏一分钟一百三十下。又看了看她们刚才要放到她嘴里的药，是硝酸甘油。“这不能用。”他说，“我认为她是低血糖。”然后他听说她们已经连续飞了几个班次，没有休息，到现在晚饭还没吃。“我们也很累了。”空姐们说。

“快给她喝糖水，输氧气。”国泰说着就为她捏合谷、人中。一杯糖水下去，没有醒。“再喝。”他说。连喝几杯，空姐醒了。国泰自己也松了口气。

这时飞机已到合肥上空，开始降落，要把空姐送到地面医院去。国泰护送那空姐下了飞机。重返飞机，回到座位时，他周围有人问他：“病人怎样了?”

他说：“应该没事了。”然后他听到他们说，你也真够大胆，听诊器也没有，药也没有，到那里没法采取措施，要是出了大事，谁负责？然后他听出这几位原来都是医生，还不是一般的医生，是北京大医院的教授级医生，国泰突然感到非常吃惊！

“原来飞机上有医生啊！”他在心里惊道。

自己傻了不是？并记起刚才机长向他要抢救记录，同时记下了他的姓名、地址。“可是，”又记起他进去时，她们正要往她舌下放硝酸甘油片，如果吃上这个，血管一扩张，血压更低，就麻烦了。

真正的医生又问国泰在北京哪家医院。

“我不是医生。”

这时，那几名医生有点惊讶了，“你不是医生?”

又有人问：“那你去干什么?”

“我当过卫生员。”国泰说，“在二十多年前。”

几天后，那位空姐在京挂电话找周国泰，要表示感谢！秘书接的电话，来请周本人接电话。周国泰正在讨论事情，没有去接，只请秘书代表他向那位空姐的感谢表示感谢！

但愿有一天，那位空姐能看到这个故事。也许她会吃一惊，没想到在天上冒冒失失地去搭救她的这个人，还有这么多故事。

这个天上的故事很短很小，我不能忽略这个故事。因为要认识“真人”，这就是天然见真纯的地方。

这个天上的故事，我以为不在全书的任何故事之下。在这本书里，我讲了许多关于科学技术的故事，讲了中国院士的才华，专家教授的才华，博士硕士的才华，但是，我永远认为，**无论天上人间，那最美好的，肯定不是才华！**

永远不是！

9. 星星与星星的照耀

这一天不可避免地要到来了。

进驻开发部的审计组召开了一个有不同年龄的人参加的座谈会，征求对周国泰的意见，没想到，这会差不多变成了“评功论好”会。一些老同志讲得热泪盈眶。

高级工程师田鹏已经故去，人们记得他的追悼会……田鹏是地方服装界“打样板”的权威，被周国泰聘来，后因体弱回家休息，几年后去世。田鹏遗体火化的前一天，周国泰在外出差，得知消息坐飞机赶回来。次日，开发部领导除留一人处理日常事务，全部前去看望，还带去一笔钱。

田鹏的家属看到周国泰带来了一班人，立刻哭不能禁：“我们田鹏……只是在你们那儿临时干活……离开了，你们还来看……”跟遗体告别时，周国泰排在第一个。

这件事，许多老同志都印象很深。因为此前，当有老同志因身体因素要离此回家了，周国泰就开一个欢送会，总说：“今后有什么困难，打个招呼，开发部还是你们的家。我不是说包到底，你们在这里奋斗过。这是感情。”田鹏的追悼会，让大家看到，周国泰不是说说而已。

在搞防弹衣最紧张的日子里，防弹衣的发明人之一刘善晖的母亲得了重病，从老家拍来电报。周国泰得知，让刘善晖马上回家。刘善晖知道自己当时一走，这项工作就要暂停，他说：“我暂时不回去。”

“不行。”周国泰说，“这又不是战争年代，不是非常时期，**不需要你为事业做出这样的牺牲**。你要是不回去看母亲，说明你不孝，今后谁还敢跟你交朋友！”刘善晖回去了。刘母在最后的日子里见到了从军一辈子的老儿子。

这样的故事盛满了整个座谈会。不管岁月发生过什么，正在发生什么，我在这些故事中再次领略：人生到底图什么，这些，其实是比工作，比获奖，比创出很多经济效益都更宝贵的东西。

周国泰要离任了。我去看他，碰到最高检察院装备处的**刘大伟**也来看他。刘大伟对我说：“我们接触过的搞开发的不止这一家，但看起来，路子最正，最成功的是这个开发部。这么多年了，跟这个开发部打过交道的部门很多，还没有一个人因经济问题被抓起来的。”

周国泰对此也很自豪：“还有那么多厂，也没有一个厂长因为跟我们打交道出问题的。这么多年，到我们这儿干活的来来去去也不少人，有被炒鱿鱼的，但没有一个是在我们这儿犯案，被抓起来的。我也算对得起大家了。”

审计全面结束。军需部领导认为，一个部门的主要领导离任，主动要求审计，这是一个经验，应该总结。

一九九四年，周国泰应邀到北京市五中给老师们讲课，他讲到了他童年时的老师，然后说道：“一个人一生中要遇上好老师，也许还比较容易。要摊上一个好领导，可能就不那么容易了。”他说他当领导是向他老师学的，他想当个好领导。

现在离任在即，回首过去，他说自己还是很幸运的。因为军需部的连续三任部长，**王聚兴、梁贻斌、张翠举**，他都跟他们“急”过，三任部长仍然给予了很大的理解和支持。“你知道的，”他对我说，“在还没有开发部时，最早支持我干这事的就是王聚兴部长、张翠举副部长。”他说张翠举当副部长时分管我，跟我一趟趟下厂，了解一手情况，而且有公心，所以关键时候，他的意见对于提供部长以及总后首长决策，就比较准确。

他说这头尾十年，三任部长一任接一任地支持，确实难得。我相信他的话。因为领导者之间如果一任拆一任的台，就可能把部下拆得没有戏了。

原军需部被装处的老处长**赖洪洲**退休后到开发部任副总经理，主抓生产，他说：“开发部发展了，周国泰受了不少非议。据我所知，军需部的领导们对这项事业，对周国泰确实是支持的。”

人们对周国泰有没有意见呢？有。

最集中的意见是说他不爱惜身体。这意见，人们平日里就对他反复提过。“周总，你讲科学，可你对自己的身体一点都不讲科学。”

他就说：“至于吗？”

他曾这样对我说过：“你知道肾结石痛起来为什么在地上打滚吗？”我说我不知道。他说我告诉你吧，“那是想找个地方把痛的位置顶住，可是找来找去都不合适。这就是别人看到的在地上打滚，其实，那是在寻找最佳体位。”

他青年时在沙漠上搞防核实验，刚迈入中年，去搞那个“博克图实验”，如今，不到五十岁，牙齿一颗一颗地掉，心脏、肾脏、血压、关节都报警……他的司机**赵勇**告诉我：有一次，周总心跳得不行，送去医院，在医院急救室里挂了一夜的点滴，早晨起来，他说：“空气很好，走。”家也没回，车子又开到开发部来了。

赵勇还告诉我：“跑长途，在半道上，他突然就气憋得顶不住了，挺吓人的。后来就在车上弄了个小氧气瓶。前几天，从顺义县回来，半路上又停车吸氧。”

在北京地区，他的呼吸系统能感到氧气不够，可见他的血液循环系统向心脏和大脑供氧的渠道有问题了。一次急病，他感到快过不去了，半夜里对妻子说："快叫张连璧，我有话交代。"

粤燕吓哭了，事后仍然感到委屈：为什么周国泰那时想的不是妻子、孩子，还是工作、工作……

他的身体，虽然有早年从事防核实验等等影响，但进入中年后，十年搞科研加开发连轴转，身心所承受的很大压力是重要因素。他八十年代在广州在博克图熬出来的痔疮至今仍然经常流血。"不紧张时没事，一紧张就来了。"妻子说他是既有内痔又有外痔……他自己也说"下水道坏得比较复杂，要综合性修理"。医生说住院最少得半个月以上。可是，只要他还能走来走去，他就连半个月也没给安排出来。搞医的妻子对他无可奈何。

我写他的身体状况，没有赞扬的意思。我只是写下一种事实。

在并非特殊的岁月、特殊的环境，为工作而"奋不顾身"是不值得效仿的。在这方面，他的战友他的亲人对他的批评是正确的。如果赞扬他为工作而不顾身体，在我看来是不人道的。

想着他做出的那些成就，我有时就想，那些告他的人，那些总能使他成为"有争议的人"的人，是有贡献的。因为他们不断的努力，对于周国泰以自己的忠诚去做出更大的成就，是有促进的。

想着周国泰的身体，我也想，那些中伤他的人对他的伤害，基本上是成功的。

关于家，还记得周国泰的儿子吗，那个童年时就知道敲开邻居的门说"我饿了"的孩子，上到高年级，儿子心中最大的幸福感是：能在父亲的床上，跟父亲一起躺一会儿。

同在一个家，儿子仍然经常看不见他。不是他不回家，是他回家时儿子已经睡了。儿子醒时，他或者走了，或者母亲对儿子说：让你爸睡……他叫儿子已经很久没叫名，就叫："儿子。"你可从这种叫法中体会一个父亲的心情。

他自己也问自己：我究竟为谁辛苦为谁忙？他受到审查的日子，儿子也会给他挂来电话："爸，怎么样了？"

怎么去回答儿子呢……曾想说，我们这一代奋斗了，即使头破血流，不后悔……可是，儿子听得懂吗？儿子终于上中学了。一天，粤燕又来电话："你今天能不能按时下班？"

"什么事？"

"儿子想听你跟他讲讲日本。"

这才想到从日本回来，事情积着……他答应过儿子的，他已经失信了一个多礼拜……"好吧，按时回去。"

他的确按时往回走了。他不知道粤燕把消息告诉儿子后，儿子放学匆匆地回家，放下书包就出门去等……穿过小巷来到大街，儿子走到了一个红绿灯下，父亲还没有来……又继续走，心想看到父亲就拦住他的车，然后坐回来……他想得很美，为自己这一聪明的想法感到高兴……来了，他看到那车了，车还远着，他就举起了手……可是，车开过去了，车没停……父亲在车上睡着了。他拼命地追，到底看到父亲那车被拦在红绿灯下了，这太好了，他加快速度，眼看追近……车又跑了，他继续追……车终于在家的楼前停下来了，他也追到了……父亲正在上楼，他大叫道：

"爸——"

父亲听到了，从楼梯上下来……父子在楼门口相遇。

"你怎么啦？"父亲看到儿子满脸是汗，这是冬天。

"爸……我追了你……两个……红绿灯……"

周国泰把儿子搂在怀里。"爸，别抱我！"儿子在叫。他埋着头没吭声。叫儿子看见父亲掉泪，毕竟不是美妙的事情。

关于工作，我看还有一个故事颇“经典”。

有没有周国泰痛恨的事呢？有。比如官僚作风。

他为此曾定下一个制度，凡下级写给开发部各层领导的报告，有权做出批示的负责人务必在一周之内做出明确的批示，超过一周未批复，下属可以看作这是领导已经同意，去办就是。

一次，一位处长给周国泰写了个要求添置设备的报告，周去出差，周的秘书把报告放在周的抽屉里，没向周报告。周国泰出差回来几天了，那处长见周国泰还没批复，就去买了，那是个万余元的设备。此时，周国泰知道了，把那处长叫来，对他说：“我百分之百不同意你买这个东西。但是，我百分之百支持你果断去买。”又开会，对大家说，“论价值，有一个好的制度，并努力维护，比什么设备都更有价值。”

开发部有十二个处室，他的处长们记得他多次说过：“我说的也算，张连璧说的也算。如果我俩人说的不一样，以张所长说的为准。”

为什么俩人意见不一致时，以副总张连璧说的为准？我说不清，但我相信，这一条肯定给开发部带来很大好处。

离任的这一天终于到来。一九九六年十二月的一个星期五。在开发部第七层楼的大会议室，作为开发部的总经理，周国泰最后一次跟大家说话。

坐上讲台，第一次感到讲不下去，他点了一支烟……讲什么呢，讲感谢支持，讲这么多年有得罪之处请大家原谅？不，这些都不讲了。

“今天，”他说，“不谈开发部，谈个人吧。”

但是，讲着讲着，似乎又讲到开发部来了。关于人才，他讲了这么五点："要有爱才之心，敬才之德，用才之能，容才之量，护才之胆。"这五点，可以看作主要是对领导者的要求，也可以认为，是他的经验之谈，能做到这五点，一个团体就可望兴旺发达。他又说：

论运筹，我不如张连璧。

论计划，我不如杨廷欣。

论抓生产，我不如赖洪洲。

论财务，我不如宋克恒，还有老朴。

论科研，我不如张建春。

论服装结构，那就不是不如，我跟王英波没法比。

论思想开放，论体力，我也不如这里的很多年轻人。

周国泰讲得会议室一片寂静，真静啊，静得让他自己都感到惊奇，感到像一个梦境……这是什么氛围呢，不是凄惨，也不是高兴……往日，周国泰讲话，谁都不走动的，今日，有几个年轻人出去几次，稳定一下情绪再回来，怕掉眼泪被人看见……**林志刚**走出去了，周国泰记起全军八七式服装改革那年，因林志刚做裤子的技术好，研究所让他做一条毛料军裤，要给总后勤部首长看的。谁知他竟然把裤子送到街上的铺子里去做，自己玩牌去了，还忘了给口袋布。街上的铺子用蓝布做了口袋。送审时，一下就被总部首长发现了……

"怎么回事?"

这事让军需部首长脸上都挂不住。

首长走后，研究所领导大发雷霆，林志刚随后来到开发部。周国泰说："我对他也骂也凶。"林志刚在开发部还立过"三等功"。

还有**周宏**、**孙幸福**……周宏毕业于人民大学，学经济的，任过开发部的经营处副处长，军援军贸处处长，如今是副总经理。孙幸福任过生产处长，材料处长，军援军贸处长。前已讲到开发部有十二个处室，开发部还有一批像周宏、孙幸福这样的骁将，每个人都有一片生动的故事……

每个处都想跟周国泰一起吃一餐饭，叙叙衷肠。每个处都提出来了。周国泰就在这天上午的话别会上说：“今天中午，我们大家就到食堂去共进午餐。大家都在，更热闹点儿吧！”

中午，食堂。注定了酒要催人下泪的地方。

周国泰想，千万别喝多，最好是不喝。

可是，刚开始，王英波站起来了，七十多岁的王英波是全军服装改革的权威，满头白发，一边哭一边拿着一杯酒：“周总，我敬你一杯酒吧！”

能不喝吗！

宋克恒，一九五七年被错划的右派，杰出的老会计，也是满头白发，也端来了酒。

能不喝吗！

周国泰发现，不能都等人来敬，不如主动点。他端起酒，走到两位新来的财务处处长、副处长面前。

处长**左俊峰**，是全军有名的黑脸包公。在周国泰被告的日子里，他曾作为审查组成员多次进驻开发部查账。周国泰发现，此人非常认真，提的问题特别多，特别细，还特别能发现漏洞。副处长**老陈**，也曾经是参加审计组查过周国泰的人，周同样发现来人中他提的问题最多最细。

在受审查的日子里，周国泰就想，这俩人都是管财务的高级人才啊！等到他们退休了，周国泰就三请诸葛终于把他们请来，先后任命他们当上了开发部的财务处长、副处长。

周国泰走到他们面前，把酒杯一举，两位处长都把脸扭过去，哭了……

午餐吃了两个小时。林志刚没有参加。他说：“我想去，没去。我没法吃。”

午餐后，周国泰回到办公室，一起创业的老战友，年轻人，都来了。还记得周国泰的“第一位女将”赵晨吗，她在周的办公室只待了大约一分钟就跑回自己的办公室，关起门来，干啥，不知道。

这个星期五下午，周国泰的办公室里挤得满满的。也许是喝多了吧，在场的不分年轻年老，许多人都泪光闪闪。想想周国泰曾说，是这里的每个人造就了开发部，这话肯定是对的。走在他们的开发部里，我也清晰地感到那里有种明亮的气氛……想想，那该是一群……星星与星星的照耀……

我国至今还是一个贫穷的农业国，从大学里特困的硕士、博士生的故事中，我们同样能望见那种令人无限感慨、感动的艰苦奋斗。

第十三章

大　科　研

1．散步的鸽子

我将在这一章里写几件周国泰回到研究所后发生的事。

一九九七年二月十八日，江泽民主席签署命令，任命周国泰为中国人民解放军总后勤部军需装备研究所所长。周国泰自此成为研制全军新一代军需装备的主官。

在本世纪将要过去之时，我军军需装备的更新换代，不是一般地更换式样，包含着很高的科技含量。周国泰被授予此任，也足见军需部首长及总部首长对他的器重。

从前，周国泰是试图改变“科研模式”走出研究所去问道路的。十年颠沛而十年实践，如今，在回所一个月后，就任所长，他将对改造研究所做些什么？

周国泰任所长的命令在所里宣布后，大家都等着开大会听新任所长给大家讲点什么……可是，二月过去了，周国泰没有召集大家开会。

三月过去了，还没有。

四月过去了，还没有。

禄米仓 69 号院就在北京火车站附近，在这闹市之中，69 号院自身也很拥挤而且陈旧，楼群中间仅有的一个小院里停放着十几辆车，车多数是开不动的。某天，开不动的车被弄走了，院子里出现了新栽的树，还有喷泉和许多花。入夜，喷泉中亮出灯光，五颜六色的很悦目。白日，不知从哪儿飞来了许多鸽子，就在这花繁叶茂的院子里散步……

这是他大学毕业就到这儿来工作的地方，他青年时代最好的时光在这儿度过。这儿的一切如此熟悉，又如此陌生。

“有钱种树，还不如给我们买点药吃。”有人这么说了。

去食堂吃饭，他听到有个声音从他自己的心中在问他：“在我们这种级别的单位，还能找到这样的食堂吗……当然，这比工棚要好很多。”

住房，仍然紧张。仍然是年轻人要结婚了，没房。高级工程师、专家以及全体科研人员家里的电话，都是要等总机转一下的。住在北京市中心，没有同北京市的直拨电话，此种通讯水平还不如大墙外的一个居民户。实验室如何？有的……变成仓库了。专业设备大部分是落后的，只有墙上贴的规章制度，好像是最先进的……就凭这，在世纪末要搞出一整套科技含量很高的新一代军需装备用以武装全军？某天夜里，他独自一人乘电梯上办公室，心中升起一种想哭的感觉。

十年前，这座有图书室的大楼，夜晚灯火辉煌。现在，“亮灯的就是我这个办公室。我不希望是我这个办公室！”他说我也不要求大家没日没夜地钻研，可是，也许有人想查资料呢……他为此去找图书室的人员，让夜晚开门几小时。可是，没有人来。

“没人来你也开着，再坚持几天看看。”

他说他多么希望有年轻人来找他，来说有个什么什么项目，需要支持。“我等了很久，没有一个人来找我。”

没人来要求支持，也没人提意见。为什么？现在的人怎么变成这样？连提意见的都没有了，一个都没有。

热情死了？

他明白了，当领导的永远正确，就没有提意见的人了。

这是真正的苍凉。

过去讲十年浩劫，误了。现在呢，“文革”结束二十年了……这话该怎么说？以往开会习惯说：我们现在有很大进步。改革开放以来国家是有很大进步。具体到我们所的今天，我该怎么说呢？如果我也说“有很大进步”，大家听了会不会失望？到底有老同志给周国泰出主意：“得先搞一个工程。”

“什么工程？”

“人心工程。”

研究所新来的政治部主任叫**刘新民**，是位女大校。在她身上，我能毫不费劲地感到善良和平等，岁月在她头上点染出的几许白发使她更添慈祥。她总是那样微笑而平静地听你对她说什么。我不知她以往有些什么经历——竟为她陶冶出这样一副好神态好心情。她轻声细语地告诉我：

“五月四号，老周去 309 医院打肾结石，上午打，还在尿带血的石头渣子呢！下午来了，从地下室开始，一个房间一个房间看，从地下室一直走到七层楼……老周生气了。”

为啥生气？她告诉我：“从这座楼里，清出了八卡车废物、垃圾。”我感到了这里面有故事，再问，刘主任依然轻声细语微笑着说，就像她是个不会生气的人。

国泰任所长后已找过许多人谈话，每个研究室、实验室都去看过，有的室堆满东西，挤得人要侧身才能走进，办公桌上也挤得摊不开图纸，问："为什么不放到仓库去?"答："地下室堆满了。"周一直想去看看地下室，只因急事太多还顾不上。急事之一就是香港回归在即，驻港部队军服即中国人民解放军新一代军服首次在港亮相，这项刻不容缓的急务占去他太多时间。

他的肾结石近几年几乎每年复发一次，这一次去激光碎石之后，躺在309医院的病床上，想到了地下室，"下午的时间可以利用。"这就坐上车来了。

从地下室看起，老周的大脑轰一下就像被火点着。眼见堆放着那么多发霉的物品。五月了，地下室阴冷潮湿，发散着各种异味混杂在一起的腐败气息。他发现了当初他"偷"走一个小零件的缝纫机，那一批缝纫机都还没有使用，已锈成废物。还发现几台带电脑的双针双链缝纫机，日本原装进口的，一台三万元人民币，一次都没用过，踏板也锈穿了。还有一台测透气性能的设备，八十年代以十多万元从日本进口的，至今搁置未用……历年做试验余下的布匹，就堆放在这里，当年若及时处理，都是钱。现在，那布拿在手里，像纸一样轻轻一撕就破了，有的一触即破，一触就倒塌下来，腾起一片烟雾般的粉尘……一个词不可抑制地冒上来：腐朽啊!

还有一九七四年研究所从西北迁回北京时搬回来的箱子，二十多年了，至今还没开箱……这是什么，国家财产?

为什么？为什么只可朽之，不会用之?

周国泰不知该生谁的气，或许感到自己也有责任吧，"把这些垃圾拉出去!"他说。

于是全员动手，从地下室到七层楼，清理废物、垃圾，就在这座研究所的主楼，拉走了八卡车……

2. 走出封闭式的大院

五月十五日，注定是个不寻常的日子。这天上午，全所干部员工，还不到点就整齐地坐在七楼大会议室里。

“我回所里当所长已经很长时间了，今天是第一次开全体人员大会。有人说这个会能不能早一点开。我考虑前一段把情况摸得更清楚点，有些事还是先做一做，看一看，然后再讲好。我今天讲的主要精神都是我们党委反复讨论过的。”主席台上还坐着政委、副所长等人。“如果有讲错的，我个人负责。我今天发言的题目，大家可以朝后看那几个字——”周国泰说着把手冲大家身后一指。

我朝后望，看到会议室后墙早已布置好的两行字：

建设高水平的研究所　　造就高素质的科研队伍

“为什么讲建设高水平的研究所，这高水平，到底有多高?”

他说，比如学术水平高的单位，才有资格建博士后流动站。我们还没有，说明我们还不是高水平的研究所。但是，我们已经聘请了一批两院院士和博士生导师当顾问，加上本所的**王西亭、钟书琴、张建春、凌天德、黄小波**等研究员，我们已经同一批大学联合互培硕士生、博士生。这样，我们科研队伍的水平将陆续高起来，就可以申请把博士后流动站搞起来。这件事要争取在本世纪内实现。如果有了博士后流动站，就可以说是高水平的研究所的标志之一。

又说，要把军事食品研究会这杆旗扯起来。这样，可以把全国一大批这方面的专家集中在这面旗下。这花不了多少钱，开个年会搞个活动也就一两万元。但有了联系，咨询个什么，讨论个什么，都很方便。这也是高水平的标志之一。

周这个讲话，从上午八时准时开讲，没有稿纸，一口气讲了四个小时，中间没有休息，会场秩序始终很好，始终情绪高涨。他把这个会议变成了一堂大课，携带着大量信息，讲得充满知识和经验。我在此只能择其要点略加介绍。

他集中地讲了他的**大科研思想**。

一是如何通过电脑和其它手段获取国内外最新信息。二是如何利用本所之外的人才。三是如何利用他人的实验室。四是如何增强成果转化。

上述四点，讲得有详有略。总的来说，他说“大科研”的路子是被逼出来的。比如新一代军服，在一般人眼里是几套新衣服，在我们眼里，有七十多个需要攻关的课题。为此，已经外请了七十多人在帮我们科研，其中有十一人就是我们特聘的院士和全国著名专家，他们已经带着一批博士、硕士在做我们的课题。这些本所院墙外的力量，无论是人数和研究水平，都超过我们所自身科研力量的总和。如果没有利用这些科研人才，光靠我们自己，香港回归在即，我们拿什么军服让驻港部队穿？

所以，“大科研”的大道，是逼出来的。什么叫追赶，是已经赶不上点必须这么去走的！我国有尖端的先进水平，我们为啥不加以利用？否则，就靠我们所这些人马，要缩短我军同发达国家军需装备的距离，要到何时？

过去总说，“科研人员老往外跑干什么呀？”他说：“要跑，必须跑！不跑，你搞出来的‘科研’也是纸上谈兵，不能转化为现实的生产力。”

他强调说：**“必须走出我们这个封闭式的大院。我们是社会主义，不是封闭主义。”**

掌声雷动。

会后，我听到不少热烈的反应。有个典型的说法是，“没想到开会能听到这么好听的会。有春风吹来的感觉。”

我的感觉是，在过去的十年里，走出研究所的周国泰犹如去种了一片试验田。现在，他要让开发部那一块来影响这一块。“把开发部的风吹到所里来，把外单位的风吹到所里来，有八面来风，研究所就活了。”

五月的阳光洒在都市楼群中的一小块院子里，花红树绿，鸽子在散步，会议在继续。

3．为了落后的祖国

关于“大科研”，周国泰对第四点“增强成果转化”讲得最多。

“有一个问题曾长时间困扰着我们，一直争论到现在，这个争论该结束了。就是不要把科研和开发割裂开来。”

他说很多年来，一边在搞成果转化，一边不断有声音对你说，“无论如何不能冲击科研”，“一定要以科研为中心”，这话对不对呢，都对。但是，我们还是要弄清楚，什么叫科研？鉴定之后就不叫科研了？

他说“四大发明”在我国就存在没有进一步开发的问题。“火箭是高科技，原理是放焰火。无梭织机是对有梭织机的进一步研究开发，你看那喷水织机、箭杆织机来回打，原理一样。成果转化是科研的延续。科研成果应该是：科研加开发，直至实现产业化。真正的成果是要把科技变成产品。”

他回顾说，从前我们搞的不少项目，科研经费是我们出，中试也搞完了，交给人家生产。生产中出了这样那样的问题，又来找我们，我们赶去，出差费还是我们出，钱他们挣。我们是投钱搞科研，贴钱搞中试，赔钱搞推广……结果是科研成果出得越多，研究所越穷，搞到没钱再搞新的科研，十年前，我们就走到了这一步。

后来有了开发部，奖金也有了，吃饱喝足，开始讨论方向问题了，总是讲得振振有辞，“要以科研为中心”，“要姓军”，当初搞到吃药的钱都不够的地步，怎么不讲方向问题？那时到底姓军姓啥？似乎能挣到钱就有问题了，不可靠了。不会挣钱就纯洁了。难道成果一转化就不姓军了，一进入市场就不姓军了？他说：钱，既不姓“无”，也不姓“资”。并做如下表述：“开发也好，科研也好，本质特征就是科研活动与经济活动双向的活动，是一个相互联系的整体。”

军队的科研也是科研，科研成果的实现有其自身的规律，不会因为我们姓军就不受规律的制约。**我们搞开发，已经不只是挣钱解决经费不足的问题，而是要提高军需装备的科技含量，从事科研开发是不可逾越的必经之路。一支大军的现代化装备必须通过工程化、产业化来实现。**

这不是周国泰在会上说的，这是我多年跟踪采访，从他们历经的艰难曲折中感悟出来的。

“我所以讲成果转化讲得多些，因为这是真正见成果见效益的部分。产生效益了，才会更有效地促进前面三项工作。”他举例说，比如我们驻港部队服装这块面料，科技含量很高，将来给全国工商、税务、检察院也装备上，只要换一种颜色就是高水平的制服，就能挣钱。有了钱，花钱请专家也好，请研究生也好，那就不是穷途，是一条富强之路，进入良性循环了。而且，不但我军的装备水平提高，国家重点部门的装备水平也提高，专家的才华得到施展，研究生得到锻炼，“这是一个良性大循环。”

国泰又说，正因为我们姓军，不能指望外国人来帮你强化军需装备。我们讲“大科研”，就是要主动去充分利用军内外、国内外的科研力量、科技进步因素，来提高我们的科技能量，办好我们自己的事情。

在会上，他也重点讲了当领导的问题。我理解这里包含着立言愿接受大家监督。他认为当领导有四忌：一忌不团结，二忌不公道，三忌不干事，四忌欺上瞒下。

关于第四忌，他似乎忍不住讲了他没当领导时的见闻和心理感受。他说：首长来了，让首长看什么，一看会议室，二看展室，三看实验室……有空调，地板很亮，机器有用没用，设备转不转不管。“其实怎么样？欺骗上面。首长一来，战士钢盔一戴，小旗一摆，挺好。首长走了，你看院里乱七八糟。就这个楼能拉走八车垃圾。”瞒下瞒什么？有些涉及大家切身利益的文件不给大家见面，在调级问题上，总是有人用权力怎么整都给你压下一级来。还有两年前就该调级的一压给你压两年，到过期了，人家不给补了。“要这样的领导干部干什么？真不如回家卖红薯。卖红薯也烤不出好红薯。”

大家笑了，会场气氛十分热烈。我想，周国泰的可贵，大约还应该包括他当了领导没忘他没当领导的时候。

关于“奉献”，他讲的“奉献”给我留下深刻印象。

他说：“我们还要进行奉献教育，但是现在为时太早，所以我现在不要求。”我心里一动，何以太早？“因为，你有，我才对你讲你要奉献。你没有，还要别人来救济，我要求你奉献，我不是很可笑吗？”

他接着说，“你还没有，我要求你奉献，就是瞎讲。**没东西可奉献的也讲奉献，就会埋没了真正的奉献，会活生生把‘奉献’这个多么高尚多么好的词给讲死了，**讲臭了。”

掌声，不知谁先鼓起来，随即响彻全场。

“但是，”国泰自信地说，“我相信我们肯定会要求大家讲奉献的。当我们的成果出来了，你们创造的价值大于你们的所得，呈现出很大的不等式，甚至是巨大的不等式，我们就会要求大家讲奉献了，因为我们姓‘军’，我们是社会主义。”

掌声再次响起。

关于规章制度。他说凡是空的，可操作性不强的，做不到的，包括近期内还做不到的，不能订。订了，不管写得多么漂亮，都是破坏制度。“不是遵守不了的人破坏制度，而是订制度的人破坏制度。在这方面，我们吃过的亏不少了。”

在会上，他告诉大家，美化营院种树，是**徐光军**副所长去有关部门要来的钱。又告诉，争取为每户安直拨电话，正在联系之中。食堂翻建，今年要开工。此外，“已经在北京六里桥买地建宿舍大楼，今年要封顶。”至于钱哪里来的，周国泰没有说。

临近十二点时，他说：“我们现在是占尽天时地利人和。天时就是改革开放的时代，地利就是地处首都北京，人和是我们全所人员都有图强的愿望，可以说是上下一条心了。我们有一千个理由搞好。我们没有一个理由搞不好。”

又说：“我们这个时代，给了有作为者广阔的天地，也给了不少人很多埋怨的口实。”

又说：“你什么都可以埋怨，埋怨社会，埋怨上级，还可以埋怨老婆、孩子……我承认我们国家还很穷，很多东西不尽如人意，但是埋怨没用。”

又说：“香港让人家占一百年了，现在回归在即。如果我们连一件像样的衣服也拿不出来让我们的驻港部队穿，全国人民都将埋怨我们，全军指战员都将埋怨我们。”周国泰放慢了声音，我注意到他目光盈盈。“永远记住，只有耕耘，才有收获。一切人间奇迹都是人创造出来的。最后，让我们，为了我们贫穷、落后的祖国，团结一心，共同奋斗！”

热烈的掌声……据说，有人把眼泪掉下来了。

4. 谁来重振丝绸之路雄风

五月三十日，研究所充满节日气氛。

继聘请了六名特邀顾问之后，特邀顾问至此已扩大到十七人。应邀的科学院院士、工程院院士、大学校长、学院院长、博士生导师从全国各地来到这个研究所开会，济济一堂。每位高级顾问都将在此做专题学术报告，研究所的全员听取报告。

比如无锡轻工业大学**伦世仪**教授是中国工程院院士，中国食品科学技术学会常务理事，他报告的题目是：《食品工业的发展方向及军用食品研究的一些建议》。伦教授一开始就讲中国历来讲“民以食为天”。他说：我国一九九六年粮食总产四千八百亿公斤，第一次达到人均四百公斤，这是世界上的低水平线。接着谈到，我国食品资源一是非常有限，二是有限的资源还没有得到充分开发利用。由此再讲到我国食品工业的发展方向和作为。

再比如，哈尔滨建筑大学**李圭白**教授也是中国工程院院士，并任全国高校给水排水工程专业指导委员会主任，他报告的题目是：《水处理技术的发展与部队的饮水保障》。李教授一开始就风趣地说：“人不吃饭，可以坚持十天。不喝水，三天就完蛋了。”李教授提出了以特殊方法处理海水与苦咸水的新技术，讲了水在当代市场以及战争中可作为的天地……

可以说，每位专家在这个研究所的幻灯屏幕前做的学术报告，都极大地开启了这个所科研人员的思维，大大缩短了他们研究和求索的道路。

这次会议另一项激动人心的内容是：宣布“护神”奖学金设立及颁发仪式。五月三十日上午九时十分，现任军需科技开发部总经理杨廷欣宣读了经军需部批准的这项决定。

“护神”奖学金设基金二百万元人民币，由军需科技开发部提供。奖励对象是我国高等院校纺织和轻工专业的优秀硕士生、博士生及博士后人员。奖学金设特等奖、一等和二等三个等级，在毕业届研究生中评选。

此外，另设特困生助学金一种，用以资助家庭特别贫困，仍在我国大学里坚持就读纺织和轻工专业的硕士生和博士生，不限年级。

“护神”奖学金及助学金每年评审一次。经与各院校联系，评奖由各校、系“护神”奖学金评审委员会评定，各校研究生院（处、部）设专人办理有关事宜，最后由各院校将评奖结果向军需科技开发部通报，开发部只管给奖。一九九七年由于时间关系，只评审颁发特困生助学金。

由于这项“恩德无量”的事业，我得以望见在我国高等院校攻读硕士、博士的特困生的一些状况。

讲一个特困生的故事。

他叫**沈根成**，江苏省泰兴市城西乡延令村徐岱小队人。他十二岁时，母亲去世，“父亲脾气一下子变得很坏，常对我们发无名火。”其时，他的大姐、二姐已出嫁，三姐和他尚在读书。不久，为了保证小弟读书，三姐不得不辍学去一家小厂打工。父亲靠养猪维持生活，每天走很远的路去收集残菜做猪饲料，风雨无阻。“我上中学时也干那活。”后来，三姐出嫁，沈根成考上复旦大学。父亲七十岁不再养猪，每天站在马路边维持秩序，以换取一月百余元的工资。

沈根成从大二开始坚持勤工助学，当过自助商店的售货员、家教，搞过计算机软件开发，卖报纸。从大四开始，生活自立，假期挣的钱还能给父亲几百元。大学毕业时，他被评为复旦大学优秀毕业生。考上研究生后，学习比较紧张，他经营过“无人售

外国军队后勤官员访华时来开发部样品室参观。（右一）为周宏，（右三）为杨廷欣。

报”，生活仍然非常困难，“穿别人给我的衣服，别人已经不穿的，我洗得干干净净，穿上，也挺好。”现在，他是中国纺织大学九五级研究生。

本次与他一起获得“护神”助学金的本校研究生还有**刘爱贞、张华鹏、施冠成、蒋培清。**

再讲一个女生的故事。

孙明凤，就读于武汉纺织工学院，故乡在湖南邵阳市隆回县的一个偏僻山村，全家六口，父母以种地为生，明凤是长女，大妹辍学，小妹和弟弟在念初中和高中。明凤上大学时，父亲向村储蓄所贷款一千五百元才得以送女儿上路。

明凤在校省吃俭用，各方面表现都比较突出，班上看她会节俭，头一学期选她当生活委员，她当得很好。期末综合测评她名次居全班第一。第二学期她被选为团支部书记。她还积极参加体育锻炼，在一九九七年春季校运会上取得名次。算得上德、智、体全面发展，就缺经济。

可是，她是个大学生，不在“护神”助学金所规定的资助范围之内。也许由于首次做这项工作，有的大学还没弄明白，把孙明凤这位大学生也报来了，怎么办理呢？

九点二十分，周国泰宣读了首批获得“护神”助学金的学生名单。本次有**清华大学、中国人民大学、西北纺织工学院、成都科技大学等十三所院校的三十多位博士、硕士研究生获得此项助学金**。在周国泰宣读的名单中，我们听到了“孙明凤”。孙明凤由此成为获得“护神”助学金的惟一的大学生。

北京理工大学硕士研究生**张焕德**代表获得本次资助的全体同学上台发言。

中国纺织总会**杜钰洲**副会长，中国轻工总会**潘蓓蕾**副会长，国家教委高教司**朱传礼**副司长，分别做了激动人心的讲话。

我记得杜钰洲副会长在讲话中一再向设立此项奖学金和助学金的军队系统的同志表示感谢！

记得潘蓓蕾副会长说："我非常高兴地接受了邀请，首先向获得此项资助的同学祝贺！"

记得朱传礼副司长说："这件事，不仅仅是对纺织和轻工校系的同学有很大鼓舞，对全国高等教育都有促进意义。"

掌声一遍又一遍回荡，我在掌声中想，这项奖学金和助学金今后每年将颁发一次，获得奖励和资助的硕士生和博士生，目前和将来都可以不必为军需所做任何事，周国泰与杨廷欣他们为什么要做这项投入？加强同我国高等院校的联系，也旨在振兴中华轻纺工业，以期中国的学子重振丝绸之路的雄风吧。

既然科学告诉我们，链条总是在最薄弱的那一节断开，人的质量也是由他最大的那个弱点和缺欠来决定的。那么，善于发现自己的问题，就是进步的前提。

第十四章

特别提示

1. 最大的浪费与最大的潜力

在我们长大的岁月，有一句大家很熟悉的话叫“技术革新”。我国的企业有技术力量，但大多数企业缺乏科研力量。科学技术作为第一生产力，该是企业内生产力的先锋部分，本应在企业内与企业风雨同舟。我国的科研力量主要在科研院所里，科研人员属国家干部，食国家俸禄，某种程度上，科研部门变成了“科研衙门”或准衙门。

然而，这种建制在以往的岁月中并非没有好处。我们不能忘记，当毛主席在天安门前宣布“中国人民站起来了”，站起来的百分之八十是文盲。共和国诞生之初，国家迅速集中起当时很少的科研人才，称之“专业队伍”，并集中起有限的资金，开始尽最大努力来发展我国的工业，与此同时，在工厂在农村办起了那么多扫盲班。新中国的成就是激动人心的。那是生产出一个脸盆一根牙刷就能给遥远的山村带去欣喜的岁月，社会主义把现代生活的气息相当平等地带到了中国的一切穷乡僻壤。

几十年来，这支“专业队伍”发展壮大，据有关统计已达到一百多万人，其编制仍主要在科研院所里，且有百分之八十的科研成果未转化为现实的生产力，这就是问题了。

中国人民解放军三百万部队包括大量高中毕业入伍的战士。我国专业科研人员一百多万，集中了中国社会学历最高、学识最丰富的人才，应该说这百万科研人才，不算少了。

中国是个才智大国，科研人才及其成就的确都不在别国之下。

欧美等国善于把科研成果迅速转化为社会化的产品——这好比把优良品种拿到大生产中去种出满世界庄稼。

中国约百分之八十的科研成果未转化，这意味着大部分“优良品种”没有拿去种植，没有“庄稼”。

这就是区别。

发达和落后的区别，富强和还很贫穷的区别。

为什么会有如此多的科研成果未转化？由于大部分科研院所不在企业内部，许多科研不是针对企业和市场所需从事科研，此种体制，很容易使科研仿佛是“为科研而科研”，目标往往囿于能不能出科研成果，能不能获奖，无需对企业的生死存亡负责。

诸多科研成果未转化的浪费，即众多科研人才的浪费。

由于以科研为先锋的生产力直接决定社会生产力的进步，从而决定一个社会是否发达，是否富强，上述浪费是最大的浪费。

欧美发达国家，没有这样大的浪费。

日本没有这样大的浪费。

亚非其它发展中国家还产生不了很多科研成果，因而也无这样大的浪费。

中国在这方面的浪费堪称世界之最。

倘使不被浪费，则中国的潜力也举世无双！

2. 我国企业必须拥有 R&D 力量

必须清楚，改革开放以来，中国日益成为世界市场的一部分，你即使在厂门口推销产品，也已经是在世界市场上叫卖。

我国企业目前的生产力水平肯定不比从前差，而是在国外科技含量较高的商品不断涌进国门来的现实面前，我们生产力水平相形见绌。随着开放的深入，进来的不只是商品，外国公司来了，合资企业、外资企业在中国大量出现，这一部分企业的产品也显赫地打入柜台，在中国各大城市各大商场展现着中国改革开放的繁荣景象。

然而，不论是国外商品大量到来，还是合资商品雄踞柜台，都意味着发达国家的公司正集团似的向中国进军。

请高度重视 R&D。当世界上把“科研和开发”表示为 R&D，这 R&D 就是发达国家用以去争夺世界市场的最锐利武器。我国职工“下岗”原因即使可以讲出千条，企业缺乏科研力量，缺乏足够的 R&D 力量，从而生产力水平低下是决定性因素。海外企业因之长驱直入，中国企业因之节节败退……再说一遍，在当代竞争中，企业失去柜台，工厂就失去大门，“下岗”就是必然的。

“下岗”出现在八十年代中后期，随着改革开放的深入发展，为什么下岗的越来越多？改革开放以来，我国企业曾通过引进发达国家的生产线使生产力水平得到提高。乡镇企业的兴起，多是在过去农村副业队的基础上，因政策放开而雨后春笋般出现。无论乡镇企业，还是曾引进生产线一度风光过的国有企业，只要自身缺乏科研和开发的能力，就缺乏持续发展能力。我们应该对此获得深刻印象：这一切，都与有没有 R&D 能力命运相系。

二十一世纪的竞争，将更突出地表现为高科技的竞争，企业若缺乏足够的 R&D 力量，将不仅有“下岗”，且无法立足，无法存在。

要振兴中华民族，第一大事就必须振兴中华企业，不论国有企业、私营企业或股份制企业。

企业要振兴，就必须全神贯注地来做这件事：必须使企业拥有科研力量，拥有 R&D 能力！

3. 是体制问题还是生产力问题

“关键是体制问题。”中国社会的难题，许多人的思索大都落在这样一句话上。对不对呢？

如果认为比较成熟的社会主义公有制是一种更高形式的制度，同时承认我国“初级阶段”的生产力水平还很不发达，那么，让“纯公有制”企业或部分“纯公有制”企业变为“股份制”，使“在理想的意义上更美好，但是超前了的”生产关系向后退一些，以尽可能与发展中还不够发达的甚至是落后的生产力水平相适应，那么，就可望获得更好的进步速度——因为只有“相适应”才能走得最好，不相适应就会迈不动步子，甚至倒退——以此来理解，不少人的思索落在“体制问题”上，可称一语中的。

然而，即使采取股份制的办法，企业仍然迫切需要提高“第一生产力”。特别是我国企业目前落后的生产力水平，**企业若仍然缺乏足够的 R&D 能力，不论采用怎样的体制，将仍然不可能在当代竞争中存活。**

清醒地认识到这一点，才能在建立现代企业制度的同时，不失时机地去设法拥有 R&D 能力。这是**中华民族跨世纪的使命。**

4. 企业务必成为R&D的主体

现在的问题是如何去拥有，有没有捷径?

让我们再看看科研院所。

新时期以来，当国家重视知识分子，制定各种职称、学位，乃至根据成就给予奖励晋级的办法……知识分子热烈地做学问、著书、写论文，也的确产生了许多重要成果，涌现了许多专家、教授、学者，一派繁荣景象。

然而，知识分子以其眼力，还应该能看到，市场已经不可避免地来到门前来到脚下，瓦特们的知识可以有更大的价值，**可以超越任何权力机构、学术机构为你划分的等级和价格，值得到企业去、到市场去，重估你的价值。**

但是，很不容易。

长期以来都说“大河无水小河干”，其实，水总是从小河流向大河的，小河无水大河就有干涸的危险。企业困难，国家财政也困难，国家拨给科研院所的经费就很有限——其实，还可以从世界范围来看这个问题——由于当代科研越来越尖端，需要巨额经费，各国的政府都再也承担不起这笔经费。科研单位本身的科研成果未转化当然也不会有效益，科研院所也就走到难以发展的困境。八十年代后期，“搞好一小块，搞活一大片”的方略在改革中提出来了。

“一小块”指的是基础科研，因为很难想象牛顿的定律、爱因斯坦的发现能直接拿到市场上去卖钱，任何一个国家都需要有人潜心于基础研究。“一大片”指的就是科研人员要走出科研所去创收。

不少研究所规定出科研人员每年要上缴给所里的金额，如规定高工年上缴一万元，工程师年上缴五千元，然后工资、福利可照发。缴不了的，工资、福利就没有了。周国泰从一项调查中看到，迄今搞得比较好的科研所，全国约占百分之二十，人均年创收约两万元。这个数字反映出他们同企业结合后所得到的一部分收益。此举对企业肯定是有帮助的，只是潜力还远未发挥。民间对奔走在中小企业的科研人员有个说法，叫“科技游击队”，“科技小货郎”。

从大多数情况看，科研所至今仍不景气，只能说在改革中摸索了一些路子，有所进步，“一小块”还不能算日子好过，“一大片”也还没有搞活。为什么?

周国泰的成功，是一个特别值得关注，值得研究的现象。

我想，他个人特别优秀的综合素质（其中最宝贵的就是颠扑不破的独立个性和扑不灭的热情），这恐怕是不能否认的，缺了这基本点，他后来的一大片工作将无从谈起。确认了这一点，我们就可以来认识，他通过什么方式去运作。我想，我们不能忽略，周国泰作为一个科研知识分子，是在拥有了“科技开发部”这个经济实体后，才有可能去吸收社会各方面的科研力量，从而成就辉煌。

在此，需要关注的点，不是说有了开发部这个集体后，集体的力量大于个人，而是说，在这里，科技开发部不是科研所，而是一个经济实体，已经具有企业的功能。这个实体，既从事科研、组织科研，也组织生产，同产业大军有了密切的生产联系。当有了七个中间实验厂，开发部就自身有产业了。

因此，周国泰的身份虽然是个科研专家，最有条件从他的道路中学到东西的是企业。

在此，需要获得这样一个深刻印象：**当我们确认科学技术是第一生产力，还要充分认识到产业大军在社会发展中的主体作用，企业务必成为从事科研和开发的主体。**

因为，在我国现存的体制下，多数科研机构不是经济实体。

企业是经济实体，**产业大军巨人般的力量**，在于能以资本（或说经济）的方式去购买、吸收先进的科学技术、发明创造，加以开发，从而在机器中滚动出更大的效益，带来社会的繁荣和进步。

在周国泰的故事中，早先，是周主动去找企业。今天，企业的领导者们，可以从周国泰任开发部总经理的历程中看到，周国泰又是如何主动去找中国院士以及博士、硕士们。

你是企业的领导者，拥有经济实体，也就拥有去找科研力量的基本条件。就社会分工而言，科研原本就是为生产服务的，科研成果原本就是要为产业所吸收的。企业理应更主动、更积极地去寻找自己所需的科研力量，加以吸收、组织和开发。在这过程中，我们可以来理解一句并不陌生的话：工人阶级是领导阶级。

由于产业大军实际存在的领导地位，在我国企业和科研院所都存在困难，都需要深入改革的时期，**把中国百万科研专业人才的巨大潜能尽可能开掘出来、用起来的伟大工程，将主要由中国的企业来完成。**

为了鼓舞信心，我还想作如下叙述。

长期以来，我们习惯于通过例举成就来证明优秀。我们还需要记住，科学告诉我们：链条总是在最薄弱的那一节断开。人的质量，也是由他最大的那个弱点和缺欠来决定的。

一个国家也是这样。我国的科研能力并不弱，只是如何**将知识形态的生产力开发为现实的生产力，严重落后。**因此，不是我国科研达到怎样的高水平决定我国的生产力水平，而是落后的“开发”制约着我国的生产力水平。

但是，我们现在已经知道，“开发”并不是只有科研院所或科研人员才能做，企业可以，而且务必成为科研和开发的主体，我国社会生产力就可望得到加速发展。

我们还可以记住：不论当代世界的高科技已发展到何等尖端，是“开发”使“高科技”出笼。

再说一遍，我国的尖端科研并不落后，曙光在前。

可以预见：中国企业振兴之日，必是中国科研之潜力充分发挥之时。

5. 切记以项目为中心

企业看见了自己的责任、使命，以及可以去作为的天地和现实可能性，就可以从以下若干方面来考虑提高自己的 R&D 能力。

首先要确立“以项目为中心”的观念。不管本书讲述了多少故事，周国泰从一个科研人员变成总经理，从单枪匹马到拥有一个实体，他的故事是**从寻找一个项目开始**的，然后将这一项目（百万石油工人迫切需要的特种防护服）进行科研，使之最终进入产业化。这就是起点，也是历程，并不复杂。

周国泰回到研究所后，仍然是抓住“项目”这个关键性环节来改造研究所，这同样值得企业借鉴，也值得大企业的科研所（处）认真借鉴。

他请本所人员认真看一看我们现在的管理方式、运作方式。他说，我们研究所有这么多个研究室，每个室都相当于一个处级行政单位，互相之间以“室”隔开，不仅造成忙的忙死，闲的闲死，更造成室与室之间的封闭。今后，各研究室仍然存在，但要打破室与室之间的封闭，甚至打破所与所之间的封闭。不以行政为中心，不以科技为中心，要以项目为中心组织人员，包括吸收所外科研力量展开工作，联合攻关。

“要像打仗那样，集中优势兵力，该压上去时，都压上去。”他说，“老一辈革命家为什么能领导着军队打胜仗？三大战役，就是三个大项目。**以项目为中心，集中优势兵力联合作战**，就是胜利。”

6. 改变传统的招收人才的方法

招收人才、求贤若渴的故事，至迟在春秋时就奔走在各国的古道上。两千多年来，不惜代价寻访、招用人才的故事，至今仍在沿用。周国泰却活生生地提供了一种崭新的模式。

今日中国，至少有几十万个厂长，经理，书记，董事长，以及领导班子成员考虑过招收人才问题。只是，要提高一个企业的科技含量，你得招多少人才才够？现代科研成果，通常是多学科联合攻关的产物。进入工程化、产业化，还需要更多学科的联合行动。你能招多少高级人才，能提供多少住房？即使拥有科研所的大型企业，本企业的科研人员也往往不足以解决现代竞争中不断涌现的新问题。周国泰的聘请“顾问”法，以及吸收博士生、硕士生来做课题的方法，实在是**他的实践中最聪明，最有光辉的地方。**

这办法的关键是：**不是招其人，而是用其力。**

说得更彻底些，通过一定的经济方式去购买高级生产力。

说得更漂亮些，这是同高等院校共同培养博士生和硕士生，也是为教育体制改革做贡献，难道不是吗？

周国泰以其实践很有感慨地说：“我国的科研单位和院校，联合攻关的能力是相当强的。关键是要有人去组织，要组织好。当我们去组织的时候，专家教授都非常高兴，乐意承担，不讲报酬。”他说，“我们搞了几十年社会主义，已经培育出许多优势，但没有发挥出来。”

专家们不计报酬，企业或有关经济实体却不能忽略对专家们的高级劳动付酬。周国泰调离开发部前夕组织制定的“最后一个文件”，就是旨在以制度的方式来保证科研成果转化后，科研专家们的高级劳动能按经济效益的百分比得到“价值的体现”。

事实上，这是现代社会发展中，一项符合经济规律，也极大地有利于科技进步，有利于**发展社会生产力**的宏大事业。

如此用人，用院士用专家，是用了他们此生长期勤奋钻研所得之精华。用博士生硕士生是用他们最年轻、最渴望创造、最有活力的那一段——因研究生们来此做课题，毕业后就得走了。开发部又去大学挑选新的研究生。中国的大学源源不断地为此提供最新的优秀生。这个军队的科技开发部用一批又一批来此搞科研项目的研究生，就像军队用新兵似的，永远是**常用常新**。

世上还有比这更高明的用人办法吗？

与这个用人办法同等高明的是如何利用我国的实验室。

近代自然科学是建立在实验的基础上，由此发展起来的，从那时至今，实验室就是科研必备的手段。任何一个企业，要建立自己的科研队伍，都必须建立实验室。现代实验室里许多设备的价格，都可能把困境中的企业吓倒。其实，即使是美国很有钱的大企业，也不可能集中所有先进的设备在一个研究所里。最多只能做到：各研究所、大学有他们自己最先进、最有特点的东西。当中国这个科技开发部、科研所把院士、博士、硕士生用起来的同时，也就把他们所在部门的实验室用起来了。

周国泰曾这样说："在我们研究的范围内，把全国最先进的科研手段为我们所用，我们的实验室就被无限地扩大了，我们也就有了最先进的科研手段。"

世上还有比这更省钱，更高明的利用实验室的方法吗？

我想，在企业面临困境，务必提高企业科技含量的时日，仅仅因为周国泰如此高妙的用人方法，**任何职工若碰巧读见了这故事，**都值得推荐给你的厂长、经理、董事长或有关决策者看看。

至此，我们已能清楚地看到，以上用人法，不是传统的招人才的方法。你不必招人，只需用其力。

那么，三请诸葛的方式是不是过时了呢？也不是。一是聘请

一九九三年三月周国泰被评为学雷锋先进个人，军委首长在军事博物馆参观周国泰事迹展。（佩戴勋章者为周国泰）

顾问仍需求贤若渴的精诚，二是若遇上像张建春这样的人才，则不管是招是聘，都值得用如诸葛用如韩信。因为总得有这样的人才去选择人才，组织人才。对此，周国泰提示道：

“关于人才，千万不要忽略人的组织才能。”

他认为组织能力是一种重要的本领，一个具有杰出的组织才能的人，可以把一批科研学术造诣都很高的人组织在一起，比一个杰出的科研人才更重要。“如果二者兼备，那就是一个非常优秀的人才了。”

当开发部的企业忙不过来，不够用时，他们还可以通过调动诸多渴望有活干的大中型企业来共同创造更大的效益。所谓企业集团，所谓**“航空母舰”似的公司，**正是必须具有极高的 R&D 能力，须以此为先锋去开辟道路，去实现的。

写完这部作品，时值中国共产党第十五次代表大会闭幕。学习江泽民总书记的报告，我特别注意到如下文字：“社会主义的根本任务是发展社会生产力。”

又读到：“科技进步是经济发展的决定性因素。”

又读到：“深化科技和教育体制改革，促进科技、教育同经济的结合。充分发挥市场和社会需求对科技进步的导向和推动作用，支持和鼓励企业从事科研、开发和技术改造，使企业成为科研开发和投入的主体。有条件的科研机构和大专院校要以不同形式进入企业或同企业合作，走产学研结合的道路，解决科技和教育体制上存在的条块分割，力量分散的问题。鼓励创新、竞争和合作。实施保护知识产权制度。人才是科技进步和经济社会发展最重要的资源，要建立一整套有利于人才培养和使用的激励机制。”等等。

读着，不禁欣然地想，以上文字差不多就像是对周国泰等一群科技知识分子近十年来实践的总结，可证他们走的路子还算是比较踏实的。我也曾暗想，中国之大，英雄好汉是很多的，必还有人像周国泰这样，或者比他做得更好吧！我因见识之限，窃以为碰巧遇见的这一例，也很宝贵了。

周国泰在困境中联系多方踩出的“大科研”之路，其高妙的用人方法，组织社会化大生产的方法，是可以为地方所用的。地方企业，地方科研院所的人们，可以乘“十五大”春风，从周国泰以及别的成功者和失败者的脚印中，吸取到东西，大步出发，去创造二十一世纪中国必将实现的大辉煌！

后记

接受平凡

一个认识自己和世界的过程

十年前，我从故乡初到北京，忽感不认识祖国，遑论世界。同室好友王清学送我一个绰号“土乡绅”。我到底是谁，认识自己吗？人总得有安身立命之地，寻找自己同这个世界的关系，从哪儿出发？

中国有百分之八十的农民，若不认识农村恐难说认识中国。我想，自己曾插队八年是认识今日农村的基础，于是决定先去了解农村，三年后我写出《无极之路》。

此后想去认识工业。没有工业，再辉煌的古代也走不到现代。二十世纪，机器改变了每一个中国人的生活，要认识齿轮和资本滚动出来的现代文明，却不容易。我雄心勃勃，想写出“工业”后再去认识中国的科技、教育、商业……在跑工厂、矿山历时一年后，看见自己的幼稚可笑了。自此发觉，仅在我国目前的企业中要见企业，难。现代工业是如此地离不开科研，科研又与教育关系密切。同理，如果仅从科研中去见科研、教育中去见教育，也将是孤立的片面的。我是在走出企业，遇见周国泰后，蓦然回首，才看见企业，并看见了一双“开发之手”。

是这双“开发之手”，把科研、教育、产业、市场都联系起来，一个现代社会在我眼前生动了。社会主义因素，其实是从社会化的大生产中生产出来的。没有市场就没有真正的市民。平等无法被赐予，平等意识却可以在市场的讨价还价中培育出来。而普遍的坚强的平等意识，是发展民主所必须的。把几年的发掘写下来，大抵是这本书。然而，这就能见出一个当代社会?

遥看春秋战国

历史是一条我们曾经沿着它到达今天的道路。我爱历史犹在寻找我的来历。

尧舜时代被儒家称为“大同”之世。所谓“大道之行也，天下为公”，所以“人不独亲其亲，不独子其子，使老有所终，壮有所用，幼有所长，鳏寡孤独废疾者皆有所养”。大同之世瓦解，《礼记·礼运》描绘道，“今大道既隐，天下为家，各亲其亲，各子其子”。这是儒家认为的“小康”之世了。儒家还认为“兵由此起”，我不禁肃然。大同之世即原始公社。小康之世，即家庭出现，私人占有出现的时期。有剩余劳动产品，才产生私人占有。这同两千年后马克思认为战争起源于剩余劳动产品，意思很相近了。

班固在《汉书·食货志》讲到“殷周之盛”，出现如下文字：“民，年二十受田，六十归田。七十以上，上所养也。十岁以下，上所长也。”这里还依稀可见原始公社生产和分配方式的痕迹。此时仍通行的井田制，不是私有制，也不是公有制，是国有制，或称“王有”。所谓“普天之下，莫非王土，率土之滨，莫非王臣”。诸侯受天子的分封，也只有掌管和享有权，没有私有权。附属于土地的耕者，不占有土地等生产资料，儿童和老人只能向“上”领取生活资料。

铁，肯定是历史岁月中的一大主角，作为耕器无疑促进了井田外私田的开发，这事迹出现在西周末春秋初。百年后，齐桓公用管仲搞过“相地而衰征”，用征税的方式承认了私田，算得上最早的改革。齐桓公成为“春秋五霸”的第一位霸主。

“战国七雄”最先的强者是魏。魏文侯用李悝厉行改革。李悝作《法经》，列《盗法》为开篇。我想，盗贼是伴随着私有财产的出现而出现。李悝用国法来保护私有财产，成为法家始祖。此后变革被称为“变法”。魏文侯还用吴起为将。文侯去世，吴起受同僚诬陷被撤职，离魏奔楚，魏从此前途黯然。吴起受楚悼王重用主持变法，楚国前途顿时光亮。

楚雄踞长江、汉水流域，称霸中原时国势大到饮马黄河。到吴起奔楚，兵攻百越，反击韩、赵、魏均获胜，如变法长足发展，最有条件统一中国。可惜变法仅一年，悼王死，吴起被贵族射杀。当楚被后起的秦所灭，其悲伤是别国无法相比的啊！“楚楚动人”，本形容楚国服饰之华美，“清楚”一词也由楚服而来。“痛楚”、“酸楚”，描述的正是楚亡后楚人深长的痛苦和悲伤。是这巨大的感伤和对国家的热爱，造就了屈原和“楚辞”。楚国无论农业和纺织业，都是优秀的，楚国不是生产力不行，也不是文化艺术不行，是统治者阻碍了本国生产力的发展，致楚亡。

吴起死后二十五年，商鞅才在秦变法，以“军功爵制”取代“世卿世禄制”，按杀敌人数赏爵和土地，这不仅调动了作战的积极性，并随着战争的胜利推进日益将“井田”化为私田。商鞅变法十数年后还被车裂，可见秦和六国的奴隶主贵族势力都还不小。谁最肯捍卫土地私有制？肯定是地主。吕不韦在秦王尚未亲政时就推行“纳粟拜爵”，通过让地主买爵的方式来组建坚定地维护土地私有制度的上层建筑队伍。

秦灭六国非以武力胜，以经济制度胜。从商鞅变法解放生产力，到吕不韦以“纳粟拜爵”组建与新兴生产力相适应的上层建筑队伍，可以说秦统一中国的“垦荒”和“种植”都已完成，秦始皇的英明是他不失时机去收割，把果实收割回来，中国大一统的封建时代就到来了。

少时听说“周朝衰败了”。现在才知该这样理解：春秋初铁耕器问世就标志着生产力的重大进步，社会劳动产品增加和买卖通行，也使市场远比从前丰富而繁华，古人有称在楚国都城郢，清晨穿新衣上街，归来就挤破了，越到西周末生产力越进步，所谓周朝衰败，是上层建筑未能与进步了的经济基础相适应而倒塌。春秋战国五百多年，诸多生生灭灭的努力，其实就是把井田制转变为土地私有制。

所谓改革，就是由掌握政权的方面来改变已经不能适应劳动者生产和生活要求的制度。一句话：解除对生产力的束缚。“变法”一说更说得清楚：是国家通过立新法来变革旧制。

生产力的前途当然不是坐等。再看春秋，所谓奴隶，“奴”的发音与“农”相转，隶属于井田的农人即奴隶。奴隶虽可以有家庭，生孩还是奴隶。没有私田，就没有真正的私人。奴隶是在开发私田的过程中，把私人开发出来，这是一个使自己成为自己，使奴隶成为自由民的过程。

然而，土地私有制建立，另一个情况出现。《汉书·食货志》描述秦废井田后，“富者田连阡陌，贫者无立锥之地”。到唐，杜甫诗曰：“朱门酒肉臭，路有冻死骨。”

这是一个悠久的难题。

关于《侈靡篇》

郭沫若先生解读过一篇西汉初年的奇文《侈靡篇》，该文主张大量消费以促生产，大量兴工以利就业。主张要使实用的东西贱，无用的东西贵。比如人没有粟米就不能生存，没有工作就不能获得粟米，这米和工作是很实用的，要使之贱。贱，就容易到手。比如“贱事业”是说使工作容易到手。珠玉和礼乐是无用的，寒不能衣，饥不能食，可使之高贵，用来促进消费。为强调奢侈，甚至说，鸡蛋要绘彩然后煮，木柴要雕花然后烧。甚至主张厚葬。坟坑巨大，穷人有活干。墓表堂皇，雕工有事干。棺椁大，木匠生意兴旺。殉衣多，刺绣女工繁忙。如此使“富者靡之，贫者为之”，穷人就会有事干而有饭吃。由于重农抑商已经出现，作者认为农固然重要，但有工事百业，无土地者才有出路。有人消耗谷物，农业才发展。如果商不兴，消费不旺，生产就发达不起来。所以要农工商并重，重商倒反而是重农所必要的手段。

作者又认为，上层统治者不能奢侈，如果“无度而用，则危本”。这似乎从秦朝迅速灭亡得到警策。始皇筑骊山陵是极尽奢侈，调动了很多人来做工事的。郭沫若先生认为，作者“主要是替最上层的统治者划策”，主张“上层要有法度，中层要尽量使它消耗，下层才能安稳”。从文章中还能读出，作者坚信：大力促进消费，可使国家富强。富强就是力量，力量若比邻邦大十倍百倍，可不战而胜。然而，这篇奇文终于没有被统治者接受而沉默了两千多年。

郭老在距今四十多年前解读出来，知之者仍然很少。

我想，必是中国文化中有强有力的东西在抵制它罢。

人类到底在被什么驱赶

由《侈靡篇》我想到了西方近代的崛起以至发达，通过大量消费、高消费来刺激生产，岂不是显著特征吗？

即使不看《侈靡篇》，我们也已经能够看到，自从进入工业时代，资本增殖方式与齿轮的结合，加上生物进化路线被引进人的社会，生存，就越来越成为放在人类面前的一个大问题。

当今，占全球人口百分之二十的发达国家，每天消费人类每天使用资源的百分之八十。这是繁荣的代价。

另外百分之八十的人口则在向发达国家学习。

科学说：物质不灭。科学也说：能源是有限的。

大肆挥霍能源和资源的行为，正凭藉科技的力量向枯竭飞速前进。是杞人忧天吗？大量排放的“温室气体”逐年增多，臭氧层不断被破坏，天破了，不再是天衣无缝，紫外线直射地面，地球表面温度升高。美国能源部一项最新调查报告显示，美国去年排放的“温室气体”比以往任何一年都多。今年九月三十日，有一千五百多名科学家，包括九十八名诺贝尔奖获得者，在美国华盛顿发表声明，强烈呼吁各国领导人采取行动，防止全球变暖可能导致的灾难性后果。许多科技情报早有警告，说按此速度发展，两极冰川融化，古老的大洪水的故事将不是神话。而人类创造的核武器已经足以把地球毁灭，是世界更早就公认的悬在人类头顶的巨大威胁。

如果说天太远，看看我们的餐桌，今日的粮食没化肥就没产量，化肥在使土地一天天板结，土地对化肥的依赖已有如吸毒者对毒品的依赖。还有对化学农药的依赖。还有使用了化肥、农药的水果菜蔬。空气也不是我们孩提时的空气了。这些都是发生在二十世纪，发生在我们身边的事。

所有这些，都表现为对资源的使用能力，特别是科研和开发能力。本书用了许多篇幅讲科技，在此还应该说，无论怎样赞美科技，科技只是一个器，一种工具，能用来造福，也能用来制造灾难，世上该有比科技更宝贵的东西来驾驭科技。

人类曾经赤身露体，两手空空。在无中创造有，不是人类的难题。如何对待逐渐多起来的果实，是人类悠久的难题。

远古没有谁能独自战胜野兽，凭藉那个时代能更清楚地看到，比一切工具都更宝贵的，是先人创造的相互关照的生活智慧。当野兽被制服，世上的强者只有人了，“以强汰弱”，人就把同类变成野兽？竞争，在不被别人吞掉，而不是不被野兽吞掉的现代世界里，人的才能被推举到至关重要的位置。大脑被医学发现出来是个潜力巨大的宝库，才能是从大脑里生出来的。心脏不过是个发动血液循环的器官，不能用于使资本增殖。道德和感情都不是才能，是良心。心已经被忽略了。

在资本、权力都有人羡慕也有人痛恨的时代，人的才能几乎总是受到赞赏。本书也写了人的才能，现在，我还想说，才能，也是可用来干好事，也可用来干坏事的，这是工具的特征。才能与资本与竞争结合，已变得像一个怪兽的牙齿，你要不长出这牙齿，就会被那怪兽吞掉。通常意义上的才能不如对手，还有坑蒙拐骗。世界异常复杂了。生活之弦就这样绷紧，你没法不活得累。当人类首先从欧美国家喊出家园失落，并不是家中没冰箱没小汽车，而是心没地方住了。

你会不会觉得，世界已经这样，我不努力增长才干，怎么办？可是，就看看我国的孩子吧，虽然儿时的玩具比从前豪华十倍、百倍，但一走进学校，一个遥远的将来就像一座大山压在你七岁的心上。读书，了解千奇百幻的世界，本该多么幸福。可是，拼搏、竞争开始了。重点，什么是重点？很多时候，是在知识的边边角角拼搏，看谁能把那些知识的边角末梢也收拾进大脑。该说我们已迷失在知识的森林，还是说正成为知识的奴隶？有了工作就轻松了吗？看看辛苦已久的父母，他们轻松吗？到底是什么把生活从童年开始就变成一场漫长的苦役？

看看昨天生产的那块布，不是不能穿，也不是不漂亮。但是，确实有更好的布把我们挤出柜台了。为保住饭碗，就得绞尽脑汁设法搞出比别人更好的。这是个无休无止没有宁日的全球性的资源消耗战、人生消耗战。许多好时光都折腾进去了，各种压力无孔不入地摧残着人的健康。人类到底在被什么驱赶，生活本身的乐趣在哪儿？生命的尊严、美好在哪儿？

究竟是谁拿走了我们的心情，操纵着我们的脚步，谁支配着我们的笑容、困惑、烦恼和忧伤？这不是要不要道德和良心的问题，也不只是家园失落，心没有地方住的问题，是有些什么已经住到我们的精神内部、身躯四肢里面来了，我们被侵略了！

平凡就是天堂

资本和齿轮滚动出来的现代文明，埋伏着许多对我们的生命所说的谎言。在这时代，我们能怎样认识世界，怎样存在，怎样学会生存，就是放在我们个人面前无可躲避的问题。

中国从井田制向土地私有制转变的时期，“人为财死”的情况已普遍出现，有一大批思想家对人的处境进行了深邃而深远的思考，孔子和老子就是两位伟大的代表。譬如井田瓦解，老人和儿童都将由家庭来抚养了，孔子在讲孝慈。集权将不可避免地出现，孔子讲仁政。人若为利所驱不辨是非，与禽兽无异，孔子讲爱人，讲匹夫不可夺志。为使人成为人，孔子从教诲人不倦。老子更以其独特的办法走了一条与“人为财死”、“争强斗胜”不同的智慧之路，譬如他说自己行世立身有三宝，一是慈，二是俭，三是不敢为天下先。接着说：今人抛弃慈而奢勇武，丢掉俭而侈豪华，不愿为人后而总想争先，真是自取灭亡啊！

哲学是关于世界观的学说，其根本问题是思维对存在、精神对物质的关系问题。我看西方对世界的看法，是一种线性思维，总是很容易把世事分作先进和落后，导向淘汰和进取。

中国哲学讲阴阳，讲和谐，讲平衡。讲和谐讲平衡不是不想前进，和谐就是有运动才能发出声响的东西，平衡更是非同小可的动作中需要格外讲求的。譬如滑冰，向前滑行了就必须寻找平衡，只讲锐利前进不找平衡，一定跌倒。要不断前进就必须不断寻找平衡，平衡与和谐就是前进中的主旋律。

古希腊和古埃及都曾经灭于古罗马的锐利冲锋，古罗马又遭到异族同样锐利的打击，跌倒了就再也没有爬起来。这种锐利进攻的意识渗透了欧洲人的血液，到近代，只要他们有能力，就开始殖民扩张。中国哲学对世界的看法用图表现出来，是圆形的，如阴阳鱼、八卦图。昼夜交替构成了这个世界，男女结合才分娩出生命，中华讲阴阳的哲学是了不起的生命哲学。中华民族及其文化，一直颠扑不破地保持着她的统一性和持续性，是因为祖先的智慧早已融化在中华万代血液中。

舜尧时代结束，从夏到秦统一走过了近两千年，从秦统一到中华人民共和国诞生，又走过了两千多年。毛泽东领导的革命，试图打翻数千年的私有制度，建立一个没有人剥削人的公有制社会，怎么能不是惊天动地的划时代的伟大实践呢!

我总对自己生在本世纪五十年代前期的中国感到幸运，感到难得! 真的，一生下来——生命中就碰见一缕格外明媚的阳光，童年唱过的歌也那么晴朗。我至今认为，那是人类文化中一个神话般灿烂的景观。那是我童年和少年时切实感受过的美好，以至改革开发后，当我们不得不向西方学习竞争，当我亲眼目睹西方世界的繁荣，我仍然保存着对中华灿烂文化的理解力。

一个新的一千年就要开端了，只要想想，一百多年前，中国人对西方还多么陌生，今天，没有哪个民族像中国这样拥有这么多人在学外语，学西方。每一种语言都是一种世界观。中国人对世界的陌生感在一天天缩小，世界对中国的陌生感依然很大。这就是一个伟大民族要振兴的征兆。没有人能阻止她。

古老的东方文化，中华历史人文，正从覆盖着世界的现代文明的水泥板块下渗透出来，她必将把以科技和机器支撑的现代文明化作自己的土壤，在这土壤上开出东方的中华的鲜花来!

是的，再说一遍，如果说一百多年前，中西接触主要表现为对抗，今日，中国已有能力在政治、经济、文化艺术等方面与西方相互渗透。渗透达到一定程度，中华善于吸纳异质文明的文化会更加博大而平凡。中华昔日备受误解的文化也会在世界各地春风化雨，成为人类重建家园共同的砖瓦，必要的生命之树。

中国的企业，今日虽还困难，一切科技的手段，中国人是能够学会，能够钻研，能够拥有的。二十一世纪，中国的科技和经济必站在世界前列，这不必怀疑。问题是，在这过程中，我们还得逐渐学会关照自己的生活质量、生命质量。比如要干事业，但不要成为事业的奴隶。要警惕被成就、名利、地位所伤害。

我们这个时代的读书人，最需要放下的就是“没有成就的感觉”。这“没有成就感”和“成就感”都是没有用的东西，你不放下它，他人的成功就会加强你的卑微。你是独一无二的，你的生活有自己独特的无限丰富的可能性。

要学会接受平凡。平凡中蕴含着伟大的祥和。世上的路，因有太多不肯平凡者，才变得坎坷不平。

不肯接受平凡，你就无法真正感受生活本来的乐趣。

没有比安享平凡更大的本领。

接受平凡，平凡就是天堂。

自从盘古开天地

本书写了周国泰的成就，我仍然要说，他的成功不在他获了多少成就多少奖，我感动于他一直保持着对长辈，对部下，对平凡生命的尊重和关怀。我以为他只是在国家和自身都很困难的时期，付出了他的努力。在他身上最不值得效仿的就是他至今仍然为工作废寝忘食，不顾身体。我曾经一再说过他，并说这其实是不尊重生命包括不尊重父母和妻儿的行为。他沉默半晌，似乎为我也没有理解他而遗憾，随后说：“我最佩服谭嗣同了，他能走，为什么不走呢?”

于是我沉默了。想想世上的神话,《圣经》里的上帝创世,自身毫毛无损。中国的盘古是粉身碎骨创出天地日月,女娲补天、精卫填海、神农尝百草,无一不是牺牲自己为人类造福的形象。这舍身取义、慷慨献身,在中国历史上原也是一道血染的长墙,一颗泪洗过的良心。不幸是,剿灭英雄,也是中国历史上流传至今的一股潜流。

再说一声:国泰保重!

作 者

1997 年 11 月 15 日 北京

附 录

《现在出发》出版前后

一九九七年六月二十一日至九月三十日，中国作家协会主办的《文艺报》首次连续选载《现在出发》。“编者的话”如下：

作家王宏甲五年来深入企业、军队、科研院所，体察并跟踪采访，创作出长篇报告文学《现在出发》。作品形象地描绘了一群知识分子，将科技真正转化为现实的生产力所爆发的巨大创造力；涉及大中企业、科研院所、大专院校、国家机关以及普通老百姓，在新的历史条件下的选择和奋斗。内容生动、感人，是近年不可多得的报告文学力作。

本报郑重向广大读者推荐。

谨以此作向中国人民解放军70周年献礼。

一九九七年七月九日至一九九八年一月二十一日，新华社河北分社主办的《信息大观报》全文连载《现在出发》，并发表“本报编辑部”文章：

推荐《现在出发》

本报编辑部

我们决定连载《现在出发》。请重视这部著作——如果我们说它“不可多得”，这不是赞扬。

《现在出发》讲述的是一个相当“现代”的故事。尽管如此，要真正读懂它，仍然不是一件容易的事。只有深刻了解当代中国社会的现状，了解我们前行的路上正遭遇的困难，才可能走进这个故事的庄严氛围，进而了解它所蕴含的巨大价值。面对这本书，我们的阅读习惯，也将面临挑战。

中国的企业怎样发展，中国的科学技术怎样发展，中国的教育怎样发展？

——不能说《现在出发》为这一切提供了答案。但是，确确实实，它为解答这些问题，都提供了积极的、广阔的、建设性的思考。

很多企业，守着机器，吃饭成问题；很多科学院所，拥有“第一生产力”，也不景气；很多大学生，与下岗职工一道寻找饭碗——这恐怕是当代中国社会绷得最紧的一根弦了。《现在出发》就敲在这根弦上，而且敲出了很响亮、很灿亮的声音。

西方任何一个科技新产品涌进中国市场，都意味着中国的相关企业面临关门之虞。这早已不再是新闻。当代世界的竞争，归根结底依赖于科学技术的研究与开发。中国尖端科技的研究不比西方落后。问题是，有许多“成果”往往未能及时地走向工程化和产业化。于是，许许多多的“科研成果”只能束之高阁。

《现在出发》的主人公——周国泰和他的战友们——就是在自身遭遇的困境中，在中国企业遭遇的困境中，创造奇迹。他们挽起“科技”的手，挽起“生产”的手，也挽起“市场”的手。挽起“科技”就是挽起第一生产力；挽起

“生产”就是挽起产业大军；挽起“市场”就是挽起千家万户——将生产力从上游到下游的各个环节全部贯通，那就是长江之势，是众志成城、锐利前进，去加速中国经济发展的雄伟气象，怎能不奇崛响亮！

可以认为，他们的业绩，为我们提供了值得认真研究的经验性成就，正昭示出中国经济体制改革富有活力的浩大走向。

对于当前的中国社会来说，那重新响起的隆隆机声、回到机器旁的工人们脸上的笑容，也许是比任何“教育”都更重大的稳定因素。

但是，我们如此郑重地推荐《现在出发》，还不在于它塑造了周国泰等一群人物。我们能不能在这个故事中，看到我们自己？

我们发现，如果说《现在出发》是在塑造周国泰，不如说，作家更致力于塑造读者。这该是这部著作最重要的一个特征。

如果这个故事给我们以鼓舞，那是好事。

如果这个故事使我们看到了自己的欠缺，也是好事。

无论一个国家、一个民族，还是一个人，“成功是对失败的修改”，不断地审视自己，丰富自己，建设自己，才真有希望。

再过两年，人类将进入一个新的世纪，我们还会遭遇许多陌生的事物，还会遭遇新的难题。但是，一百多年来，我们都是在困境的鞭策下前进！

不要说自己不曾拥有，
不要怨道路坎坷难走，

跨上骏马——你就是骑手!

谨以《现在出发》,呈献给二十一世纪的祖国!

一九九七年八月二十日,《信息大观报》辟专栏开展对《现在出发》的讨论。编者的话说:

本报自7月9日开始连载王宏甲的长篇报告文学《现在出发》,一个多月来,许多读者来电来函,表示了对这部作品以及它的主人公周国泰的浓厚兴趣和热切关注。

(《现在出发》发表后,首先是在新闻界、经济界引起关注,最先写出评论文章的是普通读者。以下是长春农牧大学一位女教师写的文章,发表于八月二十的《信息大观报》。)

认识你自己

赵　朔

诚如编者所言,尽管《现在出发》讲述的是一个相当"现代"的故事,面对这本书,读者的阅读习惯仍将面临挑战。

作品开篇,就把偌大的中国市场摆在我们面前,然后目光又转向世界舞台。惊讶于现代文明的同时,我们感受到了人类的智慧与困惑。我原本轻松散漫的心情变得沉重起来,不知是否有能力承受这部作品。

我注意到,作家用超乎寻常、看似与主人公无关的笔墨剖析了我们正遭遇的困境,反省了我们所受的教育。行文中,穿插使用了大量的问句,"你真的知道什么是第一生产力吗?"

我想,这些看似问读者的问句,一定来自于作者对自身的怀疑。一个人必定是首先感受到了个体的痛苦，进而体味到人类的痛苦；必定是从个人的困惑出发，从而发出对世界的追问。我们有理由相信，作者的发问绝不是无病呻吟，其中激荡着直面自己的勇气，惟此，才能怀着对世界满腔的爱心，春蚕吐丝般地把自己的思考表达出来。

的确，正如编辑部文章所言，不能说《现在出发》为中国走出目前的困境提供了答案，但是，“它确实为解答这些问题提供了积极的、广阔的、建设性的思考”，而且，这些思考与其说具有社会意义，不如说更具有个人意义，即渺小的个人在浩瀚的世界面前怎样找准自己的位置。书中不少问句，很耐人寻味，那一个个富有挑战性的问号，有时把它看成感叹号、省略号也未尝不可，它们像一根根针直触到我灵魂的穴位上，令我震撼，让我深思。

此外我还注意到，语言凝练、深刻、富于跳跃性，为读者留有足够的思考空间，成为本书的另一个特色。我们随处可以俯拾散发着智慧与个性光彩的句子：“古老的东方文化、中国历史人文，正从覆盖着世界的现代文明的水泥板块下渗透出来，她必将把以科技和机器支撑的现代文明化作自己的土壤，在这块土壤上开出东方的中华的鲜花来。”这些句子确实非常耐读，表达了作家对现代文明的解读。如果说作家对自己尚有某些不自信，但能看出他对中华民族的文化怀有无比的自信，坚信这个伟大的民族会拱破现代文明的水泥板块的重压，绽放出自己的芬芳。我深深被这些句子感动，深信这里面是有很深厚的内容的。

从整体上看，作品还有一个很显著的特点，就是作家很善于让思想充满温度，让故事充满思想。如果说刚捧在手中时尚觉几分辛苦、难读，但读进去就会发现整部作品荡漾着诗歌的韵律、小说的细腻、散文的优美与恬淡，你一旦和上它的旋律，就会感到愉悦和振奋。

“性格是人生的一种品质。生命不是用来固守门前的一小块天空的。”你还会发现，作品中无处不袒露着作者的真实情怀与生存体验，袒露着他面对美好发出的热情而细致入微的歌颂，袒露着他对人性的深层探索与发掘。虽然他的作品被冠以“报告文学”的字眼，但我分明看到它比平常我们所看到的报告文学所展示的空间要大。我以为，他在开拓报告文学的视野和内涵上正做着有益的探索。

长期以来，在作品中塑造人物被视为对作品的最高要求，无法想象没有人物的作品怎样存在。近年来报告文学的数量很多，写得精彩的也不少，但平心而论，就塑造人物方面，给人留下印象的并不多。阅读《现在出发》，我看到，对人物的塑造是作家的特长。他善于捕捉微小的细节，于细节之中刻画人物。应该承认，作品中塑造的周国泰的形象是生动的、丰满的，他周围的一群人也都挺生动的。在报告文学中塑造出文学人物，已经难能可贵了，但我感到作家好像并没有对此满足。

我惊讶地发现，对人怀着满腔的关注，关注人的生存状态，似乎是作家创作中全力以赴的姿态，基于此，作家的写作好像不是以创造被描绘对象为最高目的，而是在为读者着想。在作家的眼中，似乎成就不是最重要的，相反，正确地认识自己、丰富自己、建设自己才是大事。

读他的作品，我突然发现，世界变得陌生了，自己原来以为很懂的东西其实不懂，原来以为很简单的东西其实不简单。与此同时，我还意识到，作为宇宙间最独特的个体——个人，我是多么重要，就像作家所说的那样，“可以忽略成绩，千万不要忽略个人。忽略了个人，就是忽略你自己，不要忽略你自己。”我更加警惕到用自己的眼睛看世界，用自己的脑袋想问题，掘井般地探究着自己的心灵空间。

我开始重新认识自己，并意识到这是一生的课题，这是像生日一样值得纪念的时刻。我欣喜地发现，在周国泰的故事里读到了我自己。我也终于明白了什么是现—在—出—发。诚如作家所言："当世界再一次变成需要重新认识的对象，人生也会成为一个陌生的难题。如果你被这个故事吸引，那就是你望见了自己的潜力。"

一九九八年一月，作家出版社出版《现在出发》。随后，新华社、《人民日报》、《经济日报》、《光明日报》、《中国青年报》、《科技日报》、《中国科协报》、《中国纺织报》、《中国教育报》、《党校报》、《北京日报》、《北京青年报》、《中国人事报》、《人民公安报》、《作家文摘》以及《文汇报》、《文明建设》等外省市一些报刊发表了评介文章。

三月二十日，《经济日报》以《"第一生产力"："胎死腹中"可惜，"救死扶伤"可敬》为题，以半版的篇幅发表了"首都部分新闻界人士谈报告文学《现在出发》"。编者的话如下：作家宏甲的长篇报告文学《现在出发》以中国人民解放军总后勤部军需装备研究所科技开发部总经理周国泰率领一班人大力开发科学技术这"第一生产力"的事迹为题材，昭示出我国科技、教育和企业的积弊及改革的走向和潜力。日前，作家出版社邀请首都部分新闻界人士就此举行座谈，这里刊出的就是这次座谈的部分发言摘要，以期对读者阅读这部作品以及思考作品中所提出的种种问题有所帮助。

四月十五日，《作家文摘》转载了《经济日报》上的文章。编者的话说：一九九八年将是中国改革至为关键的一年。而《现在出发》正是作家以敏锐的才情为"科教兴国"战略和国有企业走出困境、为共和国每一位公民真正"开发自己"作的文学性描画。为使读者进一步了解这部作品，本报特转载《经济日报》关于作家出版社邀请首都部分新闻界人士座谈《现在出发》的报道。

五月十六日，《信息大观报》以《开发第一生产力 开发你自己》为题，用两版的篇幅发表了上述座谈会的主要发言，选载如下：

一个重大主题：中国企业的出路在哪里?

杨林林（高级记者、《经济日报》机动记者组组长）：我从一九八二年开始接触中国企业的改革人物，大概最早最知名的是大家知道的陆东明，福建人，他是最早有市场行为的厂长。后来就是步鑫生。这些我全接触过，而且曾经为他们大哭了一场，似乎认为中国的改革没有希望了，但是后来，我看到希望了。

现在，我想谈谈宏甲的书。

先谈对他这个人的印象。人，只有一面之交，是在看过《无极之路》之后。我感觉是，作为一个作家，他的诉说欲非常强，特别是对重大主题，对关乎国家命运、关乎老百姓命运的事，话特别多。在他诉说的时候，像一个十八岁的男孩，他一张口的时候，特别全身心投入的时候，我觉得这个人非常青春，就只有十八岁。当然这个十八岁的内容是全方位的，包括某些地方的幼稚，不够老练，这十八岁的所有的优点和缺点都具备。如果给他画一幅人物肖像或速写的话，我就想画一个大心脏。他就是一颗心。他把他的整个的胸膛剖开来，把他的心给你看。他写的这本书就是这样。这本书能够打动我，就因为他把一颗赤诚的心都给了你。没有人喜欢与虚情假意的人打交道。那种光是表现自己的东西，是不会受人喜欢的。宏甲是对别人的成就、别人的事情，他认同、他赞成、他相信，然后赤诚地将自己的感受告诉你。这种人到哪里都会受到欢迎。

下面我讲书。简单地说，我看这本书感到舒服。

第一，这个故事是好看的。为什么好看，首先它真。现在大家对报告文学也好，对新闻也好，信任度都下降，就是说假冒伪劣的东西不少。宏甲这个作品写得真，写得真诚，就会受欢迎。就好像，我们在外地喝酒，宁可不喝茅台，要喝当地的牌子，这是真。

另外，他写的是一个能干的好人，我们的文学作品里，或者报告文学里、新闻里，现在是两个倾向——一个是好人，好得没边了，好得没有必要了，好得让人不相信了，不符合人性了。后来知道这里面确实有很多很多的水分，好人好得过了，就让人家不相信。能人也是这样，好家伙，他呼风唤雨，就他一个人行，别人都不行，令人不相信。写企业家现在这种倾向非常利害，我一直非常反对。好人难得，就是要真正地让人相信的好人。能人也难得，但能人不能太坏。现在是鼓吹“能人经济”，我觉得这是片面的，能人经济催生了很多骗子。要好能人，老百姓最需要的，国家最需要的，民族最需要的，永远是好能人。宏甲写的周国泰是个非常有创造力的能人，而且人很好，作品写得没有假情，没有人为拔高的东西，非常真。所以我说，我看得舒服。

四个现代化如果缺现代观念、现代人，哪个现代化也谈不上，你即使引进大量国外的先进技术、设备、资金，也引不来现代化。只有从我们的国土本身，我们民族本身的血液中孕育出的现代人，才能给中国带来现代化。我觉得宏甲写的实际上是这样一个人，周国泰的追求，他的路线，他的事业，全是这样的。这样我看得舒服。

这种好能人最具有强烈的时代精神，懂市场、懂经济，科技上还是一流的水平，而且又不失传统的美德。所以我说，我曾经总结过，成功人物就要这样，既要有历史的好的东西拿在手，又要有现代的东西拿在手，既有东方的又有西方的，只有这种人才能够站得住。中庸之道，他站在正中点上，他把各方面的精华都尽可能地吸收在他身上，他才会成功，才站得住。我觉得周国泰是这样。

第二，让我看得舒服的是，宏甲的文字挺美，他经常会出现一种哲人似的语言，堪称精品，挺到家的。而且很独特，绝对不是从哪里搬过来的，只有宏甲这种个性的赤诚的人能够说出这种话，既没有矫揉造作，也没有居高临下教训别人，他没有这些毛病。写报告文学，包括我们一些记者写通讯，老想指点别人什么。宏甲不是这样，他就是诉说。

第三，这个报告文学的文学性很打动我。他不像我们有些记者，写来写去就是那么几个名词，效益、机制、体制，一点滋味都没有，让人看了没有感觉了。真正能打动人的是人的命运、追求，人的性格和内心世界，人的种种作为，他的坎坷、成功、喜怒哀乐，这是文学。写出这个来，就比新闻记者写的很多东西确实要好看得多。我觉得宏甲这个作品文学性是很强的。

第四个让人舒服的地方：光明。宏甲的文字很光明，他用一种非常健康的心态，一种正常人的感觉写作，没有扭曲，没有病态，没有阴暗。我觉得，我们有些文学作品，似乎也在忧国忧民，但是他太阴暗了，所以别人不接受，抛弃它们。我们的一些作家已经被群众抛弃了，根本就不看他们的文章，一看他们的名字就不看了。为什么？太阴暗了。现在市场经济，高节奏，人们都很辛苦了，坐下来想看一些舒服的，赏心悦目的、鼓劲的东西，就是渴望光明。我们生活中有很多的矛盾，很多的痛苦，很多的失落，但是我们看到光明，我们就能够活下去，就能够奋斗下去，不是吗？

我在宏甲作品中看到的这种光明，这种健康，这种正常，是非常宝贵的，是现在不少作家所不具备的。所以他的作品让人看了舒服。他这种光明，反映的是赤诚，让人家感到纯，感到真，没有杂念，很容易被他感染，被他蛊惑。有的人说读书或者看电视就是愿意被蛊惑，最好被他蛊惑得忘了自己，才舒服。《现在出发》能够起到这种作用，所以我觉得很好看。

第五，有激情。宏甲充满了激情，赤子一般的、青春的激情。人都喜欢青春，不喜欢衰败。

第六，他虽然写了一个他生疏的领域，生疏到什么程度呢？他花了五年多时间写出来，我仍然可以从中看出破绽来，这个破绽像什么，就好像山东藉的播音员，标准话可以讲得非常好听，但是偶尔露出一点山东口音。恰恰是这种破绽，使你感觉到他多么不容易。他下了多么大的功夫，你就感觉到他的努力，所以也使人油然生敬意。虽然他有些破绽，但是，那都是他懂得的东西。而且我奇怪了，这么大篇幅写他原来不熟悉的事情，他竟然没有端那种大家用惯了的字眼，不简单，这应该是值得很多记者学习的。

这是讲好看。

现在讲这本书确实让人心头一亮，给人启发。这是一个大热点，宏甲写出了一个重大的主题，就是中国企业的出路在哪里？我们国家的实力究竟靠什么来提升和加强？

前一段《南方周末》转载过我的一篇访谈录，标题就叫《国力的竞争在于企业》。是什么呢？有一个香港人写了一篇文章说：下一个世纪真正是亚洲世纪吗？他表示怀疑。为什么，因为现代世界上没有那一个知名品牌是东方的，亚洲的，没有。以此基础怎么能够下世纪成为你的世纪呢？所以他提出这个问题。企业管理协会会长潘承烈翻译这篇东西，他也做过许多调查，我们国家最大的企业加起来还不如人家一个跨国公司的零头，那么下个世纪怎么能成为亚洲世纪？但是我觉得提出问题，不等于结论就是这个。国力是可以加强的，在哪儿？在企业。企业的实力靠谁？靠人，靠宏甲写的周国泰这样的人。靠他们走的道路，走一种企业科研开发的道路。为什么？现在国际潮流就是这样，所有的跨国大公司在管理上，在方方面面基本上做到极致了，互相竞争，基本上都势均力敌，差就差在高精新产品，谁拿到这个，谁就拿到了竞争的主动权。有可能他就兼并你，垄断市场，或在相当程度上占领很大的市场份额，现在世界潮流就是这样，都在争高科技的项目、商品，而且在不断地扩大对这种商品的世界市场的占领。中国要发愤图强，不是说差二十年，就得奋斗二十年，不是这样的，一定会有超强度的发展。那么，我们想超强度的发展，靠什么？靠的就是宏甲作品中写的这种中国式的科技发展战略、企业发展战略。是什么呢？这部作品指出了一个很重要的突破口，就是R&D也就是科研和开发。

这个R&D太好了，只有R，构不成真正的第一生产力。宏甲在这里一而再，再而三地提，我们的科研能力不亚于西方，只是我们在“开发”这个至关重要的方面不如发达国家，差距就在这里。宏甲辛苦采访中国企业、科研院所几年，终于看到并认准了这个差距，于是就在这个差距上大做文章。

宏甲在这本书中写了个“链条理论”，还有一种说法叫“木桶理论”，说的是这个木桶某块板最短，水就从这儿流出来，你的水平不是看你高的部分，而是看哪最低，哪儿最低就是这个桶的水平。我们国家其实不是全方位的底子差，我们在“开发”这个方面补上来了，我们的实力就大大地增强了。中国强大的出路就在这里。中国最短的一块板就是“开发”，宏甲这本书就在这个突破口大做文章。

他的文章是如此能激发人的联想，让人一下子想到亚当、夏娃造人类的事。中国未来的实力就需要这样的亚当和夏娃的结合，可惜的是，在现在这样一个不完善的伊甸园中，亚当和夏娃就像牛郎和织女一样被宽宽的银河带隔绝着，很少机会会面。如果他们能够经常像亚当和夏娃那样，共同生活在苹果树下，就能分娩出新的生命来。我们确实需要大声呼唤 R&D了，需要呼唤能够提升中国经济实力的亚当和夏娃。

我觉得宏甲能激发我的思考，我就想说，如果我们的牛郎织女能够结合，就能冲破不适应市场要求的旧的运行机制。这是让人心头一亮的第一个问题。

第二，就是铸造、讴歌了一批当代的民族英雄。宋健同志曾经有一句话："对发展中国高新技术产业作出重大贡献的科技实业家，应视为民族英雄而永载史册。"这是宋健同志在第四届全国科技实业家创业奖颁奖大会上讲的。宏甲所描写的恰恰是这样一种民族英雄。周国泰在此之前就是"第三届全国科技实业家创业奖金奖获得者"。这是我们时代最需要的英雄。在没有路的地方开出路，在别人不能成功的地方，取得了成功，在没有饭吃难以求生的地方，开出一片生活的家园。这就是英雄。所以我觉得，这些能够把高科技成果转化成高价值、高科技含量的商品，能够占领市场，能够在世界上取得领先地位的人们，就是中国当代的民族英雄。

宏甲提供的很多问题，实际上《经济日报》记者是太熟悉不过了，但是，我们很多人写到这些问题时，总习惯于引用营造一个什么体制、什么政策，转换一个什么机制，如何如何。机制谁转换啊？体制谁来营造？我觉得，说来说去，还是要看有什么样的人。周国泰他们既具备高水平的科研才能，又具备高水平的管理和开发能力。这种人是超一流的，因为一流的科技人才是一个单项，一流的管理人才也是一个单项，而超一流的人，是能够开发一流人才的人。我在这个地方很受启发。我看到英雄从民间来，从生活中来，土壤就是时代的土壤，是英雄创造机制。很多政策在出台之前，就被好多人在做了，像凤阳那个联产承包、分田到户，那就是英雄冒死做的。我们的报纸登过他们摁手印的那个东西。就是这些人创造出了一个成功的做法，被中央承认、接纳了，然后推广、宣传，变成政策。所以，在政策之前，就是英雄创造出成功的经验。英雄是政策之父，中央是政策之母，父精注入母卵，才长出好政策。而且，很多政策出台之后，为什么没有得到很好的实施？还是需要人。

所以，我是这么看的，宏甲这篇东西里能够给大家很多非常有益的，非常智慧的启发。确实是一篇好看的东西。催人思考、催人奋进，让人想动手去做一些好的事情。而且，充满了跨世纪的眼光，确实不失为一个大手笔。

本来是记者可以做很多文章的，恰恰是记者没有做，而作家做了。所以，宏甲的作品使我恢复了某种知觉。感到新闻也还是应该多关注人，国外的好新闻，很多就是写人，通过写人来讲事。中国现在都变成做文章了，做文章而且套话连篇，确实没有意思。所以这作品使我很有触动和启发。

非常可贵的是写了人

王舟波（《工人日报》理论部评论员）：宏甲的书我看得很认真，看了两遍，而且有些地方还做了记号。我有这么几点感慨。第一，《现在出发》是新时期报告文学、改革文学的一个喜人收获和感人收获。

报告文学曾经是当代新时期文学发轫时，起过重要作用的文学品种。但是，这些年来，这么一个文学品种，已经非常衰微了。这么一种非常有生命力的文学品种的衰微，我认为，我们新闻界是有莫大的功劳的，搞了那么多的有偿新闻，那么多的红包新闻，终于把这么一个曾经那样鼓动一个民族往前走，很有生命力的文学品种给搞死了。所以，当着这一个作家捧出他全部的心，把自己端出来，又运用报告文学这个品种、这么一个文学样式来写的作品，呈现在我面前时，我首先感到一种感动，所以我说它是一个感人的收获。主人公本身的命运让人感动，同时，作者的写作态度也令我感动，他倾注了那么多的心力。

我还说它是改革文学的一个重要收获，“改革文学”并不是给这个作品生硬地贴的一个标签，因为中国确实处在一个由一种古老文明向现代文明深刻转折的这么一个时期，《乔厂长上任记》开始，我认为改革文学在中国文学中就具有一个高贵的品格。由于中国改革进程的许多波折，我们这些年来，这种品格虽然一直保持着，但已成为一个潜流，这潜流不时地会涌动出一些东西来。那么，我现在认为，《现在出发》正是改革文学的一个重要收获。改革是与中华民族千千万万人的前途和命运息息相关的一个大事业。我们对改革文学这么些年来都持一种鄙薄的态度，认为改革文学是一种很浅薄的东西，其实，一个与千千万万人的命运息息相关的事业，你一生可能就在这么一个改革进程中搭进去了，一个作家愿意把自己有限的生命投注进去，我觉得首先显示了他心中一种高贵的东西，我们决没有资格去贬低改革文学，当然改革文学有高下之分。

第二，这个作品非常可贵的一点是，它写了人，写了人的命运和遭际。

陈景润去世的时候，我曾经买了一束花，到中关村，送到他家去。为什么呢？我在上高中的时候，我是一字不落地抄写了《哥德巴赫猜想》，包括那些看不懂的数学符号我都抄了，抄了两个星期。《哥德巴赫猜想》塑造出的中国知识分子的新形象，在我整个青春时期，滋养过我。因为作品里写了人。我们为什么鄙薄、冷淡今天的报告文学，是因为里面再也没有人出现了。传记空前繁荣，但是，里面没有人。

要写人，当然，首先要倾注作家的赤诚，倾注作家自身的个性。这本《现在出发》，我说我在看它的时候，作者是退隐的，但实际上在我看完之后，在咀嚼它时，作者的心力是历历可见。我一开始对宏甲这种写法不太苟同，前两章看得磕磕绊绊，但到第三章后，就看得非常顺畅，一点不觉得接受起来有困难，后来就把我抓住了。第二遍，我就试图想把一些觉得是枝蔓的东西剔除掉，但大部分东西确实你不能把它剔除。

他写周国泰少年时代的李老师，这些非常温情的文字，让我非常感动。我读到这段，眼圈有点湿润，这当然也与我的阅读心境有关。这种温情的文字，我觉得一点都不多余。就是在这么一种行文的过程中，我越来越清晰地看到这么一个人物，饱含个性，有良心，有社会责任感，包括有一些被以往的时代施加于他身上的莫名其妙的责任感。这个人物站立起来了。

这本书里有不少议论性的内容，包括一些知识性的内容，这些知识对于我们自身，如果没有一种机缘触发，通常总是处于一种拒绝状态。我觉得现在，宏甲是以一种如此集中、有相当份量的、生气丰沛的感性方式，活生生地向你展示科技为什么是第一生产力。因为周国泰就是一个活生生的标本。所以这时，我会转而去找一些与此相关的东西来看，我要去了解它。但是，在此之前，我可能有很多次时机会放过，所以我认为，这些东西是这个作品里可贵的。

第三，宏甲思考了这个人物，主人公存在和活动的环境、背景，包括写了他的童年、他的少年，我觉得这些东西在这个作品当中，具有不可分离、不可移植的合理性。比如，这里写的，周总要走了，有些人就不太理解，就找来，要周总下决心把队伍拉出去干。周国泰劈头就说："干啥，干土匪啊？"我觉得，如果没有在此之前的铺垫，这句话似乎依据就不那么坚实，现在，我觉得它非常坚实，脱口而出，按周国泰的个性，就是这样。他背后包含着：我知道，现在我做的这一摊事业，只要我带着这般人马，从体制里出来，照样会风风火火。但是，他背后那将近五十年的教育也好，他的整个家事，他的成长经历，所施加于他的，使他在那个环境中脱口而出的大概就是这种反映，或者类似的反映。

还有讲到他吃橘子这一点，宏甲有一段感慨："这故事让我想到，一个人吃过苦，并且不忘记自己的来历是一种比较可靠的东西。"我觉得像这种东西，在这里出现，看似闲笔，实际上它都在帮助丰富着、成全着这个人物。

当然最有意义的还是，宏甲力图在这里思考周国泰活动的环境，比如思考一个本来很清楚的周国泰，在我们的某些莫名其妙的机制面前，变得越来越复杂化起来。它促使我们思考使他复杂化背后的力量是什么？当我们缺了一种东西的时候，总是同时意味着我们多了一种不该有的东西。长期以来，我们生活中，似乎形成了一种很严重的、不健康的，阻碍我们前行，阻碍接受新的事物的那么一种文化氛围。我注意到，王宏甲就在追思批判使我们的社会变得消极、变得怠惰、变得不健康的这些文化氛围的根源的时候，他又在苦苦地寻找和思考，并在旁观者看起来有些声嘶力竭地想张扬使我们这个社会健康、积极向上的新的文化，呼唤这些东西。而这个呢，他也跟人物扣在一起，跟人物整个生存环境以及后来所遇到的一些事情扣在一起。对摧折人的个性的不良社会氛围，我觉得，王宏甲实际上表现出一种几乎是不可压抑的愤懑。他写得还是很节制的，但是你感觉得到他的那种愤懑。

我最近在看一个美国人写的书，叫《改革政府》，我从那部书里才知道，企业家这个词是一八〇〇年法国的一个经济学家叫萨以，他创造的这个词。这本书给我很多启发，包括总结官僚主义、政府的一些毛病，他说：政府的浪费也存在于努力工作的雇员身上，他们干着本来就不值得花力气干的工作，执行着本身就不该制定的规章制度，填写着本来就不用印制的表格。我们必须改变驱使政府行动的这种机制。靠什么来改革？这个美国人给大家说，要靠企业家精神，靠企业精神去改革公营部门。所谓机构改革，确实需要把这个企业家精神引入进来，需要把周国泰精神引入进来。

从《哥德巴赫猜想》到《现在出发》

红孩（《中国文化报》副刊部副主任）：我读完书，感情是很激动的。我觉得，关心祖国命运、关心人民命运的人都会关注《现在出发》。

我认为，从《哥德巴赫猜想》到《现在出发》，这是中国报告文学两个里程碑式的作品。回顾二十年前，徐迟的《哥德巴赫猜想》在新时期的开端，极大地激发了中国人去攀登科技高峰热情，二十年来，我们的确取得了很多科研成果，但是，大部分科研成果没有开发出来。没有转化为现实的生产力。今天，我们需要“二次创业”，就是要最大限度地把“第一生产力”开发出来。《现在出发》正是在“开发第一生产力”上写出了激动人心的文学篇章，揭示出今后相当一个时期里，中国科技界、企业界、教育界改革的浩大走向。

江泽民总书记在十五大报告中说：“社会主义的根本任务是发展社会生产力。”又指出：“科技进步是经济发展的决定性因素。”可以说，这部在十五大召开之前就在一些报上连载的作品，就是一部形象地呼唤和讴歌“发展社会生产力”的文学读本。

我们要发展社会生产力，就该首先明白，什么是社会生产力，它应该是科研院所的“第一生产力”和企业生产力的密切融合、充分开发利用、相得益彰的合力。如果只重视科研而忽视开发，作为“第一生产力”的“科学技术”就很难向现实的生产力转化。鉴于我国有诸多科研成果未被转化的现实情况，高度重视，并努力投身于“开发第一生产力”，就是发展社会生产力，增强国力的最佳途径。

王宏甲还通过就发生在我们身边的许多故事，告诉读者，我国同发达国家比较，科研能力和达到的水平并不比人家差，有些甚至处于领先地位，我们只是在“开发”上落后于人。诸多科研成果未转化成现实生产力的浪费，其实是众多科研人才的浪费。在一个国家内部，这种惊人的浪费，更直接导致本国企业生产力在当代国际性的市场竞争中丧失竞争能力，亦即丧失必要的“社会生产力”，最显而易见的就是企业资产的闲置和职工的纷纷下岗。由于以科研为先锋的生产力直接决定社会生产力的进步，从而决定一个社会是否发达、是否富强。从这个意义上讲，《现在出发》以整部作品第一次如此鲜明、如此强烈地写出“开发第一生产力”这个命题，确实是当代文学作品中的强音。

从《哥德巴赫猜想》到《现在出发》，从陈景润到周国泰，徐迟和王宏甲用报告文学这一最能表达现实生活的文学形式，为我们塑造了两个具有鲜明时代特征的英雄人物。他们共同的一点都属于“第一生产力”。前者是在计划经济时期孜孜不倦地刻苦钻研科学的代表，后者是在建设社会主义市场经济时期勇于投身科研和开发的代表。

可以说，如果把《哥德巴赫猜想》看作是在新时期的开端极大地鼓舞了中国人向科学进军的序曲，那么，《现在出发》就该视为在改革进程中，热情地呼唤和讴歌第一生产力向现实生产力转化的英雄乐章。

我认为这本书不仅是贴近生活，它就是当前生活之中的非常及时、非常强劲的主旋律，是老百姓非常需要的一本书。应该说，宏甲这本书，确实是为中国老百姓，为当前的改革写的一本书。

为普通人发掘生活的意义

韩振军（新华社记者）：《现在出发》吸引我的是作者的坦诚、善良，是这本书在朴实的叙述中透出的人生哲理，贴近普通人的心灵。我感觉这部作品起码说了四个层次的问题。

第一个层次写周国泰等科研人员的创业历程。透过这条主线，生动地展示了一个小小的科技开发部在市场经济大潮中冲破旧有体制的束缚，迅速崛起为一个拥有世界级研究开发能力的综合机构，展示了科技经济一体化的未来走向。

第二个层次是解剖我国科技体制的问题，就是科技与经济相脱节的问题。一方面成果很多，世界级的成果也不少。另一方面，转化成商品的很少，与世界先进水平相比，我们最差的是科技转化这一块，科技成不了现实生产力，它应发挥的作用没有发挥出来。经过几十年的科技体制改革，直到现在，许多科研成果仍是变成论文、论著、展品了事。没有建立卓有成效的帮助成果转化成产品的机制，没有这样的组织机构，也没有专门的人员，更没有建立一种兼顾各方利益的有效机制。

我看《现在出发》这本书就想，宏甲并不是一个科技人员，他只是通过自己的眼睛解剖周国泰和他领导的开发部的创业历程，就敏锐地、深刻地提出了这个问题，特别可贵的是把阻碍科技转化的种种因素都摆在了读者的面前，不光是科技体制、经济体制的问题，还有社会传统、思维方式、价值观等方面的问题。我想这也是文学这种形式的独特优势，这是用论文、用条理化的语言很难准确表达的。

第三个层次宏甲写到了社会的进步和文明演化的动力问题。我想，这是他的这部作品厚重、深刻，既有历史感，又有现实针对性的原因。近代文明的诞生究竟是什么起了决定性的作用，比较一致的看法是启蒙运动。但宏甲认为社会进步起关键作用的是技术的力量，特别是纺织技术的革命，他的意思是说近代文明是在纺锭上转出来的。

宏甲在作品中试图通过解剖我国纺织业的问题，搞清楚我国工业化、现代化面临的困境和出路，我认为他的这个选择是有眼光的。纺织是一个传统产业，我国是一个纺织大国，但现在陷入困境最深的也是纺织业。可以说，一个纺织业包容了整个中国工业面临的困境。现在纺织业成为国企改革的突破口，这也证明宏甲当初关注纺织是有眼光的。

科技是推动社会进步、文明进步的“大动力”。国力之争其实也就是以科技为基础的经济实力的竞争。在信息化改变了整个世界的今天，如果没有高科技的支撑，一个国家肯定在国际竞争中无立足之地。这也是宏甲这本书给我的深刻启发。

第四个层次，宏甲写到了人的内心。我很同意师学军所作序中的这句话：“对个体生命的关注，一直是宏甲作品中最动人的东西。”我想这本书如果能打动人，能走到读者的心里，一定是作品赋予平凡的个体生命以尊严和价值，以及作者对普通人生命价值的充分尊重使然。宏甲作品中细微的心理剖析往往是很精彩的，我想这主要是因为他很善于理解人，或者是他总是用善良、宽容的心态来看待别人，甚至包括别人的缺点。

这部作品具有读者意义。有两层意思，一是读者塑造作品，对于这样一部内容丰富、思想丰厚的作品，不同的读者会读出不同的感受。读这部作品，不会感到作者要强加给我们什么，他只是娓娓而谈，坦诚地展示他的心迹，他的思考，书中就像有无数个触点，说不准在哪里就会触动你的心事，让你感动。从这个意义上说，是读者帮助宏甲最终完成了这部作品。二是作品塑造读者。这部作品不仅对科技人员有启发，对经济界人士有启发，对每一个人都会有启发。可以说，宏甲的《现在出发》不是为英雄树碑立传，而是为普通人寻找生存的依据，为普通人发掘生活的意义，从这一点上说，我感谢宏甲。

提出“开发第一生产力”是很大一个贡献

郑千里（《科技日报》科教部主任记者）：我觉得这本书主题很好，这主题就浓缩在第九章这个标题里：开发第一生产力。现在“开发”这个词，在很多地方都有，“科学技术是第一生产力”，也都很频繁地出现，把“开发和科研”结合在一块考虑，提出“开发第一生产力”的概念，我觉得这是宏甲很大的一个贡献，是填补空白的东西。

我觉得，一本书能不能写得成功，一个很大的衡量标志，就是说它为人们贡献了一个什么思想。

实际上我们的科研成果是很不少的，在某种程度上，不亚于西方发达国家的。前几天，我刚参加了国家科委一个新闻发布会，一九九七年全国登记的重大的科研成果就有三万多件，这是重大而不是一般的科研成果。我们能够转化为现实的生产力的有多少呢？微乎其微，比较乐观的估计是百分之二十。但说是转化，转化的面有多大呢？某个科研成果，若为某个企业创造了一百万的效益，这也可以叫转化，但是，这个转化的力度就不够了。

中国国力的竞争在哪里呢？有的说是体现在企业，有的说是体现在科技的竞争。我觉得，应该说，这就是体现在科研成果转化的速度和力度上。

王舟波的一些观点我很赞同，王宏甲的这本书不仅仅是为周国泰而写，为开发部而写，他是为读者而写，为关注我们改革进程的读者而写的。人物塑造也很成功。有些报告文学我们为什么不喜欢呢？因为它仅仅是为传主服务，为你所采写的企业服务，而不是为读者服务，那实际上是一个以文学为名的大表扬稿，或者是一种文学形式的广告。

此书本身的信息量很大，既写了周国泰，写了开发部，又放在时代的大背景下。他谈了科技，谈了我们现在的科技为什么必须走向市场，第一生产力为什么必须开发。作为读者，我们可以在这里吸取许多新鲜的观点，吸取一些滋养、丰富我们的东西。

书有好看不好看的问题，还有一个耐看不耐看的问题？我买书就愿意买那些耐看的书。那么，你这本书现在是十几块钱，我就觉得买得很值，不是一次性的消费。

学养和生活都准备得很充分的作家

王力军（《人民日报》文艺部评论组负责人）：我想谈两个问题。

第一想谈谈王宏甲在中国作家队伍中的地位问题。

去年参加了两个会，中国作家协会开的，一个是中年作家创作座谈会，在大连；一个是青年作家创作座谈会，在石家庄。我参加这两个会，是想了解了解，当前中国的作家状况是怎么样的。

在中年作家中，我感觉作家和生活的关系问题，他们是基本上解决了，因为这些中年作家很多是吃生活起家的，就是在“文革”之后，由于很多自身的经历，创造出了一些作品，一下就轰动了，他吃到了甜头，所以他对作家就要同生活保持密切的关系这一点，还是很认同的。但是，现在他面临着非常大的困惑就是，由于学养的欠缺，面对着现实的生活，就感觉很难把握，把握现实非常费力，写出的作品就很难深入事物的本质。

原以为，青年在学养上会更好一些。但在与他们的谈话中，也没感觉他们在学识上有多大的积累，对于深入生活，他们很多是取一种排斥的态度。所以，许多作品很小家子气，很苍白。

就从这个角度来说，我看王宏甲，他有独特的地方，他对生活是实实在在地沉入下去了。不是单纯的我们强调的深入生活的问题，而是他做到了深入地认识生活，在现实中摸索其本质的东西。王宏甲是一个在学养和生活两方面都准备得很充分的作家。

第二，想谈谈这个《现在出发》。

我觉得，当前最重要的是两个问题，一是如何使科技真正成为第一生产力，一是政府的宏观调控。中国如果处理不好这两个问题，就没有什么出路。王宏甲这本书，恰恰是认识到了这两个问题，把这两个问题突现出来。在和他的交谈中，我感觉到，他自己也感觉是找到了一个宝，一个迅速地发展中国经济的宝，我觉得，是这样。他写这书，虽然是从周国泰入手，从一个企业入手，但是，我们感觉出他搞得很大气。他认识的是整体的宏观的问题，而不是一个周国泰本人的问题。所以，我觉得他对现实的问题，比其他作家摸得要透，认识得要深。他的责任感也更强。对于作家来说，对现实的、理想的把握，他是结合得比较好的。这本书最大的价值，我觉得是在这里。

他总结出这两项根本性的东西来，或者说总结出他个人对国家的发展的这么一种认识来，觉得只要把握住这两点，现在出发，仍然不晚。这个出发，不仅是个体的出发，而且是整个国家民族都要从现在出发。

封面上画着一把梭子，它是我们穿织未来的一个梭子也好，或者是驶向未来的一条船也好，它带着我们走过历史，走向未来，现在出发，为时不晚。这个我觉得我比较认同。

对每一个人都有帮助的好书

师学军（新华社记者、《信息大观报》总编辑）：我见到这个作品是在去年五月份，当时宏甲还没有写完。看了之后，就想连载它。刚才大家谈到了，这几年，作家、记者对报告文学这种样式的糟蹋。确实是。当我们连载这部作品第一版出来的时候，就有人问我说：周国泰给你多少钱？我说这样，我先不回答你这个问题，你把这东西看完，看完之后如果你再提这个问题，那就是宏甲没写好。到现在，不管是我个人，还是我们报纸，都在不遗余力地推荐这本书。我们还花钱买了一批书，把书送给河北的一些市长，我就给他写上市长参考书，对企业家、记者，就写上企业家参考书、记者参考书。为什么这么做？就因为我们觉得这是一本非常重要的书，对国家民族，对我们每个人，都会有帮助。在我们报社，记者人手一册，我让大家都读这本书。我们报社年轻人多，大学毕业，有时也很茫然，看这书，一方面是找找自己的位置，再一个，看看怎么当好记者。

我一直认为宏甲是一个非常值得我们重视的作家。刚才大家已经讲了很多，这个作家，除了才华，他的思路的宽阔、他的善良，对世界、对人生的关怀和理解，特别是那种严肃、诚实的治学态度，很真诚的社会责任感，等等，都很难得。

对周国泰的认识。我看过书后，首先是非常尊敬，觉得在我们这个国家、民族和每个人都面临着严峻选择的这样一个历史时期，能有这么一个人，走出这么一条路，真的值得我们重视。刚才杨林林讲到的，谁能够帮助我们企业走出困境，谁就是中华民族的当代英雄。我们现在并不是不需要英雄的时代，像周国泰和他的战友们，就是中华民族的当代英雄。如果我们中国的企业家，尽快地理清思路，按着这个路子走，那么，中国企业就有可能更早地走出困境。

潘凯雄（《经济日报》副刊部主任）：看完书后我在想，这部作品的价值到底在哪里？从报告文学的角度，作者是相当用心的，比如说它时空切割频繁；叙述视角不断变化，一会儿是主观的视角，一会儿是客观的视角；里面穿插着大量知识性背景；尤其是最后一章“特别提示”，就像做论文。多种手段的运用构成了这部报告文学表现形式上的特点。在内容上，我认为这部作品最打动人、最有价值、最值得说的是作品中提出的“开发第一生产力”，把这当作一个“助产婆”的事业，一种“救死扶伤”的事业。因为现在中国大量的科研成果胎死腹中。作品围绕着周国泰的两次创业作文章，这是作品最有价值的地方。

王丽媛（《中国纺织报》要闻部主任）：我听了大家的发言，挺受启发，也挺感动的。宏甲写到的纺织，真是很有眼光。我们搞这行的很清楚，我国的纺织行业从一九八八年开始就不景气，我们也一直在为纺织如何走出困境想办法。写纺织，我觉得是很有代表性的，要研究工业的话，必须研究纺织。纺织工业在计划经济年代，它是最有计划的，和国计民生这么密切的穿衣服的问题，能给你计划到一年你就几尺布票，规定得那么严格。从企业的各种管理制度，包括人的思想观念，计划经济的色彩都特别浓厚，特别典型。过去纺织行业地位很高，利润也很高，号称摇钱树。当要搞市场经济的时候，纺织业是最早陷入困境的，在市场的竞争中越来越暴露出问题，还有三十年代的设备。今年一月十八日在上海敲响砸锭第一锤，我们讲了这么多年压缩，这回是真压缩了。

叶咏梅（中央人民广播电台文艺部主任）：我们小说连播是个雅俗共赏的节目，可以通过这个栏目把《现在出发》深入浅出地讲给老百姓听，这样人们可以从各个层次上得到启发。现在天津台已经决定连播了，他们做完的节目可以通过全国交换。我们有个长篇小说连播研究会，有五十家电台。我觉得，是个好东西，就要想办法传播出去。宏甲认识了刘日，认识了周国泰，把他的认识，用他的文学作品写出来了。我们也得去认识这个作品，不认识，就不可能去宣传。我觉得周国泰这样的人，已经不属于他个人，他属于大众。

韩素真（中央电视台电视艺术中心编辑）：看了这个作品，我挺振奋的。我们现在电视剧的创作也是进入一种不大好的状态，媚俗的东西多。真正对生活有相当深刻的认识，对社会有相当到位的思考，作者本身又很有人生感悟的作品很少。看完这本书后，我觉得周国泰这个人物好。我从工作角度看这书，首先看有没有人物，有没有戏，还有就是这个人物和戏搬到屏幕上有没有动作，我看这些全都有。我希望能把这个东西推上去。

苏厚汾（北京电视台副台长）：读着《现在出发》我一直在思考，如果把它搬上屏幕会是什么样的。这本书的优点是情理交融，而这种优点可能会给电视制作带来困难。因为它纵的有历史，横的有深层的社会现实，作者饱蘸着热情之笔，我想如果没有热情这部片子是拍不好的。另外，我和书中的主人公周国泰同样走过了一段时光，过去对这段生活我看到更多的是灰色，而看书时又唤起了我许多美好的回忆，我想电视片应该用鲜亮的色彩表现生活。每个人都有英雄的一面，也有平凡的一面，周国泰把杰出的一面蕴含到平凡之中，这是非常感人的地方。

赵光（《求是》杂志副编审）：《现在出发》抓住了时代最核心的东西，那就是让“科学技术是第一生产力”的观念深入人心，让科技产业化的思想深入人心。这部作品富有哲人的思辨、诗人的激情、散文家的语言、小说家塑造人物的功力、报告文学家的忧患意识。作者花了五六年的时间写出这样一部作品，确实是极为难得的。其中写到的周国泰以及开发部的实践，对当代的企业家有可操作性。

从四月三日开始，《天津工人报》全文连载《现在出发》，当日“致读者”写道：本报即日起，将连载由作家出版社新近出版的长篇报告文学《现在出发》，它是青年作家王宏甲继《无极之路》后推出的又一部力作。

五月二十九日，天津人民广播电台开始长篇连播《现在出发》。当日播道：

我是节目编辑刘桂萍。从今天开始，我们将连续利用三天的时间，为大家介绍王宏甲的新作《现在出发》。对于小说连播节目来说，连续几天的时间介绍作品，这是超常规的做法，我们希望有更多的朋友能够听到我们的专题，我们还希望大家能互相转告，使渴望听到作品的朋友们不要错过收听的机会。因为我们相信，这部书会为我们每个人带来收获。

有关作品的评论和介绍文章，我们将在以后的时间里，在文艺台的相关节目中为大家陆续介绍。从今天开始，这三天的小说连播节目时间，我们是这样为大家安排的：首先，请读过这本书的编辑、记者或老师、学生，还有中国文联、作协的领导和大家谈一谈他们读书以后的切身感受。然后，我们请为本书作序的新华社记者、《信息大观报》的总编辑师学军同志，向大家介绍一下他心中的作者印象。最后一天，我们再请作家王宏甲和大家做个交流。

站在时代的前沿，记者总是比较敏感的，《文艺报》是在《现在出发》还没有出版的时候，在全国首家连载本书的报纸，每次用四分之一版，连载了三个多月。下面就请大家收听，本节目编辑采访《文艺报》副刊部主任冯德华女士的录音。

冯德华：当初拿到这部作品，它还没有书名，但我们看了特别振奋。说实在的，在《文艺报》要拿出每期四分之一的版面，用三个多月的时间来连载这部报告文学，也是很不容易的一个事情。当时，三级审定这个稿子，都认为这个作品的份量很重。作品有很强的现实意义，作品里思想的意义对于现代生活也有相当大的冲击力。同时，这个作品在艺术上很有追求，是宏甲创作这么多年，在这部作品上比较集中地体现了他在艺术上的许多追求。

看了这个作品，我当时特别希望快一些让更多的读者能接触到它。为什么会有这么强烈的想法呢？主要是感到，我们这个时代每一个人，都处在一个需要认识自己的时期，我们的时代、我们的将来、我们国家发展的方向，也需要我们去认识。我们每个人都存在一个需要重新认识和整理自己的这么一种情况。这个作品恰恰是提出了非常具体的，中国人必须面对的许多问题。而且，这部作品的历史感非常强，对于中国的发展，从古到今的一种规律性的东西，他一直在寻找。我感到王宏甲之所以能创作出来，跟他这么多年对于中国的农业、工业非常深入的那种考察分不开。他这种准备很充足。所以，他能这么做，我不吃惊，但是他能做得这么好，我是非常吃惊的。就是，在你心里头渴望一个东西出现的时候，它出现了。

那么，作为编辑，我看到了，我就迫切地希望更多的读者能读到它。我当时跟宏甲聊天的时候，包括讨论现在这个书名《现在出发》，都含有急切、迫切的意思，不能等待，现在就该去认识，去做。我还说过，真的，只要有一个人能读到它，这个作品对于这个人都是一种拯救。我当时，就是有这样的想法。

另外，作为读者，这部作品对我自己也有特别深刻的教育和提醒的作用。为什么这样说？我想先说说我曾经认为的宏甲的弱点。过去我也当过他的责编，就是报告文学在我们报上也整版地发表过，读他的作品，一方面感到他的东西艺术性很强，他这个作者具有特别的同情心，他个人的经历，经受过很多苦难的体验，那么不容易地走过来，还能有那么博大的同情心，我对他这个印象特别深。但是，我也感到他的表达中，有一种很强的主观愿望，就是希望读者能和他一样获得某种体会的那种愿望比较强，有时这种愿望过于强烈，效果反而不一定很好。所以，我也跟他交流过。

但是，在这部作品里，哪怕他携带的那种弱点，我觉得都微不足道了，因为这个作品强烈的艺术的魅力和思想的魅力，已经远远地超出了那些东西。所以，当时我一拿到这个东西，就觉得这部作品不属于我们自己，也不属于宏甲。宏甲的贡献就是，这么多年，他深入地去充分准备，去为我们时代提供了这样一个东西，这是我们时代的一个东西。我当时还感到能分享到一种光荣，因为我感到，我们作家能够这么有责任感地去做，真的去关心我们每一位具体的个人，这是太难得了。今天，不管你是什么阶层，什么身份，每一个人都面临着宏甲书里写到的这些问题。这个作品能这么全面地去关注每一个人的生存，关注每一个人生命的价值，甚至，宏甲自己去设计，为这个时代的每一位个体的人去设计——我们怎么去发现自己——而且，这种设计，我觉得有很科学的成份。之所以能够科学，还是因为他真的去深入考察人们的命运，农民，工人，甚至解放军战士，甚至工矿企业下岗职工的道路。所以，这本书的平民色彩非常浓。他不是为某一个人写的，不是为某一个阶层写的。是为我们这样一个国度里的每一个人而写，涉及到每一位具体的人的素质的提升，如果你认真去读的话，你都会有对自己的发现。

刘桂萍：这个作品，在准备连载的过程中，在编辑部，是层层开绿灯呢，还是有不同的看法？

冯德华：有不同看法，也是很正常的。就像这部作品面对社会以后，人们有反应或者没有反应，也是很正常的。当然，这部作品有一定深度，阅读可能带来一定的难度。我自己的阅读过程就很有代表性。

我第一次接触的时候，就觉得有障碍。我当时就想，这个障碍是作品有障碍呢，还是我自己有障碍？我第二次阅读的时候，那是我校稿的时候，再读，发现这种障碍在缩小。作品还是原来的作品，为什么障碍缩小了呢？第三次再阅读，是在成书之后。我读完了之后，发现我还会再去读它。一本书我要连续地读它，这样的书，在我也是非常有限的。这些年，我读书的经验，有些书我会选择永远地读。我再读一遍，发现原来的东西是更深入地呈现在我的眼前。宏甲这本书，就属于这一种。这本书对我的教育触动非常大，这本书让我自省。我对于社会来说，我能够怎样？社会对于我来说，我和社会能够契合的东西是什么？我还有什么仍然待发掘的？当我能够这样去作一些认识的时候，我相信我的生命已经在做一次积极的努力，不管我以后怎么去做，这次努力对我还是很有意义的。

此外，我再次阅读，感到这部作品让我深深地记住，我们中国人一定不要忘记，我们一条腿站在农业，一条腿站在工业，我们这两条腿站得是不是扎实，是不是站到地方了，很多人很少去这么认识，宏甲这部作品，恰恰是让我很好地去思考中国的工业，去思考和认识现代社会所赖以存在和发达的所在。

我们编发这部作品时，对宏甲这位作家，大家讨论有一个共识，宏甲这位作家，他的素质结构是比较好的，他在前几年创作了《无极之路》这部作品，是对中国的农村作了比较深入的考察之后写出来的，大家知道影响很大。后来，宣传有些收缩，这不是因为作家的问题，而是因为别的因素。也是我们社会接纳一个提供给我们认识的这样一个参照的时候，我们的社会有障碍，应该从我们社会寻找问题。这部《现在出发》是宏甲再一次地深入考察中国的现实，他在这部作品里所做的努力，我们认为他是做得非常出色的。

在这部作品里，他不仅是作为作家能够做的他做了，作为一个学者能做的，他也做了。而且，很具先锋性。为什么我们读的时候，能够被吸引？就是他这种先锋性，没有脱离中国现实。每一步走，每一种事物，宏甲去认识的时候都是非常实际、实在的。这种先锋性是带领读者，引导我们去认识这些事物本身提供给我们认识的价值。我作为编辑，非常希望更多的人去读到它。这个作品，能够平面地，报纸、杂志、书这么出，如果还能立体地，广播、电视也做的话，真的非常有益。

刘桂萍：《工人日报》的孟副总编一口气读完了《现在出发》，他重点谈了这本书的现实意义，作品的主人公周国泰故事的借鉴价值。然后，特别谈到书中倡导的人的个性问题。

孟东明（《杨振宁传》作者之一）：宏甲同志这本书，我一口气就看完了。从我个人的阅读经历来看，我看的书不少，但一本书要能让我从头到尾认认真真地读完是不很多的。有些书我就流览一下，有些我就翻一翻。宏甲同志的这本书，我非常专注地看完了。

我认为，这本书是抓住了我们国家的社会经济生活中最重要的一个问题，就是我们的科学技术工作往哪儿去？我们的经济工作往哪儿去？我们的科学工作怎么跟经济工作结合？怎么把科学技术转化为现实的生产力？这的确是最最重要的方面。我在科学院的研究所里也呆过，我接触到的很多科学家，在过去的体制下，有相当多的人，包括到现在为止也有，就像是为科研而科研。有很多成果，但是它转化不成生产力。也就是说，到现在为止还有很多的科学家，很多科技工作者，比较熟悉的是搞科研，搞研究，他们不太了解市场，或者说，对于市场的一些情况不太清楚，不太知道搞成果转化，不很了解社会生活中间需要什么。而我们的企业里面，我们的工厂里面非常需要成果，但是又不知道到哪儿去找，怎么找，怎么能真正得到它。所以，我看了宏甲的这本书之后，我跟他提过建议，我说这本书如果要我做编辑的话呢，也许我要改一个题目，要把 R&D 这个说法直接叫到题目上去，就是说，要把科学研究和转化开发，这两者紧密地结合起来。

他这本书的主人公周国泰，做了非常艰苦的工作。这个人非常有个性，有事业心。我看了这本书里周国泰的情况就非常感动，他是个孤胆英雄。

我们现在正在纪念北大成立一百周年。关于有个性的人，我想起了蔡元培先生的"兼容并包"，那的的确确是非常宝贵的。如果说我们的机制，我们的体制，不能允许有个性的人，有思想的人，很可能葬送了一个事业。我觉得周国泰在这些方面的创造性劳动，宏甲在这些方面的思考，对我们国家的经济体制改革，乃至于政治体制改革，都有很大的积极的意义。尤其是，宏甲这本书对我们当前经济体制和科技体制中间的一些弊端的深层次的思考，我看这些问题对我们社会上都有普遍的教育意义。我想，你们除了转播这本书之外，如果能够再组织一些人来展开一些讨论、漫谈，我看，可能会有更好的意义，对大家会有更好的启发作用。

刘桂萍：有人说《现在出发》虽然讲的是一个相当现代的故事，但要真正读懂它，仍然不是一件容易的事。那么，我们的大学生、中学生是怎么看这本书的呢？他们从中又能读出什么？听说一位中学教师偶然情况下读到这本书，于是利用班会介绍给她的学生。下面请大家一起来听听这位女教师的心里话。

王保华老师：我是北京市翠微中学高二四班文科班班主任。偶然的机会我接触到《现在出发》这本书，当晚我阅读完以后激动万分，我就想，这本书的内容如果要跟同学介绍以后，肯定会引起反响。那么作为班主任来讲，对同学进行思想教育、德育教育，首先要对同学进行目标教育，也要“实情教育”。王宏甲这本书正是符合国情，而且对于今后面向二十一世纪，我们这些学生，他们也是有一个出路的问题。那么，现在出发，从现在做起，我们就利用这个题目，在班里组织了一个主题班会。就是：现在出发，路在脚下。

开始的时候，同学觉得找不到头绪。那么，通过我们在全班朗读书里的有些片断，同学感慨万分，激起了阵阵的掌声，同学们有的甚至热泪盈眶，感觉到这个书就是为他写的，这个书写的就是他。另外，有些同学很激情地谈了自己的感受。通过这次主题班会以后，我就觉得对同学平常的教育是口头上的，说教似的教育，而这次对同学的教育却是现实的，有血有肉的。

另外，这本书从不同的角度上也揭露了很多的问题。通过读这本书，我就觉得，像从哲学的角度、社会学的角度，从教育学、心理学、经济学、人生观，还有就是面临的我们现在的社会状况，我觉得这部作品都作了全面地很透彻地有深度地揭示。现在的人，往往很迷茫，往往对钱的问题、对下岗的问题探讨是很多的，有些人有苦恼，有烦恼，那么看了这本书以后，我们能捋出一定的头绪来，能够追根寻源，也能够找到我们今后在教育子女方面，在培养国家人才方面，在培养学生方面，应该从哪个方面入手。也就是说，我们国家从解放到现在为止，三十多年的教育，从小学到中学，从中学到高中、到大学，一贯都是以知识教育为主，真正的我们现在提倡的素质教育，到底重视到什么情况上，现在一般还没有明确的说法。《现在出发》这本书，是把理论和实践相结合了，也是一把钥匙，也是一个桥梁。我觉得，作为老师来讲，作为教育工作者来讲，更应该读这本书。

从开班会到现在，将近两个多星期的时间了，我觉得，我们的同学，好像一下子长大了，成熟了。以前同学特别厌学，好像老师逼他，家长逼他，给老师学。眼睛上课哪都看，就是不爱看黑板。最近，我就发现，我们学生情绪一下紧张起来了，而且上课跟老师关系特别亲密，总是让老师给他补课，念东西。而且，这好像是个动力。过去是要他学，现在变成了我要学，而且非要学不可，我觉得这种转变是其它的、表面的说教所不能代替的。

刘桂萍：听了王老师的介绍，我当时挺激动的，为老师的热情和责任感激动。于是请老师找几位同学聊一聊。当时天正下着濛濛细雨，又到了放学的时间，于是老师临时找来几位同学。他们的谈话非常朴实、真诚。下面，我们选择北京翠微中学高二年级贺威、何静等几位同学的发言录音，请大家欣赏、体味。

贺威（男生）：王老师给我们介绍了这本书，所以我才买了这本书。然后回家就看，看到第一百多页的时候，我突然有一个奇怪的想法，我说，我要把这本书给我的父母亲看。这本书看上去给我的感觉，有一点像我看美国电影《阿甘正传》的那种感觉，就是主人公周国泰和阿甘都具有的那种实干精神。在看这本书之前我常想，活着嘛，首先上高中，这是为了上大学，上了大学以后为了找工作，找工作以后为了挣钱，挣钱就为了自己活着。但是看了这本书以后，这种观念在我脑海里很快就被磨灭了。我想，作为一个人，活着应该有自己的目的，也应该有自己想要干的一些事情。所以我想每个人都应该具有这种精神才好。

何静（女生）：从前，我和我的同学经常就在考完试以后，总是下着同样的决心，就是从明天开始好好学习，一定要把名次提上去。但是，读了这本书以后，我觉得，这本书里都是说，譬如说知识是要积累的，一点一点的积累，除了有你自己的这种主观能动性想去读书的话，还要加上刻苦的学习，就是像那种……像周国泰研究很长时间的那些防弹衣之类的。所以，我就根据这本书的书名，开始想好了，以后不对自己说从明天开始，要跟自己说从今天出发，从现在出发，今天开始好好学习。

我是学文科的，学文科的最重要的就是写作文。作文写得好就要史料联系得好，联系得好就要历史学得好。这样的话，那你就得有一个自己很独特的观点。政治（课）上也说，自己先要认识世界，然后才能改造世界。认识世界都要有自己独立的一套观点，也就是说去重新认识自己，重新认识社会。看了这本书以后，我觉得，看历史书不光是背，或者为了考书而要去背它。就是说，也许在哪一天，写议论文的时候，能用上历史书的几个观点，然后再加上自己独特的观点，而不是书上告诉你怎么说，你就怎么说。这样的话，我觉得就跟书上说的一种“拓展自己”是很有联系的。拓展自己的知识，拓展自己的世界观，开发自己的潜力，对历史有一个独特的见解。

刘成（男生）：我是理科班的，听到王老师向他们班的同学推荐这本书，我被吸引了。我读这本书的感受非常多，一时很难表达出来，或者说，很难单单就一两个方面去说这本书哪块哪块好，我觉得还是眼见为实。每个人有机会的话，应该找这本书来读一读。每个人都会有自己的收获。每个人走的都是他自己的人生道路，你走得越深，你积累得越多，越能够发现这本书中所体现的价值是什么。

刘桂萍：同学们思维活跃，每个人有自己不同的想法，不知道他们的发言是否会对收音机前的朋友们有所启发。中国文联及中国作协副主席、中国报告文学学会会长张锲同志也接受了我们的采访，张老从《现在出发》和《无极之路》的对比，从中国当代报告文学现状等不同方面对《现在出发》进行了评价。

张锲：宏甲是一位社会责任感很强、非常勤奋也非常有才华、受到我们文学界广泛关注的青年作家。他过去写的《无极之路》曾经深深地打动了我，打动了当时的社会各界，产生了很大的影响。这次，我很高兴地又看到了他写的长篇报告文学《现在出发》。这部报告文学以高屋建瓴的、宏观的视野，以他对当前经济体制改革深刻的、深入的观察，以他流畅的文笔和富有哲理的思考，给我传达了非常重要的许多信息。同时，又一次引起了社会各界，新闻界、文学界和经济界的广泛的关注。我感到非常欣慰。

我首先祝贺王宏甲同志在创作上又走向了一个新的历程！我也非常感谢天津人民广播电台能够对宏甲同志的这部作品给予这样的重视！

天津广播电台对《现在出发》这个报告文学的重视，也是对于我们文学界，特别是报告文学界的一个支持和激励。

从总体上看，我们现在报告文学的创作应该说是好的，但是，不那么尽如人意。我觉得现在的报告文学创作，和八十年代的中期和初期比，所受到社会各界的关注，有一个很大的落差。这个落差的原因有各种方面的，但其中一个很重要的原因，我们报告文学界是不是可以说有一种焦急浮躁的感觉？出手太快。思考很浅，就草率地投入创作。当然，那些为了金钱啊，为了其它一些什么因素的所谓“报告文学”，恐怕就算不上什么报告文学了，那是另外一种问题了。总体上讲，我们的报告文学创作，不是很令人满意的。我是在报告文学界做一点服务工作，我对这种状况常常感到很焦急，所以对宏甲在当前这种状况下，经过很长时间的准备，做了大量的采访，做了大量的调查和认真的创作劳动，写出了《现在出发》，我觉得确实是一件非常值得高兴的事情！

这部作品在文学界，特别是文学界的一些领导同志，是逐渐认识到的。开始，包括在《文艺报》上的连载，还有在其它一些报纸的连载，说实在的，包括我在内，都没有引起很大的重视。这是因为，讲一点客观原因呢，就是我们常常被一些烦琐的事物工作牵扯住了。但是，很快，好的反映不断地传到我们的耳朵里来。

在读这作品的过程中，我觉得很难平静。我觉得，他的这部作品确确实实是一部有深度的，为社会当前所迫切需要的，同时，也可以让你感觉到文学的生命作用的力作。

他这部作品写得很深刻，但是读起来不枯燥。开始觉得可能是枯燥，因为写工业的东西，常常是很容易枯燥的。另外，他这个作品是有人物的。报告文学作品往往被大量的信息把人物淹没了。宏甲的作品都是有人物的，包括《无极之路》。所以，对王宏甲同志这部作品，我再一次表示祝贺。我也愿意为宣传、鼓吹王宏甲同志的《现在出发》尽我的绵薄的力量。

我们的时代，正在走向一个新的伟大的民族复兴，经济改革的任务很重，宏甲同志的《现在出发》对于促进经济改革，经济建设都会起到很大的作用的。这也是我们好的报告文学应该起到的一种作用。我们从前老是在讨论文学作品的时候讲，文学作品最好是“八字方针”，叫“庙堂点头，群众鼓掌”。“庙堂点头”就是领导满意、党满意。“群众鼓掌”就是群众满意、老百姓满意。我觉得《现在出发》这部报告文学作品，是符合这个标准的。我再一次向你们表示感谢！

图书在版编目（CIP）数据

现在出发/王宏甲著. －北京：作家出版社，1998.7
ISBN 7－5063－1493－2
Ⅰ. 现… Ⅱ. 王… Ⅲ. 报告文学－中国－当代
Ⅳ. I25

中国版本图书馆CIP数据核字（98）第20979号

现在出发

作者：王宏甲
责任编辑：杨德华
装帧设计：董学军
出版发行：作家出版社
社址：北京农展馆南里10号　　**邮码**：100026
电话传真：86－10－65930756（出版发行部）
86－10－65004079（总编室）
E－mail：wrtspub@public.bta.net.cn
经销：新华书店
印刷：北京印刷一厂
开本：880×1230　1/32
字数：320千
印张：15　　**插页**：4
版次：1998年8月北京第1版第1次印刷
ISBN 7－5063－1493－2/I·1481
定价：48.00元（精）
